Een nieuwe zomer, een nieuw begin

Van Morgan Matson verscheen eerder:
Mijn reis met Jake

Morgan Matson

Een nieuwe zomer, een nieuw begin

 De Fontein

www.defonteinmeidenboeken.nl

Oorspronkelijke titel: *Second Chance Summer*
Verschenen bij Simon & Schuster BFYR, een imprint van Simon &
Schuster Children's Publishing Division, New York
© 2012 Morgan Matson

Voor deze uitgave:
© 2013 Uitgeverij De Fontein, Utrecht
Vertaling: Hanneke Majoor
Omslagafbeelding: iStockPhoto
Omslagontwerp: Hans Gordijn, Baarn
Grafische verzorging: BeCo DTP-Productions, Epe

ISBN 978 90 261 3351 0
NUR 284, 285

Voor mam en Jason

Love is watching someone die

Death Cab for Cutie

Het huis aan het meer

1

Ik deed de deur van mijn slaapkamer op een kier om te zien of de gang leeg was. Pas toen ik dat zeker wist hing ik mijn tas om mijn schouder, deed de deur zachtjes achter me dicht en rende daarna met twee treden tegelijk de trap af naar de keuken. Het was negen uur 's ochtends. Over drie uur zouden we naar het huis aan het meer vertrekken en ik liep weg.

Het aanrecht lag bedolven onder de vele 'wat moet ik nog doen'-lijstjes van mijn moeder, tassen vol etenswaren en voorraden en een doos met mijn vaders oranje medicijn-flesjes. Ik probeerde ze te negeren terwijl ik de keuken door liep, op weg naar de achterdeur. Ik was al jaren het huis niet meer uit geslopen, maar ik had het gevoel dat het net zoiets was als fietsen. Dat had ik trouwens ook al jaren niet meer gedaan, bedacht ik nu. Maar ik was die ochtend zwetend wakker geschrokken, met bonkend hart en de onbedwingbare neiging om ervandoor te gaan. Ik wist zeker dat alles beter zou gaan als ik ergens anders was, waar dan ook, maar niet hier.

'Taylor?'

Ik verstijfde, draaide me om en zag mijn zusje Gelsey van twaalf aan de andere kant van de keuken staan. Ze had haar pyjama nog aan, een heel oude met glinsterende spitzen erop, maar haar haar zat al in een perfecte knot.

'Wat?' vroeg ik. Ik deed een stap bij de deur vandaan en probeerde er zo nonchalant mogelijk uit te zien.

Ze fronste en haar blik bleef even aan mijn tas haken voor ze me weer aankeek. 'Wat ben je aan het doen?'

'Niks,' zei ik. Ik leunde tegen de muur en hoopte maar dat het er achteloos genoeg uitzag, al dacht ik niet dat ik ooit eerder in mijn leven tegen een muur had geleund. 'Wat is er?'

'Ik kan mijn iPod niet vinden. Heb jij die gepakt?'

'Nee,' zei ik kortaf en ik weerstond de neiging om haar te vertellen dat ik haar iPod nooit zou pakken, omdat die vol stond met balletmuziek en de verschrikkelijke band waar ze bezeten van was, The Bentley Boys, drie jongens met perfect opzij geföhnde pony's en een dubieus muzikaal talent. 'Vraag het mam maar.'

'Oké,' zei ze langzaam terwijl ze nog steeds achterdochtig naar me keek. Toen draaide ze op één teen om haar as en stampte roepend de keuken uit. 'Mám!'

Ik liep de rest van de keuken door en was net bij de achterdeur aangekomen toen die openzwaaide. Ik sprong achteruit. Mijn oudere broer Warren manoeuvreerde met moeite door de deuropening, beladen met een doos van de bakker en een blad met bekers afhaalkoffie.

'Goeiemorgen,' zei hij.

'Hoi,' mompelde ik terwijl ik verlangend langs hem heen naar buiten keek en wenste dat ik vijf minuten eerder had geprobeerd te ontsnappen. Of, nog beter, dat ik gewoon door de voordeur was gegaan.

'Mam had me om koffie en bagels gestuurd,' zei hij en hij zette de dozen op het aanrecht. 'Jij houdt toch van sesam?'

Ik haatte sesam. Warren was feitelijk de enige bij ons thuis die van sesam hield. Maar daar ging ik hem nu niet op wijzen. 'Tuurlijk,' zei ik. 'Lekker.'

Warren koos een koffiebeker uit en nam een slokje. Hij was negentien en dus maar twee jaar ouder dan ik, maar hij was zoals gewoonlijk gekleed (in een kaki broek en een poloshirt) alsof hij elk moment gevraagd kon worden om een bestuursvergadering voor te zitten of een rondje golf te spelen. 'Waar is iedereen?' vroeg hij even later.

'Geen idee,' zei ik, in de hoop dat hij zelf naar ze op zoek zou gaan. Hij knikte en nam nog een slok, alsof hij alle tijd van de wereld had. 'Ik denk dat ik mam boven hoorde,' zei ik toen duidelijk was geworden dat mijn broer van plan was de ochtend door te brengen met koffiedrinken en voor zich uit staren.

'Ik ga even zeggen dat ik terug ben,' zei hij en hij zette zijn koffie neer, precies zoals ik gehoopt had. Warren liep naar de deur, maar stopte toen en draaide zich nog even om: 'Is hij al op?'

Ik haalde mijn schouders op. 'Weet niet,' zei ik terwijl ik mijn stem luchtig probeerde te houden, alsof dit een normale vraag was. Maar tot een paar weken geleden was het idee dat mijn vader op dit tijdstip nog lag te slapen – of zelfs maar thuis was – totaal ondenkbaar geweest.

Warren knikte nog een keer en ging de keuken uit. Zo gauw hij weg was, rende ik naar de deur.

Ik snelde onze oprit af en slaakte een diepe zucht toen ik de stoep had bereikt. Toen begon ik Greenleaf Road zo snel mogelijk af te lopen. Ik had waarschijnlijk beter met een auto kunnen gaan, maar sommige dingen waren een gewoonte en de laatste keer dat ik ervandoor ging was jaren voor ik mijn rijbewijs haalde.

Hoe verder ik liep, hoe rustiger ik werd. Het rationele deel van mijn brein zei wel dat ik op een bepaald moment terug zou moeten, maar ik wilde nu niet naar het rationele deel van mijn brein luisteren. Ik wilde gewoon net doen alsof het niet zou gaan gebeuren: deze dag, deze hele zomervakantie. En dat werd naarmate de afstand tussen mij en het huis groter werd steeds makkelijker. Ik was al een tijdje aan het lopen en rommelde net in mijn tas op zoek naar mijn zonnebril toen ik een metalig gerinkel hoorde en opkeek.

De moed zonk me in de schoenen. Het was Connie, van het witte huis aan de overkant. Ze liet de hond uit en zwaaide naar me. Ze was van de leeftijd van mijn ouders en ooit had ik wel haar achternaam geweten, maar ik kon er nu niet meer op komen. Ik liet mijn zonnebril weer in mijn tas vallen, naast iets waarvan ik nu zag dat het Gelseys iPod was (oeps), die had ik natuurlijk gepakt omdat ik dacht dat het de mijne was. Ik kon Connie alleen nog ontlopen door haar schaamteloos te negeren of me om te draaien en het bos in te rennen. En ik had zo'n gevoel dat allebei die opties het soort gedrag waren waar mijn moeder onmiddellijk van op de hoogte zou worden gesteld. Ik zuchtte en plakte een glimlach op mijn gezicht toen ze dichterbij kwam.

'Ha, Taylor!' riep ze met een brede glimlach. Haar hond, een grote golden retriever die er nogal dom uitzag, trok hijgend en kwispelend aan zijn riem om bij me te komen. Ik keek naar hem en deed een klein stapje achteruit. Wij hadden nooit een hond gehad en al vond ik ze in theorie wel leuk, ik had niet zoveel ervaring met ze. En zelfs al had ik de reality show *Top Dog* veel vaker gezien dan zou moeten voor iemand zonder hond, dat hielp niet echt als je er in het werkelijke leven eentje tegenkwam.

'Hé, Connie,' zei ik terwijl ik al een beetje door begon te lopen, in de hoop dat ze de hint zou begrijpen. 'Leuk om je te zien!'

'Jou ook,' antwoordde ze automatisch, maar ik zag haar glimlach verdwijnen toen haar blik over mijn gezicht en mijn kleren gleed. 'Je ziet er anders uit vandaag,' zei ze. 'Heel... ontspannen.'

Connie zag me meestal in mijn uniform van de Stanwich Academy (witte blouse en kriebelige ruitrok) en ik twijfelde er niet aan dat ik er nu heel anders uitzag, want ik was zo uit bed gerold, had niet de moeite genomen om mijn haar te borstelen en droeg slippers, een afgeknipte spijkerbroek en een verwassen wit T-shirt met LAKE PHOENIX SWIMTEAM erop. Het shirt was feitelijk niet eens van mij, maar ik had het zoveel jaar geleden al ingepikt dat ik het nu als mijn eigendom zag.

'Vast wel,' zei ik tegen Connie en ik zorgde ervoor dat ik bleef glimlachen. 'Nou...'

'Nog grote plannen voor de zomer?' vroeg ze opgewekt, blijkbaar volkomen onbewust van het feit dat ik het gesprek probeerde te beëindigen. De hond begreep waarschijnlijk dat dit wel even ging duren, plofte aan haar voeten neer en legde zijn kop op zijn poten.

'Niet echt,' zei ik in de hoop dat dat genoeg zou zijn. Maar ze bleef me met opgetrokken wenkbrauwen aankijken, dus ik onderdrukte een zucht en ging verder. 'We gaan deze zomervakantie naar ons huis aan het meer. We vertrekken vandaag.'

'O, geweldig!' zei ze dweperig. 'Dat klinkt heerlijk. Waar ligt het ergens?'

'In de Poconos,' zei ik. Ze fronste, alsof ze de naam niet kon thuisbrengen, dus ik legde het uit: 'De Pocono Mountains. In Pennsylvania?'

'O, oké,' zei ze en ze knikte, maar ik kon aan haar gezicht zien dat ze nog steeds niet wist waar ik het over had, en dat was eigenlijk ook wel te verwachten. Een paar van mijn vriendinnen hadden ook een zomerhuis, maar dat lag dan op Nantucket of Cape Cod, dat soort plekken. Ik kende niemand met een zomerhuis in de bergen van Noordoost-Pennsylvania.

'Nou,' zei Connie, nog steeds met die stralende glimlach, 'een huis aan een meer! Dat moet heerlijk zijn.'

Ik knikte, want ik vertrouwde mezelf niet genoeg om antwoord te geven. Ik wilde helemaal niet terug naar Lake Phoenix. Ik wilde zo ontzettend niet terug dat ik stiekem het huis uit was geslopen, zonder een echt plan en met niks anders bij me dan de iPod van mijn zusje. Alles liever dan daar weer naartoe te moeten.

'Nou,' zei Connie terwijl ze aan de riem trok zodat de hond sloom overeind kwam, 'doe je vader en moeder de groeten van me! Ik hoop dat het goed met ze gaat en...'

Ze hield ineens op, haar ogen groot, terwijl een lichte blos over haar wangen gleed. Ik herkende de tekenen onmiddellijk, ook al had ik ze tot drie weken geleden nog nooit gezien. Ze had het zich Herinnerd.

Ik had geen idee hoe ik ermee om moest gaan, maar het

bleek onverwacht in mijn voordeel te werken. Op de een of andere manier wist iedereen op school het binnen een dag, ook de leraren, al kon ik niet ontdekken hoe en door wie die op de hoogte waren gebracht. Maar het was de enige verklaring voor het feit dat ik voor al mijn vakken met vlag en wimpel was geslaagd, zelfs voor wiskunde, waar ik toch bijna een onvoldoende voor stond. En alsof dat nog niet genoeg bewijs was, had mijn lerares Engels toen ze de opgaven voor de eindtoets uitdeelde de mijne op mijn tafel gelegd en er even haar hand op laten rusten, zodat ik naar haar opkeek.

'Ik weet dat leren nu heel moeilijk voor je moet zijn,' had ze zachtjes gezegd, alsof niet de hele klas mee zat te luisteren, met de oren gespitst om elke lettergreep op te vangen. 'Dus doe maar gewoon je best, oké Taylor?'

En ik had op mijn lip gebeten en Dapper Geknikt en was me er de hele tijd van bewust dat ik maar deed alsof, dat ik gewoon deed wat ze van me verwachtte. En ik had inderdaad een A voor die toets, terwijl ik alleen het einde van *The Great Gatsby* maar vluchtig had doorgelezen.

Alles was veranderd. Of, om precies te zijn, alles gíng veranderen, maar er wás tot nu toe nog niet echt iets veranderd. En dat maakte het medeleven vreemd, alsof mensen zeiden hoe erg ze het vonden dat mijn huis was afgebrand terwijl het nog gewoon overeind stond; er lag alleen vlakbij een gloeiend kooltje te wachten.

'Dat doe ik,' zei ik snel, zodat Connie niet een van die goedbedoelde toespraakjes hoefde af te steken, stotterend en wel, die ik inmiddels niet meer aan kon horen. Of nog erger, dat ze me over die vriendin van een vriendin ging vertellen die op wonderbaarlijke wijze was genezen door middel van accupunctuur/meditatie/tofoe, en of we daar al aan hadden gedacht? 'Bedankt.'

'Hou je taai,' zei ze en ze gaf die woorden meer betekenis mee dan gebruikelijk terwijl ze haar hand uitstak en me een klopje op mijn schouder gaf. Ik zag het medelijden in haar ogen, maar ook de angst. Ze hield toch een beetje afstand, want als míjn familie zoiets kon overkomen, dan gold dat ook voor de hare.

'Jij ook,' zei ik. Ik probeerde te blijven glimlachen tot ze opnieuw had gezwaaid en verder de straat door liep, de hond voorop. Ik bleef de andere kant op lopen, maar ik had niet meer het gevoel dat mijn ontsnapping alles beter zou maken. Waarom zou je proberen weg te lopen als iedereen die je tegenkwam je toch bleef herinneren aan precies datgene waar je voor wegliep? Ik had er al een hele poos niet meer zo'n behoefte aan gehad, maar toen ik kleiner was liep ik regelmatig weg. Het was allemaal begonnen toen ik vijf was en boos omdat ik vond dat mama alleen maar aandacht had voor baby Gelsey, en Warren zoals gewoonlijk niet met me wilde spelen. Toen ik kwaad het huis uit stampte zag ik daar opeens de oprit en de wijde wereld die aan het eind ervan naar me wenkte. Ik was de straat in gelopen en had me eigenlijk vooral afgevraagd hoelang het zou duren voor iemand doorhad dat ik weg was. Ik werd al snel teruggevonden en mee naar huis genomen, maar dat was het begin van een terugkerend patroon, en weglopen werd mijn favoriete manier om met dingen om te gaan die me overstuur maakten. Het werd uiteindelijk zo'n routine dat mijn moeder als ik in tranen bij de voordeur stond en aankondigde dat ik voor eens en voor altijd van huis wegliep, alleen maar knikte zonder me echt aan te kijken en zei dat ik wel voor het eten thuis moest zijn.

Ik had net Gelseys iPod gepakt – zelfs bereid om de Bentley Boys te verdragen als dat betekende dat mijn gedachten even werden afgeleid – toen ik achter me de lage brom van een sportwagen hoorde.

Ik kon nog net bedenken dat ik al langer weg moest zijn dan ik zelf doorhad voor ik me omdraaide, wetend wat ik zou zien. Mijn vader zat achter het stuur van zijn lage zilverkleurige auto en glimlachte naar me. 'Hé, meisje,' zei hij door het open raampje aan de passagierskant. 'Wil je een lift?'

Ik wist dat het geen zin had om nog langer te doen alsof, dus trok ik het portier open en stapte in. Mijn vader keek me aan en trok zijn wenkbrauwen op. 'Nog nieuws?' vroeg hij, zijn standaardbegroeting.

Ik haalde mijn schouders op en keek naar de grijze vloermatten. Ze waren nog steeds smetteloos, en hij had de auto al een jaar. 'Ik weet niet, ik had gewoon zin in een wandelingetje.'

Mijn vader knikte. 'Natuurlijk,' zei hij overdreven serieus, alsof hij me helemaal geloofde. Maar we wisten allebei wat ik echt aan het doen was. Het was meestal mijn vader die me kwam halen. Hij leek altijd te weten waar hij me kon vinden, en als het nog niet te laat was bracht hij me niet meteen naar huis maar gingen we, nadat ik hem had beloofd dat ik niks tegen mijn moeder zou zeggen, eerst een ijsje eten.

Ik deed mijn riem om en tot mijn verbazing draaide mijn

vader de auto niet om, maar reed hij door en nam hij de afslag naar het centrum. 'Waar gaan we heen?' vroeg ik.

'Ik dacht dat we wel een ontbijtje konden gebruiken,' zei hij, terwijl hij even naar me keek toen hij voor een rood licht stopte. 'Om de een of andere reden hebben we alleen sesambagels in huis.'

Daar moest ik om glimlachen, en toen we er waren liep ik achter mijn vader aan Stanwich Delicatessen binnen. Het was er afgeladen, dus hield ik me afzijdig en liet ik hem bestellen. Toen ik de winkel rondkeek zag ik Amy Curry vooraan in de rij staan, hand in hand met een lange knappe vent in een T-shirt van Colorado College. Ze was vorige zomer met haar moeder en haar broer bij ons in de straat komen wonen en ik kende haar niet zo goed, maar ze glimlachte en zwaaide naar me en ik zwaaide terug.

Toen mijn vader aan de beurt was, keek ik hoe hij onze bestelling afratelde en iets zei wat de jongen achter de toonbank aan het lachen maakte. Op het eerste gezicht zou je niet denken dat er iets mis was. Hij was misschien iets dunner en zijn huid zag een heel klein beetje geel. Maar daar probeerde ik niet op te letten toen ik keek hoe hij wat kleingeld in de fooienpot stopte. Ik probeerde niet te zien hoe moe hij eruitzag, probeerde de brok in mijn keel weg te slikken. En ik probeerde vooral niet te denken aan wat de deskundigen die het konden weten hem hadden verteld: dat hij nog zo'n drie maanden te leven had.

2

'Moeten we hiernaar luisteren?' zeurde Gelsey op de voorbank, voor de derde keer in tien minuten.

'Je zou er nog iets van kunnen leren,' zei Warner aan de bestuurderskant. 'Toch, Taylor?'

Ik lag languit op de achterbank, zette mijn zonnebril op en draaide het volume van mijn iPod wat hoger. Ik had geen zin om antwoord te geven. Lake Phoenix was maar drie uur rijden van ons huis in Stanwich in Connecticut, maar dit leek wel de langste autorit van mijn leven. En omdat mijn broer reed als een bejaarde (hij had zelfs een keer een boete gekregen omdat hij te langzaam reed en daarmee een gevaarlijke verkeerssituatie veroorzaakte) had het ons vier uur gekost om er te komen; het was dus écht bijna de langste autorit van mijn leven.

We zaten maar met z'n drieën in de oude Land Cruiser die Warren en ik deelden. Mijn ouders waren vooruitgegaan, de auto van mijn moeder volgestouwd met alle benodigdheden voor een hele zomervakantie. Ik had de hele rit geprobeerd om het geruzie tussen mijn broer en zus te negeren, dat vooral draaide om waar ze naar zouden luisteren. Gelsey wilde alleen de Bentley Boys draaien en Warren wilde per se zijn cd met hoorcolleges opzetten. Warren had gewonnen en iemand met een eentonig Engels accent vertelde me meer over kwantummechanica dan ik er ooit over wilde weten.

Al was ik in vijf jaar niet meer terug geweest, toch had ik elke afslag tijdens de rit ernaartoe kunnen voorspellen. Mijn ouders hadden het huis al voor mijn geboorte gekocht en we hadden er jarenlang elke zomer doorgebracht. We gingen er begin juni al heen en kwamen eind augustus pas weer terug. Mijn vader bleef doordeweeks in zijn eentje in Connecticut en kwam in de weekends naar ons toe. De zomervakanties waren toen het hoogtepunt van het jaar voor mij, en het hele schooljaar lang telde ik af tot juni en alles wat een zomer in Lake Phoenix beloofde. Maar op mijn twaalfde was de zomer zo dramatisch geëindigd dat ik ontzettend opgelucht was toen we het volgende jaar niet meer teruggingen. Die vakantie had Warren besloten dat hij echt aan zijn cv moest werken en ging hij een intensief pre-universitair programma aan Yale volgen. Gelsey had net een nieuwe balletleraar en wilde de lessen niet een hele zomer onderbreken. En ik wilde niet terug naar Lake Phoenix om het zootje dat ik ervan had gemaakt onder ogen te zien. Ik ontdekte een oceanografiekamp (dit speelt zich af in de korte tijd dat ik marien bioloog wilde worden; die tijd is nu voorbij) en smeekte mijn ouders of ik erheen mocht. En sinds die tijd was er ieder jaar wel iets wat ons verhinderde de zomer bij het meer door te brengen.

Gelsey ging naar balletkampen waar ze ook bleef slapen en Warren en ik begonnen allebei aan zo'n educatief en maatschappelijk verantwoord zomerkamp (hij bouwde een speeltuin in Griekenland, ik probeerde tevergeefs een hele zomer lang Mandarijn te leren tijdens een talenkamp in Vermont). Toen duidelijk werd dat we het allemaal te druk kregen om vrij te nemen en de hele zomer samen in Pennsylvania door te brengen, begon mijn moeder het huis te verhuren.

En dit jaar had daar geen uitzondering op moeten zijn. Gelsey zou weer naar het balletkamp gaan, waar zij de aankomende ster was, Warren zou stage gaan lopen bij het advocatenkantoor van mijn vader en ik zou heel veel gaan zonnebaden. Ik kon niet wachten tot het schooljaar voorbij was. Mijn ex-vriendje Evan had het een maand voor de vakantie uitgemaakt en mijn vrienden, die de groep niet wilden opsplitsen, hadden allemaal zijn kant gekozen. Onder gewone omstandigheden zou het vooruitzicht van een zomer weg heel aantrekkelijk zijn geweest, gezien mijn plotselinge gebrek aan vrienden en een sociaal leven. Maar ik wilde niet terug naar Lake Phoenix. Ik had vijf jaar lang geen stap meer in Pennsylvania gezet. Tot drie weken geleden had niemand er zelfs maar over gedacht om de zomer met zijn vijven door te brengen. En toch was dat nu precies wat er ging gebeuren.

'We zijn er!' kondigde Warren opgewekt aan en ik voelde dat de auto langzamer ging rijden.

Ik deed mijn ogen open en keek om me heen. Eerst zag ik alleen maar groen. De bomen langs de weg waren felgroen, net als het gras eronder. En ze stonden dicht op elkaar, zodat je alleen een glimp opving van de tuinpaden en de huizen die erachter lagen. Ik keek even naar de temperatuur op het dashboard en zag dat het hier tien graden koeler was dan in Connecticut. Of ik het leuk vond of niet, ik was weer in de bergen.

'Eindelijk,' mompelde Gelsey op de voorstoel.

Ik rekte mijn nek vanwege de ongemakkelijke houding waarin ik had geslapen en was het voor één keer helemaal met mijn zusje eens. Warren ging nog langzamer rijden, deed zijn richtingaanwijzer aan en reed toen ons grindpad op. In Lake Phoenix waren alleen grindpaden, en aan dat van ons had ik altijd onze zomer afgemeten. In juni kon ik op blote voeten nauwelijks van de auto naar de veranda komen en kromp ik bij elke stap ineen doordat de stenen in mijn bleke, kwetsbare voeten drongen die het hele jaar beschermd waren geweest door schoenen. Maar in augustus waren mijn voeten gehard en diepbruin, met scherp afstekende witte strepen van mijn slippers, en kon ik zonder erbij na te denken op blote voeten over het grindpad rennen.

Ik maakte mijn riem los en boog me tussen de twee stoelen door om beter te kunnen kijken. En daar, recht voor me, lag ons vakantiehuis. Het eerste wat me opviel was dat het er nog precies hetzelfde uitzag. Hetzelfde donkere hout, hetzelfde puntdak, de ramen van de vloer tot het plafond, de veranda om het hele huis heen.

Het tweede wat me opviel was de hond.

Hij zat op de veranda, bij de deur. Hij ging niet staan en rende ook niet weg toen de auto dichterbij kwam, maar hij begon te kwispelen alsof hij al die tijd op ons had zitten wachten.

'Wat is dát?' vroeg Gelsey toen Warren de motor uitzette.

'Wat is wat?' vroeg Warren. Gelsey wees, en hij tuurde door de voorruit. 'O,' zei hij een ogenblik later, en het viel me op dat hij geen aanstalten maakte om uit te stappen. Mijn broer ontkende het altijd, maar hij was bang voor honden; hij was al bang voor ze sinds een idiote babysitter hem naar *Cujo* had laten kijken toen hij zeven was.

Ik deed mijn portier open en stapte het grind op om een

kijkje te nemen. Dit was niet 's werelds meest aantrekkelijke hond. Hij was redelijk klein, maar niet zo klein dat je hem in je tas kon stoppen of er per ongeluk op zou gaan staan. Hij was goudbruin en zijn haar stond alle kanten op, waardoor hij er verbaasd uitzag. Hij zag eruit als een bastaard, met de grote rechtopstaande oren van een Duitse Herder, een stompe snuit en een lange, collie-achtige staart. Ik kon zien dat hij een halsband met een penning om had, dus het was duidelijk geen zwerfhond.

Gelsey stapte ook uit, maar Warren bleef zitten en deed het raampje op een kier open toen ik naar hem toe kwam. 'Ik eh... ik blijf wel hier en zorg voor de bagage,' mompelde hij terwijl hij mij de sleutels gaf.

'Serieus?' zei ik met opgetrokken wenkbrauwen. Warren werd knalrood en draaide snel zijn raampje dicht, alsof dit kleine hondje zich zó op de voorbank van de Land Cruiser zou storten.

Ik stak het grindpad over en liep de drie treden naar het huis op. Ik verwachtte dat de hond ervandoor zou gaan zo gauw ik dichterbij kwam, maar hij kwispelde juist nog harder, wat flinke herrie maakte op de houten veranda.

'Hup,' zei ik terwijl ik naar de deur liep, 'wegwezen.' Maar hij ging niet weg, hij trippelde naar me toe alsof hij van plan was mee naar binnen te gaan. 'Nee,' zei ik streng en ik probeerde net zo te klinken als Randolph George, de bebrilde Britse presentator van *Top Dog*. 'Ga weg.' Ik deed een stap naar hem toe en de boodschap leek eindelijk over te komen, want de hond schoot weg en liep toen de trap van de veranda af en het tuinpad over met, voor een hond, een heleboel tegenzin.

Toen het gevaar van de schurkachtige hond was geweken deed Warren zijn portier open. Hij stapte voorzichtig uit en keek de oprit af, waar geen enkele andere auto te zien was. 'Pap en mam hadden er allang moeten zijn.'

Ik trok mijn mobiel uit de zak van mijn shorts en zag dat hij gelijk had. Ze waren een paar uur voor ons weggegaan en hadden waarschijnlijk niet het hele eind 65 kilometer per uur gereden. 'Gelsey, kun jij...' Ik draaide me om naar mijn zusje en zag dat ze zo'n beetje dubbelgevouwen stond, met haar neus tegen haar knie. 'Alles goed?' vroeg ik en ik probeerde haar ondersteboven aan te kijken.

'Prima,' zei ze gesmoord. 'Even stretchen.' Ze kwam langzaam overeind, met een vuurrood gezicht. Terwijl ik toekeek kreeg haar gezicht weer de gewone kleur. Bleek, met sproeten die in de zomer nog enorm in aantal zouden toenemen. Ze strekte haar armen en maakte er boven haar hoofd een perfecte cirkel van, liet ze toen weer vallen en trok haar schouders naar achteren. Voor het geval haar knotje en haar naar buiten staande voeten de wereld nog niet duidelijk genoeg lieten zien dat ze een ballerina was, had Gelsey de gewoonte om te stretchen, en vaak in het openbaar.

'Nou, als je daarmee klaar bent,' zei ik terwijl ze gevaarlijk ver achterover begon te buigen, 'kun jij mam dan even bellen?' Zonder op antwoord te wachten (vooral omdat ik zo'n gevoel had dat dat zoiets zou zijn als *Waarom doe je het zelf niet?*) koos ik de juiste sleutel aan de sleutelbos uit, draaide die om in het slot en stapte voor het eerst in vijf jaar het huis binnen.

Ik keek rond en slaakte een zucht. Ik was bang geweest

dat het huis na al die jaren verhuur drastisch veranderd zou zijn. Dat de meubels waren verschoven, dat er dingen bij waren gekomen, of dat je aan de sfeer zou kunnen voelen – moeilijk te beschrijven maar tastbaar – dat er iemand in onze ruimte was geweest. De Drie Beren hadden het gevoeld, en ik ook, dat jaar dat ik terugkwam van oceanografiekamp en meteen wist dat mijn moeder gasten in mijn kamer had laten slapen toen ik er niet was. Maar terwijl ik alles in me opnam, kwam dat gevoel niet omhoog. Het was ons vakantiehuis, precies zoals ik het me herinnerde. Alsof het al die tijd op mijn terugkeer had gewacht.

Beneden was de ruimte zo open mogelijk gehouden, dus kon ik alle kamers die geen slaapkamers of badkamers waren in één oogopslag zien. De ruimte reikte tot aan het puntdak, zodat er banen zonlicht over de versleten kleden op de houten vloer vielen. Daar stond de gekraste houten eettafel waar we nooit aan aten, die altijd gewoon de plek werd waar we onze handdoeken en de post dumpten. Rechts was de keuken, klein in vergelijking met onze grote ultramoderne keuken in Connecticut. Vanuit de keuken leidde een deur naar de afgeschermde veranda. Die keek uit op het meer en daar aten we altijd, behalve de zeldzame keren dat het stortregende. Vanaf de veranda liep het pad naar onze steiger en Lake Phoenix. Door het keukenraam zag ik het licht van de late middagzon schitteren op het water.

Na de keuken kwam een zitgedeelte met twee banken tegenover de stenen open haard, de plek waar mijn ouders na het eten altijd gingen zitten om te lezen en te werken. Daar weer achter was de woonkamer met de versleten ribfluwelen bank, waar Warren en Gelsey en ik 's avonds meestal zaten. Een deel van de ingebouwde boekenkast stond vol bordspellen en puzzels en we waren gewoonlijk de hele zomer lang met een spel of een puzzel bezig. Risk was inmiddels op de bovenste plank gelegd, waar we er niet makkelijk bij konden. Dat was na die zomer waarin we allemaal geobsedeerd waren geraakt, geheime verdragen sloten en niet meer naar buiten gingen omdat we binnen om het bord bleven cirkelen.

Mijn ouders sliepen in de grote slaapkamer boven, met een eigen badkamer, maar onze slaapkamers lagen allemaal aan dezelfde gang en dat betekende dat Warren, Gelsey en ik samen de badkamer beneden moesten gebruiken. Daar keek ik niet echt naar uit, want ik was er in Connecticut aan gewend geraakt om mijn eigen badkamer te hebben. Ik liep de gang door naar mijn slaapkamer en keek even de badkamer in. Die was kleiner dan ik me herinnerde. Veel te klein, eigenlijk, om hem met z'n drieën te delen zonder elkaar te vermoorden.

Ik kwam bij mijn kamer en duwde de deur open met dat oude bordje met TAYLORS PLACE erop dat ik totaal was vergeten. Ik zette me schrap voor de confrontatie met de kamer die ik vijf jaar geleden voor het laatst had gezien, en met alle herinneringen die eraan kleefden.

Maar toen ik naar binnen stapte werd ik nergens anders mee geconfronteerd dan met een prettige, wat onbestemde kamer. Mijn bed was nog hetzelfde, met zijn oude koperen frame en rood-met-witte quilt, het logeerbed eronder geschoven. De houten ladekast en de spiegel met de houten lijst waren ook nog hetzelfde, net als de oude kist aan het voeteneind van het bed waar altijd extra dekens in zaten voor de koude nachten die je in de bergen nu eenmaal hebt, zelfs in de zomer. Maar er stond niets meer in de kamer dat nog echt van mij was. De beschamende posters boven mijn bed, van de tieneracteur waar ik toen helemaal weg van was (en die sindsdien al een paar keer in een afkickkliniek had gezeten), waren inmiddels weggehaald. Mijn zwemvaantjes (meestal derde plaats) waren weg, net als de collectie lipgloss die ik een aantal jaren had beheerd. En dat was maar goed ook, probeerde ik mezelf te vertellen, want die zouden nu allemaal bedorven zijn geweest. Maar toch. Ik liet mijn tas vallen en ging op mijn bed zitten, kijkend naar de lege kast en de kale ladekast, op zoek naar enig bewijs dat ik hier twaalf zomers lang had gewoond, maar ik vond niks.

'Gelsey, wat doe jij nou?'

De stem van mijn broer onderbrak mijn gedachten. Ik ging kijken wat er aan de hand was, liep de gang op en zag mijn zus knuffels haar kamer uit smijten. Ik dook weg voor een olifant en ging naast Warren staan, die gealarmeerd naar de stapel keek die zich voor zijn kamerdeur ophoopte.

'Wat is er aan de hand?' vroeg ik.

'Ze hebben mijn kamer in een bábykamer veranderd,' zei Gelsey, haar stem vol minachting, en ze slingerde weer een knuffel de deur uit. Dit keer was het een paars paard dat ik vaag herkende. Het was waar, haar kamer was opnieuw ingericht. Er stond nu een ledikantje in de hoek en een commode, en haar tweepersoonsbed lag bedolven onder de aanstootgevende knuffels.

'De huurders hadden waarschijnlijk een baby,' zei ik terwijl ik me opzij boog om geen donzige gele eend tegen mijn hoofd te krijgen. 'Waarom wacht je niet gewoon tot mam er is?'

Gelsey rolde met haar ogen, een taal die ze het afgelopen jaar vloeiend had leren spreken. Ze kon er een enorm scala aan emoties mee vertolken, misschien omdat ze voortdurend oefende. Op dit moment gaf ze aan hoe ontzettend ik achterliep. 'Het duurt nog een uur voor mam er is,' zei ze. Ze keek naar de kleine kangoeroe in haar handen en draaide hem een paar keer om. 'Ik heb haar net gesproken. Ze moest met pap naar Stroudsburg voor een gesprek met zijn nieuwe oncoloog.' Dat laatste woord sprak ze heel voorzichtig uit, zoals we allemaal deden. Het was een woord waar ik een paar weken geleden nog nooit bij stil had gestaan. Toen dacht ik nog dat pap gewoon een beetje rugpijn had, zo weer opgelost. Ik wist niet eens precies wat de alvleesklier was en ik wist al helemaal niet dat alvleesklierkanker bijna altijd dodelijk is, of dat 'stadium vier' woorden waren die je nooit wilde horen.

Mijn vaders artsen in Connecticut hadden hem toestemming gegeven om de zomer in Lake Phoenix door te brengen onder de voorwaarde dat hij twee keer per maand naar een oncoloog zou gaan om de ontwikkelingen in de gaten te houden en dat hij, als het zover was, verpleeghulp zou inhuren als hij niet naar een hospice wilde. Blijkbaar was de kanker zo laat ontdekt dat er verder niets meer aan gedaan kon worden. Eerst had ik het gewoon niet kunnen bevatten. In alle medische films en series die ik ooit had gezien was er altijd wel een oplossing geweest, werd er op het allerlaatst toch nog een wonderbare, tot dan toe onontdekte remedie

30

gevonden. Niemand gaf een patiënt zomaar op. Maar het zag ernaar uit dat ze dat in het echte leven wel deden.

Ik ving heel even Gelseys blik en keek toen naar de vloer, naar de knuffels die in een rommelige stapel terecht waren gekomen. Geen van ons zei iets over het ziekenhuis en wat dat betekende, maar dat had ik ook niet verwacht. In ons gezin werd over emotionele dingen niet gepraat. Als ik bij mijn vriendinnen thuis was en zag hoe die met hun familie omgingen (de omhelzingen, het praten over hun gevoelens), voelde ik me soms... jaloers zou ik het niet noemen, eerder slecht op mijn gemak.

En wij drieën hadden nooit een hechte band gehad. Waarschijnlijk hielp het niet echt dat we zo verschillend waren. Warren was vanaf de kleuterschool al briljant en het had dan ook niemand verbaasd dat hij als beste van de klas eindexamen had gedaan. Gelsey en ik scheelden vijf jaar (en ze kon het grootste krengetje van de wereld zijn) dus een superwarme zussenband hadden we nooit gehad. Gelsey bracht bovendien zo veel mogelijk tijd door met dansen en daar had ik totaal geen belangstelling voor. En Gelsey en Warren hadden ook niet bepaald een band met elkaar. We waren gewoon nooit een eenheid geweest. Ooit had ik misschien wel gewild dat het anders was, zeker toen ik nog kleiner was en net de Narnia-boeken had gelezen, en *The boxcar children*, waarin de broers en zussen allemaal de beste vrienden waren en voor elkaar opkwamen. Maar ik had al lang geleden geaccepteerd dat dat bij ons niet ging gebeuren. Dat was niet per se slecht, zo was het nou eenmaal en het zou ook niet meer veranderen.

Net zoals het niet zou veranderen dat ik het 'gewone'

kind in het gezin was. Zolang ik me kon herinneren was dat al zo. Warren was slim en Gelsey was getalenteerd en ik was gewoon Taylor, nergens echt goed in.

Gelsey begon weer knuffels de gang op te gooien. Ik besloot dat ik vandaag al veel te veel tijd met mijn broer en zus had doorgebracht en wilde net mijn kamer in gaan toen een oranje flits mijn blik trok.

'Hé,' zei ik en ik bukte om een knuffel op te rapen die ik meende te herkennen, 'die is van mij, denk ik.' In feite was het een knuffel die ik heel goed kende: een kleine pluchen pinguïn met een oranje-wit gestreepte sjaal. Het was niet de mooiste knuffel die ooit was gemaakt: ik kon nu zien dat de stof nogal goedkoop was en dat de vulling er op meerdere plekken uit dreigde te komen. Maar op de avond van de kermis, toen ik twaalf was, de avond van mijn eerste kus, de avond dat Henry Crosby hem voor mij had gewonnen, vond ik het de mooiste knuffel van de hele wereld.

'Die herinner ik me nog,' zei Warren en er kwam een blik in zijn ogen waar ik helemaal niet blij mee was. 'Die heb je toch op de kermis gekregen?' Mijn broer heeft een fotografisch geheugen, maar dat gebruikt hij meestal om obscure feitjes uit zijn hoofd te leren en niet om mij mee te kwellen.

'Ja,' mompelde ik en ik deed een stap achteruit.

'Heeft Hénry die niet voor je gewonnen?' Warren gaf zijn naam een speciale draai. Ik had het gevoel dat ik werd gestraft omdat ik de draak had gestoken met Warrens angst voor kleine, ongevaarlijke hondjes. Ik wierp mijn broer een dreigende blik toe.

Gelsey keek ons om de beurt aan, geïnteresseerd. 'Henry wie?' vroeg ze.

'Je weet wel,' zei Warren en er kwam een klein lachje op zijn gezicht. 'Henry Crosby. Hij had een jonger broertje, Derek of zoiets. Henry was Taylors vríéndje.'

Davy, corrigeerde ik Warren in stilte. Ik voelde mijn wangen gloeien, belachelijk gewoon, en merkte dat ik een uitweg zocht. Als het mogelijk was geweest om dit gesprek te beëindigen zonder te verraden hoe ongemakkelijk ik me voelde, had ik het gedaan.

'O ja,' zei Gelsey langzaam. 'Ik denk dat ik nog wel weet wie hij was. Hij was aardig voor me. En hij kende de namen van alle bomen.'

'En...' zei Warren, maar ik onderbrak hem, want ik wist niet hoeveel ik nog kon verdragen.

'Hoe dan ook, je moet die rommel wel opruimen voor mam er is,' zei ik met harde stem, en terwijl ik het zei wist ik dat het heel onwaarschijnlijk was dat mam Gelsey bestraffend toe zou spreken, om wat voor reden dan ook. Maar ik probeerde te doen alsof het wel zo was, terwijl ik zo waardig wegliep als mogelijk was met een knuffel onder je arm. Zonder enig idee waarom liep ik naar de keuken.

Henry Crosby. De naam weerklonk in mijn hoofd terwijl ik de pinguïn op het aanrecht zette en een van de kastdeurtjes open en dicht deed. Dat was iemand aan wie ik de afgelopen jaren bewust niet te veel had willen denken. Hij was gereduceerd, ingekort tot een verhaaltje op een pyjamafeestje als de onvermijdelijke vraag kwam: wie was je eerste vriendje? Ik had het Henry-verhaal nu perfect onder de knie, zodat ik er eigenlijk amper meer over na hoefde te denken.

O, dat was Henry. We waren al vrienden, in Lake Phoe-

33

nix, waar ons vakantiehuisje staat. En in de zomer toen we twaalf waren kregen we verkering. Hij gaf me mijn eerste kus op de zomerkermis... Op dit punt slaakte iedereen een zucht, en als iemand vroeg hoe het uit was gegaan, glimlachte ik en haalde mijn schouders op en zei iets als: 'Nou, we waren twaalf, dus het was duidelijk dat er geen langetermijnvooruitzichten waren.' En dan lachte iedereen en ik knikte en glimlachte, maar ondertussen dacht ik na over wat ik net had gezegd. Want geen enkel feit was formeel gezien gelogen. Maar toch was ook geen enkel feit echt de waarheid. Vooral de reden waarom het uit was gegaan. En dan zette ik de herinneringen aan die zomer uit mijn hoofd en praatte weer met de rest mee en bracht wat er was gebeurd (met Henry, en met Lucy, en wat ik had gedaan) terug tot dat verhaaltje. Alsof dat alles was.

Warren kwam even later de keuken in en stevende regelrecht op een grote kartonnen doos af die op het aanrecht stond. 'Sorry,' zei hij toen, terwijl hij de doos openklapte. 'Ik maakte maar een grapje.'

Ik haalde mijn schouders op alsof het me niets kon schelen. 'Geeft niks,' zei ik. 'Het is lang geleden.' En dat was zo. Maar zo gauw we de grens over waren gegaan die Lake Phoenix scheidde van de rest van de wereld had Henry mijn gedachten gevuld, ook al had ik mijn iPod harder gezet om ze te overstemmen. Ik had zelfs naar zijn huis uitgekeken. En tot mijn verbazing had ik gezien dat het huis, vroeger roomwit, nu felblauw was geschilderd. En op het bord voor het huis stond niet meer CAMP CROSBY, maar MARYANNE'S HAPPY HOURS, met het silhouet van een martiniglas ernaast. Dat bewees dat het huis door nieuwe eigenaars was overgenomen. Dat Henry er niet meer woonde. Mijn ogen bleven op het huis gericht tot het helemaal uit het zicht was verdwenen en ik realiseerde me dat ik hem misschien echt nooit meer zou zien. De aanwezigheid van Maryanne, wie ze ook was, leek dat een vaststaand feit te maken. Dit besef veroorzaakte een vreemde mix van gevoelens: nostalgie en teleurstelling tegelijk. Maar ik had vooral opluchting gevoeld, de hartkloppingen die je krijgt als je beseft dat je ergens mee weg bent gekomen.

Warren begon zijn doos uit te pakken. Hij zette rijen ketchupflessen netjes in het gelid op het aanrecht, alsof er een episch sauzengevecht in het verschiet lag.

Ik staarde ernaar. 'Heeft Pennsylvania een ketchuptekort waar ik niks vanaf weet?'

Warren schudde zonder op te kijken zijn hoofd. 'Ik neem gewoon voorzorgsmaatregelen,' zei hij. 'Je weet toch nog wel wat er de laatste keer gebeurde?'

En inderdaad, dat wist ik nog. Mijn broer was helemaal niet lastig met eten, heel anders dan Gelsey, die leefde van pasta en pizza en weigerde iets te eten wat ook maar een beetje pittig was. Maar hij had één uitzondering: ketchup. Warren deed die bijna overal op, hij at alleen Heinz en de ketchup moest koud zijn, niet op kamertemperatuur. Hij beweerde dat hij het verschil tussen de merken kon proeven en dat had hij ook een keer bewezen in het *food court* van een winkelcentrum toen we kleiner waren en ons ontzettend verveelden. Vijf jaar geleden had hij dus een trauma opgelopen toen we in Lake Phoenix aankwamen en het bleek dat er een run op Heinz was geweest en dat de winkel alleen nog eigen merk ketchup had. Warren weigerde die zelfs maar te proberen en had met mijn vaders zakelijke creditcard een doos Heinz besteld, die de volgende dag werd geleverd. Toen mijn vader daarachter kwam was hij niet blij. En de accountant van zijn bedrijf ook niet.

Nu had hij maatregelen genomen om zo'n tragedie te voorkomen. Warren zette twee flessen in de bijna lege koelkast en begon de rest in de kast te zetten. 'Wil je dat ik vertel hoe ketchup is uitgevonden?' vroeg hij met een uitdrukking op zijn gezicht die ik helaas maar al te goed kende.

Warren was dol op feiten, altijd geweest sinds een goedbedoeld maar nu verafschuwd familielid hem *Per Ongeluk Ontdekt!* had gegeven, een boek over beroemde uitvindingen die per ongeluk waren gedaan. Daarna kon je geen gesprek meer met Warren voeren zonder dat hij een of ander feitje liet vallen. Die zoektocht naar nutteloze kennis (dankzij zijn net zo amusante vreemde-woorden-tic wist ik dat dat ook wel 'arcana' genoemd werd) was in de loop der tijd alleen maar toegenomen. Uiteindelijk hadden we zo veel geklaagd dat Warren ons de feiten niet meer meedeelde, maar nu alleen zei dat hij ons de feiten zou kúnnen meedelen. Dat was naar mijn mening niet echt een verbetering.

'Later misschien,' zei ik, al was ik best een beetje benieuwd naar de toevallige ontdekking van ketchup en hoopte ik dat het niet iets heel smerigs of verontrustends was zoals bij Coca-Cola. Die bleek het gevolg te zijn van een mislukte poging om aspirine te maken. Ik keek om me heen, op zoek naar een uitweg, en zag het meer door het keukenraam. En opeens wist ik dat dat de enige plek was waar ik nu wilde zijn.

Ik liep de afgeschermde veranda op en toen door de zijdeur in de richting van onze steiger. Toen ik naar buiten stapte hief ik mijn gezicht op naar de zon. Vijf houten treden leidden naar een kleine met gras begroeide heuvel, met aan de voet daarvan de steiger. Al lag hij direct achter ons huis, we hadden hem altijd met de buren aan beide kanten gedeeld. De steiger was niet bijzonder lang of indrukwekkend, maar ik had hem altijd precies lang genoeg gevonden voor een flinke aanloop en een bommetje in het meer, en het water was diep genoeg zodat je niet bang hoefde te zijn dat je de bodem raakte.

In het gras naast de steiger lagen een paar kajaks en een kano, maar daar lette ik nauwelijks op toen ik dichterbij kwam. Gemotoriseerde vaartuigen waren verboden op het meer, dus de middagstilte werd niet verbroken door het gebrul van motoren; er peddelde alleen in de verte een eenzame kanoër voorbij. Lake Phoenix was groot, er lagen drie eilandjes in en het werd omringd door pijnbomen. Het meer mocht dan omvangrijk zijn, onze steiger lag aan één kant van een smalle doorgang en dus konden wij de steigers aan de andere kant en de mensen erop makkelijk zien.

Ik keek naar de overkant, naar de steiger tegenover die van ons die altijd van de familie Marino was geweest. Lucy Marino was twaalf zomers lang mijn beste vriendin geweest in Lake Phoenix, en een hele poos was haar huis me net zo vertrouwd geweest als het mijne. We logeerden bijna elke nacht bij elkaar, afwisselend bij haar en bij mij, en mijn moeder raakte daar zo aan gewend dat ze altijd Lucy's favoriete cornflakes in huis had. Ik probeerde meestal niet aan Lucy te denken maar het was me niet ontgaan, vooral de laatste tijd, dat Lucy eigenlijk mijn laatste 'we vertellen elkaar alles'-vriendin was geweest. Op school wisten ze niet hoe ze moesten reageren op het nieuws over mijn vader en van de ene op de andere dag leek het alsof ik ook niet wist hoe ik er met anderen over moest praten. En omdat ik radicaal uit mijn oude vriendengroep was gegooid, was ik aan het eind van het schooljaar, toen de voorbereidingen voor onze vakantie hier begonnen, alleen over. Zonder iemand om mee te praten. Maar lang geleden was Lucy degene aan wie ik alles vertelde, tot onze vriendschap, net als al het andere, kapot was gegaan.

Uit gewoonte keek ik naar de steigerpaal. In al die jaren hadden Lucy en ik vanaf onze steigers een heel complex communicatiesysteem ontwikkeld, met behulp van zaklampen en onze eigen morseseinen als het donker was en een heel onnauwkeurige methode met seinvlaggen als het licht was. En als een van ons de ander echt heel nodig moest spreken, bonden we een roze bandana aan de steigerpaal. Toegegeven, het systeem was niet al te efficiënt en meestal hadden we elkaar al aan de telefoon voor we de lichten, de vlaggen of de bandana's zelfs maar hadden opgemerkt. Vandaag was haar steigerpaal natuurlijk bandanaloos.

Ik schopte mijn slippers uit en liep op blote voeten over de door de zon verwarmde planken van de steiger. Er was in al die jaren zoveel over de steiger gelopen dat je nooit bang hoefde te zijn voor splinters, zoals op de veranda. Ik ging sneller lopen, ik rende bijna om zo snel mogelijk aan het eind te komen en de geur van het water en de pijnbomen op te snuiven en mijn tenen om de rand te krullen.

Maar toen ik er bijna was stond ik met een ruk stil. Er

bewoog iets aan het eind van de steiger. De kajak die ik al eerder had gezien, lag nu aangemeerd op het water te dobberen en ik zag de jongen die erin had gezeten het trappetje van de steiger op klimmen. Hij hield zich met één hand vast, in de andere had hij de kajakpeddel. De zon weerkaatste op het water en tegen dat verblindende licht was zijn gezicht niet te zien toen hij de steiger op stapte, maar ik dacht dat het wel een van de buren zou zijn. Hij liep naar voren, uit het licht, bleef toen met een ruk staan en staarde me aan. Ik knipperde van verbazing met mijn ogen en staarde terug.

Tegenover me, vijf jaar ouder, volwassen geworden en veel knapper dan ik me hem herinnerde, stond Henry Crosby.

3

Mijn mond viel open. Letterlijk. Tot op dat moment had ik nooit geweten dat dat in het echte leven kon gebeuren, maar wel dus. Ik deed hem snel weer dicht, knipperde nog een keer met mijn ogen en probeerde weer vaste grond onder mijn voeten te krijgen terwijl mijn brein worstelde met het concept van een volwassen Henry, hier tegenover me.

Hij liet de peddel op de steiger vallen, deed een kleine stap naar voren en sloeg zijn armen over elkaar. 'Taylor Edwards,' zei hij. Het was geen vraag.

'Henry?' vroeg ik zwakjes, al wist ik natuurlijk dat hij het was. Ten eerste had hij me herkend, en dat was bij een willekeurige kanoër waarschijnlijk niet het geval geweest. Ten tweede zag hij er hetzelfde uit, maar dan nog veel en veel knapper.

Hij was lang, met brede schouders en hetzelfde kortgeknipte bruine haar dat bijna zwart leek, zo donker was het. Ik kon de sproeten die hij vroeger had gehad niet meer ontdekken, maar zijn ogen hadden nog steeds dezelfde hazelnootkleur, al leken ze nu meer groen dan bruin. Zijn kaaklijn was breder geworden en zijn armen waren gespierd. Ik kon dat niet rijmen met de laatste keer dat ik hem had gezien, toen hij kleiner was dan ik en mager, met geschaafde ellebogen en knieën. Alles bij elkaar zag Henry er heel goed uit. En niet erg blij om mij te zien.

'Hoi,' zei ik, gewoon om iets te zeggen en te verhullen dat ik hem had aangestaard.

'Hallo,' zei hij koel. Zijn stem was ook zwaarder geworden en sloeg niet bij ieder woord over, zoals de laatste keer dat ik hem hoorde. Hij keek me aan en ik vroeg me opeens af wat voor veranderingen hij in mij zou zien en hoe hij vond dat ik er nu uitzag. Jammer genoeg was ik sinds mijn jeugd niet echt veranderd: ik had nog steeds blauwe ogen en steil, fijn haar dat ergens tussen blond en bruin in zat. En met mijn gemiddelde lengte en pezige bouw had ik zeker niet de rondingen gekregen waar ik als twaalfjarige zo op had gehoopt. Ik wou maar dat ik die ochtend de tijd had genomen om iets aan mijn uiterlijk te doen en niet zomaar uit bed was gerold. Henry bekeek mijn outfit van top tot teen en toen ik me realiseerde wat ik aanhad vervloekte ik mezelf in stilte. Ik was niet alleen iemand tegen het lijf gelopen die me duidelijk haatte, ik had ook nog een T-shirt aan dat ik van hem had gestolen.

'Dus,' zei hij en er viel een stilte.

Mijn hart bonkte en ik wilde plotseling niets liever dan me omdraaien en ervandoor gaan, de auto in springen en net zo lang doorrijden tot ik weer in Connecticut was.

'Wat kom je hier doen?' vroeg hij eindelijk met een scherpe klank in zijn stem.

'Ik kan jou hetzelfde vragen,' zei ik en ik dacht even aan een paar minuten geleden, toen ik Warren nog zo stellig had verteld dat Henry verleden tijd was, ervan overtuigd dat ik hem nooit meer terug zou zien. 'Jullie waren toch weggegaan?'

'Je dacht dat ík weg was gegaan?' vroeg hij met een kort humorloos lachje. 'Echt.'

'Ja,' zei ik een beetje kregel. 'We kwamen vandaag langs jullie huis en het was helemaal veranderd. En nu blijkbaar het eigendom van een zuipschuit die Maryanne heet.'

'Nou, er is in vijf jaar een boel veranderd, Taylor,' zei hij en ik realiseerde me dat hij me voor de tweede keer bij mijn hele naam noemde. Vroeger zei hij alleen Taylor tegen me als hij boos op me was. Meestal noemde hij me Edwards, of Tay. 'Wij zijn bijvoorbeeld verhuisd.' Hij wees naar het huis naast het onze, het huis dat zo dichtbij stond dat ik de rij bloempotten in de vensterbank kon zien. 'Daarheen.'

Even staarde ik in de richting die hij aanwees. Dat was het huis van de Morrisons en ik had gewoon aangenomen dat meneer en mevrouw Morrison er nog steeds woonden, met hun valse poedel. 'Je woont naast mij?'

'Al een paar jaar,' zei hij. 'Maar jullie verhuurden het huis altijd, dus ik dacht niet dat je ooit nog terug zou komen.'

'Om eerlijk te zijn: ik ook niet,' gaf ik toe.

'Wat is er dan gebeurd?' vroeg hij terwijl hij me recht aankeek. Zijn ogen waren zo groen dat ik ervan schrok. 'Waarom ben je opeens terug?'

Mijn adem stokte in mijn keel toen de reden, nooit echt uit mijn gedachten, mijn geest weer overspoelde. Zelfs het middaglicht leek erdoor te verflauwen. 'Nou,' begon ik langzaam terwijl mijn ogen van hem naar het water gleden en ik probeerde te bedenken hoe ik het uit kon leggen. Het was eigenlijk helemaal niet zo ingewikkeld, ik hoefde alleen maar iets te zeggen als: *Mijn vader is ziek. Dus we brengen de zomer samen hier door.* Dat was niet zo moeilijk. Het werd pas moeilijk als de vragen kwamen. *Hoe ziek is hij? Wat heeft hij? Is het ernstig?* En dan de onvermijdelijke reactie als mensen beseften hoe ernstig het eigenlijk was. En dat ik bedoelde, maar niet had gezegd, dat we onze *laatste* zomer samen doorbrachten.

Ik had ook geen verklaring ingestudeerd, want ik had ervoor gezorgd dat ik dit gesprek nooit hoefde te voeren. Het nieuwtje had op school heel snel de ronde gedaan, zodat ik niks hoefde uit te leggen. En als ik samen met mijn moeder was en we kwamen iemand tegen bij de supermarkt die naar mijn vader vroeg, liet ik het aan haar over om het nieuws te vertellen. Ik keek dan nadrukkelijk de andere kant op, of liep een eindje weg alsof ik onweerstaanbaar werd aangetrokken door het gangpad met cornflakes, en deed ondertussen alsof het moeizame gesprek helemaal niets met mij te maken had. Ik wist niet zeker of ik de woorden wel hardop kon zeggen – laat staan de vragen kon beantwoorden – zonder in te storten. Ik had nog niet echt gehuild en wilde niet het risico lopen dat dat nou net bij Henry Crosby zou gebeuren.

'Het is een lang verhaal,' zei ik uiteindelijk, mijn blik gericht op het kalme oppervlak van het meer.

'Ja,' zei Henry sarcastisch. 'Vast wel.'

Ik schrok van zijn toon. Zo had Henry nog nooit tegen me gesproken. Als we vroeger ruzie hadden, was dat op een kinderlijke manier gegaan: beetje stompen, beetje schelden, beetje pesten. Eigenlijk wilden we die hele ruzie zo snel mogelijk achter de rug hebben zodat we weer vrienden konden zijn. Maar zoals hij nu praatte, zoals we elkaar afsnauwden, leek het net alsof ik opeens een vreemde taal moest spreken tegen iemand met wie ik altijd Engels had gepraat.

'Waarom ben je eigenlijk verhuisd?' vroeg ik, iets agressiever dan de bedoeling was. Ik draaide me naar hem toe en sloeg mijn armen over elkaar. Binnen Lake Phoenix werd bijna niet verhuisd: tijdens de rit hierheen had ik bij het ene na het andere huis de naamborden gezien die ik kende, omdat de eigenaars nog steeds dezelfde waren.

Ik verwachtte een rechtstreeks antwoord en was verbaasd toen Henry rood werd en zijn handen in de zakken van zijn korte broek stak. Dat deed hij altijd als hij niet wist wat hij moest zeggen. 'Dat is een lang verhaal,' herhaalde hij en hij keek naar de grond. Even was het enige geluid het zachte *bonk-bonk* van de plastic kajak tegen de houten steigerpalen. 'Nou ja,' zei hij even later, 'we wonen nu hier.'

'Juist,' zei ik met het idee dat we dat al hadden vastgesteld. 'Dat begreep ik al.'

'Ik bedoel dat we hier het hele jaar wonen,' legde hij uit. Hij keek me recht aan en ik probeerde mijn verbazing te verbergen. Je kón wel het hele jaar in Lake Phoenix wonen, maar bijna niemand deed dat. Het was vooral een vakantieoord. En vijf jaar geleden woonde Henry nog in Maryland. Zijn vader werkte in D.C., iets financieels. Hij kwam net als de andere vaders in het weekend naar Lake Phoenix en bleef de rest van de tijd in de stad voor zijn werk.

'O,' zei ik en ik knikte alsof ik het begreep. Ik had geen idee wat dat voor de rest van zijn leven betekende, maar het zag er niet naar uit dat hij me een gedetailleerde verklaring ging geven en ik vond niet dat ik het recht had om meer uitleg te vragen. Ik realiseerde me opeens dat de afstand tussen Henry en mij veel groter was dan de paar meter die ons nu scheidden.

'Ja,' zei Henry en ik vroeg me af of hij zich net zo voelde als ik, alsof hij op de steiger stond met een vreemde. 'Ik moet gaan,' zei hij toen kortaf en hij wendde zich af.

Het voelde verkeerd om het zo onzeker te laten eindigen en dus zei ik in een poging tot beleefdheid toen hij langs me liep: 'Goed om je weer te zien.'

Hij stopte, niet meer dan een meter bij me vandaan, dichterbij dan ooit, zo dichtbij dat ik kon zien dat hij nog steeds sproeten op zijn wangen had, maar zo weinig dat ik ze bijna per stuk kon onderscheiden en als sterrenbeelden met elkaar verbinden. Ik kon mijn hart in mijn keel voelen kloppen en ik dacht in een flits terug aan een van onze eerste aarzelende kussen vijf jaar geleden, hier op deze steiger. *Ik heb je gekust* schoot door me heen voor ik het kon tegenhouden.

Ik keek naar Henry, nog steeds zo dichtbij, en vroeg me af of hij zich hetzelfde herinnerde. Maar hij keek me aan met een vlakke, sceptische blik en toen hij weer verder liep realiseerde ik me dat hij expres niet had gereageerd op mijn 'goed om je weer te zien'.

Op een andere dag had ik het er misschien bij gelaten. Maar ik was chagrijnig en moe en ik had net vier uur geluisterd naar boybands en feiten over de energie van licht en ik voelde een driftbui opkomen. 'Luister 's, voor mij hoefden we echt niet terug,' zei ik en ik hoorde mijn stem luider en scheller worden.

'Waarom ben je hier dan?' vroeg Henry en zijn stem klonk ook harder.

'Ik had geen keus,' snauwde ik. Ik wist dat ik te ver ging, maar ik wist ook dat ik mezelf niet meer kon stoppen. 'Ik wilde hier helemaal nooit meer terugkomen.'

Heel even leek hij gekwetst, maar toen was die blik verdwenen en had hij weer dezelfde ijzige uitdrukking op zijn gezicht.

'Nou,' zei hij, 'misschien ben jij niet de enige die dat wilde.'

Ik probeerde niet terug te deinzen, ook al wist ik dat ik erom had gevraagd. We staarden elkaar aan in een tijdelijke impasse en ik realiseerde me wat een van de grootste problemen van een ruzie op een steiger was: dat je nergens heen kunt als de ander tussen jou en het vasteland in staat.

'Dus,' zei ik uiteindelijk terwijl ik het oogcontact verbrak en mijn armen over elkaar sloeg, 'ik zie je wel weer.' Met de klank van mijn stem probeerde ik duidelijk te maken hoe weinig het me kon schelen.

Henry zwaaide de kajakpeddel als een bijl over zijn schouder. 'Dat lijkt me onvermijdelijk, Taylor,' zei hij spottend. Hij keek nog even naar me, draaide zich toen om en liep weg. Ik wilde hem niet nakijken en beende naar het eind van de steiger.

Ik keek uit over het water, naar de zon die er net over begon te denken om onder te gaan, en slaakte een diepe zucht. Dus Henry woonde naast me. Het zou wel goed komen. Ik kon ermee omgaan. Ik zou gewoon de hele zomer binnen blijven. Plotseling uitgeput bij de gedachte aan al dat gedoe ging ik zitten en liet mijn voeten over het wateroppervlak glijden. Op dat moment werd mijn blik getrokken door iets op de uiterste hoek van de steiger.

HENRY

+

TAYLOR

4EVER

We hadden het vijf jaar geleden samen in het hout gekerfd, in het midden van een scheef hart. Ik kon niet geloven dat het er na al die tijd nog steeds stond. Ik gleed met mijn vingers over het plusteken en vroeg me af hoe ik op twaalfjarige leeftijd had kunnen denken dat ik wist wat *forever* inhield.

Achter me hoorde ik het geluid van banden op grind en toen autoportieren die dichtsloegen, en ik wist dat mijn ouders eindelijk waren aangekomen. Ik duwde mezelf overeind en sjokte de steiger af terwijl ik me afvroeg hoe ik hier terecht was gekomen.

4

Drie weken eerder

Het was officieel de vreselijkste verjaardag ooit. Ik zat naast Warren op de bank, met Gelsey voor ons op de grond, op haar buik, haar benen achter haar op de grond in een kikkerachtige ruitvorm waar ik altijd de rillingen van kreeg. We keken samen naar de comedy waar we geen van allen ook maar één keer om hadden gelachen en ik had het gevoel dat mijn broer en zus alleen maar bij me waren omdat ze het gevoel hadden dat dat moest. Ik zag Warren af en toe stiekem naar zijn laptop kijken en ik kon wel raden dat Gelsey liever op haar kamer zou zijn (inmiddels veranderd in een geïmproviseerde balletstudio) om haar *fouettes* te oefenen, of wat dan ook.

Ze hadden geprobeerd om alles zo feestelijk te maken als onder de omstandigheden mogelijk was. Ze hadden mijn lievelingspizza besteld, met ananas en salami, een kaars in het midden gezet en geklapt terwijl ik hem uitblies. Ik hield mijn ogen stijf gesloten, al kon ik me niet herinneren wanneer ik voor het laatst een verjaardagswens had gedaan terwijl ik echt dacht dat hij uit zou komen. Maar dit was een vurige ogen-stijf-dichtwens dat alles goed zou aflopen met mijn vader, dat alles wat nu gebeurde een vergissing was, een vals alarm, en ik bezielde die wens met net zo veel hoop op de uitkomst als toen ik klein was en ik niks meer van het universum verlangde dan een pony.

De lachband van de comedy schetterde door de kamer en ik keek op de klok van de dvd-speler. 'Hoe laat zouden ze thuis zijn?' vroeg ik.

'Mam wist niet zeker of ze vanavond wel terug zouden komen,' zei Warren. Hij keek me even aan en toen snel weer naar de televisie. 'Ze zei dat ze zou bellen.'

Ik knikte en richtte me weer op het gedoe op het scherm, al kon ik het amper volgen. Mijn ouders waren in Sloan-Kettering, een kankerziekenhuis in Manhattan, waar mijn vader verschillende onderzoeken moest ondergaan. Ze waren er al drie dagen, omdat de rugklachten waar hij al een paar maanden mee rondliep helemaal geen rugklachten bleken te zijn. Wij drieën moesten voor onszelf zorgen en we voerden de huishoudelijke karweitjes zonder klagen uit en waren veel aardiger voor elkaar dan normaal, maar ondertussen praatten we geen van allen over waar we allemaal bang voor waren, alsof het werkelijkheid zou worden zodra we het woord uitspraken.

Mijn moeder had me die ochtend opgebeld met excuses omdat ze mijn verjaardag misten, en ook al zei ik dat het niet gaf, ik kreeg wel een knoop in mijn maag. Want het voelde alsof ik op een bepaalde manier mijn verdiende loon kreeg. Mijn vader en ik hadden altijd een heel hechte band gehad: we deden samen boodschappen, ik hielp hem om verjaardags- en kerstcadeautjes voor mijn moeder uit te zoeken en ik was de enige met hetzelfde gevoel voor humor. Dus had ik moeten zien dat er iets mis was. Ik had de tekenen toch gezien, hoe zijn gezicht vertrok als hij zich in de lage bestuurdersstoel van zijn sportauto liet zakken, dat hij meer moeite had met tillen en zich wat voorzichtiger bewoog. Maar ik had niet gewild dat het echt was, ik wilde dat het gewoon vanzelf weer weg zou gaan en had dus niks gezegd. Mijn vader had een grondige hekel aan dokters, en ook al kon mijn moeder vermoedelijk dezelfde dingen zien als ik, ook zij had niet aangedrongen op een doktersbezoek. En mijn eigen drama op school had al mijn aandacht opgeëist. Ik vond het einde van mijn verkering, inclusief de nasleep, het ergste wat ik ooit had meegemaakt.

Ik dacht net hoe stom ik was geweest toen het licht van koplampen buiten door de duisternis sneed en tot boven aan onze oprit klom. Een seconde later klonk het gezoem van de garagedeur. Gelsey ging rechtop zitten en Warren deed het geluid uit. In de plotselinge stilte keken we elkaar even aan.

'Ze zijn weer terug, dat is een goed teken, toch?' zei Gelsey vragend. Om de een of andere reden keek ze mij aan, alsof ik het antwoord wist, en ik keek naar de tv, waar de grappen werden afgebouwd en alles weer helemaal goed kwam.

Ik hoorde de deur open en dicht gaan en toen stond mijn moeder in de deuropening van de tv-kamer. Ze zag er uitgeput uit.

'Kunnen we even met jullie praten in de eetkamer?' vroeg ze. Ze wachtte niet op antwoord, maar ging gelijk weer weg.

Toen ik van de bank opstond, voelde ik de knoop in mijn maag groter worden. Dit leek niet het goede teken te zijn waar Gelsey op doelde en waar ik zo op gehoopt had. Als er goed nieuws was geweest, had mijn moeder het heus wel meteen gezegd. Dan had ze ons niet naar de eetkamer geroepen, dat leek op zichzelf al onheilspellend. De eetkamer werd maar een paar keer per jaar gebruikt, voor speciale etentjes op extra mooie borden, en verder was het de plek waar dingen werden Besproken.

Ik liep achter Warren en Gelsey aan door de keuken naar de eetkamer, waar ik mijn vader op zijn gewone plek zag zitten, aan het hoofd van de tafel. Hij leek op de een of andere manier kleiner dan een paar dagen geleden. Mijn moeder stond bij het kookeiland in de keuken met een vierkante witte doos van de banketbakker en ze trok me even onhandig, met één arm, tegen zich aan. We waren niet zo knuffelig in ons gezin, dus dit was net zo'n verontrustend teken als het feit dat we het nieuws in de eetkamer moesten horen.

'Het spijt me zo van je verjaardag, Taylor,' zei ze. Ze gebaarde naar de witte doos en ik zag dat op de sticker die de doos gesloten hield BILLY'S stond. Dat was mijn favoriete cupcakebakker. 'Ik heb deze voor jou gekocht, maar misschien...' Ze keek even naar de eetkamer en beet op haar lip. 'Misschien bewaren we ze voor daarna.'

Ik wilde vragen *Na wat?* maar ik had ook het gevoel, en dat werd met elke minuut die voorbijging sterker, dat ik het antwoord al wist. Terwijl mijn moeder zich vermande voor ze zich bij de rest van de familie voegde, keek ik naar de voordeur en voelde de bekende impuls opkomen: het gevoel dat alles makkelijker zou zijn als ik ervandoor ging. Gewoon mijn cupcakes pakken en wegwezen, dan hoefde ik dit niet onder ogen te zien.

Maar natuurlijk deed ik dat niet. Ik liep achter mijn moeder aan de eetkamer in, waar ze mijn vaders hand vastpakte, ons allemaal aankeek, diep ademhaalde en toen bevestigde waar we allemaal bang voor waren geweest.

Toen ze de woorden uitsprak leek het alsof ik ze van diep onder water hoorde. Mijn oren tuitten en ik keek de tafel rond, naar Gelsey, die al aan het huilen was, naar mijn vader, die bleker was dan ik hem ooit had gezien, en naar Warren, die zijn wenkbrauwen fronste zoals hij altijd deed als hij geen emotie wilde tonen. Ik kneep mezelf hard in de binnenkant van mijn arm in de hoop dat ik wakker zou worden uit de nachtmerrie waar ik in beland was en waar ik niet uit leek te kunnen komen. Maar het knijpen hielp niet en ik zat nog steeds aan tafel toen mijn moeder nog meer verschrikkelijke woorden zei. *Kanker. Alvleesklier. Stadium vier. Vier maanden, misschien langer. Misschien korter.*

Toen ze klaar was en Gelsey zat te hikken en Warren enorm naar het plafond zat te staren en veel meer met zijn ogen knipperde dan anders, zei mijn vader voor het eerst iets. 'Ik vind dat we het over de vakantie moeten hebben,' zei hij en zijn stem klonk schor. Ik keek naar hem en hij ving mijn blik op en opeens schaamde ik me dat ik niet in tranen was uitgebarsten zoals mijn kleine zusje, dat ik alleen maar een vreselijke holle verdoving voelde. Alsof ik hem op de een of andere manier in de steek liet. 'Ik wil de zomer graag met jullie allemaal in het huis aan het meer doorbrengen,' zei hij. Hij keek de tafel rond. 'Wat vinden jullie?'

5

'Dat gelóóf je toch niet?' Mijn moeder klapte een van de keukenkastjes iets harder dicht dan strikt noodzakelijk was en draaide zich hoofdschuddend naar me om. 'Ze hebben al mijn kruiden meegenomen. Dat doe je toch niet?'

'Hmm,' mompelde ik. Ik was gerekruteerd om mijn moeder te helpen met het inruimen van de keuken, maar ik was eigenlijk niet verder gekomen dan het inrichten en herinrichten van de bestekla. Alles beter dan aan een van die grote dozen te beginnen die nog uitgepakt moesten worden. Tot nu toe had mijn moeder nog niks gemerkt, omdat ze de inventaris had opgemaakt van wat er nog in de keukenkastjes stond. Blijkbaar hadden de huurders van afgelopen zomer bijna alles meegenomen wat niet vastgespijkerd zat, inclusief schoonmaakmiddelen en alle kruiderijen uit de koelkast. Daar stond tegenover dat ze een heleboel van hun eigen spullen hadden achtergelaten, waaronder dat ledikantje waar Gelsey zo geïrriteerd over was.

'Hoe moet ik nou koken zonder kruiden?' mompelde mijn moeder terwijl ze een van de bovenkastjes opendeed en op haar tenen ging staan om de inhoud te inspecteren, met haar voeten naar buiten gedraaid in een perfecte eerste positie. Mijn moeder was vroeger een professionele balletdanseres geweest, en al had een peesblessure haar toen ze in de twintig was buitenspel gezet, ze zag er nog steeds uit alsof ze elk moment de balletstudio weer binnen kon lopen.

'Taylor.' Haar stem klonk iets scherper en ik keek haar aan.

'Wat?' vroeg ik terwijl ik een theelepeltje recht legde. Ik hoorde zelf hoe afwerend ik klonk.

Mijn moeder zuchtte. 'Kun je alsjeblieft ophouden met pruilen?'

Ik zou niet weten welke zin me nog erger aan het pruilen kon krijgen. En ook al wilde ik het niet, ik voelde dat ik fronste. 'Ik pruil niet.'

Mijn moeder keek door de afgeschermde veranda naar het water en toen weer naar mij. 'Deze zomer zal voor ons allemaal al zwaar genoeg zijn zonder deze... houding.'

Ik deed de bestekla harder dicht dan nodig was. Nu was ik niet alleen geërgerd, ik voelde me ook nog schuldig. Ik was nooit mijn moeders favoriet geweest, dat was Gelsey, maar we konden meestal redelijk met elkaar opschieten.

'Ik weet dat je hier niet naartoe wilde,' zei ze op mildere toon. 'Maar we moeten gewoon proberen er het beste van te maken. Oké?'

Ik deed de la nog een keer open en dicht. Ik had nog maar een paar uur in dit huis doorgebracht, maar ik kreeg er nu al claustrofobie van. En de aanwezigheid van een ex-vriendje dat me (terecht) haatte in het huis hiernaast maakte alles er niet beter op. 'Ik wil...' zei ik en stokte toen. 'Ik weet gewoon niet wat ik hier de hele zomer moet doen. En...'

'Mam!' Gelsey stampte de keuken in. 'Dat bedje staat nog steeds in mijn kamer. En de lichten doen het niet.'

'De Murphy's hebben de gloeilampen waarschijnlijk ook meegenomen,' mompelde mijn moeder hoofdschuddend. 'Ik zal even kijken.' Ze liep achter Gelsey de keuken uit met haar hand op haar schouder, maar op de drempel stond ze stil en draaide zich om. 'We zullen het er later nog wel over hebben, Taylor. Waarom haal jij of Warren in de tussentijd niet even pizza? Het ziet er niet naar uit dat ik hier vanavond nog iets ga koken.'

Ze ging weg en ik bleef achter in de keuken, waar mijn blik bleef haken aan de oranje pillenflesjes op het aanrecht. Ik keek er nog even naar en ging toen op zoek naar mijn vader, want ik wist: waar hij is, daar is Warren ook.

In zo'n klein huis hoefde ik niet lang te zoeken. Ik vond ze samen aan de eettafel, mijn vader met zijn bril op en een stapel papieren en zijn laptop voor zich, Warren met een gigantisch boek waar hij met gewichtig gefronste wenkbrauwen in zat te lezen, ondertussen aantekeningen makend. Warren was vervroegd toegelaten op Penn, de universiteit van Pennsylvania, en druk bezig met een pre-universitair traject. Maar als je hem zo zag zitten zou je denken dat hij al partner was op een advocatenkantoor en dat het behalen van zijn bachelor- en mastertitel alleen nog maar een formaliteit zou zijn.

'Hé,' zei ik en ik prikte mijn broer in zijn rug terwijl ik naast mijn vader ging zitten. 'Mam zei dat je pizza moest gaan halen.'

Warren trok zijn wenkbrauwen op. 'Ik?' Mijn vader wierp hem een snelle blik toe en hij stond meteen op. 'Ik bedoel, oké. Hoe heet die pizzatent hier ook alweer?'

Ik keek naar mijn vader, net als Warren. Mijn broer

mocht dan een fotografisch geheugen hebben, mijn vader was degene die de belangrijke dingen onthield: gebeurtenissen, data, de naam van een pizzarestaurant.

'The Humble Pie,' zei hij. 'Als-ie er nog is, natuurlijk.'

'Daar kom ik wel achter,' zei Warren. Hij trok zijn poloshirt recht en liep naar de deur. Na een paar stappen stopte hij en draaide zich om. 'Wisten jullie dat pizza eigenlijk is uitgevonden als een manier om restjes op te maken? Het begon in Italië, in de vijftiende...'

'Jongen,' onderbrak mijn vader hem, 'misschien bij het eten?'

'Komt voor mekaar.' Warren kleurde een beetje en liep snel de deur uit. Even later hoorde ik de voordeur dichtslaan en de auto starten.

Mijn vader keek naar me over zijn computerscherm en trok een wenkbrauw op. 'Zo, meisje. Dus je moeder vroeg echt of je broer de pizza wilde gaan halen?'

Ik probeerde een glimlach te verbergen terwijl ik aan een los draadje onder aan mijn T-shirt trok en mijn schouders ophaalde. 'Ze heeft misschien gezegd: een van beiden. Ik heb het gedelegeerd.'

Hij schudde zijn hoofd en keek met een klein glimlachje weer naar zijn papieren. Na de diagnose was hij niet gestopt met werken, naar eigen zeggen omdat hij de losse eindjes nog wilde afwerken, maar ik wist dat hij er niet tegen kon om niet te werken. Hij was partner op zijn advocatenkantoor, gespecialiseerd in hoger beroep. Elke zaterdag ging hij naar kantoor, en vaak ook nog op zondag. We vonden het heel gewoon dat hij maar een of twee keer per week thuis at en de rest van de tijd aan het werk was. Ik was gewend geraakt aan het gerinkel van de telefoon laat op de avond of vroeg in de ochtend. Ik was gewend geraakt aan het vage gezoem van de garagedeur om vier uur 's ochtends als hij vroeg naar kantoor ging, iemands laatste hoop op een tweede kans.

'Waar werk je nu aan?' vroeg ik toen hij een paar minuten in stilte had zitten typen.

'Een kort geding,' zei hij terwijl hij even opkeek. 'Ik ben er al een paar weken mee bezig. Ik zou er al eerder mee klaar zijn geweest, maar...' Hij maakte de zin niet af en ik wist wat hij bedoelde. Een paar weken geleden, drie om precies te zijn, hadden we te horen gekregen wat hem mankeerde en daardoor was alles tijdelijk ontspoord.

'Dat is niet echt kort te noemen,' zei ik in een poging om de stemming te verbeteren en ik werd beloond met een glimlach.

'Goeie,' zei hij waarderend. Mijn vader hield van woordspelingen, hoe flauwer hoe beter, en ik was de enige die ze duldde. En die ze zelf ook probeerde te maken. 'Het is gewoon...' Hij keek naar het scherm en schudde zijn hoofd. 'Ik wil dit gewoon goed doen. Het ziet ernaar uit dat het mijn nalatenschap wordt.'

Ik knikte en keek naar de krassen in het houten tafelblad, onzeker van de reactie die hij verwachtte. We wisten allemaal wat er met mijn vader aan de hand was, maar we hadden er sinds mijn verjaardag niet meer over gepraat en ik had geen idee wat ik moest zeggen.

'Nou,' zei mijn vader even later wat zachter. 'Aan de slag maar weer.' Hij begon weer te typen en ook al was ik van plan geweest om op te staan en uit te gaan pakken, het leek opeens verkeerd om hem alleen te laten terwijl hij aan zijn laatste zaak werkte. Dus ik bleef naast hem zitten, de stilte alleen onderbroken door zijn getik op het keyboard, tot we het geknars van autobanden op het grind hoorden en mijn moeders stem die riep dat we gingen eten.

De badkamer was te klein.

Dat werd overduidelijk toen we ons allemaal tegelijk gingen klaarmaken voor de nacht. Warren noemde dat zijn 'ceremoniële avondwassing'.

'Jullie hebben helemaal geen plek voor mij overgelaten,' zei ik. Ik wurmde me langs Gelsey, die ondraaglijk langzaam haar tanden stond te poetsen, en wierp een blik in het medicijnkastje. Het stond vol met Warrens lenzenspullen, Gelseys beugeldoosje en lippenbalsems en veel meer tubes tandpasta dan logisch was.

'Dan had je maar eerder moeten zijn,' zei Warren vanuit de deuropening. Hij maakte de kleine ruimte nóg kleiner. 'Schiet een beetje op, wil je?' zei hij tegen Gelsey. Die schonk hem een tandpastaglimlach en begon nog langzamer te borstelen. Als ik het niet zelf gezien had, had ik niet geloofd dat het kon.

'Ik wist niet dat ik kastruimte op moest eisen,' snauwde ik terwijl ik een paar van zijn lenzendozen opzijschoof om ruimte te maken voor mijn gezichtslotion en make-upremover.

Gelsey was eindelijk klaar met tandenpoetsen, spoelde haar tandenborstel af en zette hem zorgvuldig in de houder. 'Je kunt wel spullen in de douche bewaren als je wilt,' zei ze terwijl ze haar schouders ophaalde en met een ruk het groen gestreepte douchegordijn opzijschoof dat er al een eeuwigheid hing. 'Ik weet zeker dat er wel plaats...' Gelsey hield plotseling op met praten en begon te gillen.

Een seconde later zag ik waarom: er zat een enorme spin in de hoek van het bad. Hij leek op een hooiwagen en ik had jaren geleden tijdens een of andere boswandeling geleerd dat die niet gevaarlijk waren. Maar dat betekende niet dat ik graag een spin zo groot als mijn hoofd in ons bad tegenkwam. Ik deed een stap achteruit en botste tegen Warren op, die ook maakte dat hij wegkwam.

'Papa!' gilde Gelsey en ze stormde naar de deur.

Toen mijn vader een paar seconden later arriveerde met mijn moeder in zijn kielzog, stonden wij drieën op een kluitje in de deuropening. Ik hield de spin in het oog voor het geval hij ervandoor wou gaan.

'Spin,' zei Warren en hij wees naar het bad. '*Pholcidae.*'

Mijn vader knikte en stapte de badkamer in.

'Ga je hem doodmaken?' vroeg Gelsey, die zich zo'n beetje achter mijn moeder had verstopt. Dat vond ik wel een tikje melodramatisch.

'Nee,' zei mijn vader. 'Ik heb een papiertje nodig en een glas.'

'Komt voor elkaar,' zei Warren. Hij haastte zich naar buiten en kwam even later terug met een van mijn tijdschriften en een waterglas. Hij gaf ze over de drempel heen aan mijn vader en wij bleven allemaal op afstand. Het was niet alleen de arachnofobie, mijn vader vulde gewoon de hele badkamer. Hij had als student een sportbeurs gehad voor American football. Hij was lijnverdediger geweest en nu was hij nog steeds groot, ook al was hij de laatste tijd wel wat afgevallen: lang, breedgeschouderd en met een diepe, galmende stem, in al die jaren getraind om door de hele rechtszaal heen de oren van de jury te bereiken.

Even later kwam mijn vader met het glas tegen het tijdschrift gedrukt achter het douchegordijn vandaan. De spin schoot over zijn toeren van de ene kant van het glas naar het andere, over het gezicht van het sterretje op de cover. Mijn vader vertrok zijn gezicht toen hij overeind kwam en mijn moeder pakte hem meteen het tijdschrift af en duwde het mij in handen.

'Taylor, zet hem even buiten, wil je?' Ze deed een stap in de richting van mijn vader en vroeg, haar stem nu zachter: 'Gaat het, Robin?'

Robin was mijn vaders volledige naam, maar hij werd altijd Rob genoemd. Hij heette alleen Robin als mijn moeder boos was of zich zorgen maakte, of als mijn grootvader op bezoek kwam.

Mijn vaders gezicht was nog steeds vertrokken en ik kon het niet langer verdragen om te kijken naar iets wat ik nog bijna nooit had gezien: mijn vader die pijn had. Met het tijdschrift en de gevangen spin in mijn hand draaide ik me om, blij dat ik een excuus had om ervandoor te gaan.

Ik liep de voordeur uit, de treden naar het grindpad af, en tilde het glas op. Ik verwachtte dat de spin onmiddellijk weg zou rennen, dus ik was verbaasd dat hij verstijfd bleef zitten, boven op de Beste Schoonheidstips voor de Zomer. 'Wegwezen,' zei ik en ik schudde het tijdschrift heen en weer. Eindelijk begreep hij de boodschap en schoot ervandoor. Ik schudde het tijdschrift nog een keer uit en wilde weer naar binnen gaan, maar de herinnering aan mijn vaders gezicht maakte dat ik het tijdschrift en het glas op de veranda achterliet en over het grindpad naar de weg liep.

Ik was op blote voeten en ik kromp ineen bij iedere stap, wat me eraan herinnerde hoelang het geleden was dat ik dit zonder schoenen kon doen. Hoelang ik hier niet was geweest. Halverwege de oprit kwam ik bij onze berenkast, een verzwaard houten geval dat beren bij het afval vandaan moest houden, en ik moest even blijven staan om mijn voeten te laten rusten. Ik zag dat de vuurvliegjes al aan en uit begonnen te knipperen in het gras. Toen hinkte ik zo'n beetje naar de het eind van de oprit en stapte de verharde weg op.

Ook al wilde ik het niet, ik liep toch in de richting van de buren. Het licht was aan in het huis waarvan ik nu wist dat het Henry's huis was en scheen naar buiten, waar het grote vierkanten maakte op het grindpad. Ik keek naar de verlichte ramen, vroeg me af of hij thuis was en zo ja, wat dan zijn kamer was, voor ik mezelf betrapte en besefte hoe idioot ik deed. Ik keek de andere kant op en zag voor het eerst dat er een ronde tent naast het huis stond. Terwijl ik toekeek lichtte de tent op en tekende het silhouet van wie er ook in zat zich scherp af. Ik draaide me om en liep snel een paar stappen de straat af, nonchalant, alsof ik alleen buiten was om naar de sterren te kijken.

Dat was eigenlijk ook een heel goed idee, besloot ik toen ik de enorme maan boven me aan de hemel zag staan, die massa's licht op het wegdek wierp. Ik legde mijn hoofd in mijn nek op zoek naar sterren.

Ik was er van kleins af aan dol op geweest en mijn opa, die bij de marine zat, had me een boek over sterrenbeelden gestuurd. Ik had ze nooit goed leren herkennen, maar de verhalen waren me bijgebleven. Minnaars die naar het eind van het universum werden verbannen, godinnen die als straf voor hun ijdelheid ondersteboven werden gehangen. Als de avond helder genoeg was keek ik omhoog en probeerde patronen aan de hemel te ontdekken, probeerde te begrijpen wat die mensen lang geleden ertoe had aangezet om hun verhalen te vertellen. In Lake Phoenix waren de sterren altijd beter te zien en vanavond leek het alsof ze de hele hemel hadden overgenomen. Ik bleef ernaar kijken tot ik weer het gevoel had dat ik kon ademhalen, misschien pas voor het eerst die dag. Misschien voor het eerst in de laatste drie weken.

Ik wist niet hoe ik deze zomer door moest komen. Ik was hier nog maar een paar uur, maar ik had nu al het gevoel dat ik het niet meer aankon. We deden net alsof er niks aan de hand was. We praatten niet eens over de reden waarom we hier allemaal naartoe waren gevlucht. In plaats daarvan hadden we tijdens het eten naar Warren geluisterd, die maar doorging over de uitvinding van de pizza.

Ik draaide me om om terug naar huis te gaan en stond meteen weer stil. De hond van die middag zat aan het eind van onze oprit, op de grens tussen grind en asfalt. Ik speurde de straat af, op zoek naar een eigenaar met een riem en een plastic zakje in de hand. In Lake Phoenix waren de straten zo veilig en vaak ook zo verlaten dat veel mensen hun hond los lieten lopen. Er waren maar één keer moeilijkheden geweest, op de avond dat de Morrisons hun valse poedel uitlieten en een beer tegenkwamen, zonder twijfel op berenkasten-strooptocht. Meneer en mevrouw

Morrison hadden snel de aftocht geblazen, maar hun poedel was behalve vals blijkbaar ook niet al te slim. Die dacht dat de beer een soort grote hond was en wandelde erheen om gedag te zeggen. Op een bepaald moment begreep de hond dat dit een heel stom idee was en ging hij er, ongedeerd, vandoor. Sindsdien hielden de Morrisons hem altijd aan de lijn. Aan een heel kort lijntje.

Maar vanavond was het rustig op straat, er waren geen avondwandelaars op zoek naar hun enigszins afwijkende hondachtige. Ik deed een stap vooruit en de hond stond niet op om weg te gaan, hij verstijfde zelfs niet. Hij kwispelde juist nog harder met zijn staart, alsof ik precies degene was op wie hij had gewacht. Ik zag dat zijn halsband vaalblauw was (dus hij was waarschijnlijk een mannetje) en dat er iets op de penning was geschreven. Dus hij had wel een huis, maar hij koos ervoor om daar nu niet te zijn. Op dit moment kon ik dat goed begrijpen.

Waar het dan ook was, de hond woonde duidelijk wel ergens en dat was niet op onze oprit, al leek hij dat zelf wel te denken. Ik liep om hem heen het grindpad op, terug naar het huis. De hond kon vast wel voor zichzelf zorgen. Ik had nog maar een paar stappen gelopen toen ik een zacht rinkelend geluid achter me hoorde. Ik draaide me om en zag dat de hond me volgde. Hij bleef abrupt stilstaan en ging toen snel zitten, alsof ik dan niet door zou hebben dat hij had bewogen. Met het gevoel dat ik meedeed aan een bizar spelletje beeldentikkertje wees ik naar de weg. 'Nee,' zei ik zo streng mogelijk terwijl ik me de lessen van *Top Dog* probeerde te herinneren. 'Ga weg.'

Hij liet één van zijn oren zakken, hield zijn hoofd scheef

en keek naar me met een bijna hoopvolle blik in zijn ogen terwijl zijn staart op de grond bonsde. Maar hij ging niet weg.

Toen ik wat beter keek zag ik dat hij er een beetje sjofel uitzag, met klitten in zijn vacht. Maar ik dacht dat dat wel klopte, want als zijn eigenaars erg oplettend waren lieten ze hun hond zo laat op de avond ook niet alleen rondwandelen.

'Ga weg,' zei ik, deze keer nog strenger. 'Nu!' Ik bleef oogcontact maken, want dat zeiden ze altijd op tv. De hond keek me nog even recht aan. Toen liet hij ook zijn andere oor zakken en het leek alsof hij zuchtte. Maar hij stond wel op. Niet dat dat qua hoogte veel uitmaakte, want zijn poten waren eigenlijk wat te kort voor zijn lijf. Hij keek me nog één keer lang aan, maar ik probeerde geen teken van twijfel te laten zien. En na nog een moment draaide hij zich om en liep langzaam de oprit af.

De hond liep naar het einde van het grindpad, stopte even, sloeg toen linksaf en begon de straat af te lopen. Ik was van plan geweest om direct naar binnen te gaan, maar in plaats daarvan keek ik hem na. Hij werd kleiner en kleiner en het gerinkel van zijn halsband klonk zachter en zachter en toen was hij om de bocht verdwenen.

De volgende ochtend schrok ik wakker. Ik knipperde met mijn ogen, keek de kamer rond en wist even niet waar ik was. Toen viel mijn blik op de pinguïn op mijn ladekast en kwam alles weer terug. Ik kreunde en rolde me op mijn andere zij, maar hoewel ik mijn ogen dichtdeed wist ik al dat ik niet meer in slaap zou kunnen vallen.

Ik ging rechtop zitten en kneep mijn ogen tot spleetjes tegen het zonlicht dat door mijn raam naar binnen stroomde. Het zag ernaar uit dat het een prachtige dag zou worden, al had ik daar natuurlijk niks aan. Ik stapte uit bed, keek even naar de pinguïn, propte hem toen op de bovenste plank van de kast en deed de deur dicht, zodat hij niet elke dag het eerste zou zijn wat ik zag als ik wakker werd.

Ik liep de gang door, deed intussen mijn haar in een slordige paardenstaart en merkte dat het heel stil was in huis. In de keuken wierp ik een blik op de klok van de magnetron en snapte toen waarom. Het was pas acht uur. Nog niet zo lang geleden zou mijn vader al uren wakker zijn geweest. Dan had hij al een pot koffie gezet en de helft van de e-mails van die ochtend beantwoord en was hij al helemaal met zijn hoofd bij zijn werk. De aanblik van het lege koffiezetapparaat was genoeg om me eraan te herinneren dat alles nu anders was. Ik bleef op de een of andere manier verwachten dat alles weer 'gewoon' zou worden, maar 'gewoon' kwam nooit meer terug. Ik zou zelf een pot koffie kunnen zetten, maar ik wist helemaal niet hoe dat moest: dat was altijd mijn vaders verantwoordelijkheid geweest, net als het onthouden van belangrijke informatie.

Omdat ik niet alleen wilde zijn in dat stille huis ging ik naar buiten. Normaal gesproken was ik naar de steiger gegaan, maar na mijn ontmoeting met Henry de dag ervoor wist ik niet of ik daar ooit nog een keer zou komen deze zomer. Dus ik deed in plaats daarvan mijn slippers aan en liep de oprit af. Als ik terugkwam van mijn wandeling waren er misschien al meer gezinsleden opgestaan en konden we...

Ik bleef midden op het pad stilstaan toen ik besefte dat ik niet wist hoe ik die zin moest afmaken. Ik had geen idee wat ik deze vakantie zou gaan doen, behalve toekijken terwijl de wereld die ik altijd had gekend tot een eind kwam. Die gedachte dreef me weer voorwaarts, alsof ik alles op de een of andere manier achter me kon laten, samen met het stille huis en het lege koffiezetapparaat.

Ik liep expres in de tegenovergestelde richting van Henry's huis en zag voor het eerst dat we aan die kant ook nieuwe buren leken te hebben. Er stond in ieder geval een Prius op het pad en een bord met CUT TO: SUMMER.

Dockside Terrace, onze straat, was zo vroeg op de morgen nog leeg, op een slaperige man die een springerige golden retriever uitliet na. Ik wandelde door, kijkend naar de bordjes die voor alle huizen stonden, en ik herinnerde me er nog aardig wat. Bijna alle huizen in Lake Phoenix hadden namen in plaats van nummers. Maar ons huis had nooit een naambordje gehad, omdat we het nooit eens waren geworden over een naam. We stemden er elke zomer over, maar geen enkele naam leek precies te kloppen.

Ik was misschien twintig minuten onderweg toen ik besloot terug te gaan. Het werd al warmer buiten en hoe meer joggers en hondenuitlaters ik tegenkwam (ze zwaaiden allemaal vrolijk naar me) hoe meer ik me ervan bewust werd dat ik zo uit bed was gerold en niet eens een beha aanhad. Ik draaide me net om toen ik de opening tussen de bomen langs de weg opmerkte. Ik kon me de details niet meer precies herinneren, maar ik wist bijna zeker dat hier een pad begon dat bijna rechtstreeks naar mijn huis liep.

Ik bleef even aan de rand van het bos staan voor ik de opening door ging. Zo gauw ik dat had gedaan, leek het alsof ik een andere wereld binnen was gegaan. Het was hier stiller en donkerder, het gefilterde zonlicht viel in banen op de grond en maakte de bladeren aan de bomen gespikkeld. Ik was al jaren niet meer in het bos geweest, maar toen ik het pad begon te volgen voelde ik hoe vertrouwd het allemaal was. De dauwdruppels op het mos, de geur van de pijnbomen, het gekraak van takjes en bladeren onder mijn slippers. Het was hetzelfde gevoel als toen ik het huis weer binnen ging: het besef dat je wel iets achter kon laten, maar dat het daarmee niet verdwenen was. En terwijl ik daar liep merkte ik tot mijn verbazing dat ik het had gemist.

Een halfuur later waren mijn gevoelens voor het bos al wat minder warm en doezelig. Ik was het pad dat ik gevolgd had kwijtgeraakt. Mijn benen waren geschramd door twijgen, muggen hadden zich aan mijn nek te goed gedaan en ik wilde er niet over nadenken hoe mijn haar eruit zou zien. Maar ik was vooral boos op mezelf: het was niet te geloven dat ik zo dicht bij huis had kunnen verdwalen.

Ik had mijn telefoon niet bij me en die was op dit moment goed van pas gekomen met zijn ingebouwde kompas, om over gps maar niet te spreken. Ik kon nergens om me heen een huis ontdekken, ik had geen enkel oriëntatiepunt, maar ik was nog niet in paniek. Want ik dacht nog dat ik de weg terug zou kunnen volgen als ik het pad maar eenmaal gevonden had. Die kortere weg kon me niks meer schelen, ik wilde alleen nog naar huis.

Ergens in de verte hoorde ik een vogel krassen en een seconde later werd dat geluid beantwoord. Maar niet goed, en zeker niet door een vogel. Even later werd de vogelroep herhaald, iets beter deze keer, en ik liep zo snel ik kon in de richting van het geluid. Als er vogelaars in het bos waren, konden ze me misschien de kortste weg naar de straat wijzen, dan was ik misschien toch niet helemaal verdwaald.

Ik vond ze snel genoeg – het hielp dat ze de vogelroep bleven imiteren. Twee jongens, eentje lang, de andere ongeveer zo groot als Gelsey. Ze stonden allebei met hun rug naar me toe bij een boom omhoog te staren.

'Hoi,' riep ik. Het kon me niks meer schelen als ik voor gek stond. Ik wilde gewoon naar huis, ontbijten en lotion op mijn muggenbeten smeren. 'Sorry als ik stoor, maar…'

'Sst!' zei de grootste van de twee op luide fluistertoon, met zijn blik nog steeds op de boom gericht. 'We proberen de…' Hij draaide zich om en zweeg plotseling. Het was Henry, en hij leek net zo verbaasd om mij te zien als ik hem.

Ik voelde mijn mond weer openvallen en klapte hem snel

dicht. Ik wist zeker dat ik rood werd, en ik was nog niet bruin genoeg om dat te verbergen. 'Hoi,' mompelde ik en ik sloeg mijn armen stijf over elkaar. Ik vroeg me af hoe het kon dat ik er iedere keer wanneer ik hem tegenkwam nog slechter uitzag.

'Wat doe jij hier?' vroeg hij op dezelfde fluistertoon.

'Wat, mag ik nu al niet eens meer in het bos komen?' vroeg ik niet zo zachtjes, waardoor het joch dat naast hem stond zich ook omdraaide.

'Sst!' zei hij met een verrekijker voor zijn ogen. Hij liet de kijker zakken en ik besefte met een schok dat dit Henry's kleine broertje Davy was, bijna onherkenbaar omdat hij zeven was toen ik hem voor het laatst had gezien. Hij had nu veel weg van Henry op die leeftijd, hij was alleen al erg bruin voor deze tijd van het jaar en had om de een of andere reden mocassins aan. 'We proberen het spoor van de indigovink te volgen.'

'Davy,' zei Henry en hij gaf hem een duwtje in de rug, 'doe niet zo onbeleefd.' Hij keek nog een keer naar mij en zei: 'Je kent Taylor Edwards toch nog wel?'

'Taylor?' vroeg Davy en zijn ogen werden groot. Hij keek verschrikt naar Henry op. 'Echt?'

'Hoi,' zei ik. Ik stak mijn hand even op en deed toen snel mijn armen weer over elkaar.

'Wat doet ze hier?' fluisterde Davy hoorbaar tegen Henry.

'Dat vertel ik je later wel,' zei Henry met een frons.

'Maar waarom praat je met haar?' hield Davy aan. Hij fluisterde niet eens meer.

'Nou ja,' zei ik luid, 'als jullie me even...'

Er klonk vleugelgeklapper uit de boom waar de Crosby's naar hadden staan kijken en twee vogels (een bruine en een blauwe) vlogen de lucht in. Davy greep naar zijn verrekijker naar zelfs ik kon zien dat het te laat was, de vogels waren gevlogen. Met hangende schouders liet hij de verrekijker weer aan het touwtje om zijn nek bungelen.

'We komen morgen terug, oké?' zei Henry zacht tegen Davy, met zijn hand op zijn schouder. Davy haalde zijn schouders op en keek naar de grond. 'We moeten gaan,' zei Henry en hij keek me even aan. Hij knikte heel lichtjes naar me en toen gingen Davy en hij weg.

'Eh…' begon ik. Ik wist dat ik het maar beter meteen kon zeggen, anders moest ik die twee nog door het bos achtervolgen in de hoop dat ze me naar huis zouden leiden. En misschien gingen ze wel helemaal niet naar hun huis, en liep ik achter ze aan terwijl zij het spoor van een of andere vogel volgden. 'Gaan jullie nu naar huis? Want ik ben de weg een beetje kwijt, dus als jullie…' Bij het zien van de uitdrukking op Henry's gezicht, half ongelovig, half geërgerd, stierf mijn stem weg.

Hij slaakte een zucht en boog zich toen naar Davy. 'Ik zie je thuis weer, oké?' vroeg hij. Davy keek hem boos aan en rende toen het bos in.

'Weet hij de weg wel?' vroeg ik terwijl hij uit het zicht verdween. Het leek er zeker op, maar dat had ik ook gedacht toen ik het bos in ging.

Henry vond dat om de een of andere reden erg grappig. 'Davy kent dit bos als zijn broekzak,' zei hij en één mondhoek krulde op tot een halve glimlach. 'Hij heeft net zijn korte route genomen, god mag weten hoe hij die gevonden heeft. Ik heb hem nooit kunnen ontdekken, maar Davy is twee keer zo snel thuis.' Toen realiseerde Henry zich tegen wie hij praatte. De glimlach verdween, en de geërgerde uitdrukking kwam terug. 'We gaan,' zei hij kortaf en hij begon te lopen in een totaal andere richting dan ik had genomen. We beenden een paar minuten in stilte door het bos. Henry keek recht vooruit en niet naar mij. Ik telde de minuten af tot ik weer thuis zou zijn en dit allemaal achter de rug was.

'Dankjewel,' zei ik uiteindelijk toen ik de stilte niet langer kon verdragen.

'Geen probleem,' zei Henry kortaf. Hij keek me nog steeds niet aan.

'Ik…' begon ik, zonder dat ik wist waar ik heen wilde, maar met het gevoel dat ik dit op de een of andere manier moest uitleggen. 'Dit was niet de bedoeling. Ik probeerde gewoon de weg naar huis te vinden.'

'Het geeft niet,' zei Henry nu iets minder nors. 'We gaan dezelfde kant op, tenslotte. En trouwens…' Hij keek me even recht aan, weer met die zweem van een glimlach. 'Ik zei al dat het onvermijdelijk was.'

Ik wilde net antwoorden toen ik zag dat de weg versperd was. Er lagen twee gigantische bomen overheen, hun stammen al bedekt met mos. Tussen de gevelde bomen lagen stukken hout, planken in allerlei soorten en maten. 'Wat is dat?' vroeg ik. De bomen en de stukken hout vormden samen een groot obstakel; waar de stapel het hoogst was kwam hij tot mijn middel.

'De storm van vorige maand,' zei Henry en hij begon er omheen te lopen. 'Er was daarboven een boomhut, die ook naar beneden is gekomen toen die bomen omvielen.'

Dat verklaarde de planken en de spijkers die ik hier en daar uit het hout zag steken. Eerst volgde ik hem, maar toen kwam er een herinnering bij me boven, met zo'n kracht dat ik stil moest staan. 'Heb je die van jou nog?' vroeg ik. Het volgende moment bedacht ik dat hij niet meer in zijn oude huis woonde. 'Ik bedoel, is hij er nog? De boomhut?' Henry had hem samen met zijn vader gebouwd en wij hadden de hut 'verboden voor kleinere broers en zusjes' verklaard en er uren doorgebracht, vooral bij slecht weer als het meer geen optie was.

'Hij is er nog,' zei hij. 'Zover ik weet. Je kunt hem nog een beetje zien als je het tuinpad in kijkt.'

'Daar ben ik blij mee,' zei ik. Tot ik het zei had ik niet eens geweten dat ik dat gevoel had.

'Ja,' zei hij, 'ik ook.'

Ik keek naar de omgevallen bomen toen we eromheen liepen, nog steeds een beetje geschokt om ze daar op de grond te zien liggen, het tegenovergestelde van waar ze moesten zijn. Het leek krankzinnig dat zo iets groots en bedrieglijk blijvends door een beetje wind en regen tegen de vlakte kon gaan.

Henry liep al met grote stappen vooruit en in een poging om hem in te halen begon ik over de omgevallen bomen heen te klimmen. Ik stond toen net bij de top van de boom, waar de stam al smaller was, dus het leek niet al te moeilijk. 'Au,' mopperde ik toen weer een tak mijn been schramde.

Henry draaide zich om en kneep zijn ogen tot spleetjes. 'Wat doe je nou?' riep hij en hij kwam op me af gelopen.

'Niks,' zei ik en ik hoorde de ergernis in mijn stem. Ik wist dat het niet bepaald eerlijk was, want hij hielp me om het bos uit te komen, maar ik deed dit juist zodat hij niet op me hoefde te wachten.

'Niet doen,' zei hij en ik hoorde dat hij net zo geërgerd was. 'Dat hout is verrot, dat kan makkelijk…'

Met een krakend geluid stortte de stam waar ik op stond in elkaar en ik duikelde voorover. Ik bereidde me al voor op de onvermijdelijke val maar toen, opeens, was Henry er en hij ving me op.

'Sorry,' hijgde ik. Mijn hart bonkte als een razende en pompte de adrenaline door mijn lijf.

'Voorzichtig,' zei hij toen ik uit de stam klauterde. 'Op die manier heeft Davy vorige maand zijn enkel verstuikt.'

'Bedankt.' Ik leunde een beetje op hem toen ik mijn voet uit de stam tilde en heel hard probeerde om niet te denken aan alle kruipbeestjes die waarschijnlijk in een verrotte boomstam leefden. Pas toen ik met allebei mijn voeten weer op de bosgrond stond, realiseerde ik me dat hij zijn armen nog steeds om me heen had geslagen. Ik voelde de hitte van zijn handen op mijn rug, door mijn dunne T-shirt heen. Ik keek naar hem op – het was nog steeds zo vreemd om naar Henry te moeten opkijken – en zag hoe dichtbij hij stond, onze gezichten maar een paar centimeter van elkaar. Op hetzelfde ogenblik werd hij zich daar blijkbaar ook van bewust, want hij liet meteen zijn armen zakken en deed een paar stappen achteruit.

'Gaat het?' vroeg hij, en de korte, zakelijke toon was weer terug in zijn stem.

'Prima,' zei ik. Ik veegde een paar natte bladeren van mijn enkels, vooral om niet te laten merken dat ik behoorlijk in de war was.

'Goed zo,' zei hij. Hij begon weer te lopen en ik volgde hem. Om verdere ongelukken te voorkomen lette ik er goed op dat ik mijn voeten op dezelfde plekken zette als hij. Het leek maar een paar seconden te duren voor ik achter Henry aan het bos uit stapte, knipperend tegen het felle zonlicht. Ik zag dat ik maar twee straten van huis was. 'Weet je de weg hiervandaan?' vroeg Henry.

'Natuurlijk,' zei ik enigszins beledigd.

Henry schudde zijn hoofd en glimlachte, de eerste echte glimlach sinds ons weerzien. 'Je richtingsgevoel is anders niet bepaald geweldig,' zei hij toen. Ik deed mijn mond open om te protesteren maar hij ging verder: 'Ik heb je net de weg uit het bos moeten wijzen.' Hij keek me met een uitgestreken gezicht aan en vervolgde: '...en dat was niet de eerste keer.' Toen draaide hij zich om en liep weg, terwijl ik probeerde te begrijpen waar hij op doelde.

Even later, toen hij uit het zicht verdwenen was, wist ik het opeens weer. Onze allereerste ontmoeting was in ditzelfde bos geweest. Terwijl ik naar huis liep, met mijn handen boven mijn ogen tegen de zon die zo fel scheen na de schaduw van het bos, besefte ik dat ik zo bezig was geweest met hoe alles tussen ons was geëindigd dat ik bijna was vergeten hoe het begon.

'Taylor, waar kom jij vandaan?' vroeg mijn moeder toen ik het huis binnen kwam. Haar ogen werden groot toen ze de schrammen op mijn benen zag. Ik had geprobeerd om stiekem naar mijn kamer te glippen in de hoop dat iedereen nog sliep, maar nee. Mijn moeder was boodschappen aan het uitpakken. Het leek alsof de hele keuken vol stond met papieren zakken van PocoMart, de winkel in Lake Phoenix die nog het meest op een supermarkt leek. Er waren wel grotere supermarkten, maar die waren zeker een halfuur rijden.

'Even wandelen,' zei ik vaag. Ik vermeed haar blik en keek de keuken rond. Het koffiezetapparaat was nog steeds leeg (mijn moeder was een theedrinker) en dat betekende dat mijn vader, twee uur nadat ik was weggegaan, nog steeds lag te slapen.

'Ik kwam Paul Crosby tegen bij PocoMart,' zei ze. Ze bedoelde Henry's vader. Ik voelde dat ik rood werd en was dankbaar dat ze hem tegen was gekomen vóór zijn zonen hadden kunnen vertellen dat ik verdwaald was in het bos. 'Bij de zuivelafdeling. Hij zei dat ze nu naast ons wonen.'

'O,' zei ik. 'Nee maar.' Ik voelde mijn wangen nog roder worden. Ik deed de koelkast open en stak mijn hoofd naar binnen terwijl ik probeerde te doen alsof ik iets belangrijks zocht.

'Je moet Henry even gedag gaan zeggen,' ging mijn moeder verder, terwijl ik geconcentreerd controleerde of de melkpakken wel met de houdbaarheidsdatum naar voren stonden.

Je kunt niet eindeloos met je hoofd in de koelkast blijven staan en ik had het punt bereikt dat ik er weer uit moest. Mijn oren begonnen ook koud te worden. 'Hm-hm,' zei ik terwijl ik de deur dichtdeed en er met mijn rug tegenaan ging staan.

'En ik denk dat ik ook even naar Ellen moet om gedag te zeggen,' ging mijn moeder verder. Ze leek duidelijk minder blij met die gedachte, en ik nam het haar niet kwalijk. Het

75

had altijd geleken alsof Henry's moeder kinderen niet echt leuk vond, behalve als ze stil waren en haar niet in de weg liepen. Bij mij thuis renden we altijd zo naar binnen, zelfs midden in een watergevecht, maar als we bij Henry's huis kwamen werden we meteen rustig en stil, zonder er zelfs maar over te praten. Hun huis was geen huis waarin je hutten van dekens kon bouwen. En mijn moeder had het nooit hardop gezegd, maar ik had altijd het gevoel gehad dat ze mevrouw Crosby niet erg aardig vond.

Ik trok een appel uit een van de zakken op het aanrecht en mijn moeder pakte hem af, waste hem snel, depte hem droog en gaf hem weer terug. 'Henry en jij waren altijd zo hecht met elkaar,' zei ze.

Ik keek door het keukenraam naar het huis van de Crosby's, vooral om de uitdrukking op mijn gezicht voor mijn moeder te verbergen. 'Ja, maar dat was een hele tijd geleden, mam.'

Ze begon de zakken op te vouwen en ik had kunnen helpen, maar ik leunde tegen het aanrecht en begon mijn appel op te eten.

'Heb je Lucy al gebeld?' vroeg ze.

Ik nam een flinke hap uit mijn appel en vroeg me af waarom mijn moeder altijd dacht dat ze wist wat goed voor me was. Waarom vroeg ze bijvoorbeeld niet of ik zín had om Lucy te bellen? En dat had ik trouwens helemaal niet. 'Nee,' zei ik en ik probeerde niet met mijn ogen te rollen. 'En ik denk ook niet dat ik dat ga doen.'

Ze wierp me een blik toe waaruit duidelijk bleek dat ze dat een vergissing vond en ruimde de zakken op waar we ze altijd hadden bewaard, onder de gootsteen. 'Je jeugdvrienden moet je vasthouden. Zij kennen je zoals niemand je verder kent.'

Na de ontmoeting met Henry vanochtend twijfelde ik eraan of dat wel zo goed was. Ik keek toe terwijl mijn moeder met de zomerkalender in haar handen naar de koelkast liep. De Lake Phoenix-vereniging maakte ze ieder jaar, en ik kon me geen zomer herinneren dat er geen kalender op de koelkast had gehangen. Ze waren langwerpig, zodat je drie maanden tegelijk kon overzien, en naast iedere maand stonden plaatjes van lachende kinderen in zeilboten, blije stelletjes relaxend bij het meer en bejaarden bij een zonsopgang. Mijn moeder maakte het ding vast met het zootje ongeregeld aan magneten die we ieder jaar gebruikten en waarvan ik plotseling blij was dat de Murphy's ze niet hadden meegenomen. Toen boog ik me naar voren om de kalender beter te bekijken, met al die lege vakjes die stonden voor de dagen van de komende zomer.

Met die kalender hadden we altijd, zeker zo vroeg in het seizoen, kunnen zwelgen in het gevoel dat de zomer nog heel lang ging duren. Vroeger leek de zomer oneindig lang te duren, dus tegen de tijd dat het augustus was had ik wel genoeg van geroosterde marshmallows en ijslolly's en muggenbeten en keek ik zelfs uit naar de herfst. Naar koeler weer en maillots dragen en Halloween en Kerstmis.

Maar terwijl ik er nu naar stond te staren en begon te rekenen kreeg ik een paniekerig gevoel in mijn borstkas, zo'n gevoel dat je de adem benam. Op mijn verjaardag, drie weken geleden, hadden de dokters tegen mijn vader gezegd dat hij nog vier maanden had. Misschien iets meer, misschien iets minder. En van die vier maanden waren nu al drie weken voorbij. Wat betekende... Ik staarde zo strak naar de kalender dat hij een beetje wazig werd. Het was nu half mei, dus we hadden de rest van de maand nog, en juni helemaal, en juli. Maar dan? Ik keek naar augustus, naar de foto van de twee oude mensen die hand in hand naar de zonsopgang boven Lake Phoenix keken, en ik besefte dat ik geen idee had wat er dan zou gebeuren, hoe mijn wereld er dan uit zou zien. Of mijn vader dan nog leefde.

'Taylor?' vroeg mijn moeder. Haar stem klonk bezorgd. 'Gaat het wel?'

Het ging niet, en normaal gesproken was ik er op dit moment vandoor gegaan: in de auto gestapt en ergens naartoe gereden, een lange wandeling gaan maken, wat dan ook om aan het probleem te ontsnappen. Maar ik had deze morgen geleerd dat de dingen er niet beter van werden als ik naar buiten ging, integendeel, ze werden er erger van.

'Het gaat prima,' snauwde ik tegen haar, ook al wist ik dat ze dat niet verdiende. Maar ik wilde dat ze snapte wat er mis was zonder het te hoeven vragen. En ik wilde dat ze deed wat ze niet had gedaan, juist nu het erop aankwam. Ik wilde dat ze het oploste. Maar ze had het niet opgelost en dat zou ze ook niet kunnen. Ik gooide mijn half afgekloven appel weg en liep de keuken uit.

De badkamer was wonderlijk genoeg leeg en ik nam een lange hete douche, waste de modder van mijn benen en bleef er net zo lang onder staan tot het water in onze piepkleine boiler op raakte.

Toen ik de keuken weer in kwam, rook die helemaal naar koffie. Het koffiezetapparaat borrelde en siste en de kan was al halfvol. Ik zag mijn vader op de veranda zitten met zijn laptop voor zich en een dampende mok in zijn hand, lachend om iets wat mijn moeder zei. En ook al wist ik wat de kalender op de koelkast aangaf, ik kon het op de een of andere manier niet bevatten, niet als ik mijn vader zo in de zon zag zitten. Als je niet beter wist zou je denken dat hij kerngezond was. Ik liep naar de open deur, leunde tegen het kozijn en mijn vader draaide zich naar me om en keek me aan.

'Hé meisje,' zei hij. 'Nog nieuws?' En voor ik woorden langs de brok in mijn keel kon wurmen om hem antwoord te geven, keek hij uit over het meer en glimlachte. 'Is het geen prachtige dag?'

Metamorfose

7

En woord van elf letters voor 'verandering'. Ik keek naar de kruiswoordpuzzel in de *Pocono Record* en tikte met mijn potlood op de lege vakjes van 19 horizontaal. In een poging me te concentreren keek ik door de veranda naar het meer. Het was niet bepaald mijn gewoonte om kruiswoordpuzzels te maken, maar ik had dringend afleiding nodig. Na vijf dagen in Lake Phoenix verveelde ik me officieel een ongeluk. En het ergste was dat ik in deze situatie (anders dan tijdens gezinsuitstapjes en Gelseys balletuitvoeringen) niet tegen de anderen kon klagen over mijn verveling in de wetenschap dat zij zich ook zo voelden. Want deze vakantie ging het niet om vermaak. Het was helemaal niet de bedoeling dat het *leuk* zou zijn. En toch veranderde dat niets aan het feit dat ik me rot verveelde. En ontzettend gedeprimeerd raakte van deze afzondering.

Ik hoorde het inmiddels bekende geknerp van de banden van de FedEx-wagen op het grind en sprong op om het dagelijkse pakketje in ontvangst te nemen, gewoon om iets te doen te hebben. Maar toen ik naar buiten kwam zag ik dat mijn vader de witte doos al in zijn handen had en de chauffeur toeknikte. Die werd al behoorlijk vertrouwd met al die dagelijkse bezorgingen.

'U houdt me wel bezig in deze uithoek,' zei de chauffeur

en hij zette zijn zonnebril weer op. 'U bent de enige bij wie ik iets moet bezorgen.'

'Dat geloof ik graag,' zei mijn vader terwijl hij de klep van de doos opentrok.

'En misschien kunnen jullie je hond aan de lijn houden? Dat zou fijn zijn,' zei de chauffeur terwijl hij weer achter het stuur ging zitten. 'Vanochtend reed ik hem bijna aan.' Hij startte de wagen en reed achteruit het pad af, met één klap op de claxon toen hij de straat op reed.

Mijn vader keek me met opgetrokken wenkbrauwen aan. 'Hond?'

'O, mijn hemel,' zei ik. Ik leunde over het hek van de veranda en ja hoor, daar zag ik dezelfde hond bij de uitgang van onze oprit rondhangen. 'Kssst!' riep ik. 'Wegwezen!' Hij wierp een blik mijn kant op en sjokte toen langs onze oprit uit het zicht, maar ik had zo'n gevoel dat het niet lang zou duren voor hij terugkwam. 'Da's gewoon een hond,' zei ik terwijl het gerinkel van zijn halsband steeds zwakker werd. 'Hij denkt dat hij hier woont.'

'Aha,' zei mijn vader, een beetje onzeker. Ik zag wel dat ik eigenlijk niks had opgehelderd. Hij stak de oprit over en beklom het trapje. Hij steunde een beetje op de leuning. 'Nou, zorg maar dat je broer hem niet ziet.'

'Oké,' zei ik en ik volgde mijn vader naar de veranda, waar hij de doos uitpakte. Er zat een dikke stapel papieren in, waarvan er een heleboel waren gemarkeerd met felgekleurde plakkertjes. Tot nu toe had hij elke dag wel zo'n pakket van zijn advocatenkantoor ontvangen, en ze hadden blijkbaar allemaal betrekking op een zaak waar hij aan werkte. Toen ik vroeg waarom zijn kantoor elke dag een

FedEx-wagen door de bergen van Pennsylvania stuurde als ze die documenten ook gewoon konden mailen, had hij gezegd dat dat uit veiligheidsoverwegingen gebeurde.

Ik plofte neer in de stoel tegenover hem en zuchtte. Ik was gewoon niet in staat om iets anders te doen dan precies datgene wat mijn vader níét wilde: in huis rondhangen.

De eerste dag was het al snel duidelijk geworden dat Warren, Gelsey en ik totaal niet wisten wat we met onszelf aan moesten. En dus volgden we mijn vader de eerste twee dagen waar hij maar ging, voor als hij emotionele steun nodig had of zo. Aan het eind van de tweede dag zaten we samen om de tafel op de veranda terwijl mijn vader aan het werk was. Gelsey met *Holding on to the Air* voor zich, de autobiografie van ballerina Suzanne Farrell, ik met mijn tijdschrift (de kaft met de spinnenvlekken had ik eraf gehaald) en Warren met een studieboek. We waren allemaal zo'n beetje aan het lezen. Maar iedere keer dat mijn vader opkeek van zijn werk, keken wij ook op. Warren had dan zo'n onnatuurlijke glimlach op zijn gezicht en we wachtten alle drie op een aanwijzing, iemand die ons zou vertellen hoe we ons moesten gedragen. Het werd me overigens wel duidelijk waarom 'quality time' zo genoemd werd: het betekende per definitie dat je níét elke minuut van de dag met elkaar doorbracht.

In de vakanties vroeger hadden we altijd heel weinig tijd binnen doorgebracht, eigenlijk alleen als het regende. Zoals de naam al aangaf was Lake Phoenix een recreatie-oord aan een meer, en dus was het meer (met het strand) de grootste attractie. Er was ook een zwembad met glijbaan, waar ik heel veel tijd had doorgebracht toen ik klein was, er waren tennisbanen en er was een golfbaan. Het was een vreemde mix van golfclub en zomerkamp, maar het was helemaal niet luxe. Hier waren geen villa's en landgoederen die miljoenen hadden gekost, maar je moest wel lid zijn om naar het strand en het zwembad te kunnen. En omdat Lake Phoenix zo ver overal vandaan lag, was het er volkomen veilig. Vanaf mijn zevende mocht ik overal al alleen naartoe. Er reed een shuttlebus voor kinderen van het recreatiecentrum naar het zwembad en het strand, maar daar ging ik bijna nooit mee. Meestal fietste ik overal heen.

In die tijd bracht mijn moeder haar tijd aan het strand door of op de tennisbaan, mijn vader was aan het werk of aan het golfen, en als wij geen tennisles of golfles hadden (dat moest van onze ouders) waren we in het zwembad of op het strand. 's Avonds aten we samen op de veranda, iedereen weer ietsje bruiner dan toen we 's ochtends weg waren gegaan. Maar we bleven nooit de hele dag thuis als het buiten heerlijk weer was en de zon scheen.

'Genoeg is genoeg,' zei mijn vader toen hij opkeek en zag dat we hem allemaal aanstaarden, Warren nog steeds met die glimlach. 'Ik word gek van jullie drieën.'

Ik keek naar mijn broer en kreeg een vragende blik terug. Ik wist echt niet waar mijn vader het over had, vooral omdat ik zo mijn best had gedaan om níéts te doen waar hij gek van zou kunnen worden. 'Eh,' zei ik even later, toen bleek dat mijn broer en zus niet in de bres zouden springen, 'wat doen we dan?'

'Jullie doen helemaal niks,' zei hij geërgerd. 'En dat is juist het probleem. Ik kan er niet tegen dat jullie me de hele dag aan zitten te staren alsof ik een of ander wetenschappelijk experiment ben. Of, nog erger, een of andere reality show.'

Ik zag dat Warren zijn mond opendeed om antwoord te geven en hem toen weer dichtklapte. Nog een bewijs van het feit dat we ons allemaal heel anders gedroegen dan normaal. Ik had Warren nog nooit zien terugschrikken voor een discussie.

'Kijk,' zei mijn vader op mildere toon, 'ik waardeer echt wat jullie proberen te doen. Maar ik wil graag een zo gewoon mogelijke zomer, zolang het nog kan. Oké?'

Ik knikte, ook al wist ik niet echt wat een 'gewone' zomer was. In een 'gewone' zomer zoals die er de laatste jaren uitzag, waren we nu niet bij elkaar geweest.

'Maar', zei Gelsey, en ik zag dat ze een beetje rechter op zat en dat haar bruine ogen begonnen te glimmen, 'hoe komen we hier de tijd dan door?'

'Doe waar je zin in hebt,' zei hij en hij spreidde zijn armen. 'Als je maar niet de hele dag thuis rondhangt. Het is zomer. Ga iets leuks doen.'

Meer aanmoediging had mijn zus blijkbaar niet nodig. Ze sprong op, rende het huis in en riep naar mijn moeder of ze barre-oefeningen kwam doen. Mijn vader keek haar glimlachend na en wendde zich toen weer tot Warren en mij, die nog niet hadden bewogen.

'Ik meen het,' zei hij en hij wuifde ons weg. 'Naast deze zaak moet ik binnenkort ook aan een heel belangrijk project beginnen en daar wil ik graag in alle rust aan kunnen werken.'

'Project?' vroeg Warren. 'Wat voor project?'

'Gewoon, een project,' zei mijn vader vaag terwijl hij naar de papieren in zijn handen keek.

'Dus je wilt geen tijd met ons doorbrengen?' zei Warren, en ik kon horen dat hij zijn best deed om heel achteloos te klinken, zoals altijd als hij niet wilde laten merken dat hij gekwetst was.

'Natuurlijk wel,' zei mijn vader en hij keek even heel bedroefd. 'Natuurlijk wil ik tijd met jullie doorbrengen. Maar dit is gewoon raar. Ga van de zomer genieten.' Warren haalde diep adem, waarschijnlijk om mijn vader te vragen of hij uit wilde leggen wat dat precies inhield. Mijn vader voelde dat denk ik aan, want hij zei: 'Je kunt doen wat je wilt. Ik wil gewoon dat je íéts doet. Zoek een baantje. Lees het verzamelde werk van Charles Dickens. Leer jongleren. Ik vind alles best. Maar hang niet de hele dag om me heen, oké?'

Ik knikte, al leek geen enkele van deze bezigheden een echte mogelijkheid om mijn tijd mee te vullen. Ik had nog nooit een baantje gehad, jongleren interesseerde me niet en ik had Dickens zo'n beetje afgeschreven na mijn eerste jaar high school. Hij was me op de eerste bladzijde van *A Tale of Two Cities* al kwijt, omdat ik niet kon begrijpen hoe iets tegelijk de beste én de slechtste der tijden kon zijn.

Warren en Gelsey hadden er juist helemaal geen problemen mee, die wisten precies wat ze wilden doen. Gelsey ging elke dag aan de barre oefenen met mijn moeder. Zo kon ze aan haar techniek werken en zou ze niet te veel achter raken met haar balletopleiding. Mijn moeder was ook naar het recreatiecentrum gegaan en had de manager daar zover gekregen dat Gelsey een paar keer per week in een zaaltje mocht oefenen (als het leeg was en de bejaarden het niet voor yoga gebruikten). Als compromis had Gelsey mijn moeder beloofd tennisles te nemen. Warren had zich verzaligd op de studie gestort en las nu alvast alle boeken die hij het eerste studiejaar zou krijgen. Hij zat meestal op de veranda of op de steiger en markeerde er lustig op los. De hele situatie maakte weer eens duidelijk hoe bijzonder mijn broer en zus waren. Zoals gewoonlijk hadden ze iets te doen, datgene wat ze altijd al hadden gedaan, datgene waarvan ze vanaf hun geboorte al leken te weten dat ze er het beste in waren. En daarmee bleef ik, zoals gewoonlijk, alleen achter. Ver achter, terwijl zij voortgingen op hun weg naar de top.

Dus de laatste vijf dagen had ik maar wat rondgedwaald en me te veel gevoeld. Ik had nog nooit beseft hoe klein het huis eigenlijk was en hoe weinig plek er was om je te verbergen. En omdat ik na de twee gênante ontmoetingen met Henry zowel het bos als de steiger vermeed, ging ik eigenlijk niet meer naar buiten, op mijn avondlijke uitstapjes naar de berenkast na dan (het was op de een of andere manier mijn taak geworden om het afval buiten te zetten) en om de hond weg te jagen die nog steeds niet van plan leek om te vertrekken. Mijn moeder vertelde dat ze een pot geraniums voor Henry's moeder had langsgebracht, maar die was niet thuis geweest en een blond meisje van mijn leeftijd had de deur opengedaan.

Ik had heel hard geprobeerd om hier niet te veel over na te denken en ik ging me er zeker niet gek door laten maken. Wat kon het mij tenslotte schelen als Henry een vriendinnetje had? Maar op de een of andere manier maakte het die twee confrontaties met Henry achteraf wel extra vernederend, en ik keek expres niet in de richting van het buurhuis en mocht me van mezelf ook niet afvragen of hij thuis was.

Terwijl ik aan tafel zat en mijn vader door zijn papieren zag bladeren kreeg ik weer dat claustrofobische gevoel dat ik de laatste tijd steeds vaker had: dat ik eruit moest, maar helemaal nergens heen kon.

'Lukt het een beetje?' vroeg mijn vader en ik zag dat hij probeerde om mijn kruiswoordpuzzel ondersteboven te lezen.

'Ik zit hier vast,' zei ik en ik tikte met mijn vinger op de lege vakjes. 'Een woord voor verandering van elf letters.'

'Hm,' zei hij. Hij leunde fronsend achterover in zijn stoel en schudde toen zijn hoofd. 'Ik weet het niet,' zei hij, 'maar misschien kom ik er nog op. Ik hou je op de hoogte.' Hij duwde zichzelf achteruit en stond op. 'Ik ga een paar boodschappen doen in het dorp,' zei hij. 'Ga je mee?'

'Tuurlijk,' zei ik automatisch. Het klonk in ieder geval een stuk leuker dan doelloos surfen op internet, en dat was zo'n beetje mijn plan voor vanmiddag geweest nu om mijn vader heen hangen niet langer getolereerd werd. Ik ging naar binnen om mijn slippers te halen.

Toen ik buiten kwam stond mijn vader op het grindpad de sleutels van de Land Cruiser op te gooien. Toen ik het grind over liep kon ik de stenen door de dunne rubberzolen van mijn slippers heen voelen. Ik bleef staan voor de motorkap.

'Klaar?' vroeg mijn vader.

'Yep,' zei ik langzaam terwijl ik mijn tas wat beter over mijn schouder trok. Ik moest denken aan al die potjes met pillen die op het aanrecht stonden. Ik had geen idee waar hij ze voor moest nemen, of wat de bijwerkingen waren. Zover ik me kon herinneren had mijn vader geen auto meer gereden sinds de ochtend van ons vertrek, toen hij me kwam zoeken en we samen bagels hadden gehaald. 'Zal ik rijden?' vroeg ik in het besef dat ik de vraag die ik eigenlijk wilde stellen niet kon uitspreken. Mijn vader wuifde het weg en deed het portier open. 'Ik bedoel...' begon ik. Ik voelde mijn hart bonken. Ik had nog nooit kritiek geleverd op mijn vader of zijn oordeel in twijfel getrokken. 'Mag je wel rijden?' Ik zei het snel, wilde het gewoon gezegd hebben.

Het zinnetje hing even tussen ons in en toen mijn vader over de motorkap naar me keek zag ik aan zijn gezicht dat ik te ver was gegaan. 'Het gaat prima,' zei hij kortaf. Hij trok het portier aan de bestuurderskant open, en terwijl ik om de motorkap heen naar de passagierskant liep voelde ik mijn wangen rood worden.

We reden een paar minuten zonder iets te zeggen door onze straat voor ik de stilte verbrak. 'Wat voor boodschappen zijn het eigenlijk?' vroeg ik. Ik hoorde dat mijn stem onnatuurlijk opgewekt klonk, helemaal niet als mezelf, en ik bedacht dat dit waarschijnlijk het vocale equivalent was van Warrens gespannen glimlachje.

Mijn vader kwam voor een stopbord tot stilstand, en aan de manier waarop hij me glimlachend aankeek zag ik dat hij mijn opmerking had verwerkt en die ook achter zich wilde laten. 'Nou, je moeder wil graag verse maïs voor vanavond, en ik moet de post ophalen, en...' Hij zweeg even en keek weer naar de weg. 'Ik dacht dat je misschien even bij het clubhuis wilde kijken of ze een baantje voor je hebben.'

'O,' zei ik. 'Een baantje.' Ik keek uit het raam en werd overspoeld door een golf van schaamte. Dus hij had gezien dat ik, anders dan Gelsey en Warren, helemaal geen talenten had waar ik mijn tijd mee kon vullen. Helaas had ik ook geen werkervaring, want ik had de laatste zomers gevuld met vrijwilligerswerk, taalcursussen en kampen waar ik dingen moest ontleden.

'Het hoeft helemaal niet, hoor,' zei hij toen we de hoofdstraat van Lake Phoenix naderden (die, hoe origineel, Main Street heette). 'Het was maar een idee.'

Ik knikte, en terwijl mijn vader rechtsaf Main Street in reed en een parkeervak in draaide dacht ik na over wat hij had gezegd. Ik wist dat ik niet doelloos thuis kon blijven rondhangen. En eerlijk gezegd zag ik zelf ook niet veel andere mogelijkheden. 'Oké,' zei ik, sjorde mijn tas over mijn schouder en stapte uit de auto. Ik deed het portier dicht en richtte mijn blik op het clubhuis, waar het administratiekantoor van Lake Phoenix was. 'Ik ga het proberen.'

Mijn vader glimlachte naar me. 'Zo ken ik je weer,' zei hij. Ik glimlachte terug, maar op datzelfde moment sloeg de paniek toe. Ik wilde het moment vasthouden, voorkomen dat het voorbij zou gaan, het op de een of andere manier in barnsteen vereeuwigen. Maar terwijl ik het dacht keek mijn vader al de andere kant op en begon hij de straat door te lopen. 'Zien we elkaar over een halfuur weer hier?' vroeg hij.

Ik keek op mijn horloge. Thuis droeg ik dat bijna nooit, omdat ik mijn telefoon altijd bij me had. Maar mijn telefoon bleef stil, op die ongemakkelijke sms'jes na die ik in mijn eenzaamheid met een paar kennissen had uitgewisseld. En omdat ik niet voortdurend herinnerd hoefde te worden aan het feit dat niemand me belde, liet ik hem maar achter in mijn kamer. Dat betekende wel dat ik op een andere manier moest kunnen zien hoe laat het was. 'Een halfuur,' echode ik. 'Oké.'

Mijn vader knikte me toe en liep toen door de straat in de richting van Henson's, de groentewinkel, zonder twijfel vastbesloten om mijn moeder haar maïs te bezorgen.

Ik draaide me om en liep naar het clubhuis, wensend dat ik die ochtend wat meer aandacht aan mijn uiterlijk had besteed. Ik droeg wat na een paar dagen al mijn zomeruniform was geworden: een afgeknipte spijkerbroek met een topje. Ik was bang dat ik dankzij deze outfit en het feit dat ik nog nooit een baantje had gehad, weinig kans maakte om aangenomen te worden. Maar toen ik voor het houten clubhuis stond, met het geschilderde logo van Lake Phoenix op het raam (een feniks die uit het meer oprees, met water dat van zijn vleugels druppelde terwijl de zon achter hem opkwam of onderging), besefte ik dat ik het gewoon moest proberen. Dus rechtte ik mijn schouders en trok ik de deur open.

Een kwartier later had ik een baantje. Ik stapte naar buiten en knipperde even tegen het felle zonlicht voor ik met een vreemd duizelig gevoel mijn zonnebril opzette. Ik had nu drie T-shirts voor werknemers van Lake Phoenix in mijn bezit (waarvoor een bedrag zou worden ingehouden op mijn eerste salaris), samen met een werknemershandboek én de instructie om me over drie dagen op het strand te melden. De vrouw die verantwoordelijk was voor het inhuren van de werknemers heette Jillian, en terwijl ze in de computer voor me op zoek was had ze een paar keer gezegd dat ik veel te laat was met mijn sollicitatie en dat ik dus geen leuk baantje meer kon verwachten.

Het administratiekantoor van Lake Phoenix was groter dan ik had verwacht. Ik had nooit veel tijd in het clubhuis doorgebracht. Soms waren we er op zondag gaan brunchen, maar dan zaten Warren en ik voor ons gevoel uren te wachten tot we van tafel mochten om daarna zo snel mogelijk naar het strand te rennen. Uiteindelijk had ik het uitzendbureautje ontdekt, waar de tieners van het recreatieoord baantjes konden vinden in en rond Lake Phoenix: als strandwacht, in de snackbar op het strand of in het zwembad, of als yogaleraar voor bejaarden. De meeste kinderen die ik had gekend hadden op hun veertiende hun eerste baantje. Je begon onder aan de ladder, en dat leek meestal uit te draaien op wc's schoonmaken, maar hoe ouder je werd, hoe beter de baantjes. Als ik naar Lake Phoenix was blijven komen, had ik mijn eerste baantje waarschijnlijk jaren geleden al gehad. In plaats daarvan was het gedeelte 'werkervaring' van mijn sollicitatieformulier nu beschamend leeg.

Maar Jillian had uiteindelijk een baantje gevonden: er was nog iets vrij op het strand. De functieomschrijving was heel algemeen en dat vond ik enigszins verontrustend, maar Jillian zei dat het waarschijnlijk om werk in de snackbar ging, want ik was niet getraind als strandwacht en ik had ook niet veel zeilervaring. En omdat nergens stond dat wc's schoonmaken bij de taakomschrijving hoorde, had ik het baantje aangenomen. Ik had mijn loonlijst en belastingformulieren ingevuld en was in één stap van iemand zonder plannen voor de zomer veranderd in een werknemer met eigen T-shirts.

Nu stond ik weer buiten in de middaghitte van Main Street en ik zag dat ik nog wat tijd over had voor ik met mijn vader had afgesproken. Ik ging de kleine bibliotheek van Lake Phoenix binnen, verlengde mijn pasje en leende drie detectives. Ik dacht erover om nog wat langer te blijven, genietend van de airconditioning, maar ik had ook wel zin om Main Street even door te lopen.

Het commerciële centrum van Lake Phoenix was klein, één straat lang om precies te zijn. Er was niet eens een bioscoop. Als je naar de film wilde moest je twintig minuten rijden naar het volgende stadje, Mountainview. Daar lag de Outpost, een bioscoop, midgetgolfbaan en speelhal ineen waar we altijd naartoe gingen als het regende. In Lake Phoenix had je alleen een stoplicht, een tankstation en een handvol winkels. The Humble Pie natuurlijk, en daarnaast Henson's. Je had Sweet Baby Jane's, de ijssalon waar Gelsey nog nooit iets anders had besteld dan aardbeienmilkshake, en er was een ijzerwinkel. Je had de Pocono Coffeeshop, die door iedereen gewoon de Diner werd genoemd, en Give Me A Sign, een winkel waar ze exclusieve naambordjes verkochten.

Terwijl ik de straat door liep vielen me vanzelf ook de nieuwe winkels op, omdat ze niet waren wat ik op die plek verwachtte. Maar dan merkte ik ook dat ik me niet meer kon herinneren welke winkel er daarvoor dan had gezeten. De dierenwinkel annex trimsalon Doggone It! was zeker weten nieuw, maar zag er leeg uit. Er stond alleen een rood-harig meisje achter de balie in een tijdschrift te bladeren. Ik was bijna aan het eind van Main Street toen ik nog een nieuwe winkel ontdekte: Borrowed Thyme. Het leek een bakkerij, met broden in de ene etalage en in de andere een prachtige laagjestaart.

Bij die aanblik begon mijn maag te rommelen en ik stond net langs de taart de winkel in te turen toen iemand achter me zijn keel schraapte. Ik draaide me om en zag een humeurige oude man met een te grote baseballpet en een chagrijnige blik.

'Ga je nog naar binnen?' blafte hij met een knikje naar de deur. Ik realiseerde me dat ik in de weg stond.

'O,' zei ik. 'Ja, natuurlijk.' Ik trok de deur voor de man open, die iets bromde en toen naar binnen stapte. Ik wilde de deur net weer dichtdoen om naar mijn vader terug te gaan toen mijn nieuwsgierigheid het won. Ik kon ook de airconditioning voelen en ik rook die heerlijke bakkersgeur van vers gebakken brood en roomboterglazuur. Ik stapte naar binnen en liet de deur achter me dichtvallen.

Binnen was het koel en donkerder en het duurde even voor mijn ogen daaraan gewend waren na het felle licht buiten. Toen het beeld scherper werd zag ik twee kleine houten tafels met bijpassende stoelen bij het raam en een lange glazen toonbank die bijna net zo breed was als de winkel. Achter het glas lagen gebakjes en koekjes uitgestald en achter de toonbank stond een bakkersrek met de broden die ik op straat al had geroken. Mijn maag rammelde weer en ik dacht erover om iets kleins te kopen, gewoon om het tot te lunch te kunnen redden.

Er stond niemand achter de toonbank en de man met de honkbalpet van de Philadelphia Phillies was daar zo te zien niet al te blij mee, want hij bleef maar op de zilveren bel op de toonbank meppen, ondertussen mopperend over de slechte bediening. Ik deed een stap naar voren om iets wat op een frambozencake leek wat beter te kunnen bekijken en toen zag ik de *Pocono Record* van die ochtend liggen, met een potlood erop, opengevouwen bij het kruiswoordraadsel. Ik kwam nog een stap dichterbij en probeerde te zien of deze persoon wat meer geluk had gehad met 19 horizontaal. Terwijl ik me naar voren boog, sloeg de man nog een keer heel hard op de bel en klonk er een stem van achter.

'Een momentje,' riep de stem. 'Ik kom eraan.'

'Ik zal mijn adem maar niet inhouden,' mompelde de man en hij wendde zich tot mij in de verwachting dat ik hem bij zou vallen. Maar ik was ter plekke verstijfd. Ik herkende die stem. Ik wierp een blik op de deur en vroeg me af of ik er nog vandoor kon gaan zonder gezien te worden. Misschien zou het net lukken. Maar toen zwaaide de metalen deur achter de toonbank open en kwam Henry de winkel in.

8

Henry staarde me alleen maar aan en terwijl ik in zijn groene ogen keek begon ik bijna hysterisch te lachen, want het begon er echt op te lijken dat ik geen stap kon zetten in Lake Phoenix of ik liep hem tegen het lijf. De man keek van Henry naar mij, fronste en gaf de bel nog een keer een ferme klap.

Henry kwam met een schok weer in beweging. 'Sorry,' zei hij snel en de man bromde wat. 'Wat kan ik voor u doen?'

'Ik stond hier al een tijdje te wachten,' mopperde de man. Nu was er iemand om hem te bedienen en nu koos hij er niet voor om te bestellen, maar scheen hij zijn tijd te willen gebruiken om over de service te klagen.

'Sorry,' herhaalde Henry met precies dezelfde intonatie en ik voelde een glimlach opkomen. Om die te verbergen boog ik me voorover om de rijen geglazuurde koekjes, gevulde wafeltjes en brownies in de toonbank te bekijken. Maar ik had maar mijn halve aandacht bij het lekkers, al moest ik toegeven dat het er allemaal heerlijk uitzag. De man stond nog steeds zijn hart te luchten en ik wierp een snelle blik op Henry, die knikte en de indruk wekte dat hij luisterde. Hij had een spijkerbroek aan en een lichtgroen T-shirt met op de voorkant in zwart het logo van Borrowed Thyme en een veeg meel op een van de schouders. Ik realiseerde me dat ik verbaasd was dat hij hier werkte, en dat was best belachelijk want ik wist duidelijk helemaal niks meer over hem. Maar vroeger was Henry altijd het liefst buiten en onze ontmoeting in het bos had dat idee weer bevestigd. Die zeldzame keren dat ik in de afgelopen jaren aan Lake Phoenix had teruggedacht en aan de mensen die ik daar had achtergelaten, had ik me altijd voorgesteld dat Henry iets in de buitenlucht deed.

Het belletje van de kassa haalde me terug naar het heden, waar Henry de man zijn wisselgeld gaf en een groene bakkersdoos over de toonbank schoof. 'Bedankt,' zei hij met diezelfde professionele vriendelijkheid. 'Fijne dag nog.'

'Ja,' bromde de man. Hij pakte de doos op en ging de winkel uit. Pas toen ik me weer naar de toonbank toe draaide, besefte ik dat Henry en ik nu helemaal alleen waren.

Ik keek naar hem en toen naar mijn eigen outfit en ik wenste voor de tweede keer die dag dat ik wat meer aandacht aan mijn uiterlijk had besteed. Maar toen wuifde ik die gedachte weg. Hij had me al in het bos gezien, net uit bed en onder de schrammen. En bovendien scheen Henry een blonde vriendin te hebben. Niet dat mij dat wat kon schelen.

'Nou,' zei Henry hoofdschuddend, 'we moeten er maar eens mee ophouden elkaar zo tegen te komen.'

'Werk jij hier?' vroeg ik en op hetzelfde moment vervloekte ik mezelf om mijn stupiditeit. Natuurlijk werkte hij hier. Anders stond hij toch niet achter de toonbank om licht ontvlambare Phillies-fans te bedienen. 'Ik bedoel,' verbeterde ik mezelf en probeerde het niet als een vraag te laten klinken, 'je werkt hier.'

'Klopt,' zei Henry en ik zag een glimlach om zijn mondhoeken spelen. Mijn poging om mijn blunder te verhullen was duidelijk niet geslaagd. 'Dit is de bakkerij van mijn vader.' 'O,' zei ik, niet in staat mijn verbazing op tijd te verbergen. Van wat ik me herinnerde was Henry's vader altijd net als die van mij geweest, een van die mannen in pak die op vrijdagavond met een aktetas in de hand uit de bus stapten. Ik keek de bakkerij rond en probeerde die twee dingen met elkaar in overeenstemming te brengen, maar dat lukte niet. 'Maar...' zei ik toen, 'ik dacht dat hij iets bij een bank deed?'

'Dat was ook zo,' zei Henry, zijn toon kortaf en beslist. Ik had meteen spijt van mijn vraag. Zijn vader was waarschijnlijk zijn baan kwijtgeraakt en het was echt niet nodig dat ik Henry daar nog eens aan herinnerde. 'Hij zegt dat het principe hetzelfde is,' ging Henry even later op wat mildere toon verder. 'Je moet zoete broodjes bakken.' Ik kreunde, want dat was precies zo'n grap die mijn vader ook zou maken. Henry glimlachte even.

Er viel een stilte en toen stak Henry zijn handen in zijn zakken en schraapte zijn keel. 'Dus wat kan ik voor je doen?' zei hij en hij was weer afstandelijk en professioneel.

'Ja,' zei ik snel. Ik was een klant in een winkel en ik werd geacht te weten wat ik hebben wilde. Dat hoorde toch niet zo'n schok te zijn. 'Eh...' Ik zag een plaat vol cupcakes met glazuur in alle soorten pastelkleuren en keek snel weg. Cupcakes herinnerden me te veel aan mijn in elkaar geflanste verjaardagsfeestje en het nieuws over mijn vader. Op zoek naar iets anders, wat dan ook, tikte ik zomaar ergens tegen het glas. 'Twaalf van deze.' Toen ik wat beter keek zag ik pas wat het waren: havermoutrozijnenkoeken. Helaas. Ik haatte havermout in alle gedaantes, maar vooral als mensen het probeerden te vermommen als een lekkernij; Gelsey weigerde rozijnen te eten en de rest van de familie was er ook niet dol op. Ik had net iets 'lekkers' gekocht wat niemand bij mij thuis ging eten.

'Serieus.' Henry maakte er niet bepaald een vraag van en trok zijn wenkbrauwen op. 'Havermout?'

Ik staarde hem even aan. Dat kon toch niet, dat Henry vijf jaar later nog wist dat ik geen havermoutkoekjes lustte. Onmogelijk. 'Ja,' zei ik langzaam. 'Havermout. Hoezo?'

'Zomaar.' Hij pakte weer zo'n groene bakkersdoos van de plank achter hem en begon de koekjes er met twee tegelijk in te doen. 'Ik dacht gewoon dat je die niet lekker vond.'

'Ongelooflijk, dat je dat nog weet,' zei ik terwijl ik toekeek hoe de doos vol werd gestopt met 's Werelds Ergste Koekjes.

'Mijn vader noemt me de olifant.'

Ik keek hem alleen maar aan, want ik wist niet hoe ik daarop moest reageren.

'Die schijnen een heel goed geheugen te hebben,' legde hij uit. Hij rekte zijn arm om de laatste twee koekjes helemaal vooraan te kunnen pakken. 'Ik vergeet niet zoveel,' voegde hij er zacht aan toe.

Ik wilde al knikken toen de dubbele betekenis aankwam. Henry was niet vergeten welke koekjes ik vijf jaar geleden haatte, maar dat betekende dat hij ook niet was vergeten wat ik toen allemaal had gedaan.

Hij had alle koekjes in de doos gedaan en nu kwam hij

overeind en keek me aan. 'Ik had er maar elf. Is het goed als ik er nog één chocolate chip bij doe?'

'Ja!' zei ik, waarschijnlijk iets te enthousiast. Ik dacht dat ik hem even zag glimlachen voor hij zich vooroverboog, het eenzame koekje met chocolate chips in de doos deed, het deksel dichtvouwde en de doos over de toonbank naar me toe schoof.

Hij sloeg het bedrag aan op de kassa en toen hij me mijn wisselgeld teruggaf hield hij de briefjes helemaal aan het eind vast en liet hij de munten in mijn hand vallen alsof hij absoluut wilde voorkomen dat we elkaar per ongeluk zouden aanraken.

'Nou,' zei ik toen ik me realiseerde dat er niks anders op zat dan mijn doos pakken en weggaan. 'Bedankt.'

'Oké,' zei hij. Toen viel zijn blik op mijn schouder en hij fronste een beetje. 'Wat doe je met dat shirt?' vroeg hij en ik zag dat hij naar mijn schoudertas keek, waar een van mijn nieuwe werknemers-T-shirts bovenuit stak.

'O,' zei ik en ik duwde het shirt naar beneden. 'Ik heb net een baantje gekregen. Snackbar op het strand.'

'Echt?' vroeg hij, en hij klonk verbaasd. Deze keer was het absoluut een vraag.

'Ja,' zei ik verdedigend, maar toen bedacht ik dat hij helemaal niet kon weten dat ik nooit een baantje had gehad en er daarom niet gekwalificeerd voor was. 'Hoezo?'

Henry haalde adem en wilde net antwoord geven toen de winkeldeur openging en twee vrouwen van mijn moeders leeftijd binnenkwamen, allebei in een soort kaftan gehuld en op sandalen. 'Niks,' zei hij en hij schudde zijn hoofd. 'Laat maar.'

De vrouwen stonden nu achter me naar de toonbank te turen en ik wist dat het tijd was om te vertrekken. 'Tot ziens,' zei ik en ik pakte de groene doos op.

'Blijf uit de buurt van het bos,' zei hij met een flauwe glimlach.

Ik ving even zijn blik en vroeg me af of dit een opening bood, of ik gewoon moest doorbijten en mijn excuses aanbieden voor wat ik had gedaan. Niet dat we ooit weer vrienden zouden worden, maar we waren wel buren. Het zou alles wat minder beladen maken, me minstens het gevoel geven dat ik me weer op de steiger kon wagen.

'Kan ik nog iets voor je doen?' vroeg Henry, niet onvriendelijk. Ik voelde de blikken van de vrouwen, die op mijn antwoord wachtten. Maar ik was vroeger al een lafaard geweest (dat had die hele ellende veroorzaakt) en ik was blijkbaar nog niks veranderd. 'Nee,' zei ik en ik ging opzij om de vrouwen de cake te laten bestellen waar ze al over in discussie waren. 'Niks meer.' Ik draaide me om en liep de winkel uit, de middaghitte in.

Mijn vader stond tegen de Land Cruiser geleund op me te wachten met een papieren zak van Henson's tussen zijn voeten en een zak drop in zijn hand. Die drop stond bij de kassa en altijd als mijn vader groente moest halen (of een van ons te pakken kreeg voor wij weggingen) vroeg hij om zo'n zak drop. Hij wilde alleen zwarte drop en die voorkeur was alleen nog maar sterker geworden toen Warren hem had verteld dat gekleurde drop eigenlijk helemaal geen drop was, omdat die niet van zoethout wordt gemaakt.

'Hé meisje,' zei hij glimlachend toen ik dichterbij kwam.

'Nog nieuws?' Zijn blik werd getrokken door de taartdoos en zijn glimlach werd breder. 'En wat heb je meegenomen?'

Ik zuchtte en deed de doos open. 'Havermoutkoekjes,' zei ik een beetje mistroostig.

'O.' Hij tuurde met gefronste wenkbrauwen in de doos. 'Waarom?'

'Dat is een lang verhaal,' zei ik, want ik wilde niet toegeven dat het kwam doordat mijn ex-vriendje me in de war had gebracht. 'Maar het goede nieuws is dat ik een baantje heb. Ik begin morgen in de snackbar op het strand.'

Mijn vaders glimlach keerde terug, echt en gemeend en blij. 'Dat is geweldig, meisje,' zei hij. 'Je eerste baantje! Dat is een mijlpaal. Ik weet nog...' Hij stopte midden in de zin en kneep zijn ogen dicht terwijl er een grimas van pijn over zijn gezicht trok.

'Pap?' vroeg ik terwijl ik een stap dichterbij deed. Ik hoorde de angst in mijn stem. 'Papa?'

Zijn gezicht vertrok opnieuw en hij greep met één hand zijn rug beet. De zak viel op de grond en de dropjes rolden eruit. 'Niks aan de hand,' zei hij met opeengeklemde kaken. Ik geloofde er niks van. Hij had zijn ogen nog steeds stijf dicht en ik zag de zweetdruppels op zijn voorhoofd staan. 'Ik heb gewoon... even nodig.'

'Oké,' zei ik. Ik kneep in de taartdoos en keek rond of er iemand was die kon helpen of die wist wat ik moest doen. Ik voelde mijn hart bonken en ik wilde maar dat mijn moeder er was, dat ik er niet alleen voor stond.

'Gaat het wel?' Het roodharige meisje dat ik door het raam heen had gezien stond nu in de deuropening van Doggone It! en keek met een bezorgde uitdrukking op haar gezicht naar mijn vader. Ze had een draadloze telefoon in haar hand. 'Kan ik iemand voor u bellen?'

'Nee,' zei mijn vader enigszins geforceerd. Hij deed zijn ogen open, pakte een witte zakdoek uit zijn achterzak en veegde er snel zijn voorhoofd mee af. Mijn vader had er altijd een bij zich: ze werden met de rest van zijn kleren mee gewassen en als ik echt niet meer wist wat ik moest kopen (of als ik blut was) gaf ik er een paar voor vaderdag. Hij deed de zakdoek weer in zijn zak en wierp het meisje een glimlach toe waar zijn ogen niet aan meededen. 'Het gaat prima.'

'Oké,' zei het meisje en ze knikte. Maar ze bleef staan waar ze stond en hield mijn vader in de gaten.

Mijn vader draaide zich naar mij om en ik zag dat hij veel bleker was dan een minuut geleden en dat zijn ademhaling moeizaam ging. 'Het was niet de bedoeling om je bang te maken, meisje,' zei hij.

Ik knikte en vermande me. Ik wist niet wat er nou precies was gebeurd en hoe ik ermee om moest gaan. 'Hoe voel...' begon ik en mijn stem beefde. 'Ik bedoel...'

'Het gaat prima,' zei mijn vader weer. Hij boog zich voorover om de zak van Henson's te pakken en ik zag dat zijn handen beefden. Hij pakte zijn sleutels en liep naar de bestuurderskant, terwijl de sleutels in zijn trillende hand rinkelden. Zonder erbij na te denken deed ik een stap dichterbij en reikte naar de sleutels. Hij keek me aan en een verschrikkelijke, gelaten droefheid gleed over zijn gezicht voor hij de andere kant op keek.

Hij liet me de sleutels uit zijn hand pakken en liep toen zonder een woord te zeggen naar de passagierskant van de auto. Toen ik het portier opendeed keek ik naar de grond en zag de dropjes aan mijn voeten liggen. Het plastic zakje was achter het wiel van een busje blijven steken dat twee plaatsen verderop geparkeerd stond. Ik klom in de auto en leunde opzij om de deur aan de passagierskant te openen. Ik ving een glimp op van het meisje, dat nog steeds in de deuropening van de dierenwinkel stond. Ze hief haar hand op en zwaaide en ik knikte terug terwijl ik haar bezorgde blik niet probeerde te zien.

Mijn vader ging nog iets voorzichtiger zitten dan een uur geleden. Ik legde de bakkersdoos en mijn tas op de achterbank en trok mijn stoel een stuk naar voren. Ik wist hoe lang mijn vader was, maar dat werd me toch altijd weer extra duidelijk als ik probeerde in een auto te rijden waar hij net in had gereden en mijn voeten de pedalen niet eens raakten. Ik startte de motor en we legden de weg naar huis bijna helemaal in stilte af, terwijl hij uit het raampje keek. Ik wist niet of hij nog pijn had. Maar ik kon hem die vraag niet stellen: om de een of andere reden kreeg ik de woorden mijn mond niet uit. Na dat gesprek in de eetkamer op mijn verjaardag hadden we nog maar heel weinig over de feiten van zijn ziekte gepraat. Ik had het ook niet echt geprobeerd. Het was duidelijk dat hij wilde doen alsof alles heel normaal was – dat had hij ook min of meer gezegd – maar op momenten als dit leek het alsof alles wat we niet hadden gezegd mij belette om nu wel iets te zeggen.

'Zag je de naam van die dierenwinkel?' vroeg ik toen ik de stilte niet langer kon verdragen. Ik keek zijn kant op en zag mijn vaders mondhoek even omhooggaan.

'Ja,' zei hij en hij draaide zich om zodat hij me naar me

kon kijken. 'Ze zijn daar vast niet *kattig*.' Ik kreunde, omdat ik wist dat hij dat verwachtte, maar er ging ook een golf van opluchting door me heen. De sfeer in de auto leek minder geladen en je kon iets makkelijker ademhalen.

'Wow,' zei ik toen ik Dockside in reed. 'Die schudde je zo uit je *mauw*!'

Mijn vader lachte kort en glimlachte toen naar me. 'Goeie,' zei hij en dat was het grootste compliment dat hij ooit gaf, woordgrapjesgewijs.

Ik parkeerde de auto naast die van mijn moeder en deed de motor uit, maar we maakten geen van beiden aanstalten om uit te stappen.

'Het is echt goed nieuws, van dat baantje,' zei mijn vader en zijn stem klonk vermoeid. 'Sorry als dat werd ondergesneeuwd door...' Hij zweeg even en schraapte zijn keel. 'Alles.'

Ik knikte en wreef met mijn vinger over een plek op het stuur waar het leer gebarsten was en waar het waarschijnlijk wel los zou laten als ik er echt mijn best voor deed. 'Dus,' begon ik aarzelend, 'moeten we... je weet wel... erover praten?'

Mijn vader knikte, ook al vertrok zijn gezicht een beetje. 'Natuurlijk,' zei hij. 'Als je dat wilt.'

Ik voelde woede in me opvlammen, net zo plotseling en onverwacht alsof iemand een voetzoeker had afgestoken. 'Het is niet dat ik het wíl,' zei ik en ik hoorde hoe scherp mijn stem klonk, waar ik al spijt van had op het moment dat de woorden over mijn lippen kwamen. 'Maar we zijn hier allemaal helemaal naartoe gekomen en nu praten we niet, of...' Het was alsof de woede en de woorden tegelijkertijd wegstierven, en ik hield alleen een wee gevoel in mijn maag over omdat ik heel goed wist dat schreeuwen tegen mijn vader het laatste was wat ik hoorde te doen. Ik haalde adem om te zeggen dat het me speet, toen mijn vader knikte.

'We gaan erover praten,' zei hij. Hij keek de andere kant op, naar de veranda, alsof hij kon zien wanneer die tijd aan zou breken. 'We gaan... alles zeggen wat erover gezegd moet worden.'

Ik slikte en moest opeens de grootste moeite doen om niet in tranen uit te barsten. 'Maar nu, nu het nog kan, wil ik zo graag heel even gewóón vakantie met jullie vieren. Klinkt dat goed?' Ik knikte. 'Goed zo. De verdediging rust.'

Daar moest ik om glimlachen, want hij gebruikte die juridische uitdrukking altijd als hij een onderwerp als afgedaan beschouwde. Toch kon ik de vraag niet uit mijn hoofd zetten die ik al sinds zijn diagnose met me meedroeg, de vraag waarvan ik op de een of andere manier nooit het gevoel had dat ik hem kon stellen. 'Maar...'

Mijn vader trok zijn wenkbrauwen op en ik kon zien dat hij er al veel beter uitzag dan een paar minuten geleden. En als ik het niet had geweten, als ik het niet had gezien, had ik misschien kunnen doen alsof het nooit was gebeurd, dat het nog goed met hem ging. 'Wat is er, meisje?'

Daar moest ik om glimlachen, al had ik nog steeds het gevoel dat ik zou gaan huilen. Dat was mijn vaders koosnaam voor mij. Alleen voor mij. Gelsey was altijd 'prinses', Warren was 'jongen' en ik was altijd zijn 'meisje'.

Toen ik hem aankeek wist ik niet zeker of ik het kon vragen, dat waar ik meest over had gepiekerd sinds hij ons het nieuws had verteld, zittend aan het hoofd van de eettafel. Want het was een vraag die inging tegen alles wat ik altijd over mijn vader had geloofd. Hij was degene die ging kijken of er inbrekers waren als mijn moeder zeker wist dat ze buiten iets hoorde, degene om wie we gilden als we met een spin geconfronteerd werden. Degene die me optilde en meedroeg als ik te moe was om te lopen. Degene van wie ik had geloofd dat hij draken kon verslaan, en monsters in de kast. Maar ik moest het weten en ik wist niet of ik nog een keer de kans zou krijgen om de vraag te stellen. 'Ben je bang?' vroeg ik, mijn stem nauwelijks meer dan een fluistering. Aan de manier waarop zijn gezicht een beetje scheen te verkreukelen kon ik zien dat hij me had gehoord.

Hij zei niets, knikte alleen, één keer op en neer.

Ik knikte ook. 'Ik ook,' zei ik.

Hij gaf me nog zo'n droevige glimlach en we bleven samen zitten, zwijgend.

De bus kwam de straat in gereden, langs onze oprit, en stopte voor het huis van de buren, het huis dat CUT TO: SUMMER heette. Een donkerharig meisje in een witte tennisoutfit stapte uit. Zelfs van deze afstand zag ze er behoorlijk ontevreden uit terwijl ze uit de bus sprong en het pad op stampte. De bomen tussen onze huizen onttrokken haar al snel aan het zicht.

'Was dat het?' vroeg mijn vader nadat het meisje was verdwenen en de bus weer verder was gereden.

'Dat was het,' zei ik. Toen strekte hij zijn arm uit, legde zijn hand op mijn hoofd en woelde door mijn haar. En al waren we helemaal geen knuffelige familie, ik leunde zonder erover na te denken naar hem toe en hij sloeg zijn arm om mijn schouders en omhelsde me. We bleven even zo zitten en toen, alsof we dat van tevoren zo hadden afgesproken, lieten we elkaar op precies hetzelfde moment los. Ik gleed van de bestuurdersstoel en deed het achterportier open om mijn tas, de taartdoos vol ongelukskoekjes en de zak van Henson's te pakken, die mijn vader mij liet dragen.

We liepen het trapje naar het huis op, mijn vader met zijn hand op de leuning, toen hij bleef staan en zich omdraaide. Er verscheen een glimlach op zijn gezicht, waardoor hij er meteen veel minder moe uitzag. 'Metamorfose,' zei hij.

Ik fronste en probeerde er chocola van te maken.

'Een woord van elf letters voor verandering,' ging hij verder. Hij trok zijn wenkbrauwen op, tevreden met zichzelf.

'Kan best,' zei ik. Ik zag de kruiswoordpuzzel op tafel liggen waar ik hem had achtergelaten en wilde ernaartoe rennen om te zien of dit het antwoord was wat ik had gezocht. 'Gauw kijken.'

9

'Gelsey!' riep ik in de richting van het huis. 'Kom op!' Ik stond al tien minuten op het grindpad met de autosleutels in mijn hand. Ik zag op mijn horloge dat ik al weg had moeten zijn. Ik had dan wel geen werkervaring, maar ik had zo'n idee dat te laat zijn op je eerste werkdag niet echt gewaardeerd zou worden. Het plan was dat Gelsey vanochtend zelf naar haar eerste tennisles zou fietsen. Maar haar fiets (eigenlijk mijn oude fiets, die nu te klein voor me was) bleek een lekke band te hebben en toen kreeg Gelsey een soort zenuwinzinking en moest ik haar wegbrengen.

De voordeur sloeg dicht en ze kwam de veranda op, met mijn moeder vlak achter haar. Het viel me op dat mijn moeder voor de deur bleef staan, alsof ze die moest blokkeren voor het geval Gelsey besloot ervandoor te gaan en het huis weer in te vluchten.

'Eindelijk' zei ik. 'Ik kom te laat.'

'Je haalt het wel,' zei mijn moeder. Gelsey keek me alleen maar kwaad aan, alsof ík dit op de een of andere manier allemaal op mijn geweten had. Mijn moeder streek Gelseys haar glad en trok de mouwen van haar witte tennisjurkje recht. Dat was ook van mij geweest.

'Ben je klaar?' vroeg Gelsey, alsof ik degene was die ons zo lang had opgehouden. Ze trok zichzelf los en stampte het trapje naar de oprit af.

Mijn vader stapte met zijn hand boven zijn ogen de garage uit, waar hij onze fietsen aan het repareren was. De meeste bleken in zo'n slechte staat te zijn dat er niet op gereden kon worden. 'Maak er wat van op jullie eerste dag!' riep hij. 'En als jullie terugkomen zijn de fietsen klaar. Dan kunnen jullie morgen op de fiets.'

'Fijn,' zei ik en ik deed mijn best om enthousiast te klinken, terwijl ik me tegelijk probeerde te herinneren hoeveel jaar geleden ik voor het laatst gefietst had.

'Veel plezier!' riep hij. 'Verricht grootse daden.' Ik draaide me om om naar hem te zwaaien, maar hij liep alweer naar zijn werkbank en pakte zachtjes neuriënd een fietspomp.

'Kunnen we nu gaan?' vroeg Gelsey, haar stem zwaar van laatdunkendheid. Ik stond op het punt haar net zo laatdunkend van repliek te dienen (misschien gecombineerd met een preek over dat het háár fout was dat we nu pas weg konden) toen ik me realiseerde dat we daar waarschijnlijk de tijd niet voor hadden.

'Succes,' riep mijn moeder vanuit de deuropening en ze glimlachte naar me. Ik wist niet zeker of ze op mijn eerste werkdag doelde of op het feit dat ik Gelsey heelhuids moest afleveren, maar ik glimlachte flauwtjes terug, deed het portier open en klom in de auto.

Ik startte de motor en probeerde niet in paniek te raken toen ik zag dat ik nog zeven minuten had om mijn zus bij het recreatiecentrum te droppen en zelf op het strand te komen. Om maar niet te spreken van het feit dat Jillian bijzonder vaag was geweest over wie ik nou precies moest aanspreken als ik daar eenmaal was. Dus zo gauw ik aan het eind van de oprit was en uit het zicht van mijn ouders, drukte ik het gaspedaal in en reed veel harder dan de snelheid die de borden met WE HOUDEN VAN ONZE KINDEREN... RIJ ALSTUBLIEFT LANGZAAM! langs de weg aanraadden.

Gelsey hield even op met boos uit het raam staren en keek naar de snelheidsmeter. 'Rij je altijd zo hard?' vroeg ze met opgetrokken wenkbrauwen.

'Als jij op tijd was geweest, had dit niet gehoeven,' zei ik en ik maakte een scherpe bocht toen we Dockside Terrace uit scheurden. 'Ik was bijna zonder jou weggegaan.'

'Had je het maar gedaan,' zei Gelsey en ze zakte weer onderuit op haar stoel.

Ik kwam abrupt tot stilstand, waardoor we allebei naar voren schoten, en maakte toen weer snelheid terwijl we op Devil's Dip af koersten. Het was een hoge heuvel die halverwege steil naar beneden dook en aan de andere kant weer net zo steil omhoogliep. Een enorme U, zeg maar. Toen ik had leren fietsen was de Dip mijn Waterloo geweest en hij was na al die tijd nog steeds even steil.

'Ik dacht echt dat mam blufte. Ik geloof gewoon niet dat ze me dit laat doen.'

'Tennis is niet zo erg,' zei ik. We zoefden de heuvel af en reden aan de andere kant weer omhoog. Ik probeerde me mijn lessen van lang geleden te herinneren. Ik was er nooit zo dol op geweest als mijn vader en Warren en ik had ook nooit op de tennisclub rondgehangen en tegen de oefenmuur aan mijn backhand gewerkt, zoals andere kinderen wel deden.

'Echt,' zei Gelsey effen.

'Echt,' zei ik en ik herinnerde me dat Lucy en ik erg weinig tijd aan tennis hadden besteed en heel veel tijd aan kletsen. 'Je hangt gewoon een beetje rond met je vrienden en af en toe tennis je een beetje.'

'Vrienden,' herhaalde ze zachtjes en ze keek weer uit het raam. 'Juist.'

Ik wierp een blik op mijn zus, keek toen weer naar de weg en had spijt van mijn woordkeus. Gelsey had nooit makkelijk vrienden gemaakt, en voor zover ik wist had ze nog nooit een beste vriendin gehad. Het hielp natuurlijk niet echt dat ze tot nu toe elk vrij uurtje in een balletstudio had doorgebracht. Maar Gelsey maakte zichzelf ook niet bepaald populair, vooral omdat ze de neiging had om hooghartig of laatdunkend te doen als ze zenuwachtig was.

'Luister,' zei ik een beetje onzeker terwijl ik naar haar keek, 'in het begin zal het heus niet makkelijk zijn, maar...'

'Taylor!' zei Gelsey opeens schril. Ik keek weer naar de weg en trapte zo hard op de rem dat de banden gierden.

Er fietste een meisje midden op de weg. Ze reed hard, met één hand aan het stuur. Met de andere hield ze een telefoon tegen haar oor.

'Jezus,' prevelde ik met bonkend hart. Ik keek of de andere rijbaan vrij was en reed toen met een grote boog om haar heen. Toen we haar passeerden, boog Gelsey zich opzij en toeterde.

'Hé!' zei ik en ik duwde haar hand weg.

Het meisje zwenkte opzij en haar fiets wankelde even voor ze hem weer rechtop kreeg en een blik op de auto wierp. In één indrukwekkende beweging klemde ze haar telefoon tegen haar oor en pakte haar stuur met haar andere hand vast zodat ze de hand die het dichtst bij de auto was vrij had om haar middelvinger naar ons op te steken. Haar gezicht werd aan het oog onttrokken door een gordijn van donker haar, maar we hoefden ons niet af te vragen wat ze op dit moment van ons vond. Toen we haar voorbij waren zag ik haar in de achteruitkijkspiegel steeds kleiner worden tot ze nog maar een stipje in een paars T-shirt was.

'Wil je dat nooit meer doen,' zei ik toen ik de parkeerplaats van het recreatiecentrum op draaide.

'Ze nam de hele weg in beslag,' zei Gelsey. Maar haar stem klonk lang niet zo zelfverzekerd meer toen ik voor de hoofdingang stopte. Het gebouw zag er nog precies hetzelfde uit, een groot houten bouwwerk met LAKE PHOENIX RECREATIECENTRUM op de luifel. Net na de ingang moest je je badge aan een werknemer laten zien om naar het zwembad en de tennisbanen te mogen.

Ik keek naar mijn zus en zag dat ze het hengsel van haar tas zo stevig vasthield dat haar knokkels wit waren. Ze keek even naar mij en ik besefte dat ze bang was. Ik wist dat ik nu iets moest zeggen, iets bemoedigends en grotezusachtigs, maar ik kon niks verzinnen.

'Ik moet gaan,' zei Gelsey na een ogenblik. Ze haalde een keer diep adem en duwde het portier open. 'Ik bel mam wel voor een lift naar huis, of ik loop of zo.'

'Oké,' zei ik. 'Veel plezier.'

Gelsey rolde enorm met haar ogen, stapte uit en liep zo stram naar de ingang alsof ze naar haar executie ging in plaats van naar een tennisles. Ik keek op de klok, vloekte en zette de auto in zijn achteruit. Ik stoof de parkeerplaats af, nu officieel vijf minuten te laat voor mijn eerste werkdag.

Ik was sinds mijn terugkeer niet naar het strand geweest, maar toen ik uit de auto stapte zag ik dat er niet veel was veranderd. Er stonden picknicktafels en banken op de weide bij de parkeerplaats. Een kleine helling leidde naar het zandstrand. Er was een trap van vijf treden als je niet van de heuvel af wilde rollen, zoals ik graag deed toen ik acht was. Het was niet druk op het strand, met een handvol dekens en handdoeken van gezinnen en zonnebaders die hun territorium afbakenden. Een paar ambitieuze kinderen waren al halverwege de bouw van hun zandkasteel, maar er lag nog niemand in het water. Toen ik zag dat de hoge witte stoel van de strandwacht aan de rand van het water leeg was, snapte ik waarom er nog niet werd gezwommen. De dienst van de strandwacht was nog niet begonnen. Rechts, aan het verre eind van het strand, lagen de zeilboten op hun houten pallets en de kano's en kajaks in houten stellingen. Het meer zelf was de grootste blikvanger en strekte zich bijna zover uit als het oog reikte. Een groot houten vlot, compleet met ladder, lag voor anker achter het afgezette zwemgedeelte waar kinderen binnen moesten blijven. De dobberende gele boeien bij het vlot markeerden het stuk waar volwassenen nog mochten komen. Het meer werd aan alle kanten omgeven door pijnbomen en ook de drie verspreid liggende eilandjes stonden daar vol mee. De lucht boven het meer was helder en felblauw met witte wolkenveren. Terugkijkend leek het soms alsof ik alle zomers van mijn jeugd aan dit strand had doorgebracht. Het zwembad had me nooit zo kunnen bekoren, met het ruwe beton en de geur van chloor. Het strand voelde altijd als thuis.

'Ben jij Taylor?'

Ik draaide me om en zag dat er een kleine man van in de veertig met een heel rood gezicht en een Lake Phoenix-poloshirt aan naar me stond te turen.

'Hoi,' zei ik en ik haastte me naar hem toe, terwijl ik tegelijkertijd probeerde mijn haar glad te strijken en een excuus te verzinnen waarom ik op mijn eerste dag te laat was. 'Ik bedoel, ja.' Ik stak mijn hand uit (Warren had me de vorige avond een college gegeven over hoe je een goede eerste indruk maakt, en een ferme handdruk stond boven aan de lijst) maar de man draaide zich al om, liep de trap af naar de snackbar en gebaarde dat ik hem moest volgen.

'Fred Lefevre,' zei hij over zijn schouder. 'Deze kant op.'

De snackbar was het gebouwtje naast het clubhuis, waar de wc's, materiaalruimtes en kantoren waren. Fred ging me door de openstaande deur voor naar zijn kantoor. Hij duwde de deur met STRANDMANAGER erop open en wuifde me naar binnen, maar zo gauw ik de drempel over was stond ik stokstijf stil.

Overal waren vissen. Geen levende, maar opgezette. De muren waren ermee bedekt en er hing een vissenkalender achter het bureau, dat vol stond met ingelijste foto's van Fred die enorme vissen als een trofee omhooghield. Overal stonden viskoffers en hengels, en toen Fred achter zijn bureau ging zitten zag ik dat hij het permanent verbrande uiterlijk had van iemand die het grootste gedeelte van zijn tijd in de buitenlucht doorbracht. Fred leunde achterover in de krakende leren stoel met zwenkwieltjes en keek me over het bureau heen aan. Ik ging gelijk wat meer rechtop zitten op de metalen klapstoel, die koud voelde tegen de achterkant van mijn benen. 'Dus jij,' zei hij, 'bent onze late aanwinst.'

Ik wist niet of hij bedoelde dat ik laat was ingehuurd, of dat ik vandaag te laat was gekomen, dus knikte ik alleen. Fred pakte het fotolijstje dat het dichtst bij hem stond en staarde er even naar voor hij hem naar mij omdraaide. Op de foto had Fred een vis aan de lijn die bijna net zo lang was als hijzelf.

'Weet je wat dat is?' vroeg hij.

Mijn kennis van vis was gelimiteerd tot wat ik in restaurants op de kaart aantrof, dus ik schudde mijn hoofd.

'Dat is een grote lederkarper,' zei hij smachtend. 'Is ze niet prachtig?'

'Hm,' zei ik zo enthousiast mogelijk.

'Dat was twee jaar geleden,' zei hij. Hij zette de foto weer terug, maar bleef ernaar staren. 'Ik heb sindsdien niet meer zo'n grote gevangen. En daarom ben jij hier.'

Ik knipperde even verbaasd met mijn ogen en wierp toen een blik op de foto van de enorme, ontevreden kijkende vis alsof die het kon uitleggen. 'Eh, wat?' vroeg ik.

'Ik ga graag vissen,' zei Fred, terwijl hij zijn blik met moeite van de stekelbaars losscheurde en mij aankeek. 'En juni en juli zijn mijn top vismaanden. En ik kan geen tijd op het meer maken als ik alles hier tot in de kleinste details moet regelen.'

'Oké,' zei ik, nog steeds wachtend op een uitleg van mijn rol in dit geheel.

'Dus heb ik een verzoek bij Jillian ingediend voor een extra werknemer,' zei hij. 'Iemand die hier kan doen wat nodig is. Vooral in de snackbar, maar ik heb ook iemand nodig die helpt bij het organiseren van de filmavondjes op het strand. Vorig jaar waren die...' Hij zweeg even. '...geen succes,' concludeerde hij uiteindelijk. 'Het gaat erom dat ik hier weg kan zijn en weet dat alles gewoon doorloopt. Dus daar ga jij voor zorgen. Klinkt goed?'

'Nou,' zei ik en ik dacht even na over mijn functie-omschrijving. Het klonk helemaal niet slecht, echt niet, maar ik wist niet zeker of ik de kwalificaties er wel voor had. 'Ik...'

'Goed zo!' zei Fred terwijl hij opstond. Wat hem betreft zat ons gesprek er blijkbaar op. 'Laten we het op vier dagen per week houden. Maak het rooster maar samen met de anderen, dan kunnen jullie zelf zien waar de gaten vallen.'

Instinctief stond ik ook op, want hij torende dreigend boven me uit en wilde overduidelijk dat ik zijn met vis behangen kantoor zou verlaten. 'Maar...'

'Het werk stelt niks voor, Taylor,' zei hij terwijl hij om zijn bureau heen liep en de deur voor me opendeed, voor het geval ik nog steeds niet begreep dat ik weg moest. 'Maak mijn leven eenvoudig. Ik wil vissen. En ik wil onge-stoord kunnen vissen. Dus als jij daarvoor zorgt, doe je je werk geweldig. Oké?'

'Oké,' zei ik terwijl ik een stap buiten zijn kantoor zette, en toen nog een, en hij de deur langzaam maar zeker achter me begon te sluiten. 'Maar waar moet ik...'

'Begin maar in de snackbar,' zei hij. 'Kijk wat er moet gebeuren. Welkom bij de ploeg!' En daarmee deed hij de deur voor mijn neus dicht.

Ik keek om me heen en omdat ik geen andere mogelijk-heid zag ging ik naar de snackbar. Ik was die altijd vanaf de voorkant genaderd nadat ik kwartjes en stuivers bij elkaar had geschraapt of een verkreukeld, zanderig dollarbiljet uit mijn zwemtas had opgeduikeld. Meestal kocht ik dan een Cherry Coke of een bevroren Milky Way om met Lucy te delen. Maar in dezelfde gang waar Freds kantoor aan lag was een deur waar duidelijk ALLEEN VOOR SNACKBAR-MEDEWERKERS op stond, dus haalde ik een keer diep adem en duwde hem open, hopend dat iemand me kon vertellen wat ik precies moest doen, en dan graag zonder visverhalen.

Aan deze kant van de toonbank was de snackbar best klein en benauwd. Tegen de ene muur stond de frisdrank-tap, samen met een grote zilveren koelkast en twee diep-vrieskisten. Daarachter stonden een grill en een frituurinrichting. Er waren planken waarop de verschil-lende soorten chips uitgestald stonden en posters met alle verkrijgbare ijsjes en op de toonbank stond snoep voor een kwartje, per stuk verpakt.

'Niet. Bewegen,' zei een stem achter mij. Ik draaide me met een ruk om en zag een jongen op het werkblad zitten, doodstil, met een opgerolde krant boven zijn hoofd.

Ik had gedacht dat ik alleen was en ik was zo geschrokken dat mijn hart in mijn keel klopte. 'Hoi,' stamelde ik toen ik mijn kalmte weer enigszins had teruggevonden. 'Ik ben...'

'Ssst,' siste hij, zijn stem laag en vlak. Hij keek nog steeds niet naar me. 'Maak hem niet aan het schrikken.'

Ik verstijfde en probeerde te zien waar hij met die opge-rolde krant op mikte, maar ik zag alleen het lege werkblad. Ik was opeens zo bang dat ik niet alleen wilde bewegen (en snel ook nog), maar dat ik bij hem op het aanrecht wilde springen. 'Is het een muis?' fluisterde ik en ik voelde dat ik kippenvel kreeg. Als dat zo was kon het me niet schelen wat hij zei, dan ging ik er zo snel mogelijk vandoor.

'Nee,' mompelde de jongen, nog steeds volledig op de toonbank geconcentreerd. 'Het is een vlieg. Hij tergt me al de hele ochtend. Maar ik zal zegevieren.'

'O,' zei ik zachtjes. Ik verplaatste mijn gewicht van mijn ene voet naar mijn andere en vroeg me af hoelang dit ging duren. En ook wat we geacht werden te doen als er klanten kwamen. In de stilte die viel, waarin de aandacht van de jongen volkomen op de vlieg was gericht, bekeek ik hem eens goed. Hij kwam me vaag bekend voor, van lang geleden. Ik kon het niet goed zien omdat hij zat, maar hij leek klein en stevig. Hij had zo'n coole nerdachtige bril op en kortgeknipt bruin haar. 'Ik heb hem bijna,' fluisterde hij plotseling, terwijl hij zich met de krant in de aanslag voorover boog. 'Niet bewegen, dan…'

'O, mijn god!' De personeelsdeur vloog met zo'n klap open dat de jongen en ik ons een ongeluk schrokken en de vlieg er vermoedelijk snel vandoor ging. Er schoot een meisje naar binnen en meteen de hoek om, waar ze haar tas aan een haak hing, ondertussen snel en luid pratend. Ik ving een glimp op van donker haar en een paars T-shirt en mijn maag kromp ineen. 'Je gelóóft gewoon niet wat er vanmorgen gebeurde. Ik fietste gewoon naar mijn werk zonder iemand lastig te vallen en toen kwam die totale idióót…' Het meisje kwam de hoek weer om en verstijfde toen ze mij zag.

Ik ook. Voor me stond het meisje in het paarse T-shirt, degene die ik vanmorgen bijna van de weg had gereden, degene die haar middelvinger naar me had opgestoken.

En die Lucy Marino bleek te zijn, mijn vroegere beste vriendin.

10

Ik staarde Lucy aan. Net als bij Henry had mijn geest even nodig om haar twaalfjarige versie met de huidige in overeenstemming te brengen. Als kinderen waren Lucy en ik ongeveer even groot geweest, maar het leek erop dat zij lang niet zoveel gegroeid was als ik. Ze was nu zeker tien centimeter kleiner dan ik, en met de rondingen waar we vroeger allebei op gehoopt hadden. Ze had nog steeds glanzend donkerbruin haar, maar de ontembare bos krullen van toen was verdwenen. Haar haar was nu steil en glad. Haar olijfkleurige huid was al gebruind en ze had zich perfect opgemaakt. Het was duidelijk dat ze de onhandigheid van onze eerste pogingen om eyeliner op te doen in de laatste vijf jaar achter zich had gelaten.

Lucy knipperde met haar ogen, kneep ze toen tot spleetjes en sloeg haar armen over elkaar. 'Wat doe jij in godsnaam hier?' vroeg ze, en ze klonk net zo verbaasd als boos. De jongen op de toonbank keek naar me en trok zijn wenkbrauwen op.

'Ik... eh...' begon ik. Ik gebaarde in de richting van Freds kantoor. 'Fred zei dat ik hierheen moest. Ik werk hier nu.'

'Echt.' Lucy formuleerde het niet als een vraag.

'Echt?' De jongen op het werkblad wel. Hij sprong naar beneden en liet zijn wapen, de krant, op het werkblad vallen.

'Ja,' zei ik, maar niet zo overtuigend als ik wel gewild

had, want ik begon me af te vragen of dit wel zo'n goed idee was. En ik snapte opeens Henry's aarzeling toen ik hem vertelde dat ik hier ging werken.

'Geweldig,' zei de jongen, 'versterking.' Hij stak zijn hand uit en schudde die van mij een beetje te stevig. Hij had waarschijnlijk hetzelfde boek als Warren gelezen. 'Ik ben Elliot.'

Toen viel het kwartje. Ik zag hem ineens voor me als tienjarige, nog kleiner en steviger, met een bril die niet echt in de mode was. Hij hing altijd rond bij de snackbar van het zwembad, een van die kinderen die altijd een kaartspel bij zich hadden en voortdurend een potje wilden kaarten. Hij was vooral Henry's vriend, maar soms hingen we met z'n drieën rond, vooral als het regende en er verder niks te doen was.

'Taylor,' zei ik. 'Weet jij nog...?' Ik stopte omdat ik me opeens realiseerde hoe treurig het was als je iemand moest vragen of ze je nog herkenden.

'O,' zei Elliot en zijn wenkbrauwen schoten omhoog, 'Táylor.' Hij keek snel naar Lucy en toen weer naar mij. Lucy keek met een boze blik recht voor zich uit, over het water, alsof zelfs mijn aanblik al te veel voor haar was. 'Sorry dat ik je niet herkende. Het is een tijdje geleden, hè?'

Ik knikte. 'Zeker weten,' zei ik.

Er viel een stilte en toen schraapte Elliot zijn keel. 'Welkom,' zei hij. 'Kom je in de snackbar werken?'

'Zoiets,' zei ik. Ik keek naar Lucy en ving even haar blik voor ze weer nadrukkelijk wegkeek. 'Ik ga ook iets met films doen...' Mijn stem stierf weg en ik realiseerde me dat ik eigenlijk geen idee had wat dit baantje inhield.

'Fred heeft blijkbaar eindelijk zijn vismedewerker gekregen,' zei Elliot. Lucy haalde alleen haar schouders op en Elliot richtte zich tot mij. 'Daar zeurt hij al jaren om. Maar het gerucht gaat dat hij een wit voetje heeft gehaald bij Jillian van kantoor, omdat hij sinds kort met haar uitgaat.'

'Moet jij geen les geven?' vroeg Lucy terwijl ze op de ronde wandklok keek die scheef boven de magnetron hing.

Elliot keek op zijn horloge. Het was groot en van plastic en nam bijna zijn hele pols in beslag. Het zag eruit als een duikershorloge dat tegen veel grotere diepten bestand was dan je in Lake Phoenix kon vinden. 'Over tien minuten,' zuchtte Elliot. 'Helaas.'

'Les?' vroeg ik. Aan de rand van mijn blikveld zag ik Lucy met haar ogen rollen. Maar mijn introductie hier was zo vaag geweest dat ik zo veel mogelijk informatie wilde lospeuteren bij de enige persoon in de snackbar die met me wilde praten.

'Ik geef een paar zeillessen naast het werk in de snackbar,' legde Elliot uit. 'We hebben hier allemaal meerdere baantjes. En vandaag is het de dag van de gevorderde beginners, die er blijkbaar allergisch voor zijn om wat voor kennis dan ook binnen te houden.' Hij liep naar de deur, stopte toen en draaide zich om. 'Als jullie die vlieg zien,' zei hij ernstig, 'wreek mij dan. Oké?'

Lucy knikte afwezig, waardoor ik het gevoel kreeg dat hij dit soort dingen heel vaak zei. Toen Elliot de gang op stapte en de deur achter zich dichtsloeg, draaide Lucy zich om en keek me recht aan, met haar armen nog steeds over elkaar geslagen, haar gezicht ondoorgrondelijk. 'Zo,' zei ze een lang ogenblik later. Ze leunde tegen de toonbank en bestudeerde me in stilte. 'Je bent terug.'

'Ja,' zei ik en mijn stem trilde een beetje. Ik voelde me uit mijn evenwicht en realiseerde me dat sommige dingen nooit veranderden, hoe anders ik er nu ook uitzag. Ik had nog steeds een grondige hekel aan confrontaties. En Lucy floreerde er juist bij. 'Nog maar net.'

'Ik had al zoiets gehoord,' zei ze. Ik knipperde met mijn ogen en wilde net vragen van wie, maar iets in haar gezicht hield me tegen. Ik realiseerde me dat ze het van een heleboel mensen gehoord kon hebben, inclusief Jillian. Lake Phoenix was zo klein dat nieuws zich meestal snel verspreidde. 'Ik dacht gewoon niet dat ik je zou zien,' ging ze verder en ze trok één wenkbrauw op.

Dat had ze altijd al gekund en ik had het nooit onder de knie gekregen. Ik had haar er enorm om benijd, want als ik het probeerde leek het net alsof ik enorme pijn leed.

'En ik had zeker niet gedacht dat ik je hier zou zien.'

Ik stak mijn handen in de zakken van mijn korte broek en keek neer op houten vloer vol krassen. Ik voelde de onrust in mijn benen, waarmee mijn lichaam me duidelijk probeerde te maken dat ik er maar beter vandoor kon gaan. Ik wierp een blik op de deur en nam het even in overweging. 'Als dit problemen gaat opleveren,' zei ik even later, 'kan ik ook weggaan. Kijken of ik ergens anders geplaatst kan worden.'

Ik keek op en zag een flits van pijn over haar gezicht glijden voor de blasé uitdrukking terugkeerde. Ze haalde haar schouders op en bestudeerde haar nagels. Ik zag dat ze donkerpaars waren gelakt en vroeg me af of ze dat gedaan had zodat ze bij haar shirt pasten. Dat zou zeker opgaan voor de Lucy die ik gekend had. 'Dat hoef je voor mij niet te doen,' zei ze verveeld. 'Het kan me niet schelen.'

'Oké,' zei ik zacht. Ik haalde diep adem om te zeggen wat ik waarschijnlijk meteen had moeten zeggen, wat ik ook meteen tegen Henry had moeten zeggen toen ik hem zag. 'Lucy,' begon ik, 'het sp–'

'Kan ik u helpen?' Lucy ging rechtop staan en toen ik me omdraaide zag ik een klant voor het loket staan, een afgetobde moeder met een baby op haar heup. Het kind kwam net boven de houten toonbank uit, de blik gefixeerd op de pot met apart verpakte fruitsnoepjes en winegums.

'Ja,' zei ze. 'Twee water graag, en een portie patat, en een Sprite zonder ijs.'

Lucy sloeg het bedrag aan op de kassa en draaide zich toen naar mij om. Ik liep aarzelend naar de bekers en strekte mijn hand ernaar uit, maar ik wist niet wat ik verder moest doen. 'Ga Elliot maar halen,' zei Lucy hoofdschuddend. 'Je hebt geen idee.' Ze draaide zich weer om naar de vrouw en schoof behendig de snoeppot opzij toen het kind ernaar greep. 'Negen negenentwintig,' zei ze.

Ik duwde de deur open en deed hem snel weer achter me dicht terwijl ik de gang op stapte. De hele uitwisseling had me van mijn stuk gebracht. Om de een of andere reden had ik het gevoel dat ik elk moment in tranen kon uitbarsten, dus ik was blij dat ik een minuutje kreeg om tot mezelf te komen. Ik wist dat Elliot over tien minuten les moest geven, dus ik had niet veel tijd. Ik keek eerst of hij in een van de weinige kamers in het gebouw was, maar ik vond alleen een materiaalkamer vol zwemvesten en boeien en een voorraadkast met borden en bekers en zakken siroop voor de frisdranktap. Fred had een bordje met 'uit vissen' op zijn deur gehangen, dus daar viel ook geen hulp te verwachten. Net toen ik in paniek begon te raken (want hoe langer het duurde, hoe kwader Lucy zou zijn) zag ik Elliot bij het fietsenrek in het gras zitten naast een jongen met krullen die gitaar zat te spelen. Er lagen zo'n tien zwemvesten in een cirkel op het gras, maar er waren nog geen leerlingen in zicht. Ik rende enorm opgelucht op hem af en begon al te praten voor ik er was. 'Lucy heeft je hulp nodig in de keuken,' zei ik toen Elliot opkeek en de jongen met de gitaar midden in een akkoord ophield. 'Ik weet nog helemaal niet hoe het allemaal moet.'

Elliot trok zijn wenkbrauwen op. 'Maar dat kan ze je toch laten zien?' vroeg hij. 'Luce is super in inwerken. Ze heeft mij alles geleerd wat ik weet.'

'O,' zei ik terwijl ik over mijn schouder naar de snackbar keek en me herinnerde hoe ze me had weggestuurd, duidelijk blij om van me af te zijn. 'Nou,' zei ik, 'ik denk dat ze daar niet echt... zin in had.'

'Juist,' zei Elliot en hij knikte. Hij glimlachte meelevend en duwde zichzelf overeind. 'Tja, ik denk dat je haar dat niet echt kwalijk kunt nemen, toch?' Hij liep naar de snackbar voor ik een antwoord kon formuleren. 'O,' zei hij terwijl hij zich nog even omdraaide en naar de jongen met de krullen wees. 'Taylor, dat is Leland. Leland, Taylor. Ze is nieuw.' Daarmee haastte hij zich naar het gebouw en even later hoorde ik de deur dichtslaan.

Leland leek lang en hij had een bleke huid met sproeten en door de zon gebleekt haar dat eruitzag alsof het al een hele tijd niet gekamd was. Hij sloeg nog een akkoord aan, keek toen op en glimlachte loom. 'Hé,' zei hij. 'Ook een strandwacht?'

'Nee,' antwoordde ik. 'Snackbar.'

'Cool,' zei hij en hij sloeg nog een paar akkoorden aan en liet de laatste twee snaren lang doorklinken. Ik keek naar hem terwijl hij speelde en het leek absurd dat deze jongen die er zo chill en bijna stoned bij zat een strandwacht was. Dat had ik nooit verwacht.

'Over strandwachten gesproken,' zei Leland terwijl hij zijn lange benen ontvouwde en opstond, 'ik moet maar eens aan het werk. Ik zie je vast nog wel.' Hij slenterde zonder enige haast naar het strand.

Ik keek om naar de snackbar en toen naar mijn scheef geparkeerde auto. Een deel van mij, een heel groot deel, wilde gewoon instappen en wegrijden en niet stoppen voor ik vele kilometers en staten hiervandaan was. Maar het al na twintig minuten opgeven op je eerste werkdag was wel heel treurig. En als ik er nu vandoor ging, zou ik alleen maar bevestigen wat Lucy al over me dacht. Dus liep ik terug naar de snackbar en ik had opeens veel meer begrip voor mijn zus en wat zij die ochtend onder ogen had moeten zien. Ik haalde diep adem en deed toen de personeelsdeur open met het gevoel dat ik zelf op weg was naar mijn executie.

De rest van de werkdag ging niet echt goed. Lucy zei amper iets tegen me. Óf ze praatte via Elliot tegen me als hij tussen zijn lessen door bij ons was, óf ze negeerde me. Ze ging ook een paar keer weg om met haar mobieltje te bellen. Na de drukte rond lunchtijd stuurde ze me weg om de voorraadkast en het materiaal te controleren. Het was geestdodend werk (de zwemvesten tellen en recht leggen en dan de voorraad in de voorraadkast inventariseren), maar ik was tenminste alleen, zonder ongemakkelijke stiltes of golven irritatie die mijn kant op werden gestuurd. Ik bracht mijn lunchpauze op het strand door, uit het zicht, in de schaduw van een pijnboom. De kinderen in het water probeerden elkaars vlot om te gooien, een spelletje dat ik me nog heel goed kon herinneren. Ik zag Elliot in een kajak op het meer, waar hij een zeilklasje om een boei liet varen en een boot terughaalde die naar Delaware dreigde af te drijven. Toen ik na mijn pauze in de voorraadkamer terugkwam en weer bekers begon te tellen leek de tijd bijna stil te staan: de uren kropen ondraaglijk langzaam voorbij. Toen het eindelijk vijf uur was en ik de voorraadkast afsloot, was ik uitgeput. Ik rook naar frituurvet en de mayonaise die ik per ongeluk gemorst had, mijn voeten deden pijn en ik wilde alleen nog maar in bed kruipen om nooit meer naar dit baantje terug te hoeven.

Buiten zag ik Lucy en Elliot, terwijl Lucy een stalen rolluik voor de snackbar naar beneden trok en op slot deed. Leland kwam met grote stappen van het strand af en ik was verbaasd toen ik zag dat er nog een paar zwemmers in het water lagen en een paar eenzame mensen op hun vlotten ronddobberden. 'En wat gebeurt er,' zei ik toen Elliot naar me toe kwam en Lucy nog twee keer aan het slot trok om het te testen, 'als er geen strandwacht is?'

'Dan wordt er een bord neergezet,' zei Elliot. Hij knikte naar Leland, die op ons af kwam springen. 'De strandwacht heeft dienst van negen tot vijf. De rest van de tijd hangt er een bord aan de stoel dat zwemmen op eigen risico is.'

Ik knikte terwijl Lucy met haar telefoon in haar hand geklemd naar ons toe kwam. Ze glimlachte naar Leland, maar de vriendelijke uitdrukking verdween onmiddellijk van haar gezicht toen ze mij zag. 'We moeten een rooster opstellen,' zei ze en haar stem klonk koud en kortaf. 'Ik praat wel met Fred en dan bel ik je. Wat is je nummer?' Ik gaf het en ze zette het in haar mobieltje, waarbij ze elke toets een hardere tik gaf dan nodig was. 'Oké,' zei ze toen ze het had opgeslagen. Ze keek me lang aan en toen ik hen zo met z'n drieën bij elkaar zag staan viel me in dat ze waarschijnlijk plannen voor die avond wilden maken. Plannen waar ik ongetwijfeld geen deel van uitmaakte.

'O,' zei ik en ik voelde dat ik rood werd. 'Juist. Goed. Dus eh… bel me maar over dat rooster en dan… dan ben ik er.' Ik hoorde zelf hoe achterlijk ik klonk, maar de woorden waren eruit voor ik ze kon tegenhouden. Ik knikte naar iedereen en liep toen snelwandelend naar mijn auto.

Ik deed het portier open en voor ik instapte keek ik nog even over mijn schouder. Lucy stond me na te kijken. Ze keek niet meteen weg, zoals ze de hele dag had gedaan, en de uitdrukking op haar gezicht was eerder droevig dan boos. Maar toen draaide ze zich weer om en moest ik denken aan wat Elliot had gezegd. Hij had gelijk. Ik kon het haar niet kwalijk nemen, want het was precies wat ik verdiende.

II

Vijf zomers eerder

Ik keek somber naar Lucy aan de overkant van de steiger. 'Dit is balen.' Ik pikte de paarse Skittles uit de hoop voor me en schoof ze naar mijn beste vriendin. Lucy fronste naar haar eigen hoop, haalde alle groene eruit en schoof ze naar mij. Zo verdeelden we al ons snoep: we kenden elkaars favoriete kleuren zo goed dat we het nooit hoefden te vragen. Als het om Snickers of Milky Ways ging, hadden we het liefst die van de snackbar op het strand, bevroren. We kochten er één en kregen er een plastic mes bij en Lucy sneed hem dan met chirurgische precisie in tweeën. We deelden alles, fifty-fifty.

'Ik weet het,' beaamde Lucy. 'Het is echt shit.' Ik knikte, heimelijk onder de indruk en een beetje jaloers. Als ik dat woord zei ging mijn moeder tegen me tekeer en nog niet zo lang geleden zou Lucy's moeder dat ook gedaan hebben. Maar, zoals Lucy steeds zei, een scheiding betekende dat je met van alles wegkwam wat eerst absoluut verboden was.

Helaas betekende de scheiding ook dat Lucy hier het grootste gedeelte van de zomervakantie niet zou zijn, en daar kon ik met mijn hoofd nog steeds niet bij. Zomer in Lake Phoenix betekende Lucy, en ik had geen idee wat ik zonder haar moest doen. We waren er zelfs mee naar mijn ouders gegaan. We hadden ze op een avond op de veranda geïnstalleerd om onze zaak te bepleiten: kon Lucy niet bij ons wonen deze zomer, terwijl haar ouders in New Jersey bleven om alles te regelen met advocaten en besprekingen en 'bemiddeling', wat dat dan ook zijn mocht. Dan kon Lucy genieten van de frisse lucht in Lake Phoenix en liep ze haar ouders niet in de weg. Ze kon bij mij op de kamer slapen, we hadden zelfs een rooster gemaakt waarin we om de beurt in het echte bed en het logeerbed sliepen.

Maar mijn ouders vonden het niet goed en nu, terwijl ze nog maar twee weken hier was, ging Lucy alweer weg. Ik moest afscheid nemen en dat had ik natuurlijk elke keer aan het eind van de zomer gedaan, maar dit was heel anders.

'Luister,' zei Lucy terwijl ze haar pony zorgvuldig gladstreek. Ik vond Lucy's pony geweldig en was er ontzettend jaloers op. Maar toen ik afgelopen herfst zelf een pony had laten knippen was hij niet recht, horizontaal en dik zoals bij Lucy. De mijne was sliertig en wapperig en met een kruin in het midden, dus moest mijn moeder een heleboel haarbanden voor me kopen. Toen het weer zomer werd was mijn haar al bijgegroeid en ik had Lucy nooit verteld dat ik haar had nageaapt. 'Mijn moeder zegt dat we snel weer terug kunnen zijn, als zij het huis krijgt en alles goed gaat. Misschien al over een maand.' Ze probeerde dat laatste woord een positieve draai te geven, maar ik kon horen hoe hol het klonk. Wat moest ik doen, een hele maand zonder Lucy?

'Tuurlijk,' zei ik in een poging om ook vrolijk te blijven. 'Het wordt vast geweldig.' Ik gaf haar een enorme, neppe glimlach, maar Lucy staarde me alleen maar aan en toen schoten we allebei in de lach.

'T,' zei ze, 'je bent echt de slechtste leugenaar aller tijden.'

'Ik weet het,' zei ik, al kon ik me geen enkele keer herinneren dat ik tegen Lucy had willen of moeten liegen.

'Maar in ieder geval ben jij straks niet helemaal alleen in New Jersey, zoals ik,' zei Lucy met een dramatische zucht. 'Ik ga me echt rot vervelen.'

'Ik ga me ook vervelen,' stelde ik haar gerust, 'want met wie moet ik nou afspreken?'

Lucy haalde haar schouders op en keek me om de een of andere reden niet aan toen ze zei: 'Je vriend Henry misschien?'

Ik kreunde, ook al was dat niet eerlijk tegenover Henry. 'Dat is niet hetzelfde,' zei ik. 'Hij wil alleen maar het bos in, en naar stenen kijken. Hij is een echte sukkel.' Dat was niet de waarheid en ik baalde ervan dat ik het gezegd had, maar ik probeerde Lucy op te vrolijken.

'Lucy!' riep mevrouw Marino vanuit het huis en toen ik omkeek zag ik haar op de oprit staan, naast de auto die helemaal ingepakt was en klaar voor vertrek.

Lucy slaakte een diepe zucht, maar we schenen allebei te begrijpen dat het tijd was om te gaan. We veegden onze Skittles bij elkaar en liepen naar het huis. Op haar oprit deden we het handklapritueel waar we zo'n beetje de hele vorige zomer op hadden geoefend (compleet met dubbele draai) en toen namen we afscheid met een korte omhelzing, omdat Lucy's moeder begon te klagen dat ze in de file zouden komen als ze niet snel weggingen.

Ik stond met mijn fiets langs het pad toe te kijken hoe de auto wegreed, met Lucy hangend uit het raam, en zwaaide net zo lang tot ik haar niet meer kon zien. Toen stapte ik op mijn fiets en begon langzaam naar huis te fietsen. Niet dat ik daar nou zo nodig naartoe wilde, want ik had nog uren de tijd voor we gingen eten, maar ik wist gewoon niet wat ik anders moest doen. Ik ging echt niet in m'n eentje naar het strand of naar het zwembad.

'Hé, Edwards!' Ik keek om, maar ik wist al dat het Henry was die slippend naast me tot stilstand kwam. Hij had de laatste tijd zo'n fase dat hij iedereen bij zijn achternaam noemde. En al wist ik dat hij dat wilde, ik weigerde om hem Crosby te noemen.

'Hé, Henry.' Ik stapte af en schopte tegen mijn pedaal zodat het heel snel ronddraaide. Henry bleef zitten en reed rondjes om mijn fiets.

'Waar is Marino?' vroeg hij terwijl hij om me heen cir- kelde. Ik moest steeds mijn hoofd draaien om hem te kun- nen volgen en ik begon duizelig te worden.

'Lucy is weg voor de rest van de zomer,' zei ik en ik voelde de impact van die woorden. 'Bijna de hele zomer, in ieder geval.'

Henry stopte en zette één blote voet op de grond. 'Dat is balen,' zei hij. 'Sorry.'

Ik knikte, al wist ik niet zeker of Henry het wel meende. Lucy en hij hadden nooit goed met elkaar overweg gekund. Ik wist dat hij haar te meisjesachtig vond en zij vond hem een betweter. De paar keren dat we met z'n drieën hadden afgesproken had ik me net een scheidsrechter gevoeld die voortdurend moest zorgen dat er geen ruzie kwam. Het was doodvermoeiend geweest. Dus deed ik meestal dingen met ieder apart, dat werkte voor iedereen beter.

'Nou,' zei Henry terwijl hij weer op de pedalen stapte, 'ik was op weg naar het strand. Zin om mee te gaan?'

Ik keek hem aan en dacht erover na. Met Henry rond-hangen was absoluut beter dan thuis rondhangen, zelfs al noemde hij me Edwards en probeerde hij altijd wedstrijdjes te doen wie het snelst kon fietsen of de meeste hotdogs kon eten. 'Oké,' zei ik terwijl ik mijn pedaal terugdraaide en erop ging staan. 'Klinkt goed.'

'Gaaf.' Henry glimlachte naar me en ik zag dat zijn voor-tanden niet meer scheef stonden, zoals toen ik hem leerde kennen. En hij had echt een leuke glimlach. Waarom had ik dat nooit eerder gezien?

'Wie het eerst bij het strand is?' vroeg hij, al helemaal startklaar met zijn handen aan het stuur.

'Ik weet niet,' zei ik en ik deed net alsof ik met mijn ver-snelling rommelde terwijl ik ondertussen klaar ging staan. 'Ik weet niet of ik... Af!' Het laatste woord riep ik keihard en toen begon ik zo snel mogelijk te trappen. Henry moest maar zien of hij me in kon halen. Lachend zoefde ik de straat uit, mijn staart wapperend in de wind. 'Wie verliest moet de cola betalen!'

Gevonden voorwerpen

12

De wachtkamer van de oncologieafdeling van het ziekenhuis in Stroudsburg zag eruit alsof hij elke poging om er opgewekt uit te zien had opgegeven. De muren waren geschilderd in een doffe perzikkleur en er hingen geen bemoedigende posters over hoe je je verkoudheid kon aanpakken of hoe je je handen moest wassen, zoals ik gewend was in de wachtkamer van onze eigen dokter. In plaats daarvan hing er één slecht schilderij van een heuvellandschap dat bezaaid was met óf schapen óf wolkjes, dat kon ik niet goed zien. De stoelen waren zo dik opgevuld dat ik het gevoel had dat ik erin wegzakte, en alle tijdschriften waren van maanden geleden. Twee van de celebrityhuwelijken die op de glossy covers werden aangekondigd waren alweer in een pijnlijke scheiding geëindigd. Ik bladerde de glossy die het dichtstbij lag evengoed door en bedacht hoe anders je tegen deze 'en ze leefden nog lang en gelukkig'-verhaaltjes aan keek als je de afloop al kende. Na een paar minuten gooide ik het blad weer opzij. Ik keek op mijn horloge en toen naar de deur waardoor mijn vader was verdwenen voor een gesprek met zijn dokter. Dit was niet precies de manier waarop ik had gedacht dat ik mijn vrije dag zou doorbrengen.

Na die eerste rampzalige dag was ik van plan geweest mijn baantje bij de snackbar op te geven. Ik zag niet in

waarom ik mijn zomer zou doorbrengen met mensen die
een hekel aan me hadden en dat ook niet onder stoelen of
banken staken. Maar die avond, toen we genoten van een
maïskolf met frietjes en gegrilde hamburgers (wat voelde
als ons eerste echte zomermaal) stuitte mijn plan op moeilijkheden.

Gelsey bleek een ontzettende hekel te hebben aan tennis.
Terwijl ze klaagde over wat een stomme sport het was en
dat alle mensen in haar tennisles al net zo stom waren, en
Warren ons tegelijkertijd probeerde te vertellen dat tennis
in de twaalfde eeuw in Frankrijk was uitgevonden en aan
het hof van Hendrik de Achtste populair was geworden, zat
ik daar gewoon te genieten van mijn maïskolf en wachtte
op een gelegenheid om erin te springen en uit te leggen dat
werken bij de snackbar natuurlijk zo zijn verdiensten heeft,
maar dat ik zeker wist dat ik mijn tijd deze zomer beter aan
iets anders kon besteden. Iets heel anders. Ik zat mijn verklaring in gedachten uit te werken en lette dus niet echt op
het gesprek dat aan tafel gevoerd werd. Ik had mijn aandacht er pas weer bij toen ik mijn naam hoorde.

'Wat?' vroeg ik en ik keek mijn vader aan. 'Wat zei je,
pap?'

'Ik zei alleen', zei mijn vader, vooral tegen mijn zus die
boos naar haar bord zat te staren, 'dat jij vandaag ook iets
heel nieuws en uitdagends voor je kiezen hebt gekregen.
Maar jij bent er gewoon voor gegaan. Heel anders dan je
zus hier.'

Shit. 'Eh,' zei ik en ik keek even naar Warren, hopend dat
ik hem zonder woorden duidelijk kon maken dat hij iedereen moest afleiden of moest vertellen hoe het een of ander

was uitgevonden. Maar Warren gaapte alleen en nam nog wat meer frietjes. 'Juist. Nu we het daar toch over...'

'Taylor geeft het niet op,' zei mijn vader. Ik kuchte, hopend dat ik hem kon laten ophouden zonder zelf de onbetrouwbaarste persoon ter wereld te lijken. 'En ik weet zeker dat haar dag niet bepaald gemakkelijk is geweest. Of wel soms?'

Hij keek weer naar mij en de hele familie keek me aan, Warren met een frietje halverwege zijn mond.

'Nee,' zei ik eerlijk.

'Zie je wel,' zei mijn vader en hij gaf me een knipoog. Dat maakte wat ik nu ging doen nog erger. Maar toen dacht ik aan Lucy's gezicht toen ze doorkreeg dat ik daar werkte, en hoe eenzaam het was geweest om helemaal alleen te lunchen.

'Luister,' zei ik in het besef dat dit waarschijnlijk mijn beste kans was om mezelf uit een situatie te bevrijden die in de loop van de zomer (dat wist ik zeker) alleen maar erger zou worden. 'Ik wil echt wel werken, dat is het niet. Maar de snackbar was niet... eh... precies wat ik verwachtte.' Mijn moeder wierp me een snelle blik toe en aan de uit-drukking op haar gezicht kon ik zien dat ze precies wist wat ik ging zeggen. Ik keek de andere kant op en ging ver-der: 'En gezien de enorme hoeveelheid schoolwerk volgend jaar denk ik dat ik deze zomer beter kan gebruiken...'

'Het kan me niks schelen!' jammerde Gelsey en ze klonk alsof ze elk moment in tranen kon uitbarsten. 'Ik wil niet tennissen en jullie mogen me niet dwingen. Het... is... niet... eerlijk!'

Warren rolde met zijn ogen naar me van de overkant van

de tafel en ik schudde mijn hoofd. Dat kwam er nou van als je de jongste was. Dan kon je jaren nadat je daar officieel al veel te oud voor was nog door het lint gaan om niks. Gelsey begon met haar gezicht in haar servet te snikken en ik realiseerde me dat het moment waarop ik kon aankondigen dat ik mijn baantje opgaf, waarschijnlijk al voorbij was.

Dus had ik nog twee diensten in de snackbar doorstaan, vooral met het idee dat ik dan kon stoppen zonder totaal af te gaan bij mijn vader. Die diensten verliepen zo'n beetje hetzelfde als mijn eerste dag. Lucy sprak amper een woord tegen me en ik telde de hele werkdag de minuten af tot ik weer naar huis kon, er met elk uur dat voorbijging meer van overtuigd dat dit het minimumloon niet waard was. Ik had op mijn vrije dag naar het clubhuis willen gaan om Jillian in te lichten en een boodschap voor Fred achter te laten (die ongetwijfeld aan het vissen was). Ik zou het pas aan mijn familie vertellen als alles al geregeld was. Maar die middag, toen mijn vader zijn werk opzijlegde en zich voorbereidde op zijn doktersafspraak in Stroudsburg, riep mijn moeder me naar de veranda.

Ze zat op de bovenste tree mijn zusjes haar te kammen. Gelsey zat één treetje lager, met een handdoek om haar schouders, haar hoofd lichtjes achterover, terwijl mijn moeder een grove kam door haar vochtige kastanjebruine krullen haalde. Dit was hun ritueel. Ze deden het niet zo vaak, alleen als mijn zusje een slechte dag had of zich ergens druk om maakte. Terwijl ik toekeek hoe haar haar nu gekamd werd vroeg ik me af of het was vanwege het trauma dat ze tijdens de tennislessen had opgelopen (waar ze niet mee had mogen ophouden) of door iets anders. Jaren geleden had ik gewild dat mijn moeder dit ook voor mij zou doen, toen ik nog veel jonger was. Maar ik had me uiteindelijk gerealiseerd dat het waarschijnlijk niet veel zin had. Mijn moeder en Gelsey hadden allebei hetzelfde roodbruine haar: lang, dik en krullend. En ik had fijn, supersteil haar dat nooit klitte en dat ik zelf amper hoefde te kammen. Maar toch.

'Wat?' vroeg ik. Gelsey trok een gezicht naar me, maar voor ik het terug kon doen, draaide mijn moeder haar hoofd om zodat ik alleen haar profiel nog kon zien.

'Wil jij vandaag met je vader naar Stroudsburg gaan?' vroeg mijn moeder.

'O,' zei ik. Dit had ik niet verwacht. 'Gaat het wel goed met hem?'

'Hij heeft gewoon een afspraak bij de dokter, en ik hoopte dat jij met hem mee kon gaan,' zei mijn moeder op effen toon terwijl ze de kam door het haar trok, helemaal vanaf de kruin tot aan de uiteinden, die alweer begonnen te krullen. Ik bekeek mijn moeder eens goed en probeerde te ontdekken wat ze precies bedoelde, of er iets helemaal mis was, maar mijn moeder kon ondoorgrondelijk zijn als ze dat wilde en ik kon niets aan haar aflezen. 'Je bent klaar,' zei ze. Ze streek met haar hand over Gelseys haar en trok toen de handdoek van haar schouders.

Gelsey stond op en wervelde in een reeks snelle pirouettes het huis in. Ik deed een stap opzij om haar erlangs te laten. Ik wist niet beter, het ging al jaren zo: als Gelsey ervoor in de stemming was, danste ze liever dan dat ze liep.

'Nou?' vroeg mijn moeder en toen ik me naar haar omdraaide zag ik hoe ze de losse haren uit de kam trok. 'Ga je met je vader mee?'

'Tuurlijk,' zei ik, maar ik had nog steeds het gevoel dat er meer aan de hand was dan ze wilde zeggen. Ik haalde net adem om het te vragen toen ik zag dat mijn moeder de losse haren in de lucht gooide, waar ze werden meegenomen door de zachte bries die de bomen al de hele middag deed ruisen. 'Wat doe je nou?'

'Dit is waarom je je haar altijd buiten moet kammen,' zei ze. 'Zo kunnen de vrouwtjesvogels de haren in hun nest verwerken.' Ze keek naar de kam en liep toen naar binnen terwijl ze ondertussen de handdoek opvouwde.

'Mam,' zei ik voor ze bij de deur was. Ze wachtte en keek me met opgetrokken wenkbrauwen aan, en ik wilde opeens alleen maar dat ik met haar kon praten zoals Gelsey dat kon en dat ik haar kon vertellen waar ik echt bang voor was. 'Gaat het wel goed met pap?'

Mijn moeder gaf me een triest glimlachje. 'Ik wil gewoon dat hij gezelschap heeft, oké?'

Ik had er natuurlijk mee ingestemd, en dus reden mijn vader en ik samen naar Stroudsburg, met hem aan het stuur: wat dat betreft had ik mijn lesje wel geleerd. Al duurde de reis maar een uurtje, mijn vader deed alsof het een echte road trip was. Hij kocht gesuikerde pinda's en frisdrank voor ons bij PocoMart en maakte mij verantwoordelijk voor de radio toen we de stad uit reden. Dat was misschien wel het meest onverwachte deel van de middag, want als we hiervoor samen in de auto hadden gezeten was hij steeds via Bluetooth met kantoor in contact, en anders luisterde hij naar de financiële berichten.

Toen we in het ziekenhuis aankwamen ging mijn vader me voor naar de oncologieafdeling en toen hij de spreekkamer in ging beloofde hij dat het niet lang zou duren. Maar hij zat daar nu al twintig minuten en ik begon rusteloos te worden.

Ik vermeed de lift en nam de trap naar de hal. Ik móést gewoon lopen. De hal bood niet veel afleiding: alleen een paar geschilderde portretten van de oprichters en gedenkplaten van grote donaties. Buiten voor de ingang stonden mensen te roken. Het waren er verrassend veel, als je bedacht dat dit een ziekenhuis was. Ik kwam in de cadeauwinkel terecht, dwaalde door de gangpaden, bekeek de boeketten bloemen en de opgewekte, felgekleurde teddyberen met *Beterschap* op hun buiken. Ik liep langs de rekken vol kaarten met *Ik denk aan je* en *Beterschap* erop. De afdeling 'innige deelneming' liep ik snel voorbij. Ik wilde de tekst binnen in die sombere kaarten met vaak maar één bloem, één vogel of een zonsondergang erop niet lezen.

Ik wilde eigenlijk helemaal niks, dus ik kocht alleen een pakje kauwgum. Ik gooide het op de toonbank en spitte mijn tas door op zoek naar kleingeld. Op dat moment zag ik een groot bloemstuk op de toonbank, gemaakt van helderrode en oranje zomerbloemen. Het zag er levendig en gezond uit en bracht de geur van zonneschijn mee, zelfs in de steriele, neonverlichte cadeauwinkel. Ik begreep voor het eerst waarom mensen bloemen aan zieke mensen gaven die vastzaten in het ziekenhuis en niet naar buiten konden. Het was alsof je ze een klein stukje van de wereld bracht, waar alles ook zonder hen gewoon doorging.

'Nog iets?' vroeg de vrouw achter de toonbank.

Ik wilde antwoord geven, maar mijn blik werd getrokken door de voorgedrukte kaart in het bloemstuk, vastgepind aan een lang plastic staafje dat tussen de bloemen uit kwam. GEWOON OMDAT IK VAN JE HOU, stond erop.

'Kan ik nog iets voor je doen?' vroeg ze.

Beschaamd trok ik mijn blik los van de kaart en gaf haar een dollar. 'Nee, dit is alles,' antwoordde ik terwijl ik de kauwgom in mijn zak stopte en het wisselgeld in de fooienpot liet vallen.

'Een fijne dag nog,' zei ze en schraapte toen haar keel. 'Ik hoop dat alles... goed afloopt.'

Toen keek ik naar haar op en ik zag dat ze al wat ouder was, meer de leeftijd van mijn oma. Ze had een naamplaatje op en een meelevende uitdrukking op haar gezicht. Het was een andere uitdrukking dan die vol medelijden en voorbarige deelneming die ik in Connecticut zo had verafschuwd, en ik besefte dat ik het niet erg vond. Ik bedacht dat ze natuurlijk de hele dag mensen zag die niet in het ziekenhuis wilden zijn, die iets zochten wat ze konden kopen, een goedkope teddybeer of een bloemstuk, waarmee alles net ietsje beter zou lijken.

'Bedankt,' zei ik. Ik keek nog even naar de kaart voor ik de hal weer in liep. Ik nam niet de trap, maar de lift naar de afdeling oncologie. Door die kaart was ik me ergens pijnlijk bewust van geworden: ik kon me de laatste keer niet herinneren dat ik mijn vader had verteld dat ik van hem hield. Ik zocht in mijn geheugen terwijl de lift geruisloos door alle verdiepingen opsteeg. Ik wist dat ik het vaak had gezegd toen ik nog kleiner was, getuige de verzameling familiefilmpjes. En zijn verjaardagskaart en vaderdagkaart tekende ik ieder jaar met *Liefs, Taylor.* Maar had ik het gezegd? Hardop, en in het nabije verleden?

Ik kon het me niet herinneren, dus ik was er vrij zeker van dat het antwoord nee was. Dat feit woog zwaar, zo zwaar dat ik eenmaal terug in de wachtkamer niet eens de moeite nam om een van die oude tijdschriften te pakken. En toen mijn vader eindelijk naar buiten kwam en vroeg of ik klaar was voor de thuisreis, stemde ik daar zonder een seconde te twijfelen mee in.

In tegenstelling tot de heenreis verliep de terugreis heel zwijgzaam. Mijn vader zag er zo moe uit na zijn afspraak dat hij niet eens had geprobeerd om zelf te rijden: hij had me gewoon de sleutels toegegooid toen we op de parkeerplaats waren. De eerste paar kilometer hadden we nog een conversatie gaande gehouden, maar toen merkte ik dat de stiltes in mijn vaders antwoorden steeds langer werden. Ik keek naar hem en zag dat hij met zijn hoofd tegen de stoel lag en dat zijn ogen telkens dichtvielen. Tegen de tijd dat we bij de snelweg naar Lake Phoenix waren en ik opzij keek om in te voegen, lag mijn vader diep te slapen, met zijn ogen dicht, zijn hoofd achterover en zijn mond een beetje open. Dit was zo ongewoon dat het bijna schokkend was, want mijn vader was niet iemand die zomaar in slaap viel. Ik wist wel dat hij de laatste tijd meer sliep dan normaal, maar ik kon me niet herinneren dat ik hem ooit een dutje had zien doen. En zeker niet zo, in de middag. Ik werd er een beetje angstig van, al had ik niet kunnen zeggen waarom, en ik wilde eigenlijk heel graag muziek opzetten om dat gevoel een beetje te overstemmen. Maar omdat ik mijn vader niet wilde storen zette ik de radio niet aan en reed ik in stilte verder, een stilte die alleen werd onderbroken door de diepe, gelijkmatige ademhaling van mijn vader.

Toen we de afslag naar Lake Phoenix namen ging mijn vaders mobieltje af. We schrokken allebei van het harde geluid van zijn ringtone in de stille auto. Mijn vader werd met een schok wakker, zijn hoofd kwam met een ruk omhoog. 'Wat?' vroeg hij, en ik vond het vreselijk om de verwarring in zijn stem te horen, de kwetsbaarheid ervan. 'Wat is dat?'

Ik reikte naar de telefoon in de bekerhouder, maar hij was sneller en nam op terwijl hij met zijn hand zijn altijd nette haar gladstreek, alsof hij wilde controleren of hij er niet te onverzorgd uitzag na zijn slaapje. Ik hoorde meteen dat het mijn moeder was en na hun korte gesprekje leek mijn vader weer wat kalmer, veel meer zichzelf. Zijn stem klonk niet meer schor van de slaap toen hij ophing en zich naar mij omdraaide.

'Je moeder wil graag dat we een paar dingen voor het eten halen,' zei hij, 'en ik heb net bedacht dat we dit jaar nog helemaal niet bij Jane's zijn geweest. Ik heb echt het gevoel dat we deze zomer te zuinig zijn geweest met de toetjes.'

Er lagen nog steeds elf havermoutkoekjes in de koelkast, maar daar zei ik niks over. De ene chocolate chip hadden we met z'n vijven gedeeld, en de rest lag daar nog steeds, onaangeraakt.

Ik keek op de klok en zag dat het bijna vier uur was. Mijn moeder zou ongetwijfeld vinden dat we ons avondeten verpestten. Maar mijn vader en ik hadden een traditie van in het geheim ijs eten, net als toen ik jonger was en hij me kwam halen als ik was weggelopen. 'Echt?' vroeg ik en mijn vader knikte.

'Zeg maar niks tegen je moeder,' zei hij. 'Ik zie die *ijzige* blik al voor me.'

Ik moest daar wel om lachen. 'Ach,' antwoordde ik terwijl ik in Main Street parkeerde, 'ze is altijd zo weer *ontdooid*.'

Mijn vader glimlachte waarderend. 'Goeie,' zei hij.

We gingen ieder een andere kant op: hij richting Poco-Mart en Henson's en ik naar Sweet Baby Jane's. Het was een klein winkeltje met de naam in krullerige witte letters op hemelsblauwe zonneschermen. Aan iedere kant van de deur stond een bank en dat was pure noodzaak, want binnen was alleen plaats voor de toonbank en één tafeltje. Het was er niet echt druk, misschien vanwege het tijdstip. Er zaten alleen twee jongens van ongeveer Gelseys leeftijd met een ijsje op een van de bankjes, met hun fietsen links van hen op elkaar gesmeten. Het was vreemd om Jane's zo verlaten te zien: 's avonds, na het eten, zaten de bankjes altijd vol en stonden de mensen zelfs op straat.

Toen ik de deur opendeed en naar binnen stapte, werd ik getroffen door een vlaag van airconditioning en nostalgie. De winkel was niet echt anders dan ik me herinnerde: dezelfde tafel, dezelfde geschilderde borden met de smaken en de toppings. Maar blijkbaar was de tijd toch niet helemaal aan Jane's voorbijgegaan, want er was nu ook een lijst met *frozen yoghurts* en er waren veel meer suikervrije keuzemogelijkheden dan ik me kon herinneren.

Ik hoefde niet te vragen wat mijn vader wilde. Hij had altijd hetzelfde ijsje besteld: een bekertje met een bolletje praliné en een bolletje rum-rozijnen. Ik nam een bolletje kokos en een bolletje frambozen in een hoorntje, want dat was mijn favoriet geweest toen ik hier de laatste keer was. Ik betaalde en duwde toen met mijn rug de deur open, want ik had mijn handen vol. Ik wilde net mijn eerste hap nemen toen ik iemand hoorde zeggen: 'Wacht, ik heb hem.' De deur werd voor me open gehouden en ik draaide me om en keek opeens recht in de groene ogen van Henry Crosby.

Ik had het inmiddels kunnen verwachten. Het was waarschijnlijk verrassender geweest als ik hem níét tegen het lijf was gelopen. Ik glimlachte en voor ik mezelf kon tegenhouden citeerde ik een uitspraak van mijn vader, een zin uit zijn lievelingsfilm. *'Of all the gin joints in all the world,'* zei ik, *'you walk into mine.'* Henry fronste zijn wenkbrauwen en ik realiseerde me op dat moment dat hij natuurlijk geen idee had waar ik het over had. Ik wist zelf nauwelijks waar ik het over had. 'Sorry,' legde ik haastig uit, 'dat is een citaat. Uit een film. En ik had natuurlijk beter *ice cream parlours* kunnen zeggen...' Ik hoorde mijn stem wegsterven. Ik wist niet eens precies wat een gin joint was. Waarom had ik het nodig gevonden om überhaupt iets te zeggen?

'Het is al goed,' zei Henry. 'Ik snapte waar je naartoe wilde.' Zijn donkere haar stond aan de achterkant recht overeind en hij had een vaalblauw T-shirt aan dat er zo zacht uitzag dat ik de neiging kreeg om het katoen tussen mijn vingers te wrijven. Dat deed ik natuurlijk niet, ik deed juist een stap terug om de verleiding te weerstaan.

'Zo,' zei ik, op zoek naar iets om te zeggen, maar ik kon niet veel bedenken. 'Een ijsje, hè?' Ik voelde mijn wangen rood worden zo gauw ik het had gezegd en wierp een blik op de auto om te zien of mijn vader al klaar was bij Henson's, zodat ik dat als excuus kon gebruiken om ervandoor te gaan.

'Het is niet waar,' zei Henry en hij knikte naar mijn snel smeltende ijsje. 'Nog steeds frambozen en kokos?'

Ik staarde hem aan. 'Niet te geloven dat je dat nog weet.'

'Olifant,' zei hij. 'Zei ik toch.'

'Aha,' zei ik. Ik voelde de eerste koude druppel langs de vingers glijden waarmee ik het hoorntje vast had. Mijn ijsje was hard aan het smelten, en omdat ik mijn vaders ijsje in mijn andere hand had kon ik er niks tegen doen. Het voelde op de een of andere manier heel raar om tegenover Henry aan mijn hoorntje te likken, vooral omdat hij zelf geen ijsje had. Ik probeerde de tweede en derde druppel te negeren en zei: 'Hoe is dat eigenlijk begonnen? Wie heeft er bedacht dat olifanten goed dingen kunnen onthouden?'

Henry haalde met een klein lachje zijn schouders op. 'Geen idee. Wie heeft besloten dat uilen wijs zijn?'

'Mijn broer kan je dat waarschijnlijk wel vertellen,' zei ik. 'Ik zal het hem vragen.'

'Mooi,' zei Henry en hij lachte even. 'Goed plan.' Hij stak zijn handen in zijn zakken en mijn blik werd naar zijn arm getrokken. Ik kon het nog steeds zien, het vage witte litteken bij zijn pols. Ik kende het goed: hij had zijn pols opengehaald aan het zwaard van mijn boot toen hij eronderdoor zwom. Dat was tijdens de kapseisoorlog tussen de jongens en de meiden, die zo'n beetje de hele zomer dat ik elf was had geduurd. Ik had het litteken voor het eerst aangeraakt toen hij mijn hand vasthield in het donker van de Outpost-bioscoop.

De herinnering golfde door me heen en ik keek hem aan en haalde diep adem om te gaan zeggen wat ik meteen had moeten zeggen. Dat het me speet, dat ik hem nooit had willen kwetsen, dat ik niet zonder iets te zeggen weg had mogen gaan. 'Henry,' zei ik terwijl mijn hart sneller begon te slaan en mijn hand het hoorntje nog wat steviger vastgreep. 'Ik…'

'Sorry! Het parkeren duurde uren.' Een heel mooi blond meisje van ongeveer mijn leeftijd kwam op Henry af gelopen. Haar haar zat in zo'n perfect slordige knot en ze was al diep bruin. Ik besefte dat dit het meisje moest zijn waar mijn moeder over had verteld. Henry's vriendinnetje. Ik wist dat het absoluut onlogisch was om me bezitterig te voelen over iemand met wie ik verkering had gehad toen ik twaalf was. Maar er ging een steek van jaloezie door me heen toen ze hem de autosleutels gaf en hun vingers elkaar even raakten.

'Ik wil Ben & Jerry's!' Davy Crosby kwam eraan gerend. Hij had dezelfde mocassins aan die me in het bos ook al waren opgevallen. Toen hij mij zag verruilde hij zijn enthousiasme voor een stuurse blik. Hij was duidelijk nog steeds verbolgen over het wegjagen van die vogel.

Het meisje glimlachte naar Davy en legde haar hand op zijn schouder voor hij zich loswurmde. Ik bekeek die interactie en probeerde mijn blik neutraal te houden. Dus ze had ook een band met Henry's broertje. Niet dat het mij wat kon schelen. Waarom zou het?

'Wist je dat je ijsje aan het smelten is?' vroeg Davy. Ik keek naar mijn hoorntje en zag dat de situatie nogal wanhopig begon te worden. Mijn hele hand zat onder het gesmolten frambozenijs – het kon natuurlijk niet de kokos zijn.

'Ja,' zei ik terwijl ik het hoorntje optilde zodat het ijs nu over mijn pols droop, 'dat had ik gezien.'

'Sorry Taylor, wilde je iets zeggen?' vroeg Henry.

Ik keek naar hem en dacht er even over om het gewoon nu te doen, te zeggen dat het me speet, zodat ik het achter de rug had. Sinds we terug waren had ik me veel schuldiger gevoeld over die zomer dan ik mezelf ooit had hoeven toegeven zolang we in Connecticut waren. Ik had zelfs de knuffelpinguïn om moeten draaien in de kast omdat hij me zo beschuldigend aankeek. 'Ik wilde gewoon zeggen dat... dat het me...' Mijn stem stierf weg. Ik was me zeer bewust van de twee extra toehoorders. Ik probeerde verder te gaan, maar merkte dat ik de moed had verloren. 'Niks,' zei ik uiteindelijk. 'Het is niet belangrijk.' Ik voelde dat het meisje naar me keek en ik zag haar blik naar mijn arm glijden, waar de druppels nu zo vanaf lekten dat ze op de grond naast mijn voeten al een plas begonnen te vormen. 'Ik moet gaan,' zei ik zonder af te wachten of ik zou worden voorgesteld aan dit meisje, dat zo duidelijk bij Henry hoorde. Ik wilde het niet eens. Ze vroeg zich waarschijnlijk af waarom ik hun tijd in beslag nam.

Henry haalde adem alsof hij iets wilde zeggen, maar toen keek hij even naar het meisje en bleef stil.

'Ik zie je wel weer,' zei ik snel tegen niemand in het bijzonder. Ik vermeed Henry's blik en liep snel bij Jane's vandaan naar de auto. Ik was nog niet ver gevorderd toen mijn vader met een papieren zak onder zijn arm Henson's uit kwam lopen, mij tegemoet.

'Hé,' zei hij toen we binnen gehoorsafstand waren. 'Ik dacht dat ik je daar zou zien.'

'Nee,' zei ik snel, want het laatste wat ik wilde was ijs eten op het bankje voor Jane's, naast Henry en zijn vriendin en zijn broertje. Vooral niet omdat ik mezelf al zo grondig voor schut had gezet. 'Waarom eten we het niet in de auto op? Het is behoorlijk druk bij Jane's.'

Mijn vader keek even naar Jane's (waar het niet rustiger had kunnen zijn) en toen naar mij, en ik zag dat hij registreerde in wat voor druipende ellende ik was veranderd. 'Ik heb een beter idee,' zei hij toen.

We kwamen op het strand terecht, een paar minuten rijden van Main Street. We gingen aan een van de picknicktafels zitten en keken uit over het water. Ik had mezelf een beetje schoongepoetst met de papieren zakdoekjes die achter in de auto lagen en een beetje handgel uit het dashboardkastje, en zag er nu niet meer uit als een ijscogevaar voor alles wat ik aanraakte. Het werd al laat, maar het was nog steeds druk op het strand en er stond een rij voor de snackbar.

Ik keek die kant op en vroeg me af of Lucy er nu alleen stond, of dat Elliot vandaag ook dienst had. Alsof hij het aanvoelde draaide mijn vader het bekertje rond, op zoek naar het lekkerste hapje, en vroeg: 'Hoe bevalt het eigenlijk, het werk hier?'

Ik realiseerde me dat dit mijn kans was, het moment om hem te vertellen dat ik het echt had geprobeerd, maar dat het niet echt iets voor mij was. En misschien kon ik dan als ik het hem verteld had meteen naar het kantoor gaan en ontslag nemen, zodat er aan deze hele situatie nog voor het avondeten een eind zou komen. 'Moet je horen,' zei ik. Mijn vader trok zijn wenkbrauwen op en nam nog een hapje van zijn ijs, dat bijna op was. 'Ik weet dat het werk op het strand een goede ervaring is. Maar ik geloof eigenlijk niet dat het op dit moment goed bij me past. En misschien kan ik me beter, net als Warren, op mijn schoolwerk richten...' Mijn stem stierf weg toen ik geen excuus meer kon verzinnen en besefte dat ik hier geen broers, zussen of andere afleidingen had om me te onderbreken. Alleen mijn vader, met een onbewogen blik, alsof hij dwars door me heen kon kijken.

Hij nam een laatste hapje en zette zijn bekertje opzij. 'Zeg eens, meisje,' vroeg hij, 'heb ik je ooit verteld wat een verschrikkelijke hekel ik aan mijn rechtenstudie had toen ik net begon?'

'Nee,' zei ik zonder erover na te hoeven denken. Mijn vader praatte bijna nooit over zichzelf, dus de meeste persoonlijke verhalen die ik had gehoord kwamen van mijn moeder of van mijn grootvader als die op bezoek was.

'Nou, dat had ik,' zei hij. Hij reikte met zijn lepel naar wat er nog van mijn ijsje over was en ik hield het hoorntje schuin in zijn richting. 'Ik ben niet zoals je broer. Bij mij ging het op school allemaal niet zo makkelijk. Ik moest me rot werken om naar de universiteit te kunnen. En toen ik eenmaal rechten studeerde, dacht ik dat ik de grootste fout van mijn leven had gemaakt. Ik wilde er zo snel mogelijk weg.'

'Maar je hebt het volgehouden,' zei ik met het idee dat ik al wist waar dit verhaal heen ging.

'Ik heb het volgehouden,' bevestigde hij. 'En ik bleek

rechten helemaal geweldig te vinden toen ik eenmaal niet meer bang was om een fout te maken. En als ik het niet had volgehouden, had ik je moeder nooit ontmoet.'

Dat was het enige verhaal dat ik wél kende: hoe mijn ouders elkaar hadden ontmoet bij een etentje in de Upper West Side van Manhattan, mijn vader als derdejaars student rechten aan Columbia, mijn moeder die net de *Notenkraker* had opgevoerd.

'Inderdaad,' zei ik met het gevoel dat mijn kans om dat baantje op te geven snel kleiner werd. 'Maar in dit geval...'

'Is er iets verkeerd aan dat baantje? Heb je er echte problemen mee?' Mijn vader stak zijn lepel nog een keer uit en ik gaf het hele hoorntje aan hem. Ik had geen trek meer in ijs. Ik kon mijn vader moeilijk vertellen dat ik weg wilde omdat mijn vroegere BFF gemeen tegen me deed.

'Nee,' zei ik uiteindelijk.

Mijn vader glimlachte, zodat er rimpeltjes verschenen bij de hoeken van zijn blauwe ogen. Ogen die hij aan mij had doorgegeven, als enige in het gezin. 'In dat geval,' zei hij alsof de zaak was beslist, 'hou je het gewoon vol. En misschien levert het nog iets moois op.'

Dat betwijfelde ik ten zeerste, maar ik wist ook wanneer ik verslagen was. Ik keek even naar de snackbar, beducht voor het feit dat ik er morgen weer naartoe moest. 'Wie weet,' zei ik en ik probeerde zo enthousiast mogelijk te klinken. En zelfs ik kon horen dat dat niet érg enthousiast was.

Mijn vader lachte en woelde met zijn hand door mijn haar zoals hij altijd deed toen ik klein was. 'Kom op,' zei hij. Hij stond op, waarbij zijn gezicht een beetje vertrok, en gooide het ijsbekertje weg. 'We gaan naar huis.'

Na het eten begon het zomaar ineens te regenen. Ik had het niet verwacht en het was schokkend om te zien hoe een onweersbui de wereld die alleen maar zonnig en warm was geweest zo kon transformeren. Het herinnerde me eraan hoe snel alles kon veranderen.

Ik dook dankbaar onder de overkapping van de veranda, veegde de druppels van mijn gezicht en schopte mijn slippers op de hoop sandalen die onvermijdelijk bij de deur ontstond. Ik had het afval naar de berenkast gebracht met het idee dat ik onder een paraplu niet al te nat zou worden, maar op het moment dat ik naar buiten stapte barstte de bui pas echt los en begon de wind nog harder te razen.

'Gaat het?' vroeg Warren, die op zijn stoel bij de tafel opkeek van zijn boek.

'Alleen maar half verzopen,' zei ik terwijl ik tegenover hem ging zitten. We waren met z'n tweeën op de veranda. Mijn ouders zaten binnen te lezen en Gelsey, die altijd hartstochtelijk ontkende dat ze bang was voor onweer, was niettemin bij de eerste donderslag naar haar kamer vertrokken en blijkbaar al naar bed gegaan, met mijn vaders geluiddichte koptelefoon op, die nog veel te groot voor haar was.

Warren ging verder met zijn boek en ik trok mijn knieën op, sloeg mijn armen eromheen en keek naar de regen die met bakken uit de hemel viel. Ik had onweer nooit erg gevonden en keek er graag naar vanaf de afgeschermde veranda. Daar was je binnen en toch buiten, je kon elke bliksemflits zien en elke donderslag horen, maar je zat toch droog en beschut. Terwijl ik naar de regen op het dak luisterde maakte ik me opeens zorgen over de hond die ik al een paar dagen niet had gezien. Ik hoopte maar dat hij was

157

waar hij thuishoorde en zo niet, dat hij dan zo slim was geweest om een schuilplaats tegen de regen te zoeken. Om de een of andere reden betwijfelde ik dat. Ik was gewend geraakt aan dat kleine hondje en ik vond het niet fijn om te bedenken dat hij in een onweersbui terecht was gekomen.

'Mam zei dat de Crosby's nu hiernaast wonen,' zei Warren. Hij markeerde zorgvuldig een passage en keek me toen aan. 'Henry en Derek.'

'Davy,' verbeterde ik hem automatisch.

'Dat heb je helemaal niet gezegd,' zei Warren op zangerige toon, bedoeld om me te provoceren. Ik was opeens heel jaloers op Gelsey en haar geluiddichte koptelefoon.

'Nou en?' zei ik terwijl ik mijn benen over elkaar sloeg en ze toen meteen weer terugzette. Ik vroeg me af waarom we het hier eigenlijk over hadden.

'Heb je hem al gezien?' Warren bleef zijn tekst markeren, en als je hem niet kende zou je denken dat hij niet door had hoe hij me pijnigde, maar dat wist hij heel goed en hij genoot ervan.

'Een paar keer,' zei ik en ik haalde mijn vingers door mijn natte haar. 'Ik weet niet. Het was raar.' Ik dacht aan onze ontmoetingen, geen van alle geschikt voor een echt gesprek of een verontschuldiging.

'Raar?' herhaalde Warren. 'Omdat jullie verkering hadden op jullie... twaalfde?' Hij grijnsde en schudde zijn hoofd.

'Omdat...' begon ik. We schrokken allebei op van een enorme donderslag. Warren liet zijn markeerstift vallen. Hij rolde over de tafel en ik strekte mijn arm uit, griste hem weg en begon hem snel tussen mijn vingers rond te draaien.

'Omdat?' drong Warren aan met een korte blik in mijn richting. Hij gebaarde dat ik hem zijn marker terug moest geven en ik deed net alsof ik het niet zag.

'Ik weet niet,' zei ik een beetje geërgerd. Ik wilde hier niet over praten. En zeker niet met mijn bróér. 'Wat kan het jou eigenlijk schelen?' vroeg ik uiteindelijk. 'En sinds wanneer praten wij over dit soort dingen?'

'Dat doen we niet,' zei Warren. Hij haalde zijn schouders op en voegde er toen neerbuigend aan toe: 'Het is gewoon overduidelijk een probleem voor jou, dus gaf ik je de kans. Da's alles.'

Ik wist dat dit waarschijnlijk helemaal geen zin had. Ik moest gewoon weglopen en het loslaten. Maar mijn broer trok een gezicht alsof hij veel meer wist dan ik. En als het over bepaalde dingen ging – zo niet de meeste – dan klopte dat ook. Maar niet bij alles. Warren had nooit een echt sociaal leven gehad, omdat hij zijn weekends liever studerend of werkend aan een van zijn vele projecten doorbracht. Voor zover ik wist had hij ook nooit een vriendinnetje gehad. Hij was wel naar het eindexamenbal geweest, maar met zijn studiemaatje, een soort vrouwelijke versie van Warren. Ze hadden gezegd dat ze het ritueel wilden bestuderen, als een cultureel experiment. Na het bal hadden ze er samen een essay over geschreven voor hun pre-universitaire cursus psychologie en er zelfs een nationale prijs mee gewonnen.

'Je weet niet waar je het over hebt,' zei ik. Mijn broer keek met een ruk mijn kant op, waarschijnlijk omdat hij dit zinnetje niet vaak te horen kreeg. Ik wist dat ik mijn mond moest houden, maar terwijl ik me dat realiseerde hoorde ik mezelf toch doorgaan, met een sarcastische ondertoon in mijn stem die ik zelf haatte. 'Je moet wel verkering hebben gehad om het uit te kunnen maken.'

Zelfs in het flauwe licht op de veranda kon ik zien dat Warren rood werd en ik had, zoals verwacht, spijt dat ik het gezegd had.

'Het is je misschien ontgaan,' zei Warren stijfjes terwijl hij de bladzijden in zijn boek veel sneller omsloeg dan hij ze kon lezen, 'maar ik heb me vooral geconcentreerd op mijn studie.'

'Dat weet ik,' zei ik snel in een poging om alles weer glad te strijken, wensend dat ik niks had gezegd.

'Het heeft geen zin om een relatie aan te gaan met mensen die uiteindelijk niet van belang blijken te zijn,' ging hij op dezelfde toon verder.

Ik stond op het punt om hem gelijk te geven en naar binnen te gaan, maar iets in wat Warren net had gezegd zat me dwars. 'Maar hoe weet je dat?' vroeg ik.

Hij keek fronsend naar me op. 'Hoe weet je wat?'

'Je zei dat je je tijd niet wilde verdoen aan mensen die uiteindelijk niet belangrijk zijn,' zei ik en hij knikte. 'Maar hoe weet je dat ze niet belangrijk zullen zijn? Als je het niet probeert?'

Warren deed zijn mond open om antwoord te geven, maar er kwam niets. Ik kon zijn hersenen bijna horen kraken terwijl hij met zijn toekomstige-advocatenlogica alle mogelijke antwoorden af ging. Hij haalde een keer diep adem en liet de lucht toen weer ontsnappen. 'Ik weet het niet,' zei hij uiteindelijk.

Ik was van plan geweest om naar binnen te gaan, maar ik

veranderde van gedachten toen ik naar mijn broer keek, hoe hij daar zat in het halfduister en boeken las die hij in geen maanden of zelfs jaren nodig zou hebben. Ik schoof de marker over tafel naar hem toe en hij glimlachte even naar me voor hij hem oppakte. Ik leunde achterover in mijn stoel terwijl hij langzaam verder las, relevante passages marke-rend, ervoor zorgend dat hij niets belangrijks over het hoofd zag, terwijl overal om ons heen de regen bleef vallen.

13

Vijf zomers eerder

Het was geen afspraakje. Dat had ik steeds tegen mezelf gezegd sinds Henry me had gevraagd, die dag dat we vanaf het zwembad met onze fietsen naar huis waren gelopen met onze natte handdoeken over onze schouders. We gingen gewoon samen naar de film. Niks bijzonders.

Maar dat verklaarde niet waarom ik nu zo zenuwachtig was, terwijl ik naast hem zat in het duister van de Outpostbioscoop. Ik lette eigenlijk helemaal niet op de film, ik was me alleen maar bewust van zijn aanwezigheid naast mij, van iedere beweging op de rode pluchen stoel, van iedere ademhaling. Ik had nog nooit van mijn leven zo stilgestaan bij de armleuning tussen ons in, ik vroeg me af of ik mijn arm erop moest leggen, vroeg me af of hij dat zou doen, wilde dat hij eroverheen zou reiken en mijn hand zou pakken.

De zomer zonder Lucy bleek veel minder erg dan ik had verwacht, en dat kwam vooral door Henry. We hadden de eerste paar weken samen rondgehangen, lange middagen op het strand of bij het zwembad, of in het bos als Henry me een of andere steen of insect wilde laten zien waarvan ik volgens hem 'uit mijn dak' zou gaan. Als het regende en niemand ons naar het winkelcentrum van Stroud wilde brengen of naar de bowlingbaan in Pocono Lanes, zaten we in zijn boomhut. Soms kwam Elliot ook en dan speelden we zijn zelfbedachte pokerspel voor drie personen. Ik was hier niet zo goed in als in andere kaartspellen, omdat Henry om de een of andere reden altijd scheen te weten wanneer ik blufte en me niet eens wilde vertellen waarmee ik mezelf verraadde. Anders dan met Lucy betekende vrienden zijn met Henry niet make-up ruilen, cheerleaderfilms kijken of snoep delen. (Henry, had ik ontdekt, was meedogenloos en beweerde dat hij geen verschil kon proeven tussen de verschillende Skittles-kleuren.) Ik had ook niemand meer om urenlang oude *Seventeen*-tijdschriften mee te lezen, waarbij elke bladzijde aan een grondige studie werd onderworpen. En toch hadden Henry en ik lol.

Maar vorige week begon er iets te veranderen, op het houten vlot op het meer. Het was zo groot dat er bijna tien mensen tegelijk op konden (al bliezen de strandwachten op hun fluitje zodra er meer dan vijf op zaten en altijd als je mensen in het water probeerde te duwen). We hadden elkaar uitgedaagd met wedstrijdjes die in de loop van de middag steeds ingewikkelder waren geworden. Na de laatste (van het vlot naar de oever zwemmen, het strand over rennen, om de snackbar heen, terug over het strand en weer naar het vlot zwemmen) waren we echt uitgeput. We waren op het vlot gaan liggen om op adem te komen, maar nu wist ik bijna zeker dat Henry in slaap was gevallen.

Om het zeker te weten had ik het water uit mijn vlecht geknepen, boven op hem, zodat hij wakker zou worden. Maar óf hij was echt in slaap gevallen, óf hij was heel goed in doen alsof, want hij bewoog helemaal niet. Omdat mijn vlecht nu wel was uitgeknepen, doopte ik mijn hand in het water en liet de druppels van mijn vingers op hem vallen, maar Henry vertrok geen spier. Ik dacht dat hij echt sliep en voelde me een beetje schuldig dat ik hem zo zat te martelen, dus begon ik de waterdruppels van zijn gezicht te vegen. Ik veegde er net een van zijn voorhoofd toen hij zijn ogen opendeed en me aankeek. We verstijfden een moment terwijl we elkaar bleven aankijken en ik zag voor het eerst wat een leuke ogen hij had. En opeens, uit het niets, wilde ik dat hij me zou kussen.

Die gedachte was zo onverwacht dat ik onmiddellijk een stukje achteruit ging, en we begonnen over andere dingen te praten (allebei een beetje te hard). Maar er was iets veranderd, en ik denk dat we dat allebei aanvoelden want een paar dagen later vroeg hij tijdens de wandeling naar huis of ik meeging naar de film, alleen wij tweeën.

Nu, in het donker van de bioscoop, concentreerde ik me erop recht vooruit te kijken, probeerde ik diep adem te halen en mijn hart tot bedaren te brengen. Ik kon voelen dat het verhaal op zijn einde liep, zelfs al had ik het totaal niet gevolgd. Net toen ik de teleurstelling voelde opkomen, het zware gevoel in mijn maag omdat ik me voor niks zo had zitten opwinden, strekte Henry zijn hand uit, pakte de mijne en vlocht onze vingers in elkaar.

Op dat moment wist ik dat alles anders was. Henry en ik hadden inderdaad een afspraakje, mijn allereerste. En we waren niet langer gewoon vrienden.

14

'Ik neem…' De vrouw in de felroze velours hoody zweeg even en keek omhoog naar het menu van de snackbar. Ze trommelde met haar vingers op de toonbank en dacht na. De lucht was de hele ochtend al grijs en bewolkt, maar ze had toch een helderwitte streep sunblock op haar neus. 'Een Pepsi light, kleine portie patat en een bekertje ijs,' zei ze uiteindelijk.

Ik draaide me om naar Elliot, die met de spatel slap langs zijn zij bij de grill stond, zijn volle aandacht gericht op een paperback in zijn hand. 'Patat!' riep ik en hij knikte en legde zijn boek opzij. Terwijl ik de bestelling van de vrouw op de kassa aansloeg, legde ik uit: 'We hebben alleen Coca-Cola light. En een ijsbekertje kost vijftien cent extra.'

Ze haalde haar schouders op. 'Prima.'

Ik keek even naar de kassa om te controleren of ik de btw er wel bij had gerekend, want dat was ik de eerste drie dagen vergeten. Toen Fred erachter kwam was hij nog roder geworden dan normaal en had hij een dag niet kunnen vissen omdat hij in zijn kantoor de bonnetjes moest nakijken. 'Vijf vijfennegentig.' De vrouw gaf me zes, ik deed het geld in de kassa en schoof haar een stuiver toe, die ze in onze bijna lege fooienpot liet vallen. 'Bedankt,' zei ik. 'Het is over vijf minuten klaar.'

Ik draaide me om naar de fristap achter me en begon

haar beker te vullen. Ik wachtte even tot het schuim weg was en drukte toen nog een keer op de knop. Ik deed dit werk nog maar een week, maar het leek erop dat ik de belangrijkste dingen onder de knie had.

Ik had besloten dat ik liever Lucy's woede wilde trotseren dan mijn vader teleurstellen, en ik probeerde er het beste van te maken. Ik kreeg de slag van het enge industriële koffiezetapparaat te pakken, essentieel voor de bejaarde *power walkers* die om halftien precies op het strand waren voor een decafé na hun 'training'. Met vallen en opstaan leerde ik hoe de frituur werkte. Ik had al een hele serie kleine brandplekken van het opspattende vet opgelopen voor ik erachter kwam hoe ik dat kon voorkomen. Ik had ook geleerd hoe ik moest grillen, maar ik had nog niet veel kans gehad om het zelf te proberen.

'Het is het strand,' zei Elliot op mijn derde dag tegen me, toen het even niet zo druk was en hij liet zien hoe de grill werkte. 'Wat is het probleem met eten op het strand? Er komt overal zand in. En wie wil er nou zand in zijn cheeseburger?'

Ik dacht even na en trok een gezicht. 'Ik niet.'

'Niemand,' zei hij. 'Geloof me.' Ik had nu een paar dagen met Elliot gewerkt en ik had tot mijn verbazing gemerkt dat ik hem aardig vond. Ik was bang geweest dat hij Lucy's kant zou kiezen en mij uit loyaliteit zou negeren. Maar hij koos geen partij, en daar was ik dankbaar voor. Hij was geduldig met me terwijl hij me inwerkte en het was makkelijk praten met hem, al kon hij ook een beetje intens zijn, vooral als het ging om wat hij 'harde sciencefiction' noemde. Ik had al veel meer gehoord dan ik ooit had willen weten over een of ander programma waarin een slechte Muppet blijkbaar de schurk speelde.

'Zie je dat?' vroeg hij terwijl hij een burger omdraaide met een grote spatel, die hij daarna op zo'n manier liet rondtollen dat ik het idee kreeg dat hij pas geleden *Cocktail* had gezien. Ik glimlachte naar hem en hoopte maar dat ik er geïmponeerd genoeg uitzag. 'Mensen kopen frietjes omdat die beschermd zijn in hun kleine doosje. Maar we serveren de hamburgers op een bord. En als je je bord op je handdoek zet, krijg je zand in je burger. Dat is een vaststaand feit.'

Dus leerde ik hoe ik hamburgers moest maken, ook al hoefde ik dat waarschijnlijk niet al te vaak te doen. Ik leerde hoeveel ijs er in de frisbekers moest en hoe de kassa werkte en hoe ik de snackbar 's ochtends moest openen en 's avonds sluiten. Maar het belangrijkste wat ik leerde was dat Lucy nog steeds heel goed was in rancuneus zijn.

Dat had ik natuurlijk al geweten toen we nog vriendinnen waren. Ze lag al jaren publiekelijk in de clinch met Michele Hofman toen iemand hen op de man af vroeg waar ze nou eigenlijk ruzie om hadden, en ze konden het zich geen van tweeën meer herinneren. Lucy had altijd een heel duidelijk besef gehad van wat goed en fout was, en ik stond nu voor het eerst aan de 'foute' kant. Ze negeerde me zo veel mogelijk en gaf me, als het echt moest, alleen aanwijzingen via Elliot.

Het werd me na een paar diensten ook duidelijk dat ze een beetje een jongensgek was geworden. Ze flirtte buitensporig met iedere mannelijke klant die er enigszins goed uitzag en had al meer telefoonnummers van jongens verzameld dan ik ooit voor mogelijk had gehouden als ik er geen stille getuige van was geweest. Toen we nog vriendinnen waren, waren Lucy en ik allebei nogal verlegen als het om jongens ging en wisten we nooit goed wat we tegen ze moesten zeggen. En al had ik inmiddels een paar vriendjes gehad, dat gevoel had ik nu soms ook nog wel. Maar het was duidelijk dat Lucy die verlegenheid ergens in de laatste vijf jaar van zich af had geschud. Haar kameraadschap met Elliot en haar vriendelijke houding tegenover de (vooral mannelijke) klanten maakten onze stille impasse des te opvallender. Als we met z'n tweeën moesten werken heerste er totale stilte, want ze zei alleen iets tegen me als het strikt noodzakelijk was. Ze was óf druk met haar telefoon bezig of ze las een tijdschrift dat ze dan zo van me af draaide dat ik niet over haar schouder kon meelezen of zien welke antwoorden ze invulde bij de *Cosmo*-quiz.

En ik haalde nog maar een keer een doek over de al schone werkbanken en keek naar de klok om uit te rekenen hoelang het nog zou duren voor ik weer naar huis mocht. Maar er was iets verdrietigs aan die stilte tussen ons als we samen moesten werken, vooral als je bedacht dat we vroeger, toen we nog vriendinnen waren, nooit om gespreksstof verlegen hadden gezeten. Als mijn moeder een opmerking maakte over ons eindeloze geklets, gaf Lucy altijd hetzelfde antwoord: dat we elkaar het grootste deel van het jaar niet zagen, dus dat we alles van negen maanden moesten inhalen. En nu was er stilte. Het totale tegendeel. Stilte die zo tastbaar was dat het leek alsof je hem in de lucht kon voelen. Als ik met Lucy werkte kreeg ik zo'n wanhopige behoefte aan een gesprek dat ik in mijn pauzes naar de strandwachtstoel ging om met Leland te praten. En Leland was niet bepaald 's werelds beste gesprekspartner, want wat je ook zei, zijn antwoorden waren meestal variaties op 'totaal', 'echt niet' en 'ik hoor je'.

Hij wisselde zijn diensten af met twee andere strandwachten, Rachel en Ivy. Maar die zaten allebei op de universiteit en waren meestal samen. Ze kwamen alleen naar de snackbar voor een flesje water of een cola light. En al waren ze niet overdreven vriendelijk, hun aanwezigheid stelde me toch gerust, want ik was er nog steeds niet van overtuigd dat iemand die zo *spacy* was als Leland ooit de taak had moeten krijgen om mensenlevens te bewaken.

Ik zette de light-frisdrank die de vrouw had besteld nog bruisend voor me op de toonbank en deed het plastic dekseltje erop. Ik zette het bekertje roomijs ernaast en schoof ze samen naar haar toe op het moment dat Elliot de bel luidde om te laten weten dat de frietjes klaar waren. Ik pakte het doosje op, warm en met dat frituurluchtje waar mijn maag van ging rommelen ook al was het pas elf uur 's ochtends, deed royaal zout op de friet en zette het toen naast het drankje van de vrouw neer. Ze had haar mobieltje aan haar oor toen ze alles oppakte, maar ze knikte en zei geluidloos *bedankt* voor ze naar haar handdoek terugliep.

Ik keek uit over het bijna lege strand en wiebelde van mijn ene voet op mijn andere in een poging om ze weer een beetje warm te krijgen. Het was een bewolkte grijze dag en we hadden tot nu toe maar drie klanten gehad. Lucy had ook dienst, maar die was een halfuur geleden weggegaan om een telefoontje te plegen en nog niet terug. Ik wreef met mijn handen over mijn armen en wilde dat ik een sweatshirt over mijn werk-T-shirt had aangetrokken zoals Lucy, Elliot en zelfs Leland slim genoeg wel hadden gedaan.

Als ik naar mijn werk zou fietsen, zoals Lucy en Elliot, had ik vanochtend zonder twijfel een sweatshirt aan gedaan. Maar ik kwam nog steeds met de auto naar het werk, ondanks het feit dat mijn moeder me al meermalen had verteld hoe lastig het was dat een van de auto's de hele dag op het parkeerterrein bij het strand stond. En ook al had mijn vader de oude fiets van mijn moeder rijklaar gemaakt, tot nu toe had ik hem in de garage laten staan. Ik wist niet zeker of je fietsen helemaal kon verleren, maar ik had geen haast om daarachter te komen.

'Koud?' Ik keek op en zag dat Elliot zich opduwde en naast me op de toonbank ging zitten.

'Een beetje,' zei ik. Ik nam een slokje van de chocolademelk die ik die ochtend voor mezelf had gemaakt, maar ontdekte dat hij niet warm genoeg meer was om echt te helpen.

'Daar ligt waarschijnlijk wel wat,' zei Elliot en hij wees onder de toonbank.

'Ik weet het niet,' zei ik twijfelend terwijl ik de doos met gevonden voorwerpen tevoorschijn trok. Ik had die doos goed leren kennen in de week dat ik hier nu werkte. De zomer was nog maar net begonnen, maar de doos zat al tjokvol. Ik keek hem door, enigszins verbaasd over de dingen die mensen achterlieten. Ik bedoel, hoe kun je nou van het strand weggaan en niet doorhebben dat je je bikinitopje bent vergeten? Of je linker slipper, maat 45? Het enige warme kledingstuk dat ik kon vinden was een afgrijselijk wit sweatshirt met in groene letters op de voorkant *Leraren doen het met klasse!*

Elliot knikte goedkeurend. 'Leuk,' zei hij.

Het was het tegenovergestelde van leuk, maar op dat moment stak de wind op en kwamen twee van de achterblijvers op het strand overeind en begonnen hun handdoek op te vouwen. Ik huiverde nog een keer en trok het sweatshirt toen over mijn hoofd.

'Ik hoor dat je Henry hebt gezien,' zei Elliot.

Ik verstijfde en vroeg me af of ik zo kon blijven staan tot ik had bedacht wat ik moest antwoorden. Maar ik kon me toch niet in een sweatshirt verstoppen zonder volkomen gek te lijken, dus ik stak mijn hoofd door de halsopening en streek mijn haar glad, probeerde uit alle macht om niet rood te worden en voelde dat ik het toch werd. Ik wist niet waarom ik zelf niet had bedacht dat Elliot en Henry nog steeds vrienden waren. Ik vroeg me af over welke van de gênante ontmoetingen hij Elliot verteld zou hebben, of had hij hem misschien de hele opsomming gegeven? 'Eh... ja,' zei ik en ik zette om iets te doen te hebben de gevondenvoorwerpendoos weer onder de toonbank. 'Een paar keer.'

Ik keek Elliot aan en probeerde door wilskracht af te dwingen dat hij me zou vertellen wat Henry over die ontmoetingen had gezegd zonder dat ik ernaar hoefde te vragen. 'Dus...' begon ik en stopte toen omdat ik me realiseerde dat ik geen idee had hoe ik dit kon vragen zonder behoeftig en zielig te klinken. En daar kwam dan nog bij dat dit gesprek misschien wel rechtstreeks bij Henry terecht zou komen. 'Laat maar,' mompelde ik en ik nam leunend tegen de toonbank een slok van mijn inmiddels koude chocolademelk.

'Ik denk dat je hem totaal hebt overvallen,' zei Elliot

hoofdschuddend. 'En dat bij een vent die die er *niet* tegen kan om overvallen te worden.'

Ik knikte alsof dit volkomen begrijpelijk was, terwijl ik me afvroeg wat dat precies betekende en wilde dat ik dat Elliot wat meer op de man af kon vragen. Maar voor ik iets kon zeggen gebeurden er twee dingen bijna tegelijk. Lucy kwam binnenwaaien door de dienstingang en Freds gezicht verscheen bij het raampje.

'Mijn god,' zei Lucy. 'Ik heb het ijskoud!' Ze wierp een blik op mij, zag mijn sweatshirt en trok net haar wenkbrauwen op toen Fred zijn viskoffer zo hard op de toonbank neerzette dat we er allemaal van schrokken.

'Hé Fred,' zei Elliot terwijl hij van de toonbank af sprong (waar we niet op mochten zitten). Hij begon de zakken chips recht te zetten, misschien om net te doen alsof hij druk bezig was.

'Hoi,' zei Lucy terwijl ze haar telefoon in de achterzak van haar jeans liet glijden en nonchalant tegen de toonbank leunde alsof ze daar al die tijd was geweest. 'Lekker gevist?'

'Niet best,' zei Fred met een zucht. 'Ik denk dat ze me doorhebben.' Hij wees naar mij. 'Heb jij alles geregeld voor vrijdag?'

Ik staarde hem aan, wachtend tot de woorden iets zouden gaan betekenen. 'Vrijdag?' vroeg ik uiteindelijk.

'Films Onder de Sterren,' zei Fred en ik kon de hoofdletters horen terwijl hij het zei. 'Dat heb ik je op je eerste dag verteld. Dat ga jij regelen. De eerste is deze vrijdag.' Hij liet een stapel posters op de toonbank vallen. Films Onder de Sterren waren films die eens per maand op het strand werden vertoond, op een groot scherm dat op het strand bij de waterkant was opgezet. Mensen namen dekens en stoelen mee en keken, zoals de naam al aangaf, onder de sterren naar films. Ik was vroeger een paar keer geweest, maar toen waren het meestal oude films waar ik niks om gaf.

Ik keek langer naar de poster dan ik nodig had om de datum, de tijd en de titel van de film te lezen (*What about Bob?*). Fred had inderdaad gezegd dat ik hier iets voor moest doen, maar ik had wel verwacht dat ik langer dan drie dagen van tevoren zou worden ingeseind. 'Oké,' zei ik langzaam. 'Dus wat moet ik precies doen?'

'Nou, na vorige zomer zitten we nu in een lastig parket,' zei Fred en hij keek, net als Lucy, naar Elliot, die donkerrood werd.

'Ik mocht zelf de films uitkiezen,' zei hij verdedigend. 'Als je specifieke films had gewild, had je dat moeten zeggen.'

Aan het eind was er heel, heel weinig publiek over,' zei Fred. 'Héél weinig.' Dus nu willen we films waar veel mensen op af komen. *Familiefilms*,' zei hij met een dreigende blik op Elliot. 'De eerste staat al vast, maar jij kiest de volgende twee uit. En zorgt dat er posters worden opgehangen in het dorp. Daar kan iedereen bij helpen,' voegde hij daaraan toe en hij duwde de stapel posters over de toonbank.

'O,' zei ik. Dit klonk niet al te erg. 'Tuurlijk.'

'Goed zo,' zei Fred terwijl hij zijn viskoffer oppakte. Hij keek naar het bijna lege strand en schudde zijn hoofd. 'Er hoeven echt geen drie mensen te werken als er geen klanten zijn. Twee van jullie mogen naar huis. Eentje blijft. Kiezen jullie zelf maar wie.' Met een knikje draaide hij zich om en hij liep naar de parkeerplaats.

Zo gauw hij weg was draaide Lucy zich naar ons om. 'Ik niet,' zei ze snel.

Voor ik zelfs maar adem kon halen had Elliot haar al nagezegd. 'Ik niet.'

Ik haalde mijn schouders op. 'Dat zal dan wel betekenen dat ik blijf.' Ik vond het eerlijk gezegd niet erg, want alleen werken was eigenlijk hetzelfde als werken met Lucy: net zo stil, maar minder stressvol.

'Maak je niet druk over dat filmgedoe,' zei Elliot terwijl Lucy langs hem naar de rij haken liep waar onze spullen hingen. 'Het stelt niks voor, echt niet.'

'Zal ik niet doen,' zei ik. 'Het klinkt uitvoerbaar. Maar, eh, wat is er vorig jaar gebeurd?'

Elliot bloosde opnieuw en Lucy kwam terug. Terwijl ze op haar telefoon keek zei ze: 'Fred liet Elliot de films uit-zoeken.' Dit was de eerste keer sinds onze eerste confronta-tie dat ze me direct aansprak dus ik knikte alleen, want ik wilde het broze evenwicht niet verstoren.

'Zomerfilms had-ie gezegd,' zei Elliot, en zijn stem werd weer afwerend. 'Met als thema "strand". Dus...'

'Hij koos *Jaws* uit,' zei Lucy hoofdschuddend, nog steeds met haar blik op de telefoon gericht en niet op mij. 'Om op het strand te vertonen, vlak bij het water. Één kind huilde zo hard dat ze het weg moesten dragen.'

Elliot schraapte zijn keel. 'Hoe dan ook,' zei hij luid, 'het punt is...'

'En toen,' ging Lucy verder, ze wierp een snelle blik op mij en keek toen weer naar haar telefoon, 'koos hij een of andere afschuwelijke scifi-film uit waar niemand ooit van gehoord had...'

'*Dune* is een klassieker,' zei Elliot fel, al zag ik dat hij nog roder werd. 'En er zitten geen haaien in, en dat was het enige waar Fred expliciet om had gevraagd.'

'Zandmonsters,' zei Lucy effen. 'En weer... we zaten op een strand. Weer kinderen die huilend werden afgevoerd.'

'Maar de les die we hieruit kunnen leren,' begon Elliot, 'is dat...'

'En film nummer drie?' zei Lucy hoofdschuddend. 'Voor een publiek van kinderen en hun ouders?'

'Luister,' zei Elliot en hij wendde zich tot mij alsof hij zijn zaak wilde bepleiten, 'omdat mijn voorgaande twee keuzes duidelijk onacceptabel waren, ging ik online op zoek naar de populairste zomerfilm. En toch werkte dat nog steeds niet.'

'Ik keek naar Lucy, die weer haar hoofd schudde. '*Dirty Dancing*,' zei ze. 'Dat viel niet al te best bij de moeders van al die zesjarigen.'

'Dus,' zei Elliot met de houding van iemand die heel graag van onderwerp wilde veranderen, 'als je iets uitkiest, check het dan eerst even met Fred. En hou je inleiding kort, dan komt alles goed.'

'Inleiding?' vroeg ik. Ik voelde het zweet in mijn handpalmen komen. 'Wat bedoel je?'

'Later,' zei Lucy die met een zwaai naar de snackbar als geheel haar tas over haar schouder slingerde en de deur uitging. Elliot keek haar na en bleef toen ze weg was nog even naar de deur staren.

'Elliot?' drong ik aan en hij draaide zich snel weer naar me om terwijl hij zijn bril rechtzette, iets wat hij vaker deed als hij geagiteerd was, of in verlegenheid gebracht. 'Welke inleiding?'

'Juist,' zei hij. 'Het stelt echt niks voor, geloof me. Vlak voor het begint ga je staan, je zegt een paar dingen over de film, vertelt hoelang de snackbar open is. Eitje.'

Ik knikte en probeerde naar hem te glimlachen toen hij wegging, maar mijn hart klopte als een razende en ik vroeg me af of dit me dan eindelijk de uitweg zou geven die ik nodig had om mijn baan op te zeggen. Zo lang ik me kon herinneren had ik al een grondige hekel aan spreken in het openbaar. Als ik met twee of drie mensen moest praten was er niks aan de hand, maar zo gauw de aantallen toenamen veranderde ik in een zielig hoopje mens: een stotterend, zwetend, bevend zielig hoopje. Als het maar enigszins mogelijk was, vermeed ik het dan ook. Ik zou echt niet weten hoe ik over maar drie dagen voor een groep mensen moest gaan staan om een verhaal te houden.

De rest van de middag kroop voorbij. Er kwamen maar twee klanten, die allebei iets warms wilden drinken. Toen de wijzer van de klok boven de magnetron bijna bij de vijf was, begon ik aan het sluitingsritueel van de dag: de werkbanken afnemen, de kas optellen en de bonnetjes verzamelen, de koffiemachine schoonmaken en uitschakelen. Ik wilde net het luik naar beneden rollen en afsluiten toen ik hoorde roepen: 'Wacht! Zijn jullie nog open?'

Een ogenblik later kwam er een man van middelbare leeftijd met een rood gezicht (al kon hij niet aan Fred tippen) en een klein jongetje op zijn rug naar de toonbank gerend. 'Sorry hoor,' zei hij hijgend. Hij zette zijn kind neer en leunde even tegen de toonbank om op adem te komen. 'We probeerden hier voor vijven te zijn.' Het jongetje, dat met zijn hoofd amper boven de toonbank uit kwam, keek me ernstig aan. 'Curtis is zijn schep kwijt, en jullie bewaren hier toch de gevonden voorwerpen?'

'O,' zei ik, een beetje verbaasd maar toch opgelucht dat ze niet wilden dat ik alle machines weer aanzette voor een milkshake of een portie patat. 'Tuurlijk.' Ik trok de doos tevoorschijn en zette hem op de toonbank.

Vader en zoon zochten tussen de spullen en ik zag een enorme glimlach op zijn gezicht verschijnen toen het jongetje triomfantelijk een rode plastic schep uit de doos pakte. 'Hartstikke bedankt,' zei de vader tegen me en hij zette zijn zoontje moeiteloos weer op zijn rug. 'Ik zou niet weten wat hij zonder die schep moest.'

Ik knikte alleen en glimlachte toe ze weggingen en keek nog een keer in de doos voor ik hem wegzette. Het trof me dat al deze dingen, weggegooid en achtergelaten, ooit speciaal en belangrijk waren geweest voor hun eigenaars. En ook al kon ík het niet zien, zo gauw ze waren teruggevonden werden ze weer in ere hersteld. Ik deed het *Leraren doen het met klasse!*-sweatshirt uit en legde het netjes opgevouwen terug in de doos voor ik afsloot voor de nacht.

15

'Ik kan dit niet.' Ik stond naast Elliot voor de snackbar en staarde naar de massa mensen die zich voor het scherm aan de waterkant hadden verzameld en dekens en handdoeken op het zand uitspreidden in het afnemende licht. Boven ons kwamen de eerste sterren tevoorschijn en de bijna volle maan hing boven het meer, waar ze verdubbeld werd in haar weerspiegeling. Het zou een perfecte avond zijn geweest om buiten naar een film te kijken. Maar het zag ernaar uit dat ik in plaats daarvan een hartaanval zou krijgen.

'Het komt wel goed,' zei Elliot met een stem waarvan hij ongetwijfeld dacht dat die geruststellend klonk, maar het was gewoon zijn normale stem, alleen iets lager. Hij draaide zich om naar Lucy, die fronsend naar de popcornmachine stond te kijken die we die avond zouden gebruiken. 'Of niet soms?'

'Oké, ik heb geen idee hoe dit ding werkt,' zei Lucy en ze porde in het metalen gevaarte bovenop. Ze keek naar Elliot. 'Jij?'

'Serieus,' zei ik en ik hoorde dat mijn stem enigszins gesmoord klonk. Ik zocht steun tegen de toonbank en ook al kon ik Lucy bijna met haar ogen voelen rollen, het kon me niks meer schelen. Ik was er vrij zeker van dat ik op het punt stond flauw te vallen. En dat leek niet eens zo'n slecht idee in de gegeven omstandigheden. Als ik flauwviel, hoefde ik de film niet in te leiden.

'Gaat het wel?' vroeg Elliot terwijl hij naar mijn gezicht tuurde. 'Je ziet een beetje groenig.'

'Taylor!' Ik keek naar het strand en zag mijn moeder naar me zwaaien. Ze had haar kamp midden op het strand opgeslagen, op ons enorme witte strandlaken. Gelsey zat tegen mijn vader te praten, die lui uitgestrekt op het laken lag. Hij vond strandstoelen iets voor watjes en bejaarden. Warren zat naast hem een boek te lezen, met een zaklamp op de bladzijde gericht. Ze hadden allemaal met alle geweld willen komen, al had ik nog zo geprobeerd om ze ervan af te brengen. Het was eerlijk gezegd best gênant zoals mijn moeder erover bezig bleef, en dat legde nog meer de nadruk op het feit dat ik mijn ouders tot nu toe maar heel weinig kansen had gegeven om over me op te scheppen. We gingen allemaal al eeuwen naar al Gelseys balletuitvoeringen en het leek alsof we om de haverklap bij een of andere pleidooiwedstrijd of ceremonie waren waar Warren voor de zoveelste keer een prijs voor uitmuntendheid in de wacht sleepte. Maar ik had, naast de verplichte dingen als rapportuitreikingen, nog nooit een eigen evenement gehad.

Ik zwaaide terug en vroeg me af hoeveel het zou kosten als ik Warren omkocht om dit voor mij te doen. Hij had geen problemen met spreken in het openbaar; zelfs de toespraak die hij als beste van zijn jaar bij zijn diploma-uitreiking moest houden had hem geen zichtbare inspanning gekost.

'Zit er geen gebruiksaanwijzing bij?' vroeg Elliot en hij boog zich voorover om de popcornmachine, waar Lucy nog steeds weifelend naar keek, wat beter te bestuderen.

'Kun jij het niet voor me doen?' vroeg ik hem wanhopig. 'Want ik sta op het punt om in te storten.'

'Nee,' zei Lucy snel en ze schudde haar hoofd. 'Fred wil hem daar niet zien. Je weet wel, straks herkennen mensen hem nog van vorig jaar en gaan ze er gauw vandoor.'

Fred was uit vissen, dus ik dacht niet dat hij het zou merken, maar dat zei ik niet. Ik was niet van plan om het aan Lucy te vragen – ik wist dat ze nee zou zeggen – dus knikte ik alleen en probeerde me te vermannen terwijl ik naar de spiekbriefjes in mijn hand keek. Ik had zo veel mogelijk over de film opgezocht op internet, maar de keurige lijst met kernwoorden leek nu lang niet meer zo nuttig.

Leland, onze filmoperateur van de avond, kwam op zijn gemak aangewandeld. 'Nou, wat dacht je d'r van?' vroeg hij. 'Zijn we d'r klaar voor?'

Ik keek in paniek naar de snackbarklok. Ik had gedacht dat ik nog meer tijd had om te bedenken wat ik ging zeggen en ook om me te herinneren hoe ik adem moest halen. Maar het was bijna halfnegen. Ik ving Lucy's blik op: één wenkbrauw opgetrokken, uitdagend.

'Oké,' zei ik en een deel van mij vroeg zich af waarom ik dat zei, omdat ik echt het gevoel had dat ik elk moment kon gaan overgeven.

'Cool,' zei Leland en hij liep met lange stappen naar de geïmproviseerde projectiecabine aan het andere eind van het strand.

'Succes,' zei Elliot, die meekwam toen ik langzaam het strand over begon te lopen. 'Vergeet niet te zeggen wanneer de volgende film is. En dat de snackbar nog maar een halfuur-tje open is. O, en ze moeten hun mobiele telefoons uitzetten.'

180

'Juist,' mompelde ik. Alles draaide voor mijn ogen en mijn hart ging zo tekeer dat ik zeker wist dat de mensen op de eerste rij het konden horen.

'Zet 'm op,' drong Elliot aan en hij gaf me een klein duwtje toen ik een ogenblik later nog steeds niet had bewogen.

'Juist,' herhaalde ik. Ik haalde diep adem en dwong de ene voet voor de andere tot ik pal voor het projectiescherm stond. 'Hallo,' begon ik. Maar er keek bijna niemand naar me. Je zou denken dat dat geruststellend moest zijn, maar dat was het niet, want ik wist dat het betekende dat ik door moest praten, en harder. 'Hallo,' zei ik dit keer iets harder en ik zag hoofden verwachtingsvol naar me toe draaien. Midden in het publiek zag ik mijn broer zijn zaklamp uitdoen. 'Eh, ik ben Taylor. Edwards. En ik werk in de snackbar.' Ik keek naar het briefje in mijn licht trillende handen en ik voelde de paniek opkomen terwijl de stilte aanhield. 'Welkom bij de film. Onder de Sterren,' perste ik er uiteindelijk uit. Ik keek op, zag een zee van ogen terugkijken en de paniek nam nog toe. Ik voelde dat zich zweetdruppeltjes op mijn voorhoofd vormden.

'Vanavond is het *What about Bob*. Die... Bill Murray,' zei ik toen. Ik kreeg een paar kernwoorden in het oog en klampte me eraan vast. '1991. Old school. Comedy. Een klassieker.' Ik wilde niets liever dan vluchten, maar om de een of andere verschrikkelijke reden stond ik als aan de grond genageld. Uit de richting van de snackbar hoorde ik een zacht *pop-pop-pop* en ik besefte, ergens in dat deel van mijn hersenen dat nog functioneerde, dat Lucy de popcornmachine aan de praat had gekregen.

'Dus...' Ik keek weer naar het publiek, dat me kritische

blikken toewierp. Mijn familie keek verschrikt. En ik zag, achterin, vlak bij de projectiecabine en zo duidelijk alsof er een schijnwerper op hen gericht was, Henry en Davy. Henry's blik was vol medelijden en dat was op de een of andere manier nog erger dan de ontzetting van Warren. Ik keek weer naar mijn briefje en alles werd wazig. Ik kon geen woorden meer onderscheiden en ik voelde de stilte steeds langer duren en mijn paniek toenemen tot ik bijna zeker wist dat ik in tranen zou uitbarsten.

'Dus bedankt voor jullie komst!' Als een wonder stond Elliot opeens naast me, glimlachend naar het publiek alsof er niets aan de hand was. 'De snackbar is nog maar een halfuurtje open, dus vergeet niet om langs te komen voor popcorn. En schakel alsjeblieft je mobieltje uit. Veel plezier met de film!'

Er klonk een mager applausje en een ogenblik later flitste de FBI-waarschuwing blauw op het scherm. Elliot trok me mee naar de snackbar en mijn benen bibberden zo dat ik dacht dat ik zo om zou vallen.

'Ik denk dat ik naar je had moeten luisteren toen je zei dat je niet goed was in spreken in het openbaar,' zei Elliot met een meelevende blik waar ik me beter door zou moeten voelen, maar die alles eigenlijk alleen maar erger maakte. Ik wist dat ik nu gewoon moest doen, het weglachen, hem in ieder geval moest laten weten hoe dankbaar ik was dat hij me had gered. Maar ik schaamde me ontzettend, en het feit dat hij erkende dat ik het heel slecht had gedaan maakte dat er niet beter op.

'Bedankt,' mompelde ik en ik ontweek zijn blik. Ik wist dat ik hier weg moest, en wel zo snel mogelijk. 'Ik moet even... ik ben zo terug.'

'Taylor?' hoorde ik Elliot verbluft achter me aan roepen, maar het kon me niet meer schelen. Ik snelwandelde langs het publiek, dat nu lachte om Bill Murrays fratsen, en koerste recht op de parkeerplaats af. Ik zou gewoon naar huis rijden en morgenochtend belde ik Jillian en dan nam ik ontslag.

'Moet je ergens heen?'

Ik draaide om mijn as en zag Lucy bij de afvalcontainers staan, met een vuilniszak in haar hand. Ze gooide de zak in de container, draaide zich om en keek me recht aan, de armen over elkaar.

'Nee,' stotterde ik en ik vroeg me af waarom ik me zo betrapt voelde, want ik nam morgen toch ontslag. 'Ik ging alleen...'

'Want het zou echt een rotstreek zijn als je Elliot en mij hier in de steek liet. En je familie, die is toch ook hier?' Lucy staarde me recht aan, alsof ze me wilde uitdagen om het te ontkennen. Ik kon er niets aan doen maar het viel me op dat Lucy, als ze besloot het woord tot me te richten, dat in de regel alleen deed om me te laten zien wat een vreselijk mens ik was.

'Maar je ging vast alleen iets uit je auto halen,' ging ze door terwijl ze de klep van de container losliet zodat die met een klap dichtviel. 'Want het zou toch afschuwelijk zijn als je er gewoon vandoor ging, zonder uitleg, terwijl er mensen op je wachten.' Zelfs in het duister van de parkeerplaats (het was inmiddels bijna helemaal donker) zag ik de gekwetste uitdrukking op Lucy's gezicht, en ik wist waar ze op doelde en dat ze het niet meer had over wat er nu gebeurde.

'Ik...' begon ik en elk woord leek een uitdaging, alsof ik met het uitspreken ervan een hindernisbaan moest nemen. 'Ik heb het echt verpest,' wist ik eindelijk uit te brengen. 'Ik weet niet hoe ik me daar nog kan vertonen.'

Lucy slaakte een diepe zucht en schudde haar hoofd. 'Taylor, het maakt niks uit,' zei ze en haar stem klonk vriendelijker dan ik hem deze zomer gehoord had. 'Het kan niemand wat schelen. Niemand zal het zich zelfs maar herinneren.' Ze gaf me een klein glimlachje, draaide zich om en slenterde terug naar de snackbar. Ik keek even naar mijn auto, maar het leek er niet meer op dat ik me beter zou voelen als ik wegging. Ik had zelfs de stellige indruk dat ik me nog slechter zou voelen.

Dus draaide ik me om, liep terug naar de snackbar en dook door de personeelsingang naar binnen. Elliot belde voor twee fris en popcorn en hij glimlachte toen hij me zag. Ik hield me bezig met het rechtzetten van de bekers, maar het leek alsof de klanten me niet opmerkten, laat staan dat ze zich herinnerden dat ik dat meisje was dat de inleiding bij de film zo grondig had verpest.

Lucy ving mijn blik vanaf de andere kant van de snackbar, waar ze de popcornmachine bemande, en gaf me een klein knikje, bijna onzichtbaar, behalve als je er speciaal op lette.

Toen we de snackbar een halfuur later afsloten, leek iedereen op het strand het prima naar zijn zin te hebben. Tot nu toe was de film nog maar twee keer wazig geworden en Elliot zei dat dat veel beter was dan Lelands staat van dienst de vorige zomer.

Lucy was een paar minuten geleden verdwenen en kwam nu de toiletten uit in een kort spijkerrokje en met nog meer eyeliner op dan gewoonlijk.

'Wow,' zei Elliot terwijl ik aan het hangslot trok om te kijken of hij goed dicht was geklikt. 'Ik bedoel, je weet wel. Waar ga je, eh... naartoe?'

'Hot date,' zei Lucy terwijl haar mobieltje begon te piepen. Ze haalde het tevoorschijn en wat ze zag maakte haar zo breed aan het glimlachen dat ze een kuiltje in haar wang kreeg. 'Zie jullie later,' zei ze en ze keek me even recht aan voor ze zich omdraaide en naar de parkeerplaats liep. Ik realiseerde me dat ze zich voor de eerste keer bij het afscheid ook tot mij had gericht.

Elliot staarde Lucy nog steeds na, met een smachtende uitdrukking op zijn gezicht, en ik trok nog een keer aan het slot ook al was het duidelijk stevig vastgemaakt. 'Blijf je nog om de rest van de film te kijken?' vroeg ik en hij keerde zich weer naar mij toe terwijl hij haastig zijn bril rechtzette.

'Nee,' zei hij. 'Ik wil een film liever vanaf het begin zien. En ik denk dat ik nu al te veel gemist heb.'

Ik hield mijn spiekbriefje omhoog. 'Ik heb de plot hier, als je de details wilt weten. Rechtstreeks van Wikipedia.'

Elliot glimlachte zwakjes naar me. 'Toch bedankt. Zie je morgen, Taylor.'

Ik knikte en terwijl ik hem nakeek realiseerde ik me dat dat zo was. Dat ik bleef, dat ik misschien wel voor het eerst in mijn leven niet was weggelopen toen het moeilijk werd.

Ik hield mijn slippers in mijn hand terwijl ik mijn weg over het strand zocht, diep bukkend om niet voor het beeld te staan. Ik bereikte ons strandlaken en koos de plek naast mijn vader uit. Mijn moeder zat vooraan op het laken, met haar rug naar me toe, naast Gelsey, die tijdens het kijken zat te stretchen. Warrens boek lag vergeten naast hem en hij was zo te zien totaal in beslag genomen: zijn mond hing een beetje open en hij kon zijn ogen niet van het scherm af houden. Ik liet mijn slippers in het zand vallen en ging toen zitten, waarbij ik met mijn hand over het strandlaken streek om eventuele zandsporen weg te vegen. Toen ik geen uitvluchten meer kon verzinnen keek ik naar mijn vader, zijn gezicht verlicht door de maan en door het flakkerende licht van het scherm. Maar hij keek niet veroordelend of teleurgesteld of een van die andere dingen waar ik bang voor was geweest.

'Volgende keer beter, meisje,' zei hij terwijl hij zijn hand uitstak en door mijn haar woelde. Hij knikte naar het scherm en glimlachte. 'Heb je deze al eens gezien? Hij is echt grappig.' Hij richtte zich weer op de film, lachend bij de aanblik van Bill Murray die aan de mast van een schip was vastgebonden.

Ik leunde achterover, strekte mijn benen voor me uit en richtte mijn aandacht op de film. En tegen het eind van de film lachte ik hardop mee met de rest.

16

'Taylor. Wakker worden. Uit je veren.'

Ik kreunde, niet alleen om mijn vaders slechte grap (toen ik klein was had ik de uitdrukking 'uit de veren' niet begrepen en gezegd dat ik helemaal geen veren had, tot zijn eeuwigdurende plezier) maar ook omdat het zondagochtend was, mijn vrije dag, en ik wilde uitslapen. 'Nee,' mompelde ik in mijn kussen.

'Kom op,' zei mijn vader en ik hoorde het gerinkel van metaal tegen metaal toen hij mijn gordijnen openschoof en de sierringen over de ijzeren stang gleden. Plotseling was het een stuk lichter in mijn kamer. 'Tijd om op te staan.'

'Wat?' vroeg ik. Ik kneep mijn ogen stijf dicht, begreep er niks van. 'Nee. Waarom?'

'Verrassing,' zei hij en toen kietelde hij me onder mijn voeten, die onder het laken uit staken. Ik begon onbedaarlijk te giechelen. Dat was altijd al de plek waar het het meest kriebelde. Ik trok mijn voeten onder de dekens en hoorde mijn vader de kamer uit gaan. 'Zie je buiten,' riep hij. 'Je hebt vijf minuten.'

Ik probeerde mijn ogen dicht te houden en terug te keren naar de droom die nu zo ver weg leek, maar ik wist dat het geen zin had. Het licht dat de kamer in stroomde had me samen met het kietelen klaarwakker gemaakt. Ik deed mijn ogen open en keek op mijn horloge. Het was negen uur. Daar ging mijn vrije dag.

Ik was gisteren weer aan het werk gegaan, na het filmdebacle, en het was prima geweest. Lucy bleef ietsje hartelijker tegen me en niemand had gezegd hoe verschrikkelijk ik het had gedaan. Maar ik vond het toch wel fijn om een dagje weg te zijn van de plek van mijn laatste ongelooflijke afgang en ik was van plan geweest om tot twaalf uur uit te slapen en dan misschien met een tijdschrift een beetje te zonnen op de steiger. Maar dat ging duidelijk niet gebeuren.

Tien minuten later liep ik door de keuken en wierp onderweg een snelle blik op de kalender. Ik zag hoeveel dagen er al waren afgestreept en kon gewoon niet geloven dat het al juni was. Mijn vader liep te ijsberen op de veranda en hij leek veel te wakker voor dit tijdstip van de dag, vooral als je bedacht dat hij de laatste tijd uitsliep en vaak nog niet op was als ik naar mijn werk ging.

'Wat is de verrassing?' vroeg ik toen ik bij hem kwam op de veranda en om me heen keek. Ik zag niks, alleen mijn vader en de auto's op het pad. Ik kreeg langzaam het gevoel dat ik was beetgenomen.

'Nou,' zei mijn vader terwijl hij glimlachend in zijn handen wreef. Ik zag dat zijn kleren ietsje minder netjes waren: in plaats van een stijf overhemd droeg hij nu een poloshirt bij zijn kaki broek, en hij had oude bootschoenen aan. 'Het is niet zozeer een verrassing, meer een uitje.'

Ik keek hem aan. 'Een uitje.'

'Zo is het,' zei hij. 'We gaan buiten de deur ontbijten.' Hij keek naar me, duidelijk wachtend op een reactie, maar ik kon alleen maar denken dat het heel vroeg was, en dat ik wakker was terwijl ik dat niet wilde, en dat hij me een verrassing had beloofd. 'Je hebt een goed ontbijt nodig,' zei hij met zijn beste overtuig-de-jury-stem. 'Het zou wel eens een grote dag kunnen worden.' Toen ik nog steeds niet in beweging kwam, glimlachte hij naar me. 'Ik trakteer.'

Twintig minuten later zat ik tegenover mijn vader in de Pocono Coffeeshop, ofwel de Diner, aan een tafeltje bij het raam. De Diner leek niets veranderd in de tijd dat wij weg waren geweest. Hij had een houten lambrisering en rode zitjes met gebarsten leer. De koffieroom op tafel zat in knijpflessen waar eerst stroop in had gezeten. Warren en ik hadden ons daar eindeloos mee vermaakt toen we kleiner waren. Er hingen ingelijste foto's van Lake Phoenix door de jaren heen: naast ons hing er een van een soort schoonheidswedstrijd, met meisjes met kapsels uit de jaren veertig en sjerpen over hun badpak die in een rijtje op het strand stonden, allemaal op hoge hakken, en glimlachend in de camera keken.

'Waar heb je zin in?' vroeg mijn vader terwijl hij de grote geplastificeerde menukaart openvouwde. Ik deed die van mij ook open en zag dat het menu niet veranderd leek sinds de laatste keer dat ik de kaart had gezien, al wist ik toch vrij zeker dat er in de afgelopen vijf jaar belangrijke ontdekkingen waren gedaan over cholesterol en verzadigde vetten. Maar misschien dacht de bedrijfsleiding dat een paar gezondere keuzemogelijkheden hun reputatie zouden schaden, want op het bordje bij de deur stond niet voor niets: LOOP NAAR BINNEN, ROL NAAR BUITEN.

'Het ziet er allemaal even lekker uit,' gaf ik eerlijk toe ter-

189

wijl mijn ogen alle eieren-met-vleescombinaties scanden. Ik was afgelopen week elke dag zo laat geweest dat ik meestal onder het rijden een mueslireep at.

'Weten jullie het al?' Een serveerster van middelbare leeftijd met een bril aan een ketting om haar nek kwam naar ons tafeltje toe met haar potlood al in de aanslag boven haar blocnote. Ze droeg een naamplaatje op haar rode werk-T-shirt met de naam ANGELA.

Mijn vader bestelde een stapel bosbessenpannenkoeken met extra spek en ik nam wat ik altijd nam, de Pocono-omelet, die zich vooral onderscheidde door het feit dat er verschillende soorten vlees en kaas in zaten en helemaal geen groenten.

Angela knikte en schreef onze bestelling op terwijl ze wegliep. En ik keek over de tafel naar mijn vader en voelde me opeens een beetje ongemakkelijk.

Het was niet dat mijn vader en ik nooit eerder met z'n tweeën hadden gegeten. We waren vaker samen naar de ijssalon geweest dan ik kon tellen. Maar het kwam bijna nooit voor dat we met ons tweeën aan de maaltijd zaten of, om eerlijk te zijn, dat ik zijn volledige aandacht kreeg: zonder mijn broer of zus, zonder Blackberry die om de haverklap begon te zoemen. Ik vroeg me af of dit het moment was om te doen wat ik al in gedachten had sinds ik met hem naar het ziekenhuis was geweest, het moment om hem te vertellen dat ik van hem hield. Maar net toen ik dat bedacht kwam Angela weer terug met haar koffiepot en schonk ze onze kopjes vol, en ik voelde dat de gelegenheid voorbij was.

Mijn vader nam een slok van zijn koffie en trok toen een

gezicht, met zijn ogen opengesperd en zijn wenkbrauwen opgetrokken. 'Wow,' zei hij toen effen. 'Ik denk niet dat ik de komende week nog een oog dicht zal doen.'

'Sterk?' vroeg ik. Mijn vader knikte en ik kneep wat room in de mijne en roerde er suiker door. Ik vond koffie lekker, als die maar zo min mogelijk naar koffie smaakte. Ik nam een voorzichtig slokje en kon ondanks de toevoegingen goed proeven hoe sterk de koffie was. 'Nou, ik ben nu in ieder geval wakker,' zei ik en ik deed er nog wat room in, gedeeltelijk om hem nog wat minder sterk te maken en gedeeltelijk omdat het gewoon leuk was met die knijpfles.

Er viel een stilte en ik pijnigde mijn hersens op zoek naar een gespreksonderwerp. Ik wierp een blik op mijn placemat. Er stonden advertenties van plaatselijke bedrijven op en in het midden iets wat werd aangekondigd als *Diner's De-Lite!* Het bestond uit een woordzoeker, een sudoku en een quiz met vijf vragen. Ik bekeek de quiz iets beter en zag dat er geen onbeduidende weetjes werden gevraagd. Nee, in *The Dish*, zoals de quiz heette, werd een lijst persoonlijke vragen gesteld: Wat wilde je vroeger worden 'als je later groot was'? Wat is je lievelingseten? Wat is je fijnste herinnering? Waarheen zou je het liefst op reis gaan? Het leek een soort spelletje om je tafelgenoot beter te leren kennen. Of misschien moest je de antwoorden van de ander raden en dan kijken of je het goed had; er stonden verder geen instructies bij.

Ik keek op en zag dat mijn vader ook zijn placemat zat te lezen. 'Wat denk je?' vroeg hij en hij knikte naar de placemat. 'Zullen we het 'ns proberen?'

Tegen de tijd dat ons eten werd gebracht hadden we de woordzoeker en de sudoku opgelost. Mijn vader begon aan zijn pannenkoeken en ik nam een hap van mijn omelet. Ik probeerde voluit te genieten van de extravagante smaak-sensatie die de kaas-en-vleesomelet bood, maar mijn blik werd steeds naar de quiz getrokken. Ik las hem nog een keer door en besefte dat ik bij geen enkele vraag wist wat mijn vader zou antwoorden. En ook al zat hij nu tegenover me terwijl hij extra stroop op zijn bosbessenpannenkoeken deed en zijn kop omhooghield voor een tweede ronde kof-fie, ik wist (en haatte het feit dat ik het wist) dat ik die vra-gen op een gegeven moment, een moment dat snel dichterbij kwam, niet meer aan hem zou kunnen stellen. Dus ik moest de antwoorden op deze vragen te weten komen, die tegelijkertijd ongelooflijk triviaal en verschrik-kelijk belangrijk leken te zijn.

'Dus,' zei ik terwijl ik mijn bord opzijschoof en naar vraag één keek, 'wat is je lievelingsfilm?' Zo gauw ik de vraag gesteld had, besefte ik dat ik het antwoord al wist en dus zeiden we tegelijk: '*Casablanca.*'

'Zo is dat,' zei mijn vader en hij schudde zijn hoofd. 'Ik kan gewoon niet geloven dat niemand van mijn nakomelin-gen hem nog gezien heeft. Het is een perfecte film, van het eerste beeld tot het laatste.'

'Ik ga ernaar kijken,' beloofde ik. Dat zei ik vroeger ook altijd als hij begon te zeuren dat ik hem echt moest zien, maar deze keer meende ik het.

'Hoewel,' zei hij peinzend. 'Het is waarschijnlijk beter als je hem op een groot scherm ziet. Dat zeggen ze tenminste. Helaas heb ik daar zelf nooit de kans voor gehad.' Hij trok zijn wenkbrauwen op en keek me aan. 'Je weet waar hij over gaat, toch?'

'Tuurlijk,' zei ik snel, maar blijkbaar net niet snel genoeg.

'Dus, het is aan het begin van de Tweede Wereldoorlog,' zei hij en hij leunde achterover in zijn stoel. 'En we zijn in het onbezette Franse Marokko...'

Tegen de tijd dat we Dockside Terrace in reden was ik helemaal verzadigd en had ik de hele plot van *Casablanca* wel zo'n beetje gehoord. Mijn vader werd net nostalgisch over de muziek toen iets aan het begin van onze oprit mijn aandacht trok. 'Pap!' gilde ik schel en hij trapte zo snel op de rem dat ik eerst naar voren schoot, tegen mijn veiligheidsriem aan, en toen tegen de leuning van de stoel werd gesmeten.

'Wat?' zei hij terwijl hij zoekend rondkeek. 'Wat is er?'

Ik keek uit mijn raampje en zag de hond midden op ons pad zitten. Dat beest was ons eigenlijk op een hondse manier aan het stalken. 'Het is die hond weer,' zei ik. Ik stapte de auto uit en deed het portier achter me dicht. De hond zag er in het felle zonlicht extra sjofel uit en ik vroeg me voor het eerst af, ondanks de halsband, of hij eigenlijk wel een thuis had. Hij kwispelde toen ik dichterbij kwam en dat verbaasde me, want ik was eigenlijk alleen nog maar onvriendelijk tegen hem geweest. Misschien had deze hond een ongelooflijk vermogen tot vergeving. Of, en dat was waarschijnlijker, een heel slecht geheugen.

Ik greep hem bij zijn halsband en trok hem opzij zodat mijn vader erlangs kon.

'Is dat weer diezelfde hond?' vroeg mijn vader en ik knikte terwijl ik naar het huis liep. Zoals ik al had verwacht, kwam de hond me achterna. Hij danste bijna, zo blij was hij dat hij eindelijk het beloofde land binnen mocht: *de oprit*.

'Ja,' zei ik. De hond stond stil toen ik stil bleef staan en ging aan mijn voeten zitten. Ik boog me voorover en keek naar zijn penning. Ik hoopt dat er een adres of telefoonnummer op het gekraste goudkleurige schijfje zou staan zodat ik hem eindelijk af kon leveren. Maar er stond alleen MURPHY op de penning. Dat kwam me om de een of andere reden vaag bekend voor, maar ik kon me niet herinneren waarom. 'Dezelfde.'

'Geen penning?' vroeg mijn vader. Hij zakte langzaam door zijn knieën, waarbij er even een pijnlijke trek over zijn gezicht gleed, en hurkte voor de hond neer.

'Geen adres en geen eigenaar,' zei ik, 'alleen een naam. Murphy.' De hond zat zichzelf te krabben, maar zo gauw hij dat hoorde, stopte hij en ging netjes rechtop zitten, zijn kwispelstaart bonkend op de grond.

'Hé daar,' zei mijn vader zachtjes. Hij legde zijn hand op de kop van de hond en krabde hem tussen zijn oren. 'Even tussen ons,' zei hij bijna vertrouwelijk tegen de hond, 'je ruikt niet al te lekker.'

'Wat moeten we nu doen? ' vroeg ik. Ik wist wel vaag, van tv-programma's, over het bestaan van asielen en dierenartsen, maar ik had er zelf nog geen enkele ervaring mee.

'Nou,' zei mijn vader terwijl hij een beetje wankel overeind kwam, 'ik denk dat we eerst met de buren moeten praten, zodat we zeker weten dat het niet gewoon een weggelopen huisdier is. En als hij van niemand blijkt te zijn, geloof ik dat er in Mountainview een dierenasiel is.'

'Wat is er aan de hand?' vroeg Gelsey, die net de veranda op kwam. Ze had vandaag geen tenniskleren aan en ook geen balletoutfit, maar een roze zomerjurkje met sandalen. Haar haar hing los om haar schouders. Haar ogen werden groot toen ze de hond zag. 'Hebben we een hond genomen?' vroeg ze. Bij het woord 'hond' ging haar stem opgewonden omhoog, waardoor ze voor een keertje echt twaalf leek in plaats van twaalf-maar-bijna-negenentwintig.

'Nee,' zeiden mijn vader en ik tegelijkertijd.

'O,' zei Gelsey en haar gezicht betrok.

'Ik moet aan het werk,' zei mijn vader en hij draaide zich om om naar binnen te gaan. Hij werkte nog steeds aan zijn rechtszaak, de FedEx-wagen kwam nog steeds dossiers van kantoor afleveren. Niet meer iedere dag, maar nog wel twee of drie keer per week. Mijn vader deed nu ook steeds zijn laptop dicht als een van ons over zijn schouder probeerde mee te kijken en dat versterkte Warrens vermoedens dat hij ook een boel tijd besteedde aan dat geheime project van hem.

'Kun jij dit afhandelen, Taylor?' vroeg hij met een knikje naar de hond. Die zat nu met zijn achterpoot aan zijn oor te krabben en leek totaal niet door te hebben dat hier over zijn lot werd beslist.

'Geen probleem,' zei ik, ook al had ik dit graag aan iemand anders overgelaten, omdat ik niet meer ervaring met honden had dan het kijken naar *Top Dog*. Ik wilde net weggaan om met de buren te praten, toen ik zag dat mijn zus nog steeds op de veranda stond. Op haar leeftijd hing ik bijna nooit thuis rond. Ik had altijd wel iets te doen met Henry of Lucy. Maar eerlijk is eerlijk, Gelsey was hier niet meer geweest sinds ze klein was en ze was niet al te best in vrienden maken. Ik keek even naar het huis van de buren en herinnerde me het meisje dat ik daar had gezien. 'Gelsey, kom mee,' riep ik. 'En vergeet de koekjes niet.'

17

We hoorden de ruzie al voor we bij het trapje naar de veranda waren. We konden die onmogelijk níét horen, want er was alleen een hordeur en de woorden reikten helemaal tot het grind van de oprit, waar Gelsey, de hond en ik allemaal stil bleven staan.

'Je wist wat dit voor gevolgen zou hebben!' klonk een luide vrouwenstem, bevend van woede. 'Ik heb het je al gezegd toen we nog undercover waren. Je hebt Sasha hiermee vermoord, harteloze rotzak!'

Ik liep weer naar de voordeur en deed toen een klein stapje vooruit zodat ik voor mijn zus stond. *Undercover?* Wie waren er naast ons terechtgekomen? 'Ik weet het niet,' zei ik zacht en ik begon achteruit te lopen. 'Misschien…'

'Je kunt mij hier de schuld niet van geven!' zei een luide mannenstem die net zo woedend klonk. 'Als jij in Minsk had gedaan wat je moest doen, zaten we nu niet hier!'

De vrouw snakte naar adem. 'Hoe dúrf je over Minsk te beginnen!' schreeuwde ze. 'Dat is gewoon…' Er viel een stilte en toen zei ze volkomen kalm: 'Ik weet het niet. Het is een beetje te veel van het goeie, denk ik.'

Gelsey keek me fronsend aan en ik schudde mijn hoofd: ik snapte er ook niks van, maar ik dacht wel dat dit misschien niet het juiste moment was om deze mensen te vragen of ze een hond kwijt waren. En we hadden de havermoutrozijnenkoekjes niet eens bij ons. Toen we ze gingen halen had mijn moeder verteld dat ze ze na een week had weggegooid, toen duidelijk werd dat niemand ze op ging eten. 'We komen later wel terug,' zei ik en ik deed nog een stap achteruit. Gelsey trok de hond aan zijn halsband mee met behulp van de provisorische riem: een roze satijnen lint van het soort dat ze normaal voor haar spitzen gebruikte.

'Hé daar!' Ik keek op en zag een vrouw in de deuropening op de veranda staan. Ze zag eruit als midden dertig en was casual gekleed in een spijkerbroek met een T-shirt met IN N OUT op de voorkant. Ze had lang, lichtblond haar en schermde haar ogen af tegen de zon. 'Wat kan ik voor jullie doen?'

'Wat is er aan de hand?' Er kwam een man naast haar staan, die glimlachte toen hij ons zag en zijn hand groetend opstak. Hij was Afro-Amerikaans en leek van dezelfde leeftijd te zijn als de vrouw. Hij had bijna hetzelfde aan als zij, alleen stond er op zijn T-shirt ZANKHOU CHICKEN.

'Wij, eh,' zei ik terwijl ik een stap vooruit deed en ze wat beter bekeek. Ik probeerde nog steeds chocola te maken van de ruzie die ik net had gehoord. Ze zagen er niet uit als spionnen. Maar dat deden echt goeie spionnen waarschijnlijk ook niet. 'We hadden een vraagje. Maar als het nu niet goed uitkomt...' Ze staarden me alleen uitdrukkingsloos aan. 'Het klonk alsof jullie ergens middenin zaten,' probeerde ik uit te leggen. 'Ik wilde niet storen.' Ze stonden me nog steeds alleen maar aan te staren, dus souffleerde ik: 'Minsk?'

'O!' De vrouw barstte in lachen uit. 'Ik hoop niet dat je denkt dat dat echt was. We waren gewoon aan het werk.'

'Werk?' vroeg Gelsey, die haar stem had teruggevonden en nu een stapje vooruit deed. 'Zijn jullie acteurs?'

'Erger nog,' zei de man hoofdschuddend. 'Scenarioschrijvers. Ik ben Jeff Gardner, trouwens.'

'Kim,' zei de vrouw met een handgebaar, zodat de ring aan haar linkerhand schitterde in het zonlicht.

'Hoi,' zei ik, ontzettend opgelucht dat er geen internationale spionage plaatsvond bij onze buren. 'Ik ben Taylor, en dit is mijn zusje Gelsey. We wonen daar,' zei ik en ik wees door hun heg naar ons huis.

'Buren!' zei Jeff met een brede glimlach. 'Leuk om jullie te ontmoeten, Taylor en...' Hij zweeg even en keek naar mijn zus. 'Kelsey, zei je?'

Dit gebeurde vaak met haar naam en ik was iedere keer weer blij dat ik een naam had die iedereen kende en zonder problemen kon spellen. Mijn moeder had niet gedacht dat het een probleem zou zijn: toen ze mijn zusje naar een beroemde ballerina vernoemde ging ze er duidelijk van uit dat veel meer mensen die naam zouden kennen. 'Gelsey,' herhaalde ik, iets harder. 'Met een g.'

'Geweldig om jullie te leren kennen,' zei Kim. Haar ogen bleven even op mijn zusje rusten en ze glimlachte voor ze achteromkeek en het huis in riep: 'Nora!'

Een seconde later klapte de hordeur open en stapte het meisje dat ik een paar dagen eerder had gezien de veranda op. Ze had zwart krullend haar en haar huid had dezelfde kleur als mijn koffie nadat ik er genoeg melk in had gedaan om hem drinkbaar te maken. En ze keek kwaad, in tegenstelling tot haar ouders, die het allebei blijkbaar geweldig vonden om kennis met ons te maken. 'Dit is onze dochter,

Nora,' zei Kim en ze trok zachtjes aan Nora totdat ze naast haar stond. 'Dit zijn twee van onze buren,' zei ze. 'Taylor en Gelsey.'

Nora fronste achtereenvolgens naar mij, naar Gelsey en naar Murphy. 'Wat is er mis met jullie hond?' vroeg ze.

Gelsey fronste terug en trok de hond aan het lint een stukje dichter naar zich toe. 'Niks,' zei ze. 'Hoezo?'

Nora knikte alleen naar hem en trok haar neus op alsof het toch overduidelijk moest zijn. 'Hij is helemaal geklit,' zei ze.

'Dat is precies waarvoor we gekomen zijn,' zei ik snel, om Gelsey de pas af te snijden die net had ingeademd alsof ze zich voorbereidde op een vurige discussie over de manier waarop de hond zichzelf verzorgde en de verdiensten daarvan. 'We zagen deze hond hier de laatste tijd rondzwerven. Er staat geen adres op zijn penning, dus we wisten niet of hij misschien van jullie was.'

Jeff schudde zijn hoofd. 'Niet van ons,' zei hij. 'Heb je het al bij het huis aan de andere kant geprobeerd?'

Ook wel bekend als het huis van Henry. 'Nog niet,' zei ik opgewekt. 'Maar dat is wel de volgende op ons lijstje.' We bleven allemaal nog even staan, zonder te weten wat we moesten zeggen. Ik zag Kim even naar binnen kijken en bedacht dat ze natuurlijk graag weer aan het werk wilde. 'Zo,' zei ik toen de stilte ongemakkelijk begon te worden, 'scenarioschrijven, da's cool.' Ik wist niet meer over scenarioschrijven dan wat ik in films had gezien, ironisch genoeg, en daar leek het alsof de schrijvers nooit iets anders deden dan naar zakenlunches gaan of verkreukelde proppen papier tegen de muur gooien.

'Nou, dat weet ik niet, hoor,' zei Jeff lachend. 'Maar we kunnen de rekeningen ervan betalen. We zitten het grootste deel van het jaar in Los Angeles. Dit is onze eerste zomer hier.'

Ik knikte, maar eigenlijk keek ik naar Gelsey, die naar Murphy keek die weer aan zijn oor zat te krabben. Ik wist helemaal niet meer hoe twaalfjarigen vriendschap sloten – eerlijk gezegd had ik dat bij Gelsey nog nooit gezien – maar ik dacht dat ik qua hulp nu toch wel gedaan had wat ik kon. 'Oké,' zei ik terwijl ik mijn wenkbrauwen naar Gelsey optrok, 'misschien kunnen we nu beter...'

'Microchip!' Kim knipte met haar vingers en keek op de hond neer. 'Misschien heeft hij een microchip. Heb je dat uitgezocht?'

'Nee,' zei ik. Ik had er geen seconde aan gedacht. 'Weet je waar ze dat kunnen controleren?'

'Bij een asiel of een dierenarts,' zei Jeff. 'En ook bij de dierenwinkel in het dorp. Doggone nog wat.'

Kim keek hem met opgetrokken wenkbrauwen aan. 'Hoe weet jij dat?'

'Ik ben er pas nog geweest toen ik pizza ging halen,' zei hij. 'Ik heb even gekletst met het meisje dat daar werkt.'

Nu draaide ook Nora zich om en keek haar vader aan. 'Waarom?' vroeg ze.

'Ik dacht,' zei Jeff en zijn stem werd nog energieker, 'dat ze een mooi personage zou zijn. Misschien voor een tv-pilot... Ga maar na met hoeveel mensen ze in contact zou komen.'

Kim stond opgewonden te knikken, en haar woorden tuimelden over die van hem heen. 'Goed idee,' zei ze. 'En als ze nou ook nog detective is? Onrecht bestrijden, een paar geheimen ontraadselen...'

Jeff keek haar aan en nu leken ze alleen nog tegen elkaar te praten. 'En de dieren spelen ook een rol,' zei hij. 'Zij helpen haar om de misdaden op te lossen.' Ze keken elkaar glimlachend aan en wendden zich toen weer tot ons.

'Leuk jullie ontmoet te hebben,' zei Kim. 'Succes met de zoektocht.' Jeff zwaaide en toen renden ze allebei bijna naar binnen. Een ogenblik later kon ik de toetsen van twee toetsenborden horen tikken.

'Kom op, Gelsey,' zei ik en ik draaide me om om weg te gaan. 'Leuk je ontmoet te hebben,' riep ik naar de bijzonder onvriendelijke Nora, die nog steeds met haar armen over elkaar stond en die de boze blik geen seconde had laten varen. Ik herkende dat gedrag wel, maar ik was toen minstens veertien geweest. Misschien ging alles gewoon een beetje sneller als je in Los Angeles woonde.

'Dus,' zei Nora onwillig toen we een paar stappen hadden gezet. Gelsey draaide zich om en sloeg haar armen op precies dezelfde manier over elkaar. 'Wat vind je van het strand?'

'Gaat wel,' zei Gelsey en ze haalde haar schouders op. 'Mijn zus werkt daar,' zei ze en de onmiskenbare trots in haar stem verbaasde me.

Nora keek even naar mij, niet onder de indruk, en toen weer naar Gelsey. 'Wil je erheen?' vroeg ze. 'Ik verveel me dood.'

'Ik ook,' zei Gelsey; de avontuurlijke zoektocht naar een thuis voor de verdwaalde hond was blijkbaar alweer vergeten. 'Er is hier níks te doen. Ik moet zelfs tennissen van mijn moeder.'

Nora's ogen werden groot. 'Ik ook! Het is zo stom.'

'Ja toch?' antwoordde Gelsey.

'Totaal,' zei Nora.

Ik had zo'n idee dat ik wel wist hoe de rest van het gesprek zou gaan, dus nam ik het lint van Gelsey over. Ze liet het zonder protest toe. 'Zie je later,' zei ik. Gelsey wuifde over haar schouder naar me en praatte zonder om te kijken verder.

Ik trok Murphy, die veel te geïnteresseerd aan iedere steen op de oprit van de Gardners snuffelde, terug naar de weg. Ik voelde me best tevreden met het feit dat Gelsey bezig leek vriendschap te sluiten en dat mijn plannetje dus toch een beetje geslaagd was. Ik liep met de hond naar de oprit van de Crosby's, maar het huis zag eruit alsof alle bewoners weg waren: geen auto's of fietsen op het tuinpad, niemand in de tent, de gordijnen dicht.

Ik leidde de hond terug naar ons huis en vroeg me onder-tussen af wat ik gedaan zou hebben als ik had gedacht dat er wel iemand thuis was. Ik wilde geloven dat ik er dan naartoe was gelopen en had aangebeld, maar ik wist het niet zeker. Ik wist wel dat ik sinds de ijssalon meer aan Henry had gedacht dan waarschijnlijk goed voor me was, want hij was nog steeds boos op me (en terecht) en hij had een vriendinnetje. Maar ik kon er niets aan doen.

Toen we bij ons tuinpad kwamen, hoefde ik Murphy niet meer mee te trekken. In plaats daarvan begon hij voor me uit te rennen, trekkend aan de geïmproviseerde riem. Ik bond hem vast aan de verandatrap en liep de veranda op, waar mijn vader op zijn gewone plek aan tafel zat en fronsend naar zijn laptop keek terwijl Warren onderuitgezakt een studieboek las, met zijn benen op een andere stoel.

'Hé,' zei Warren en hij keek op van zijn boek nadat hij de bladzijde zorgvuldig had gemarkeerd met een post-it. Hij kwam half overeind en tuurde naar de oprit. 'Wat is dat?' vroeg hij en ik hoorde de paniek in zijn stem. 'Wat doet die hond hier?'

'Niks om je druk over te maken,' stelde ik mijn broer gerust, terwijl mijn vader heel even naar me glimlachte en toen snel weer naar zijn laptop keek voor Warren het kon zien. 'Hij is zo'n beetje de minst enge hond van de hele wereld. Echt.'

'Juist,' zei Warren en hij knikte alsof het niks voorstelde, maar ik zag dat hij de veranda in de gaten hield. Hij schoof zijn stoel een meter bij de deur vandaan met een beweging die hij zelf vast nonchalant vond. 'Tuurlijk.'

'Geen eigenaar?' vroeg mijn vader.

'Niet hiernaast, in ieder geval,' zei ik. 'Maar we hebben de buren ontmoet. Ze hebben een meisje van Gelseys leeftijd.'

'Geweldig,' zei mijn vader met een glimlach. 'Maar wat moeten we nou met die hondachtige?'

'Ik wou hem meenemen naar de dierenwinkel,' zei ik, 'om te kijken of hij gechipt is.'

'Slim bedacht,' zei hij met een goedkeurend knikje en ik vroeg me af of ik moest vertellen dat het eigenlijk het idee van onze scenarioschrijvende buren was geweest, maar ik besloot het te laten gaan. 'Jongen,' zei hij toen tegen Warren, 'zei jij niet dat je nog naar de bibliotheek wilde?'

Warren schraapte zijn keel en wierp nog een blik op de

veranda. 'Daar heb ik het wel over gehad,' zei hij, 'maar bij nader inzien denk ik dat ik beter...'

'O, kom nou gewoon mee,' zei ik. 'Ik hou de hond bij je weg. Beloofd.'

'Daar heeft het niks mee te maken,' mompelde Warren, maar hij werd evengoed bijna zo rood als zijn poloshirt. 'Ik pak even mijn portemonnee.' Hij ging het huis in en mijn vader glimlachte naar me over zijn laptop heen.

'Zie je wel?' zei hij. 'Een uitje. Ik zei toch dat het een belangrijke dag zou worden, meisje.' Hij tikte op een paar toetsen en leunde toen achterover in zijn stoel. 'Weet je, als je naar het dorp gaat ben je vlak bij Henson's. En misschien wil je dan wel wat drop voor me meenemen...'

Tien minuten later kwamen Warren, Murphy en ik aan bij Doggone It! Warren liep zeker drie stappen achter ons. Ondanks het feit dat ik Murphy met één hand kon optillen (niet dat ik dat wilde, want mijn vader had gelijk over de stank: we hadden alle raampjes tijdens de rit open moeten zetten) leek Warren er nog steeds niet van overtuigd dat hij niet elk moment in een moordlustig beest kon veranderen.

De winkel was redelijk klein, met vogels in kooien, een groot aquarium vol vissen, jonge katjes in een hok langs één muur en voor de rest een boel huisdierenspulletjes. Het leek erop dat er achterin, achter de kassa, een trimsalon was. Er stond niemand achter de toonbank en er was ook geen bel waar ik op kon slaan zoals bij Borrowed Thyme. Ik keek even rond, maar er was geen ander geluid in de winkel dan het harde getjilp van een van de vogels. Het leek nog het meest op een imitatie van een autoalarm.

'Hallo?' riep Warren, waardoor de vogel nog harder tekeerging.

'Ik kom eraan, neem me niet kwalijk!' riep een stem van achter. De deur ging open en het meisje dat ik al eerder had gezien (degene die had aangeboden om iemand te bellen voor mijn vader) kwam tevoorschijn terwijl ze haar handen afveegde aan een rood DOGGONE IT!-schort over een wit T-shirt en een spijkerbroek. Van dichterbij kon ik zien dat ze ongeveer van mijn leeftijd was, met blauwe ogen, een lief hartvormig gezichtje en lang rood haar dat in vlechten tot ver over haar schouders viel. Ze keek glimlachend van mij naar Warren. 'Wat kan ik voor jullie doen?' vroeg ze. Ik zag dat er *Wendy* op haar schort geborduurd was.

'Nou,' begon ik en toen hoorde ik mijn broer een vreemd keelschrapend geluid maken. Warren staarde Wendy aan, zijn mond een beetje open, en hij probeerde blijkbaar woorden te vormen, zonder veel succes. 'We hebben deze hond gevonden,' zei ik terwijl ik Murphy op de toonbank tilde. Hij ging meteen zitten en keek in de rondte alsof hij het uitzicht bewonderde. Tot mijn verbazing ging mijn broer niet meteen achteruit maar bleef staan waar hij stond, in de directe nabijheid van de hond. 'En we wisten niet waar hij vandaan kwam,' zei ik. 'We hoorden dat jullie hier kunnen zien of hij een microchip heeft?'

'Juist,' zei Warren, die net te laat zijn spraakvermogen weer terug had. 'Microchip.'

'Ben je verdwaald, maatje?' vroeg Wendy. Ze strekte haar arm uit en krabde Murphy achter zijn oren. Het kon haar blijkbaar niks schelen dat hij stonk. Hij deed zijn ogen dicht en klopte met zijn staart op de toonbank, boven op een stapel folders over vlooienbanden. 'Dat kunnen we wel even controleren, geen probleem.' Ze haalde een apparaatje onder de toonbank vandaan dat een beetje op een afstandsbediening leek, met een scherm dat de bovenste helft in beslag nam. Ze haalde hem langzaam langs Murphy's rug terwijl ze hem met haar andere hand achter zijn oren bleef krabben. Toen ze langs een plekje net onder zijn schouderblad kwam, piepte het apparaat. 'Zie je wel!' zei ze en ze glimlachte naar Warren en mij. Ik zag dat Warren teruglachte, maar net te laat, want ze zat al op haar stoel en reed die naar de computer.

'Weten we nu van wie hij is?' zei ik terwijl ik me over de hond op de toonbank heen boog en probeerde te zien waar ze naar keek.

'Nog niet,' zei ze. 'We hebben nu alleen nog maar het nummer van de microchip. Ik moet de database checken en dan weten we waar dit kleine mannetje woont.'

'Of vrouwtje,' zei ik, want dat wisten we nog niet zeker en ik geloofde niet meer zo in die blauwe halsband. Wendy stopte met scrollen en kwam overeind om de voorpoten van de hond op te tillen.

'Nee,' zei ze. 'Absoluut een mannetje.' Ze ging weer zitten en begon te typen.

'Wist je dat de naam Wendy in 1904 in gebruik werd genomen?' vroeg Warren opeens jachtig. 'Door J.M. Barrie, in zijn toneelstuk *Peter en Wendy*, dat later *Peter Pan* ging heten.'

Wendy keek Warren vragend aan en ik merkte dat ik hetzelfde deed. Ik wilde net tussenbeide komen, door te zeggen dat mijn broer vandaag te veel zon had gehad of zoiets,

toen ze stralend glimlachte. 'Dat heb ik nooit geweten,' zei
ze. 'Bedankt.'

Warren knikte en zei toen met een stem die nonchalant
moest overkomen maar daar totaal niet in slaagde: 'Werk
je, eh, hier al lang?'

'Een maand ongeveer,' zei ze en ze keek hem even aan
voor ze zich weer op de computer richtte. 'Even wat extra
geld verdienen voor ik in de herfst ga studeren.'

'O?' Warren stond bijna oog in oog met de hond, zo ver
leunde hij over de toonbank om dit gesprek voort te zetten.
De hond maakte van de gelegenheid gebruik en likte aan
zijn oor, en ere wie ere toekomt: Warren kromp maar een
heel klein beetje in elkaar. 'Waar ga je naartoe?'

'Stroudsburg State,' zei ze met haar ogen nog steeds op
de computer. 'Hun studie diergeneeskunde is heel goed.'

'Geweldig,' zei Warren terwijl hij de hond van zich af
probeerde te houden, die nu enthousiast zijn gezicht stond
te likken. 'Dat is geweldig.'

Ik draaide me om en staarde naar mijn broer terwijl ik
mijn verbazing probeerde te verbergen. Warren was altijd
een ontzettende snob geweest als het om universiteiten
ging, en dat was alleen maar erger geworden nu hij was
toegelaten tot een topuniversiteit. Ik had hem Stanford zijn
'vangnet' horen noemen. En nu zei hij iets positiefs over een
universiteit waar hij zeker weten vijf minuten geleden nog
nooit van had gehoord. Dat was zo atypisch, schokkend
gewoon. Maar ja, ik had Warren ook nog nooit zo vreemd
zien doen als er een meisje in de buurt was. Nog nooit.

'Oké,' zei Wendy en ze leunde nog wat dichter naar het
scherm. 'Zo te zien hebben we een match!'

'Fantastisch,' zei ik en ik vroeg me af wat de volgende stap was. Zou zij contact zoeken met de eigenaars, of moesten wij dat doen? Hoe dan ook, hoe vriendelijk deze hond ook leek, ik was er klaar voor om hem terug te sturen naar waar hij vandaan was gekomen.

'En,' zei ze terwijl ze naar beneden scrolde, 'het lijkt erop dat hij hier is gechipt, dus hij komt hier uit de buurt. Dat is goed. Zijn adres is...' Ze zweeg even en zei toen: 'Dockside Terrace 84 in Lake Phoenix.' Ze keek ons glimlachend aan en ik staarde terug, zeker wetend dat ik dat verkeerd had verstaan. 'Het is hier vlakbij,' voegde ze er na een ogenblik aan toe. 'Ik kan een routebeschrijving uitprinten.'

'Ik weet waar het is,' zei ik terwijl ik op de hond neerkeek. Ik snapte nu waarom hij zo graag ons pad op wilde. 'Dat is ons huis.'

Twee uur later kwamen Warren, Murphy en ik weer thuis. De hond was grondig gewassen en rook nu vaag naar chemicaliën. De trimmer gaf er blijkbaar niks om dat Murphy een jongetje was, want er was een roze stipjeslint in het springerige haar tussen zijn oren gebonden. We hadden een zak vol hondenspullen bij ons: een voerbak, een waterbak, een mand, een riem en voer. Niet dat ik had gedacht dat we hem zouden houden, maar zodra Wendy begon uit te zoeken wat we 'echt nodig' hadden, was Warren haar de hele winkel door op de voet gevolgd, knikkend bij alles wat ze pakte, zonder even de tijd te nemen om met mij te overleggen. Pas in de auto op weg naar huis, waar Murphy gelukzalig hijgend met zijn kop uit het raampje hing (zijn adem rook nu veel beter), keek ik naar Warren en zei: 'Niet te geloven.'

'Ik weet het,' zei Warren hoofdschuddend. Hij deed ongetwijfeld zijn best om een ernstig gezicht te trekken (zijn standaarduitdrukking) maar er gleed steeds een dromerige trek overheen. 'Het moeten de huurders van vorige zomer zijn geweest, toch?' vroeg hij. 'Wendy zei dat de informatie van de microchip toen is ingevoerd.'

'En het is hun naam,' zei ik. 'Behoorlijk overtuigend bewijs.'

Ik stopte voor een rood licht en merkte op dat mijn broer Wendy's naam had uitgesproken met de intonatie die hij meestal reserveerde voor feiten over tolpoortjes en gloeilampen. 'Dus wat is er gebeurd?' vroeg ik terwijl ik weer gas gaf, ook al wist ik dat mijn broer, die altijd overal een antwoord op had, deze vraag niet kon beantwoorden. 'Ze hebben hem aan het eind van de zomer in de steek gelaten?' vroeg ik. Ik voelde de woede opkomen terwijl ik het zei; razend was ik op die harteloze kruidenstelende huurders die de hond zo slecht hadden behandeld. 'Ze lieten hem gewoon achter bij het huis?'

Warren haalde zijn schouders op. 'Of misschien is hij weggelopen,' zei hij en zijn stem begon eindelijk weer een beetje herkenbaar te worden: weloverwogen, afgemeten, zorgvuldig, de feiten tegen elkaar afwegend. 'We kennen de omstandigheden niet. We vertellen het aan mam, en zij neemt contact met ze op. Misschien is het allemaal een misverstand.'

'Misschien,' zei ik, maar ik geloofde het niet echt. Ik reed Dockside op en zo gauw we in de buurt kwamen trok Murphy zijn hoofd terug, krabbelde overeind en probeerde op de console tussen ons in te gaan zitten. Hij verrekte zijn nek bijna om naar het huis te kunnen kijken en kwispelde wild. En toen ik het pad op reed en hij steeds maar enthousiaster werd, wist ik dat dit het bewijs was, meer nog dan de bevestiging van de computer. Murphy wist waar hij was en hij wilde verschrikkelijk graag terug. Toen ik de motor uitzette en het achterportier openmaakte, sprong hij de auto uit en rende recht op het huis af, duidelijk verrukt dat hij eindelijk de weg naar huis weer had gevonden.

Doen, durf én de waarheid

18

Toen om twee uur 's nachts mijn telefoon ging, was ik al wakker. Ik had geen idee waarom ik niet kon slapen en ik begon me al af te vragen of mijn vader soms een punt had met zijn verhaal over de koffie bij de Diner. Ik lag al een paar uur wakker, want als je geen sociaal leven had ging je vroeg naar bed, zelfs op avonden die opwindender waren dan normaal.

Mijn moeder was net zo boos geweest op Warren, omdat hij de hond met al zijn toebehoren mee naar huis had genomen zonder het eerst aan haar te vragen, als op de huurders, omdat ze hem om te beginnen in de steek hadden gelaten. Ze had ze niet te pakken gekregen op het nummer dat zij had, maar ze had Henry's vader gebeld en ontdekt dat ze de hele zomer een hond hadden gehad, een puppy die ze meteen toen ze erin trokken hadden opgehaald. Henry's vader herinnerde zich dat nog omdat de puppy een paar keer in hun vuilnis was gedoken, en het had erop geleken dat het de Murphy's weinig kon schelen.

Gelsey was uit elkaar gesprongen van geluk omdat we Murphy mee naar huis hadden genomen, al bleef mijn moeder benadrukken dat dit maar een tijdelijke situatie was. Mijn vader had zich voor noch tegen verklaard, maar ik zag dat hij de hond tijdens het eten steeds iets toestopte en toen de tafel was afgeruimd en Murphy op zijn schoot klom, duwde mijn vader hem niet weg maar aaide hem over zijn oren tot hij een geluid maakte waarvan ik zeker weet dat het het hondse equivalent was van spinnen.

Gelukkig bleek Murphy wel zindelijk, en nog beter: hij kende ons huis. Het was zelfs een beetje verontrustend, zoals hij zich er thuis voelde. We zagen het allemaal toen hij zich na het eten voor de ramen aan de straatkant installeerde, met zijn neus tegen het glas en zijn kop op zijn poten. Ook al had Gelsey gesmeekt of hij in haar kamer mocht slapen, mijn moeder had het geweigerd en de hondenmand net buiten de keuken gezet. Toen we allemaal naar bed waren gegaan had ik geluisterd of ik gejank of gepiep hoorde, maar de hond was stil en sliep waarschijnlijk beter dan het mij was gelukt.

Ik was op mijn zij gaan liggen en had uit mijn raam gekeken, naar de hemel die bezaaid was met sterren. Ik lag net te bedenken of ik gewoon zou proberen weer in slaap te vallen of dat ik mijn licht aan zou doen om te lezen, toen mijn mobiel afging.

Dit was zo verrassend dat ik niet eens meteen in beweging kwam, maar er eerst naar keek, daar op de ladekast, waar hij de hele hoek van de kamer onverwacht helder verlichtte terwijl hij aan het refrein van mijn ringtone begon. Maar bij de tweede keer had ik mezelf weer in de hand en was al uit bed gestapt om hem te pakken voor het hele huis wakker werd, of in ieder geval mijn moeder, die bekendstond als een heel lichte slaper. Ik herkende het nummer niet (zelfs het netnummer niet) maar ik nam toch snel op, terwijl ik me afvroeg of iemand verkeerd had gedraaid. Ik kon niet bedenken wie mij anders om twee uur 's nachts zou bellen.

'Hallo,' zei ik zacht in de telefoon terwijl ik hem mee terug nam naar mijn bed en in de verste hoek ging zitten, alsof er daardoor minder geluid door het huis zou gaan. Er was een lange stilte aan de andere kant.

'Wie is dit?' vroeg een meisjesstem enigszins onvast.

'Taylor,' zei ik langzaam. 'Met wie spreek ik?'

'O shit,' mompelde het meisje aan de andere kant van de lijn en opeens wist ik wie het was.

'Lucy?' vroeg ik, en ik hoorde haar diep zuchten.

'Ja?' zei ze. 'Wat?'

'Weet ik toch niet,' zei ik verward, zonder enig idee waarom we dit gesprek voerden. 'Jij belde mij.'

Ze zuchtte weer, en er klonk even een ritselend geluid voor ze weer aan de lijn kwam. 'Telefoon laten vallen,' zei ze. 'Dus... je moet naar het strand komen.'

Ik ging rechtop zitten. 'Waarom?' vroeg ik, terwijl ik me paniekerig afvroeg of ik de snackbar niet goed had afgesloten of zoiets. Al had ik geen idee waarom Lucy me daar in blijkbaar aangeschoten staat over zou opbellen. 'Is alles in orde?'

'Zou ik je bellen als alles in orde was?' vroeg ze. 'Kom nou maar gewoon, en...' Ik hoorde weer dat ritselende geluid en toen werd de verbinding verbroken.

Ik hield de telefoon nog even vast en dacht na. Ik ging erheen – de mogelijkheid dat ik niet zou gaan flitste maar een seconde door mijn hoofd. Ik wist dat ik toch niet zou kunnen slapen als ik niet ging, ik zou alleen maar wakker liggen en me afvragen wat er op het strand gaande was. Ik probeerde vooral te bedenken hóé ik er moest komen. Ik kon niet met een van de auto's gaan, want dan werd mijn moeder wakker (om het over mijn vader, broer en zus maar niet te hebben). En ook al waren er deze zomer geen regels opgesteld over de tijd waarop ik 's avonds binnen moest zijn, ik had zo'n idee dat ze het niet bepaald een fijn plan zou vinden als ik om twee uur 's nachts de deur uit ging. Ik liet mijn blik naar buiten dwalen, waar ik aan het eind van het tuinpad de garage kon zien. Dat gaf me een idee en ik stapte snel uit bed, trok een korte spijkerbroek aan en verwisselde mijn gigantische, verwassen slaap-T-shirt voor een topje. Ik sloop de gang op en luisterde of ik iets hoorde bewegen. Maar het was rustig in huis, er scheen geen licht onder de deur van mijn broer of zus door en er klonk geen geluid uit de slaapkamer van mijn ouders op de bovenverdieping. Zelfs de hond was diep in slaap: hij lag op zijn rug in zijn mand met af en toe een zenuwtrek door zijn achterpoot alsof hij in zijn droom achter iets aan joeg of ergens voor vluchtte.

Ik kon zonder een lamp aan te doen door de open ruimte van de benedenverdieping lopen, want het maanlicht stroomde door de ramen aan de voorkant naar binnen en maakte enorme rechthoeken van licht op de vloer. Ik liep door een ervan naar de voordeur en verwachtte half dat het warm zou aanvoelen, alsof ik door zonlicht liep. Ik trok de voordeur voorzichtig open, deed hem achter me op slot en greep mijn slippers uit de hoop schoenen. Toen liep ik het trapje af en ging naar de garage, waar mijn nieuwe door mijn vader gerestaureerde fiets op me stond te wachten.

19

Vijf zomers eerder

'Ik heb nieuws,' zei Lucy aan de telefoon. Dat was altijd haar favoriete manier om een onderwerp aan te kondigen, zelfs als bleek dat haar nieuws maar iets heel triviaals was als de nieuwe smaak van de week bij Jane's of het feit dat ze twee kleuren nagellak had gemengd om een nieuwe, eigen kleur te maken.

'Ik ook,' zei ik en ik kon de glimlach op mijn gezicht niet tegenhouden. Ik klemde de draadloze telefoon tussen mijn oor en mijn schouder en liep de veranda op. Ik wist precies tot waar ik nog ontvangst had. Het was na het avondeten en mijn moeder zette net het Riskbord klaar, maar ik wist dat ik nog een paar minuten ongestoord met Lucy kon praten, vooral als Warren erop stond om mam te controleren.

Ik had Lucy niks verteld over mijn filmafspraakje met Henry een week geleden, want tot het moment dat hij mijn hand pakte was er niks te vertellen geweest. Maar hij had mijn hand de rest van de film vastgehouden en we waren zo blijven zitten, met onze handpalmen tegen elkaar, onze vingers verstrengeld, tot de aftiteling kwam en de verlichting aanging en de medewerkers met hun bezems binnenkwamen om de popcorn van de vloer te vegen. Natuurlijk had ik Lucy meteen daarna gebeld, maar ze was steeds niet bij de ouder die ik belde, en zolang haar ouders ruziemaakten over wie haar abonnement moest betalen, was ze op haar mobiel ook niet bereikbaar. Als ik tegenwoordig met Lucy wilde praten, moest ik dus wachten tot ze mij belde.

'Ik eerst,' zei ze en ik lachte en voelde op dat moment weer hoe erg ik haar miste.

'Taylor!' Warren deed de deur open en fronste naar me terwijl hij zijn bril omhoogduwde, die steeds van zijn neus af gleed. 'We gaan beginnen.'

Ik deed mijn hand over de microfoon. 'Ik ben aan de telefoon,' siste ik tegen hem. 'Interlokaal.' Aan de ander kant hoorde ik Lucy giechelen.

'New Jersey is niet interlokaal,' zei Warren spottend. 'Het is zelfs lokaal. Maar één staat verder.'

'Laat me met rúst,' zei ik en ik probeerde hem door de deur te duwen.

Mijn broer schudde alleen zijn hoofd en keek me aan met die 'ik ben zo volwassen'-uitdrukking op zijn gezicht. 'We beginnen over vijf minuten, dus als je er niet bent, verspeel je je legers.'

Maar hij ging eindelijk naar binnen en ik klemde de telefoon weer tegen mijn oor.

'Sorry,' zei ik. 'Warren is weer eens Warren.'

'Is al goed,' zei Lucy. 'Zijn jullie aan het Risken? Met z'n allen?'

'Ja,' zei ik en ik probeerde niet te letten op de verlangende klank in Lucy's stem. 'Maar goed, ik heb nieuws, jij hebt nieuws...'

'O ja!' Lucy was meteen weer opgewonden. 'Dus... ik ben gek op een jongen.'

'Ik ook!' zei ik, dolblij dat we dit punt tegelijk hadden bereikt. Dat was de enige reden waarom ik even had getwijfeld of ik Lucy wel over Henry moest vertellen. Ik wilde eigenlijk niet aan zoiets groots beginnen zonder haar. Maar als zij tegelijk met mij verliefd was, dan zou het allemaal goed komen. Als we het over de toekomst hadden, waren we er altijd van uitgegaan dat we de dingen op hetzelfde moment zouden meemaken. En dan hadden we het over vriendjes, galafeesten en uiteindelijk een dubbele trouwdag.

'Ongelooflijk!' zei ze, alweer lachend. 'Oké, ik eerst. Ik vind Henry Crosby helemaal leuk.'

Ik deed mijn mond open om iets te zeggen, kon geen woorden vinden en deed hem weer dicht. Maar Lucy had niks in de gaten en ging verder.

'Ik ben al gek op hem vanaf het moment dat ik hem deze zomer terugzag. Hij is zo knap geworden dit jaar! Ik wilde eerst niks zeggen, maar sinds ik weer thuis ben moet ik de hele tijd aan hem denken. En omdat jullie vrienden zijn, dacht ik dat je misschien zou kunnen ontdekken of hij mij ook leuk vindt. Maar, je weet wel, een beetje subtiel.'

Ik deed mijn mond weer open, ook al wist ik nog niet wat ik ging zeggen. Maar ik moest het haar vertellen; van het afspraakje en de Outpost en het handje vasthouden. 'Luister, Luce...'

'Taylor?' Ik draaide me om en mijn vader stond in de deuropening met Gelsey over zijn schouder gegooid op de manier die hij altijd 'de aardappelzak' noemde, met haar hoofd naar beneden terwijl hij haar voeten vasthield. Ik kon Gelsey hysterisch horen giechelen, ondersteboven. 'We zijn startklaar, meisje. Bereid je voor op een snelle en bloedige afslachting.'

'Ik kom eraan,' zei ik. Een minuut eerder had ik nog

geklaagd, gevleid, alles gedaan om wat langer met Lucy aan de telefoon te blijven. Nu was ik dolblij dat ik een reden had om op te hangen.

'En nog iets,' zei mijn vader terwijl hij overdreven om zich heen keek. Hij draaide in een halve cirkel van de ene naar de andere kant en zwaaide Gelsey zo in het rond. 'Heb jij Gelsey ergens gezien? In kan haar nérgens vinden.' Gelsey begon te gillen van het lachen en hij draaide haar om, gooide haar in de lucht, ving haar op voor hij haar weer op de grond zette en liep toen samen met haar lachend naar binnen.

'Ik moet ophangen,' zei ik tegen Lucy, blij met een reden om het gesprek te beëindigen.

'Maar je gaat wel met hem praten, toch?' drong Lucy aan. 'Kijken of hij me leuk vindt?'

Ik slikte en vroeg me af om of dapper genoeg was om nu te zeggen dat ík gek was op Henry. Maar ik was bang dat ze me zou beschuldigen van iets wat ze al zei sinds we klein waren: dat ik haar na-aapte. Dat ik leuk vond wat en wie zij leuk vond en alles deed wat zij deed. En als ik weer aan mijn piekerige pony dacht, kon ik haar niet helemaal ongelijk geven.

'Tuurlijk,' zei ik en ik had er meteen spijt van toen ik het zei, maar ik kon het niet meer terugnemen. 'Ik spreek je gauw.'

'Absoluut. Ik mis je!'

Lucy hing op en ik liep langzaam naar binnen en ging bij de rest van het gezin aan de koffietafel zitten. Warren citeerde het een of ander uit iets wat *De kunst van het oorlogvoeren* heette en mijn vader besprak de strategie met

Gelsey (zij waren een team) terwijl ik maar een beetje voor me uit zat te staren. In mijn hoofd raasden allerlei redenen rond die moesten rechtvaardigen wat ik net had gedaan, of, om precies te zijn, wat ik niet had gedaan. Ze had me overvallen. Ik wist nog helemaal niet hoe het verder zou gaan met mij en Henry. Misschien kwam Lucy helemaal niet terug voor de zomer voorbij was. Het had geen zin om problemen te veroorzaken of iemand ongelukkig te maken.

'Ha!' zei Warren triomfantelijk, en toen ik naar het bord keek zag ik dat hij recht onder mijn neus het grootste deel van mijn legers had weggevaagd, terwijl ik toch had gedacht dat ze veilig waren.

20

Terwijl ik wiebelend op mijn moeders oude fiets door onze straat reed en uit alle macht probeerde niet te vallen, realiseerde ik me dat fietsen wel degelijk iets was wat je kon verleren. Ter verdediging kon ik aanvoeren dat ik niet aan deze fiets gewend was en dat hij helemaal niet op mijn oude mountainbike leek, die Gelsey nu had. Dit was een beachcruiser, heel zwaar, met een gebogen stang en zonder handremmen. Ik had een zaklamp in de witte metalen fietsmand gelegd als zelfmaak-fietslicht, maar eenmaal op straat werd al snel duidelijk dat ik die niet nodig had. Het was een onwaarschijnlijk heldere nacht en de maan die bij ons door het raam had geschenen verlichtte ook de weg.

Ik reed langzaam en wankelend over straat. De fiets dreigde om de paar seconden om te vallen tot ik wat vaart in de pedalen kreeg en wat rechter begon te rijden. Tegen de tijd dat ik Dockside uit reed was ik heel tevreden over mijn vorderingen. De straten waren leeg, dus die had ik helemaal voor mij alleen terwijl ik over allebei de rijbanen zwenkte en halve achtjes maakte. De wind blies mijn haar omhoog en ik voelde het achter me aan wapperen terwijl ik de lage heuvels af reed. Ik trapte nog harder en maakte snelheid, totdat ik besefte waar ik was: boven aan Devil's Dip.

Ik begon te remmen, ook al wist ik van lang geleden nog dat dit het moment was om harder te gaan fietsen, om de snelheid op te bouwen die ik nodig had om aan de andere kant weer omhoog te komen. Maar boven aan de helling, neerkijkend op de Dip zonder het voordeel van een auto, begreep ik heel goed waarom dit zo onoverkomelijk had geleken toen ik acht was. Had ik dit echt ooit zonder nadenken gedaan? En nog erger, was dit de heuvel waar ik met Henry wedstrijdjes had gereden, allebei hijgend en met rode koppen van de inspanning terwijl we vóór de ander de andere top probeerden te bereiken? Ik remde nog wat harder, maar ik gleed al naar beneden, de schuine helling af. Ik had gewoon van het ritje kunnen genieten, maar in plaats daarvan remde ik hard en de fiets werd onbestuurbaar. Mijn voorwiel raakte een stukje grind en voor ik wist wat er gebeurde (het leek maar een fractie van een seconde te duren) sloeg het wiel om en was ik de controle kwijt. Ik voelde de fiets wankelen en uit koers raken en toen kwam mijn voet in het wiel terecht en lag ik op de grond, met de fiets boven op me, het voorwiel nog nutteloos ronddraaiend.

Toen ik de fiets van me af duwde en overeind kwam was ik er vooral heel dankbaar voor dat het zo laat was (of vroeg) en dat er dus niemand in de buurt was geweest om me zo onderuit te zien gaan. De vernedering was erger dan de pijn, maar ik had schaafwonden op mijn handpalmen en allebei mijn knieën. Ik veegde het vuil en het grind van me af en trok de fiets omhoog. Ik liep er de rest van de Dip mee af en aan de andere kant weer omhoog. Ik schaamde me, maar ik was vooral boos op mezelf dat ik te bang was geweest om iets te doen wat ik op de lagere school al had geleerd. Eenmaal aan de andere kant gekomen stapte ik weer op en keek vooruit, de weg af, terwijl ik extra snel naar het strand reed alsof dat mijn afgang op de Dip een beetje goed kon maken. Pas toen ik bijna bij het strand was realiseerde ik me dat ik een tweede poging had kunnen wagen in plaats van naast de fiets te gaan lopen. Ik had mezelf bij elkaar kunnen rapen en het nog een keer kunnen proberen. Maar dat had ik niet gedaan. Ik was gewoon weggelopen. Ik probeerde die gedachte weg te duwen terwijl ik mijn fiets in de richting van het strand stuurde. Maar anders dan een heleboel andere keren ging dat nu niet zo makkelijk.

Omdat Lucy alleen had gezegd dat ik 'naar het strand' moest komen, had ik geen idee wat ik moest verwachten en of het moeilijk zou zijn om haar te vinden. Maar dat bleek geen enkel probleem, want toen ik vlak bij het strand was zag ik haar naast de weg in haar mobieltje staan schreeuwen.

'Het is zó ontzettend uit,' zei ze. 'En je moet je goed realiseren, Stephen, dat je net het beste bent kwijtgeraakt wat je ooit...' Ze zweeg even en haar gezichtsuitdrukking veranderde van woedend in ongelovig terwijl ze luisterde. 'O? Is dat zo? Nou, waarom heb je dan niet het lef om hiernaartoe te komen en het uit te leggen?'

Ik ging langzamer fietsen, met het sterke gevoel dat ik stoorde, ook al vond deze ruzie midden op straat plaats. Het viel me op dat op het pad van een huis dichtbij allemaal auto's stonden en ik kon vaag de dreunende bas van de muziek horen die daar gedraaid werd, en de geluiden van een feestje: gegil en gelach.

'En jij moet heel goed weten...' Lucy had me eindelijk in

het oog, en ze fronste terwijl ze haar telefoon liet zakken en naar de fiets keek. 'Wat is dat?'

'Wat is wat?' vroeg ik.

'Waar is je auto?' vroeg ze. Ze keek langs me heen, een beetje wankel op haar benen, alsof hij misschien achter me verstopt was.

'Ik ben niet met de auto,' zei ik.

Lucy staarde me aan. 'Hoe ga je me dan naar huis brengen?' Op dat moment bemoeide Stephen zich er blijkbaar mee, want ik hoorde zijn stem hard en een beetje klagerig uit haar telefoon komen. 'Ik ben klaar met jou, eikel,' snauwde Lucy, maar ik zag dat ze niet ophing en het leek alsof ze toch naar hem luisterde.

Ik voelde me ontzettend stom terwijl ik daar zo midden op straat stond, met mijn fiets, om halfdrie 's nachts. En ik voelde ook dat ik voor het eerst in heel lange tijd boos op Lucy begon te worden. Vanaf het moment dat we elkaar terug hadden gezien was ik me steeds bewust geweest van wat ik had gedaan en waarom ze boos op me was. Maar ze had me uit bed gebeld om haar naar huis te brengen terwijl ze op het werk niet eens tegen me wilde praten? En dan was ze niet eens in staat geweest om duidelijk te maken dat ik met de auto moest komen?

Ook al was Lucy nog steeds aan de telefoon, ik had de behoefte om me te verdedigen. 'Voor alle duidelijkheid,' zei ik, een beetje harder om over Lucy's telefoontje heen te komen, 'je hebt niet gezegd dat je een lift nodig had. En je hebt trouwens ook niet gevraagd of ik je die wílde geven,' zei ik. 'Je zei alleen: "Je moet naar het strand komen." En toen ben ik hiernaartoe gefietst.'

'Nou, ik had misschien wat duidelijker kunnen zijn,' zei Lucy, 'maar ik was druk bezig mijn verkering uit te maken met deze ongelóóflijke klojo...' Die laatste twee woorden schreeuwde ze in de telefoon, en waarschijnlijk had Stephen er toen eindelijk genoeg van want een ogenblik later liet ze de telefoon zakken. 'Hij heeft opgehangen,' zei ze ongelovig. 'Dat geloof je toch niet?'

Nou, dat geloofde ik best, maar dit was misschien niet het moment om haar dat te vertellen. 'Was hij daar binnen?' vroeg ik en ik wees naar het feesthuis.

'Ja,' zei Lucy geprikkeld. Ze raapte haar tas van de grond, gooide haar telefoon erin en graaide er toen in rond. Ze haalde er een zak Skittles uit, scheurde hem open en gooide er een handvol van in haar mond alsof het pillen waren in plaats van snoepjes. Ze hield het zakje in haar hand terwijl ze haar tas dichtdeed en die net een beetje té energiek over haar schouder gooide. 'Ik stormde het huis uit en hij heeft niet eens het fatsoen om me achterna te komen. Blijft gewoon waar hij is en bélt me. Wat een loser.' Maar bij dat laatste woord begon haar bravoure een beetje af te brokkelen, ze beet op haar lip en keek het tuinpad af. 'God,' mompelde ze met trillende stem, 'en ik vond hem echt leuk. Ik dacht dat we zeker de hele maand juni bij elkaar zouden blijven.' Ze keek naar mij en naar mijn fiets en zuchtte. 'Dat wordt lopen, denk ik. Maar toch bedankt dat je gekomen bent, Taylor.' Ze wierp me iets toe waarvan ik bijna zeker wist dat het een glimlach moest voorstellen, draaide zich om en begon enigszins slingerend de weg langs te lopen.

Ik draaide de fiets om en haalde haar in. Hoe veilig Lake

Phoenix ook was, ik ging een aangeschoten Lucy niet alleen naar huis laten wandelen. En dan had ik het niet eens over het feit dat ze eruitzag alsof ze het halverwege op zou geven om naast een boom een dutje te gaan doen. 'Ik loop met je mee naar huis,' zei ik terwijl ik van de fiets stapte en ernaast ging lopen.

'Dat hoef je echt niet te doen,' zei ze op hetzelfde moment dat ze over een steen aan de kant van de weg struikelde en vervolgens tegen mijn fiets op botste. Daarna protesteerde ze niet meer en we liepen samen verder, met de fiets tussen ons in. We waren stil, de enige geluiden kwamen van de krekels om ons heen en het grind onder mijn wielen.

'Dus,' zei ik even later terwijl ik even haar kant op keek, 'wil je erover praten?'

Lucy stond stil en draaide zich naar me om. Ik bleef ook staan. 'Praten,' zei ze. 'Met jou.'

Ik voelde mijn gezicht warm worden en ik schudde mijn hoofd en duwde mijn fiets weer verder om het te verbergen. 'Laat maar,' zei ik. 'Vergeet het.'

Lucy ging weer naast me lopen en terwijl we verder liepen werd de stilte steeds ongemakkelijker. Ik wenste achteraf dat ik toch maar met de auto was gekomen. In een auto had je zoveel meer om je af te leiden. Ik zou me nooit zo opgelaten hebben gevoeld als ik de radio wat harder had kunnen zetten en had kunnen doen alsof dit niet echt gebeurde.

'Bedankt voor het aanbod,' zei Lucy ten slotte, half gemeend en half sarcastisch. 'Maar je kunt niet beweren dat we nog vriendinnen zijn, Taylor.'

'Weet ik,' zei ik. Ik keek naar mijn fiets en concentreerde me op mijn poging om hem in een perfecte rechte lijn vooruit te duwen, probeerde het feit te negeren dat ik een brok in mijn keel voelde opkomen.

'En wiens schuld is dat?' vroeg Lucy. Omdat ik het antwoord wel wist en vermoedde dat zij het ook wist zei ik niets, ik kneep alleen even heel hard in het stuur. 'Je had niet zomaar weg moeten gaan,' ging Lucy verder. 'Zonder uitleg, of zo. Dat was echt een rotstreek.'

'Denk je dat ik dat zelf niet weet?' vroeg ik een beetje vinnig, tot mijn eigen verbazing. Ik wierp een blik in haar richting en zag dat zij daar ook door werd overvallen. 'Denk je dat ik me daar niet rot over voel?'

'Nou, ik weet het niet,' zei Lucy en ze klonk geërgerd. 'Je hebt niet bepaald je excuses aangeboden, of wat dan ook.'

Ze had gelijk. Ik had het wel geprobeerd, maar halfslachtig. Net als bij Henry, en vervolgens had ik de omstandigheden de schuld gegeven voor mijn gebrek aan moed, de omstandigheden die op het geschikte moment roet in het eten hadden gegooid. Ik haalde diep adem en hield op mijn fiets voort te duwen. Ik had al te veel mogelijkheden voor verandering gekregen en die vervolgens genegeerd. Dus besloot ik deze kans aan te grijpen, midden op straat, in het heldere maanlicht dat onze schaduwen op de grond wierp. 'Lucy,' zei ik terwijl ik haar recht aankeek, 'het spijt me echt verschrikkelijk.'

Ze keek me een lang moment aan en knikte toen. 'Oké,' zei ze en ze begon weer te lopen. Ze slingerde een beetje terwijl ze geconcentreerd nog een hoopje Skittles in haar hand schudde.

'Oké?' zei ik, half rennend naast mijn fiets om haar in te halen. 'Dat is alles?'

'Wat wil je dan dat ik zeg?' vroeg ze gapend, met haar hand voor haar mond. 'Ik accepteer je excuses.'

'Bedankt,' zei ik, enigszins verbluft omdat het zo makkelijk was gegaan. Maar terwijl we verder liepen realiseerde ik me dat we niet zomaar weer vriendinnen zouden worden. Ze had mijn veel te late excuses dan wel aanvaard, maar het leek er niet op dat ze me ook had vergeven.

'Het spijt mij ook,' voegde ze er even later aan toe. Ik keek haar verbaasd aan en ze haalde haar schouders op. 'Ik heb me als een echte bitch gedragen op het werk.'

'Niet echt,' zei ik, maar ik kon zelf horen dat het niet bepaald overtuigend klonk. Lucy keek naar me, we barstten allebei in lachen uit en heel even leek het alsof we weer twaalf waren. Ik knikte naar het zakje Skittles. 'Dus je eet ze niet meer op kleur?'

Ze knipperde met haar ogen en toen wist ze het weer. Ze glimlachte. 'Nee,' zei ze. 'Al jaren niet meer.' Ze tuurde naar me in het donker. 'Jij wel dan?'

'Nee,' loog ik zo nonchalant mogelijk. 'Ik… vroeg het me gewoon af.' Lucy trok een wenkbrauw op maar zei verder niks. Ik keek de andere kant op, alsof ik op de weg lette, en realiseerde me toen dat we boven aan Devil's Dip waren gekomen. Je woonde aan de ene kant van het meer of aan de andere, en de Dip was zo'n beetje de scheidslijn. Op deze plek gingen we altijd uit elkaar als we samen ergens naartoe waren gefietst, meestal met een extra lang, ingewikkeld handklapritueel. Maar Lucy liep verder, de heuvel af, weg van haar huis. 'Waar ga je naartoe?' riep ik.

Lucy stopte en keek naar me op. 'Jouw huis,' zei ze, alsof we dit van tevoren hadden besloten. 'Ik kan zo niet naar huis. Mijn moeder vermoordt me.'

Ik wist niet of de reactie van mijn moeder minder extreem zou zijn als ze me betrapte terwijl ik om drie uur 's nachts het huis binnen sloop met een benevelde Lucy, maar ík was dan in ieder geval heel duidelijk nuchter. Ik liep haar al achterna, met de fiets aan de hand, en bleef toen staan. Mijn hart begon sneller te slaan en de adrenaline pompte door me heen bij de gedachte aan wat ik ging doen. 'Zie je aan de overkant,' riep ik haar toe terwijl ik één been over de stang zwaaide.

'Wat?' vroeg Lucy terwijl ze zich omdraaide om naar me te kijken. Ik zette af en trapte op volle snelheid de heuvel af. Ik passeerde haar in een flits en bleef trappen terwijl ik voelde dat de zwaartekracht me steeds sneller naar beneden trok, negeerde mijn instinct dat me vertelde hoe gevaarlijk dit was, dat ik te snel ging, dat ik me pijn zou doen. Ik trapte gewoon door en voor ik het wist was ik onder aan de heuvel en joeg mijn vaart me al aan de andere kant omhoog. Maar ik wist dat het niet lang zou duren, dus liet ik mijn benen harder trappen dan ooit. En inderdaad werd de klim al heel snel heel zwaar, mijn kuiten brandden van inspanning terwijl ze mij (en mijn moeders idioot zware fiets) de heuvel op brachten. Maar deze keer dacht ik niet eens aan opgeven. Niet alleen stond Lucy naar me te kijken, ik hád het vanavond al een keer opgegeven. Ik kon bijna geen lucht meer krijgen, maar ik dwong mezelf naar adem snakkend helemaal naar de top. Eenmaal boven stapte ik af en hijgde uit, hangend over het stuur.

Ik keek naar beneden en zag Lucy de heuvel op komen. Maar zelfs vanaf deze hoogte kon ik zien dat ze klapte.

'Ssst,' zei ik nog een keer tegen Lucy terwijl ik mijn slippers op de veranda uitschopte, naar de deur liep en mijn sleutel uit mijn zak haalde.

'Ik weet het,' zei ze en ze onderdrukte een geeuw. 'Maak je geen zorgen.'

Ik draaide langzaam de knop om en duwde de deur centimeter voor centimeter open in de hoop dat hij niet zou kraken. Toen we binnenkwamen keek ik naar de klok op de magnetron en zag dat het 3:05 uur was, geen tijd om welke ouder dan ook wakker te maken.

Lucy keek rond. 'Wow,' zei ze, niet zo zachtjes als ik gewild had. 'Het ziet er nog precies hetzelfde uit.'

Ik deed de deur voorzichtig achter ons dicht. 'Ik weet het,' fluisterde ik en ik kroop langs haar heen, gebaarde dat ze door de gang naar mijn kamer moest lopen. 'Kom op.'

'Nee, ik bedoel, het ziet er nog *precies* hetzelfde uit,' herhaalde ze, nu zelfs nog iets harder.

In zijn mand bij het raam ging er een trilling door een van Murphy's oren en ik besefte dat dat het laatste was wat ik nu nodig had: dat de hond wakker werd en begon te blaffen.

'Het is raar.' Haar blik gleed naar de grond, en naar de slapende hond. 'Sinds wanneer hebben jullie een hond?' vroeg ze. Deze keer fluisterde ze helemaal niet, maar praatte ze op normale toon.

'Vandaag,' mompelde ik. 'Lang verhaal.' Ik deed nog een stap in de richting van mijn slaapkamer in de hoop dat ze me zou volgen. Maar Lucy stond nog steeds rond te kijken, met haar mond een beetje open. Terwijl ik naar haar keek besefte ik dat ze hetzelfde gevoel moest hebben als ik bij mijn terugkomst, alsof ze in een vreemd soort tijdmachine was terechtgekomen waarin de laatste vijf jaar niks was veranderd. Als we hier elk jaar terug waren gekomen, was het huis ongetwijfeld met ons mee veranderd. Maar in plaats daarvan was het precies zo bewaard gebleven als de laatste keer dat ze hier binnen was geweest, toen we nog een stuk jonger waren en beste vriendinnen. 'Lucy,' zei ik nog een keer, nu een beetje harder, en dat leek haar met een ruk los te maken uit het droombeeld waaraan ze zich had overgegeven.

Ze knikte en volgde me de gang door, maar halverwege op weg naar mijn kamer stopte ze. 'Dat meen je niet,' prevelde ze. Ze wees naar een van de ingelijste foto's aan de muur waarop Lucy en ik, tien jaar oud, naar de camera stonden te lachen, de een met een rode en de ander met een paarse mond van de ijslolly's die we ongetwijfeld net naar binnen hadden gewerkt.

'Ik weet het,' zei ik zacht, naast haar. 'Dat is heel lang geleden.'

'Heel lang,' antwoordde ze. 'God. Wow.'

Ik keek naar ons tweeën, zo dicht naast elkaar op de foto, met onze armen achteloos om elkaars schouders geslagen. En in het glas van de lijst kon ik ons spiegelbeeld zien zoals we nu waren, zeven jaar ouder en een meter bij elkaar vandaan. Lucy keek er nog even naar en liep toen verder de gang door. Pas toen ze mijn deur opendeed besefte ik dat ik haar de weg helemaal niet hoefde te wijzen: dat ze mijn huis ooit net zo goed had gekend als het hare.

Ik vond een T-shirt en een korte broek voor Lucy en ze trok die aan terwijl ik het logeerbed voor haar opmaakte met lakens uit onze linnenkast. Toen Lucy weer uit de badkamer kwam had ik ook mijn slaapkleren weer aan en kreeg een enorm gevoel van déja vu. Ik had jaren op deze plek doorgebracht, met Lucy die vanuit het logeerbed naar me opkeek terwijl we uren lagen te kletsen, lang nadat we al hadden moeten slapen. En nu was ze weer hier, precies hetzelfde, alleen was alles anders. 'Dit is vreemd,' fluisterde ik toen ze in het logeerbed kroop en de dekens over zich heen trok.

Ze rolde zich op haar zij om me aan te kijken en omarmde haar kussen net zo als toen ze twaalf was. 'Ik weet het,' zei ze.

Ik staarde naar het plafond, niet op mijn gemak in mijn eigen kamer, me maar al te bewust van elke beweging die ik maakte.

'Bedankt voor vanavond, Taylor,' zei Lucy en ze gaapte luid. Ik gluurde over de rand van mijn bed en zag dat haar ogen dichtvielen, haar donkere haar uitgespreid over het kussen. 'Je hebt me gered.'

'Geen probleem,' zei ik. Ik wachtte of ze nog iets wou zeggen, over de teleurstellende Stephen, of over wat er vanavond gebeurd was. Maar toen hoorde ik haar ademhaling traag en gelijkmatig worden en herinnerde ik me weer dat Lucy altijd eerder in slaap viel dan ik. Ik had haar altijd benijd omdat ze zo makkelijk in slaap kon vallen terwijl het bij mij uren leek te duren voor ik weg begon te zakken. Ik ging weer op mijn kussen liggen en deed mijn ogen dicht, al had ik zo'n vermoeden dat ik voorlopig niet in slaap zou vallen.

Maar voor ik het wist stroomde het daglicht door de ramen naar binnen en toen ik rechtop ging zitten zag ik de kleren die ik Lucy had geleend netjes opgevouwen op het logeerbed liggen. Erbovenop lag het zakje Skittles, dichtgevouwen. En toen ik het opendeed, zag ik dat er alleen nog de smaken in zaten die altijd van mij waren geweest.

21

Vijf zomers eerder

Ik werd wakker met mijn armen om de knuffelpinguïn, die nog steeds een beetje naar wafels en suikerspin rook. Ik streek zijn das naar beneden, voelde aan het zachte vilt en merkte dat ik glimlachte toen ik mijn ogen opendeed en de scènes van gisteravond in mijn hoofd afspeelde. Het was een perfecte avond geweest, en ik wilde er geen seconde van vergeten.

Ik ging al naar de kermis van Lake Phoenix zo lang ik me kon herinneren. Hij duurde het hele weekend, en Henry en ik waren er de eerste avond al heen gegaan. Die avond vond ik altijd de fijnste, voor het gras vertrapt en modderig werd, voor je misselijk werd bij de aanblik van de Slush Puppy-kraam en voor je zag hoe weinig mensen er eigenlijk wonnen bij al die kermisspelletjes. Als alles nog glanzend en magisch was, zoals gisteravond.

Na ons filmafspraakje brachten Henry en ik nog steeds elke dag samen door, maar het was nu heel anders dan de vanzelfsprekende 'wie het eerst bij de snackbar is'-vriend-schap van daarvoor. Alles was nu ingewikkelder, maar ook veel opwindender, en als ik 's avonds thuiskwam besteedde ik nauwelijks aandacht aan het avondeten maar dacht ik terug aan duizenden kleine momenten met Henry: het kuiltje in zijn wang als hij lachte, hoe hij langs mijn hand had gestreken toen hij mij mijn ijsje aangaf. Hij had nog geen poging gedaan om me te kussen, maar elke dag was vol mogelijkheden en ik vroeg me steeds af wanneer het zou gebeuren: toen hij mijn hand pakte om me het vlot op te trekken en ik hem in plaats daarvan het water in trok, en we tegelijk bovenkwamen, zo dicht bij elkaar dat ik de waterdruppels in zijn wimpers kon zien. Toen hij me op de fiets naar huis bracht en toen stopte, zijn keel schraapte en naar de grond keek alsof hij al zijn moed bij elkaar raapte. Het was allebei de keren niet gebeurd, maar dat maakte ze niet minder opwindend en nam het gevoel niet weg dat de dingen waarover ik mijn hele leven in *Seventeen* had gelezen nu eindelijk met míj gebeurden.

Het zou perfect zijn geweest als Lucy er niet was, die steeds wilde weten of ik al met Henry had gepraat. Ik bleef expres vaag als ze zo aandrong en merkte dat ik zo snel mogelijk probeerde op te hangen als ze erover begon.

Maar ik probeerde Lucy uit mijn gedachten te bannen terwijl ik rechtop ging zitten en de pinguïn op mijn knieën zette. Henry en ik waren samen naar de kermis geweest, alleen wij tweeën. Het was niet makkelijk geweest om dat voor elkaar te krijgen, vooral omdat Gelsey me overal achterna probeerde te lopen. Maar ik had Warren omgekocht: hij zou vijf dollar van mijn kermisgeld krijgen als hij die avond op haar zou letten en ik had hem ook nog een ijsje beloofd wanneer we weer naar Jane's gingen.

Toen de langdurige onderhandelingen met Warren eindelijk waren afgerond, was ik met bonzend hart van opwinding de kermis over gelopen op zoek naar Henry. Het was nog vroeg, de zon was nog niet helemaal onder en de neonlichten op de attracties en langs de kraampjes brandden nog maar net. Het gerammel van de machines mengde zich met de kreten van de mensen in de attracties en het roepen van de kermisklanten die mensen aanspoorden om in te stappen, hun geluk te beproeven, een kans te wagen.

De wafelkraam stond het verst bij de ingang vandaan en zo gauw je in buurt kwam kon je de geur van gebakken deeg en poedersuiker ruiken, een combinatie waar het water me altijd van in de mond liep. Op de kraam stond WAFELS/FRISDRANK/LIMONADE in gele en roze neonletters en eronder, met de gloed van de letters op zijn donkere haar, stond Henry.

'Je ziet er leuk uit,' zei hij toen ik eindelijk bij hem was.

'Bedankt,' zei ik met een brede glimlach. Ik had het gevoel dat mijn haar zelfs zonder Lucy's hulp bij het optutten behoorlijk goed gelukt was en ik had mijn nieuwe T-shirt aan. 'Jij ook.' Ik merkte op dat zijn normaal zo ruige haardos er op de een of ander manier veel netter uitzag: ik kon de voren van de kam nog zien.

De lucht om ons heen rook zoet en Henry pakte mijn hand, vlocht zijn vingers door de mijne en glimlachte naar me. 'Wat wil je het eerst doen?' vroeg hij.

We begonnen met de spin, gingen toen in de round-up en daarna in het reuzenrad (we lieten de gondel zo hard mogelijk schommelen voor de beheerder naar ons schreeuwde dat we normaal moesten doen daarboven). Eenmaal klaar met de attracties waar je maag het meest door van streek raakt, deelden we een wafel en popcorn en toen ook nog een felblauwe suikerspin die onze tanden blauw kleurde en onze vingers plakkerig maakte.

Ik had de pinguïn gekregen toen we langs een van de

kraampjes liepen en de man van de waterpistool-paarden-racekraam had geroepen: 'Hé, gast! Win een prijs voor je vriendinnetje!'

Hij zei dat laatste woord met een spottende grijns en het was blijkbaar de bedoeling om ons voor gek te zetten, maar Henry was recht op het kraampje af gelopen, had een dollar neergelegd en al bij zijn eerste poging iets gewonnen (niet de hoofdprijs, maar wel de tweede).

Aan het eind van de avond staken de neonlichten fel af tegen het donker. We hadden afgesproken dat mijn moeder ons alle drie om halftien bij de ingang zou zien. Mijn vader, die tot nu toe altijd was meegegaan naar de kermis, moest het hele weekend aan een of andere zaak werken. Henry had rond dezelfde tijd met zijn moeder afgesproken, en dus liepen we samen naar de ingang. Maar net voor we weggingen pakte hij mijn hand en trok hij me een stukje opzij, weg van de massa, in de schaduw van de kassa. En net toen ik begreep wat er gebeurde deed Henry zijn hoofd een beetje scheef en zijn ogen dicht en ik deed de mijne net op tijd dicht, en toen kuste hij me.

Na alle artikelen die ik had gelezen waarin tot in detail werd uitgelegd hoe je moest kussen, was ik bang geweest dat ik niet wist wat ik moest doen. Maar op het moment dat zijn lippen de mijne raakten, had ik geweten dat ik die stukjes helemaal niet nodig had. Het was zo makkelijk gegaan.

Ik drukte de pinguïn tegen me aan terwijl ik het me her-innerde. Ik was gekust. Ik was nu iemand die was gekúst. Ik stapte uit bed en danste bijna naar de keuken, al deed ik het wel wat rustiger aan toen ik mijn vader aan de eettafel zag zitten: aan de telefoon, met stapels papieren om zich heen, turend naar zijn laptop.

Met het gevoel dat ik meer vreugde in me had dan in het huis paste, glipte ik via de afgeschermde veranda naar buiten en rende naar de steiger. Ik wilde gewoon in de zon liggen en alles nog een keer overdenken, elke moment van de avond. Maar aan het eind van de steiger bleef ik met een ruk stilstaan.

Aan de andere kant van het water was een roze bandana om de poot van de steiger gebonden. Lucy was terug.

22

'En wist je dat ze denken dat het vroegst bekende bewijs voor medische zorg aan dieren uit 9000 voor Christus stamt? En dat de eerste school in de diergeneeskunde in 1761 in Frankrijk werd gesticht?' Ik keek naar mijn broer en wou maar dat ik met een vooruitziende blik mijn iPod had meegenomen naar de steiger. 'Wist je dat?' drong Warren aan.

Ik schudde alleen mijn hoofd. Ik had het twintig minuten geleden al opgegeven te vragen of hij me niet allerlei feitjes over dierenartsen wilde vertellen.

'Ik weet het!' zei Warren enthousiast terwijl hij in het boek op zijn schoot keek. 'Het is echt fascinerend!'

Ik had weer een dagje vrij, en het was me eindelijk gelukt om naar de steiger te gaan waar ik de hele middag wilde zonnen. Maar ik had niet gerekend op de komst van mijn broer, kort nadat ik zelf was gearriveerd met mijn handdoek en een tijdschrift. Nu zat hij op de rand van de steiger met zijn voeten in het water terwijl ik languit in mijn bikini op mijn handdoek lag in de hoop dat ik een 'Lucy' klaar zou spelen en gewoon in slaap zou vallen. Vanaf het moment dat we vier dagen geleden Doggone It! binnen waren gelopen kon mijn broer nergens anders meer over praten dan over dierenartsen, en wat een fascinerende wetenschap de diergeneeskunde was.

Al na een dag of twee was duidelijk geworden (ondanks mijn moeders pogingen om de lamlendige, honden-in-de-steek-latende huurders van vorig jaar op te sporen) dat we nu een hond hadden. Murphy was helemaal gewend, tot grote vreugde van mijn zus. Maar verrassend genoeg scheen de hond vooral een band met mijn vader te hebben. Als ik naar mijn werk ging (nu altijd op de fiets, behalve als het erop leek dat het zou gaan regenen) zat hij meestal bij mijn vader op schoot, kijkend naar het computerscherm alsof hij begreep wat daar gebeurde, en na het avondeten eiste hij die plaats meestal ook weer op. Ik had zelfs een keer gezien dat mijn moeder de hond klopjes op zijn kop gaf toen ze dacht dat niemand keek. En een buitenstaander zou zeker denken dat Warren Murphy's grootste fan was, want hij kocht bijna elke dag nieuwe cadeautjes voor de hond: een nieuw piepspeeltje, een extra speeltouw. Maar ik wist dat dit, net als zijn plotselinge liefde voor de diergeneeskunde, niks te maken had met de hond en alles met Wendy, het meisje dat bij Doggone It! werkte.

'En...' begon Warren, maar ik kwam op mijn ellebogen overeind en schudde mijn hoofd tegen hem.

'Nee,' zei ik resoluut terwijl ik mijn zonnebril boven op mijn hoofd duwde. 'Geen dierenartsfeitjes meer. Ik zit aan mijn taks. Ga Gelsey maar pesten.'

Warren keek even beledigd, maar toen zuchtte hij en schudde zijn hoofd. 'Kan ik niet,' zei hij en hij schopte naar het water. 'Die is weg met haar wederhelft.'

Ik glimlachte en ging weer op mijn handdoek liggen. Gelsey en Nora waren al heel snel een eenheid geworden, en daar leken Nora's ouders erg blij mee te zijn. Op een avond, toen ze haar op kwamen halen en meteen kennis kwamen maken, hadden ze uitgelegd dat ze naar een deadline toe werkten en niet veel tijd hadden gehad om Nora bezig te houden. Dat was nu geen probleem meer. Gelsey en Nora waren na die eerste dag zo'n beetje onafscheidelijk geworden. Ze hadden ervoor gezorgd dat ze in dezelfde tennisgroep zaten en als ze niet bezig waren hun tennisleraren het leven zuur te maken reden ze 's morgens samen op de fiets naar het zwembad of het strand. Elke avond borrelde Gelsey over van de dingen die Nora had gezegd, feitjes over Nora's leven in Los Angeles en verhalen over hun belevenissen van die dag. Ik luisterde tijdens het eten naar haar verhalen en realiseerde me dat Gelsey voor het eerst een beste vriendin had. Eindelijk. 'Ga het dan maar aan pap en mam vertellen,' zei ik tegen Warren, ik draaide mijn hoofd opzij en deed mijn ogen dicht. 'Want ik ben er klaar mee.'

Toen klonk het *piep-piep-piep* van een vrachtwagen die achteruit reed en ik ging rechtop zitten en keek naar de oprit, al kon ik door de afgeschermde veranda niet veel zien. 'FedEx?' vroeg ik toen Warren zich turend omdraaide.

'UPS,' zei hij en hij schudde zijn hoofd. 'FedEx is vanochtend al geweest.'

Naast de pakketten voor zijn werk was mijn vader nu als een dolle allerlei andere dingen aan het bestellen, dus er werd voortdurend van alles afgeleverd. Het leek alsof er elke dag meerdere pakjes werden bezorgd: boeken, dvd's, Belgische chocolaatjes, in dry ice verpakte steaks uit Omaha. Hij stond nog steeds vroeg op en ik had nog twee keer met hem in de Diner ontbeten, compleet met vragenquiz. (Ik wist nu dat hij astronaut wilde worden toen hij klein was, dat hij limabonen het allervieste eten van de hele wereld vond en dat hij nadat hij mijn moeder had ontmoet een maand lang elke avond naar een balletvoorstelling was gegaan, om zichzelf bij te spijkeren.) Elke dag na het eten verzamelden we ons in de woonkamer om naar een film te kijken en hij was meestal nog wakker als ik naar bed ging, lezend, omringd door een groeiende stapel boeken.

Een paar avonden geleden had ik moeite gehad om in slaap te vallen en was ik naar de keuken gegaan om wat water te drinken, en toen had ik mijn vader languit op een van de banken aangetroffen, terwijl in de open haard de gloeiende kooltjes van een uitdovend vuur nog een beetje knetterden. De hond lag op zijn voeten te slapen, en hij had zijn leesbril op en een dik boek rechtop op zijn borst.

'Hoi,' fluisterde ik en mijn vader draaide zijn hoofd om en glimlachte toen hij me zag en deed zijn bril af.

'Hoi meisje,' zei hij zachtjes. 'Kun je niet slapen?'

Ik schudde mijn hoofd, kwam dichterbij en ging op de bank tegenover de zijne zitten. Ik boog me een beetje naar voren om te zien welk boek hij las. 'Wat ben je aan het lezen?' vroeg ik.

'T.S. Eliot,' zei hij en hij hield het omhoog. Op de voorkant stond een zwart-witfoto van een triest uitziende man. 'Ooit gelezen?' Ik schudde mijn hoofd. Hij zette het boek weer op zijn borst. 'The Love Song of J. Alfred Prufrock,' zei hij. 'Ik weet nog dat dat mijn lievelingsgedicht was in mijn studietijd.' Hij zette zijn bril weer op zijn neus en tuurde naar de tekst. 'Maar ik weet niet meer waaróm het nou precies mijn lievelingsgedicht was in mijn studietijd.'

Daar moest ik van glimlachen en ik nestelde me behaaglijk op de bank, met mijn hoofd op het sierkussen, dat kriebelig voelde tegen mijn wang. Het was hier zo vredig (het onregelmatige geknetter van het vuur, de rustige ademhaling van de hond die af en toe snurkte, de aanwezigheid van mijn vader) dat ik helemaal geen zin had om naar mijn eigen kamer terug te gaan.

'Wil je er iets van horen?' vroeg mijn vader terwijl hij me over het boek heen aankeek.

Ik knikte en probeerde me te herinneren hoelang het geleden was dat iemand me had voorgelezen. Toen ik klein was wilde ik altijd dat mijn vader het zou doen, al was hij de meeste avonden pas ver na mijn bedtijd thuis. Maar áls hij er was, was hij de enige van wie ik verhalen wilde horen, want hij vertelde er, anders dan mijn moeder, allerlei details bij. Bijvoorbeeld dat Hans en Grietje op verboden terrein kwamen en schuldig waren aan opzettelijke vernietiging van andermans eigendom, en dat de drie kleine biggetjes een aanklacht vanwege intimidatie tegen de Grote Boze Wolf hadden kunnen indienen.

'Oké, daar gaan we.' Hij schraapte zijn keel en begon te lezen met een stem die op de een of andere manier zwakker leek dan de zware, dreunende bariton die ik altijd met hem in verband had gebracht. Ik zei tegen mezelf dat dat gewoon kwam omdat hij zacht probeerde te praten zodat hij niet het hele huis wakker zou maken. En ik deed mijn ogen dicht en liet de woorden over me heen spoelen, over vrouwen die over Michelangelo praatten, en gele mist, maar vooral een refrein over dat er nog tijd zal zijn, tijd voor jou en tijd voor mij. En die laatste woorden galmden in mijn hoofd terwijl mijn ogen zwaarder werden, en het laatste wat ik me herinnerde voor ik in slaap viel was mijn vader die een deken over me heen legde en het licht uitdeed.

'Ik heb geen idee wat hij deze keer heeft besteld,' zei Warren nu, terwijl hij omkeek naar de oprit en de wagen van UPS. 'Persoonlijk zou ik geen bezwaar hebben tegen nog een paar steaks.'

'Ik hoop dat het net zoiets lekkers is als die chocolaatjes,' zei ik en ik hoorde mijn stem een beetje omhooggaan in een gedwongen poging tot opgewektheid. 'Die waren verrukkelijk.'

'Absoluut,' zei Warren en ik merkte op dat hij dezelfde opgewekte, hoge toon in zijn stem had. Heel even ving hij mijn blik, toen keek hij weer uit over het water. We praatten niet over de reden waarom mijn vader plotseling enigszins manisch was geworden, of over het feit dat hij merkbaar dunner werd en niet veel at van de culinaire traktaties die hij van over de hele wereld naar de Poconos liet invliegen.

Ik bladerde nog een paar bladzijden verder in mijn tijdschrift, maar het kon me niet meer echt boeien en ik gooide het na een paar minuten opzij, al deed ik dat wel voorzichtig, want ik had het van Lucy geleend. Het ging beter tussen ons na de geïmproviseerde logeerpartij. Je kon met de beste wil van de wereld niet zeggen dat we weer goeie vriendinnen waren, maar de sfeer op het werk was een stuk hartelijker geworden. Sinds Elliot had gehoord dat Lucy het had uitgemaakt liet hij veel meer uit zijn handen vallen als we aan het werk waren en bevestigde zo wat ik al vermoedde: dat hij verliefd op haar was. Maar voor zover ik kon zien had hij daar nog niks mee gedaan, hij had alleen nog veel meer van zijn geurtje op als hij kwam werken. Ik was bang dat de klanten zouden gaan klagen als hij zo doorging.

'Wat is er eigenlijk aan de hand bij de Crosby's?'

Ik schrok van Warrens plotselinge vraag. 'Wat bedoel je?' zei ik en ik vroeg me ondertussen af waarom die simpele vraag me zo nerveus maakte. Ik had Henry niet meer gezien sinds ik mezelf zo grondig voor gek had gezet bij Films Onder de Sterren, maar ik had wel aan hem gedacht. Aan de Henry van nu en aan de Henry die ik vroeger had gekend. Veel meer dan ik ooit zou toegeven.

'Ik bedoel die tent bij hun huis,' zei Warren terwijl hij door het gat tussen de bomen keek waarin je nog net een glimp fluorescerend oranje kon ontdekken. 'Het lijkt alsof ze zwervers onderdak verlenen.'

Ik schudde mijn hoofd en ging weer liggen. 'Dat denk ik niet.'

'Ja, ik weet wel dat jij dat niet denkt, maar statistisch gezien...' Ik liet Warren doorzeuren over de wettelijke definitie van illegale bewoning, wat er op de een of andere manier toe leidde dat hij me vertelde dat 'hobo' een afkorting was van *homeward bound*, en het begon me net te lukken om hem te negeren toen ik boven me een bekende stem hoorde.

'Hé daar.'

Ik deed mijn ogen open en zag Henry op de steiger staan in een vaal Borrowed Thyme-T-shirt en een surfbroek, met een handdoek onder zijn arm.

'Hoi,' stotterde ik terwijl ik rechtop ging zitten en mijn handen door mijn haar haalde, dat slap voelde van de hitte.

Warren ging staan, hield zijn hoofd een beetje schuin en vroeg toen: 'Henry?'

246

Henry knikte. 'Hé Warren,' zei hij. 'Da's lang geleden.'

'Wat je zegt,' zei Warren. 'Leuk om je weer te zien.' Hij liep naar het eind van de steiger en stak zijn hand uit. Na een kleine aarzeling verplaatste Henry de handdoek naar zijn andere arm en schudden ze elkaar de hand. 'Ik hoorde dat jullie nu hiernaast wonen. Hoe gaat het met je?'

'Best goed,' zei Henry. Hij keek even in mijn richting en ving een seconde mijn blik, maar dat was al genoeg om mijn hartslag omhoog te laten schieten. 'En met jou?'

'O, prima,' zei Warren. 'Goed, eigenlijk. Ga in de herfst naar Penn en ben me deze zomer vast aan het inlezen.' Henry knikte beleefd, hij had blijkbaar niet door dat Warren nog maar net op dreef kwam. 'Ik ben nu bijvoorbeeld aan het lezen over de geschiedenis van de diergeneeskunde. Echt fascinerend. Wist je dat...'

'Warren...' viel ik hem in de rede. Hij keek me aan en ik glimlachte naar hem terwijl ik hem telepathisch probeerde te vertellen dat hij echt moest ophouden met praten, of beter nog, weg moest gaan.

'Ja?' vroeg hij, duidelijk niet vatbaar voor deze mentale boodschappen.

'Moest jij, eh, pap niet helpen? Binnen?' Warren keek me een ogenblik fronsend aan en ik vroeg me, niet voor de eerste keer deze zomer, af of mijn broer echt wel zo briljant was als iedereen scheen te denken.

'O,' zei hij na een te lange pauze. 'Juist. Zeker.' Hij liet zijn wenkbrauwen op en neer gaan op een heel on-Warrenachtige maar ontzettend irritante manier voor hij zich omdraaide en wegliep. Hij had nog maar twee stappen gezet voor hij zich weer terugdraaide om Henry aan te kijken. 'Trouwens, over die tent op jullie grasveld...' begon hij.

'Wárren,' zei ik met op elkaar geklemde kaken.

'Juist,' zei hij snel. Hij stak zijn hand op naar Henry, draaide zich om en liep de met gras begroeide helling naar het huis op.

'Sorry dat ik je lastigval,' zei Henry terwijl hij naar me toe kwam lopen en zijn handdoek naast de mijne op het eind van de steiger liet vallen. 'Ik had niet door dat jullie hier zaten.'

'O, nee,' zei ik en ik kon horen hoe hoog mijn stem klonk. Ik leek wel een halve Muppet. Ik was me er opeens heel erg van bewust dat ik, in mijn bikini, eigenlijk niet zo heel veel aan had. 'Geeft niks. Geeft helemaal niks.'

Henry spreidde zijn handdoek uit en ging erop zitten met zijn lange benen voor zich uit. Er zat niet veel ruimte tussen ons en ik kon er niets aan doen maar ik moest weer denken aan dat moment in het bos, met zijn handen op mijn rug, zijn huid alleen van de mijne gescheiden door de dunne stof van mijn T-shirt.

'Je broer is geen fan van onze tent?' vroeg hij en bracht me zo weer terug naar het heden.

'Dat is het niet,' zei ik. 'Hij... vroeg zich gewoon af hoe het zat. Hij was bang dat jullie zwervers onderdak verschaften of zoiets.'

Daar moest Henry om glimlachen, zodat er lachrimpeltjes bij zijn groene ogen verschenen en ik in een reflex terug glimlachte. 'Geen zwervers,' zei hij. 'Maar wel bijna. Davy slaapt erin.'

'O,' zei ik en stopte toen, wachtend op een verklaring.

248

Toen Henry zich achterover op zijn ellebogen liet zakken en over het water uit bleef kijken, vroeg ik: 'En waarom slaapt Davy daar dan in?'

'Hij zit al een paar jaar in een wildernisfase. Als het mocht van mijn vader zou hij in het bos slapen. Dit was hun compromis. En hij mag er alleen in de zomer in slapen.'

Ik dacht terug aan die paar weekends die we hier ooit 's winters hadden doorgebracht, en hoe ijzig koud die konden zijn, en ik knikte. 'Heeft hij dat van jou?'

'Heeft hij wat van mij?' Henry keek me met opgetrokken wenkbrauwen aan.

'Dat hele in-het-bosgebeuren,' zei ik. Henry bleef me aankijken en zijn blik was zo direct dat ik wegkeek en me concentreerde op het gladstrijken van de kreukels in mijn handdoek. 'Je wilde altijd dat ik met je meeging om naar insecten te zoeken. Dat vond je geweldig.'

Daar moest hij om glimlachen. 'Dat is nog wel zo, denk ik. Ik vind het gewoon fijn dat er een systeem is in het bos, een bepaalde orde, als je weet hoe je die kunt ontdekken. Ik ga altijd het bos in als ik ergens over moet nadenken.'

Er viel een stilte tussen ons, en ik realiseerde me dat dit de eerste keer was sinds onze eerste ontmoeting op de steiger dat we helemaal alleen waren. Geen kleine broertjes of klanten of blonde vriendinnetjes. Maar de stilte was niet ongemakkelijk, het voelde ongedwongen, zoals de stiltes tijdens de regenachtige dagen in de boomhut, of de uren dat we op het vlot lagen. Ik keek naar hem en zag dat hij al naar mij zat te kijken. Dat verbaasde me, maar ik mocht van mezelf niet wegkijken. Ik haalde adem om iets te zeggen – ik had geen idee wat, in mijn hoofd was ik nog niet verder gekomen dan zijn naam – toen hij plotseling opstond.

'Ik denk dat ik maar even ga zwemmen,' zei hij.

'O,' zei ik. 'Oké, geniet...' Maar ik vergat wat ik wilde zeggen, want op dat moment trok Henry zijn shirt uit. Halleluja. Ik slikte en keek de andere kant op, maar toen herinnerde ik me de zonnebril boven op mijn hoofd en ik liet hem zo onopvallend mogelijk zakken zodat ik naar hem kon kijken zonder dat het overduidelijk was dat ik naar hem zat te staren. En ik weet niet of het kwam doordat Henry zakken suiker en bloem moest tillen in de bakkerij, maar zijn schouders waren breed en zijn armen gespierd en zijn buikspieren heel duidelijk afgetekend...

Het leek opeens veel warmer op de steiger dan een ogenblik geleden en toen Henry naar me knikte voor hij het water in dook, probeerde ik zo nonchalant mogelijk terug te wuiven. Ik keek naar hem, hoe hij daar zwom, met de slag die ik herkende, de slag die we allebei lang geleden van onze zwemleraar hadden geleerd, tot ik hem niet meer kon zien. Toen trok ik mijn T-shirt en mijn korte broek aan, pakte mijn handdoek op en ging naar binnen.

Toen ik vlak bij het huis was, werd ik me van twee dingen bewust: opera en popcorn. Ik hoorde een sopraan jammeren, die net haar hoge noot inzette op het moment dat ik van de veranda de keuken in stapte en de bron van de popcornlucht ontdekte.

Op de eettafel stond genoeg popcorn voor een hele bioscoop: popcorn in blik, popcorn in zakken, popcornballen in cellofaan. Warren stond vlak bij de keuken een popcorn-bal in de lucht te gooien en mijn vader zat met de slapende hond op zijn arm bij de tafel met de muziek mee te neuriën terwijl hij de tekst meelas in het cd-boekje.

'Hoi,' zei ik en ik legde mijn zonnebril en mijn tijdschrift op het aanrecht in de keuken. Ik keek eens goed om me heen en besloot dat, aangezien het huis geen popcornfa-briek was geweest toen ik naar de steiger ging, dit allemaal net was afgeleverd door de UPS-wagen.

'Taylor, luister,' zei mijn vader met één vinger in de lucht gestoken. Warren ving de popcornbal en we luisterden alle drie naar de vrouw die iets in het Italiaans zong. Hij glim-lachte naar me toen de aria was afgelopen en het viel me voor het eerst op dat zijn tanden zo wit afstaken tegen zijn huid, die steeds geliger werd. 'Is dat niet prachtig?'

'Heel mooi,' zei ik, liep naar de tafel en pakte een hand-vol van iets wat eruitzag als verse popcorn uit een open zak.

'Het is *De Barbier van Sevilla*,' zei mijn vader. 'Je moeder en ik hebben hier een uitvoering van gezien toen we net getrouwd waren. En ik heb altijd tegen mezelf gezegd dat ik er op een dag nog een keer naartoe zou gaan.' Hij keek neer op de tekst, sloeg langzaam de bladzijden om en ik nam een hap van mijn popcorn, die alle popcorn die ik ooit had gegeten in de schaduw stelde.

'Dit is fantastisch,' zei ik en mijn vader gebaarde dat ik hem ook wat moest geven. Hij nam een handvol, maar ik zag dat hij maar een paar korrels nam en dat zijn gezicht even vertrok toen hij ze doorslikte. Hij glimlachte evengoed naar me.

'Moet de beste popcorn van het hele land zijn,' zei hij. 'Ik vond dat we die maar eens moesten proberen, vooral omdat we vanavond eindelijk naar *The Thin Man* gaan kijken.' Ik wisselde een blik met Warren, die de popcornbal weer in de lucht gooide. We hadden hem allemaal nog nooit gezien, maar mijn vader had het al jaren over *The Thin Man*. Volgens hem was die film het beste tegengif voor een slechte dag en hij bood altijd aan (of dreigde, het is maar hoe je het bekijkt) om hem te draaien als we in een slecht humeur waren. 'Jullie zullen hem geweldig vinden,' besloot hij. 'En ik denk dat Murphy wel een kick zal krijgen van Asta.' Hij duwde speels tegen de hond, die zijn ogen opendeed, gaapte en zijn kop op zijn arm legde.

Tenminste, dat was het plan geweest. Maar toen kwam Gelsey thuis, helemaal gelukkig omdat Nora toestemming had gekregen om een nachtje bij haar te logeren. En blijkbaar had mam Warren en mij ongevraagd benoemd tot babysitters, want zij had een tafeltje voor mijn vader en zichzelf gereserveerd bij hun favoriete restaurant in Mountainview. Met de schallende opera beneden, Gelsey die rond stuiterde van opwinding over haar logeerpartijtje en Warren die weer begon over Hoe Interessant Dierenartsen Zijn, trok ik me met een cola light terug op de veranda. De schaduwen van de bomen waren al zo lang dat ze over het tuinpad vielen toen mijn moeder de veranda op kwam. 'Taylor?'

'Ja?' Ik draaide me om en zag dat mijn moeder zich extra mooi had gemaakt. Zo had ik haar al een tijdje niet gezien; in een witte zomerjurk, met haar haar opgestoken in een chignon, haar ogen opgemaakt. Ik kon de lichte bloemengeur van haar parfum ruiken, het soort dat ze alleen gebruikte als ze uitging en dat me deed denken aan al die avonden dat ik op het wastafelmeubel in de badkamer zat toe te kijken terwijl ze zich opmaakte voor een avondje uit met mijn vader. Ik vond haar dan zonder twijfel de mooiste vrouw van de hele wereld. 'Je ziet er prachtig uit,' zei ik en ik meende het.

Mijn moeder glimlachte en streek over haar haar. 'Nou, dat weet ik niet,' zei ze. 'Maar toch bedankt. Red je het wel met de meisjes vanavond?'

Ik knikte. 'Tuurlijk. Geen probleem.' Warren zou er ook zijn, maar ik had zo'n gevoel dat hij er bij de eerste gelegenheid vandoor zou gaan met zijn boek. Ze bleef nog even op de veranda staan en wreef in haar handen. In de stilte die volgde voelde ik hoe graag ik zou willen dat alles anders was. Ik wilde met haar kunnen praten, tegen haar zeggen hoe bang ik was voor wat er ging gebeuren, en dat zij dan zou zeggen dat alles goed kwam. Maar ik werd tegengehouden door de manier waarop we ons altijd hadden gedragen, ik zag alleen nog maar de muren en obstakels die ik tussen mijn moeder en mij had opgeworpen, achteloos, zonder erover na te denken, zonder erbij stil te staan dat ik ze op een bepaald moment misschien weer zou willen afbreken.

'Klaar?' Mijn vader kwam bij mijn moeder op de veranda staan. Hij zag er weer iets meer uit als de versie waar ik mee was opgegroeid: hij had een jasje aan en een stropdas om, en ik probeerde niet te zien hoe wijd zijn kleren nu vielen, hoe hij erin leek te verdwijnen. Toen ze me gedag zwaaiden, mijn moeder met een paar laatste instructies terwijl ik stond te knikken, besefte ik terwijl ze in de vallende schemering naar de auto liepen dat ze zomaar een stel konden zijn, op weg naar een etentje buiten de deur. Ze hadden gewoon mijn ouders kunnen zijn, allebei gezond en ongeschonden, zoals ik ze altijd gekend had en zoals ik stom genoeg gedacht had dat ze zouden blijven.

Twee uur later stak ik mijn hoofd om de Gelseys kamerdeur. 'Alles goed hier?' vroeg ik. Ik verwachtte een typisch pyjamafeestjestafereel: lekkers (god weet dat we genoeg popcorn in huis hadden), tijdschriften, make-up en misschien een meegepikt flutromannetje. Maar nee. Nora zat op het tapijt een spelletje op haar mobiel te spelen terwijl Gelsey op haar bed in de biografie van een ballerina zat te bladeren.

'Alles goed,' zei Gelsey. Nora knikte alleen, zonder van haar telefoon op te kijken.

'Oké,' zei ik. Ik bekeek het tafereel nog even voor ik me weer in de gang terugtrok. 'Nou... roep maar als jullie iets nodig hebben.'

'Doen we,' zei Gelsey. Ik deed de deur dicht en wachtte nog even, me afvragend of ze alleen zo stil waren geweest omdat ik erbij was, wachtend op het gelach en gegil van een normaal logeerpartijtje. Maar er was alleen stilte. Zonder verder na te denken pakte ik mijn mobiel uit mijn kamer, zocht bij de contacten Lucy's nummer op en drukte erop voor ik van gedachten kon veranderen. Hij ging maar twee keer over voor ze opnam.

'Hoi Taylor,' zei ze een beetje behoedzaam. 'Wat is er aan de hand?'

'Sorry dat ik stoor,' zei ik terwijl ik door de gang naar de keuken liep. Ik deed de deur van de koelkast open en zag dat we, naast een idiote hoeveelheid gekoelde ketchup, ook koekjesdeeg en Sprite hadden. Perfect. 'Nou... mijn zus en haar vriendinnetje hebben een logeerpartijtje.'

'Oké,' zei Lucy en ze liet dat ene woord heel lang klinken. 'En?'

Ik dacht terug aan wat ik in Gelseys kamer had gezien, zo bedaard, geen make-over in zicht. 'En ze doen het fout.'

Stilte. 'Hoe fout?'

'Ze praten niet. Mijn zus zit te lezen en haar vriendinnetje is aan het gamen.'

Weer een stilte. 'Dat is niet goed.'

'Ik weet het,' zei ik. 'Ze hebben duidelijk geen benul wat ze moeten doen. En ik dacht terug aan onze logeerpartijtjes...' Ik hoefde die zin niet af te maken; ik had zo'n gevoel dat Lucy het wel begreep. Onze pyjamafeestjes waren legendarisch geweest, alle andere logeerpartijtjes met vriendinnen in Connecticut konden er niet aan tippen. Ik bracht mijn mobiel naar mijn andere oor en wachtte.

Toen Lucy weer aan de lijn kwam, klonk haar stem kordaat en zakelijk, alsof we dit al veel eerder hadden afgesproken. 'Wat moet ik meenemen? Ik weet niet wat voor snacks we in huis hebben.'

Ik voelde dat ik glimlachte terwijl ik de keukenkastjes optrok. 'We hebben meer popcorn en chocola dan ze ooit op kunnen,' zei ik. 'Maar misschien heb jij nog wat snoep en chips?'

'Check en check,' zei ze. 'Koekjesdeeg?'

'Geregeld,' verzekerde ik haar.

'Goed,' zei ze. 'Oké, ik ben er binnen tien minuten.'

Nadat we hadden opgehangen viste ik mijn make-uptas van mijn ladekast, waar hij al de hele zomer stof stond te vergaren omdat ik tot nu toe niet echt de behoefte had gevoeld om me op te maken. Ik verwachtte dat Lucy met de fiets of de auto zou komen, dus haar sms'je, amper tien minuten later, kwam als een verrassing: *Bn op steiger, hlp ndg.*

Ik ging snel naar buiten, het trapje af en de heuvel af naar de steiger. Het was al na achten, maar nog niet helemaal donker: dit was zo'n lange, zomerse schemering die eindeloos leek te duren en waarin het licht een blauwe ondertoon had. Ik zag Lucy de steiger op klimmen en een eenpersoons kajak omhoogtrekken.

'Hé,' riep ik en ik stapte blootsvoets de steiger op. 'Ik dacht dat je met de fiets kwam.'

'Dit is sneller,' zei ze. Ze liet twee volgepropte canvas boodschappentassen op de steiger vallen en trok de kajak naar het gras met de peddel erin. 'Plus, zo kom je niemand tegen.'

'Kon je wel iets zien?' vroeg ik terwijl ik een van de tassen over mijn schouder gooide. Lucy haalde een zaklamp uit de kajak en deed hem één keer aan en uit. 'Begrepen,' zei ik.

Ze stapte de steiger weer op, pakte de andere tas en we liepen samen naar het huis. 'Heb je laatst nog problemen gehad?' vroeg ze met gedempte stem, al waren we overduidelijk de enigen in de achtertuin. 'Ik heb volgens mij niemand wakker gemaakt toen ik wegging, maar je weet het nooit.'

'Je hebt het goed gedaan,' stelde ik haar gerust. Ik was die ochtend wel bang geweest dat iemand ons gehoord had en dat ik een lastige verklaring af zou moeten leggen, maar we waren er blijkbaar mee weggekomen. 'Gelukkig,' zei ze met een opgeluchte glimlach. We waren bij de deur gekomen en Lucy liep achter me aan naar binnen. In de keuken probeerde Warren met drie popcornballen te jongleren. Toen hij Lucy zag zakte zijn mond open en vielen de drie ballen een voor een op de grond. 'Niet te geloven,' zei hij hoofdschuddend. 'Lucinda?' Lucy schudde haar hoofd. Warren had altijd volgehouden dat haar naam niet gewoon 'Lucy' was, dat het een afkorting van iets moest zijn en als gevolg daarvan had hij haar naam altijd op alle mogelijke manieren verlengd. 'Hé, konijnenberg,' zei ze en Warren werd rood voor hij bukte om de popcornballen op te rapen. Ik had in groep acht *Waterschapsheuvel* gelezen en ontdekt wat een *warren* is. Dat had ik toen meteen aan Lucy doorgegeven zodat ze haar eigen munitie had als hij haar Lucifer noemde. 'Lang niet gezien.'

'Insgelijks,' zei hij. 'Taylor heeft wel gezegd dat jullie samen werkten, maar ik wist niet dat je vanavond langs zou komen.' Warren wierp me een vragende blik toe, vooral, vermoedde ik, omdat hij niet in zijn eentje verantwoordelijk wilde zijn voor een stelletje pre-pubers.

'Lucy is hier voor het pyjamafeestje,' zei ik tegen hem terwijl ik de gang op liep met Lucy achter me aan. 'Dus blijf van het koekjesdeeg af!'

Twee uur later was de logeerpartij gered. Gelseys haar was

twee keer zo groot getoupeerd en versierd met glitterspeldjes en dat van Nora was met zorg ingevlochten in twee vlechten. De twee meisjes hadden tegelijkertijd aan mijn haar gewerkt, en dus had ik een rij van drie paardenstaarten aan Nora's kant en een hoofd vol kleine vlechtjes aan Gelseys kant. En Lucy had ons allemaal een dramatische look gegeven met haar make-up. Bij aankomst had ze een professionele viskoffer tevoorschijn getrokken waar Fred jaloers op zou zijn, maar in plaats van dobbers en vislijnen zat er de grootste verzameling make-up in die ik ooit had gezien. Gelsey was nu zo zwaar opgemaakt dat ik zat te bedenken wat ik tegen mijn moeder moest zeggen als ze thuiskwam voor ik het eraf kon halen. Nora had kattenogen gekregen. Ze had het afgedaan als 'wel oké', maar ik zag haar zo vaak ze de kans kreeg met een glimlachje in Lucy's handspiegel turen.

We hadden Gelseys kamer in een echt pyjamafeestjeshok omgetoverd, met dekens op de grond, de kussens in een kring en in het midden het lekkers, de tijdschriften en de make-up. We hadden een enorme bak popcorn soldaat gemaakt en Sprite laten schuimen met het vanille-ijs dat ik nog in de vriezer had gevonden, en de hele zak tortillachips verslonden die Lucy had meegenomen. We hadden de vragenrubriek van *Seventeen* gelezen (Lucy's *Cosmo* had ik verstopt toen ik Nora daar iets té geïnteresseerd naar had zien kijken) en elke quiz gedaan. We hadden een mislukt rondje 'Licht als een veertje, stijf als een plank' gedaan (om het echt te kunnen doen had je volgens Lucy minstens zes mensen nodig) en nu deden we Doen, durf of de waarheid.

'Oké,' zei Nora. Ze kruiste haar benen, leunde naar

voren en keek ons om de beurt aan. 'Lucy,' zei ze, na een dramatische stilte. 'Doen, durf of de waarheid?'

Tot nu toe waren de opdrachten nogal tam geweest en bij de meeste ging het erom Warren te pesten. En nu was Warren met de hond in de woonkamer gaan zitten, misschien omdat hij dacht dat met z'n tweeën veiliger was dan alleen. De laatste keer dat ik keek zat hij op de bank met zijn rug tegen de muur en een boek op schoot, beschermd tegen toekomstige verrassingsaanvallen.

'Waarheid,' zei Lucy. Ik wierp haar een waarschuwende blik toe, en ze seinde terug *Maak je geen zorgen*. Het was verbazend hoe goed ik haar nog steeds kon 'lezen' na al die jaren. Bijna net zo verbazend als het feit dat ze míj nog steeds kon lezen. Ze had gemerkt dat ik bang was dat ze té eerlijk zou zijn. Gelsey had haar altijd aardig gevonden. Lucy, zelf enig kind, was bereid geweest om uren met mijn zusje te spelen, ze leek er zelfs van te genieten. Maar nu ze haar make-upverzameling hadden gezien en ontdekt hadden dat ze thuis in New Jersey aanvoerder van haar turnteam was (dat was voor mij ook nieuw) was de bewondering van de meisjes tot zulke hoogten gestegen dat ik niet wilde dat ze de hele waarheid over Lucy's escapades te horen kregen. Ik had haar zien flirten met zo'n beetje elke mannelijke klant van de snackbar, dus ze had vast genoeg te vertellen.

'Oké,' zei Nora. Gelsey gebaarde dat ze dichterbij moest komen en ze overlegden fluisterend, voor Nora weer naar haar plaats terugging en Lucy strak aankeek. 'Wanneer heb je voor het eerst gekust? En met wie?'

Mijn gedachten gingen meteen naar het antwoord dat ik

zelf zo vaak had gegeven op dit soort feestjes. *Toen ik twaalf was. Met Henry Crosby.*

'Toen ik dertien was,' zei Lucy nu. 'Met Henry Crosby.'

Ik staarde haar aan en vroeg me af of dit soms een grap was, terwijl Lucy nog een handje popcorn nam. 'Wat bedoel je?' vroeg ik en ik voelde een golf van jaloezie door me heen gaan.

'Sorry, Taylor, maar Gelsey is nu aan de beurt,' zei Nora, die zichzelf tot scheidsrechter had benoemd in dit spelletje Doen, durf of de waarheid.

Lucy keek me aan en trok een wenkbrauw op. 'Wat?' zei ze. 'Had je verwacht dat hij never nooit meer met iemand anders uit zou gaan?'

'Nee,' sputterde ik tegen, terwijl ik wou dat ik niet zo afwerend klonk. 'Ik... gewoon, ik wist het niet.' Lucy gooide nog een handje popcorn naar binnen.

'Hadden jullie verkering?'

Nora en Gelsey keken geboeid van de een naar de ander en ik had het gevoel dat dit drama wel eens het hoogtepunt van hun feestje kon worden.

Lucy haalde haar schouders op. 'Een maand of zo. En we waren dertien. Het stelde niks voor.'

Ik herkende de toon. Die had ik ook gebruikt als ik mijn relatie met Henry weglachte. Pas nu ik hem bij iemand anders hoorde besefte ik hoe vals hij bij mij was geweest. Want ook al probeerde ik te doen alsof het weinig voorstelde, Henry was niet zomaar iemand geweest, geen willekeurige jongen met wie ik vroeger uit was geweest, goed voor een verhaaltje. Hij was wél belangrijk geweest en dat was hij nog steeds. Dat verklaarde ook waarom al onze ontmoetingen nu zo beladen waren. Dat was ook waarom ik opeens zo bezitterig was en zo ontzettend jaloers op Lucy, die het hele verhaal allang achter zich had gelaten en verder was gegaan met het spel.

Ik werd helemaal door die gedachten in beslag genomen, tot ik Gelsey iets hoorde zeggen over 'eerste honk'. Mijn aandacht was meteen weer helemaal terug.

'Wat?' zei ik terwijl ik mijn zusje aanstaarde. Ze staarde gewoon terug, haar sproeten nog steeds goed zichtbaar ondanks Lucy's concealer en foundation. We waren niet echt close, en ze had nooit geheimen met me gedeeld, maar ik dacht toch wel dat ik het had geweten als er zoiets was gebeurd. 'Wanneer was dat?'

'Vorig jaar, op het feest,' zei Gelsey schouderophalend. 'Met een paar jongens.'

'Wát?' Ik hoorde mijn stem schel worden en Lucy keek me even gealarmeerd aan. Ik had er plotseling spijt van dat ik Gelsey ooit make-up op had laten doen en in mijn hoofd bereidde ik me al voor op het gesprek dat ik na haar thuiskomst met mijn moeder zou voeren.

'Even voor alle duidelijkheid,' zei Lucy serieus. 'Help me herinneren. Wat is het eerste honk ook alweer?'

'Handje vasthouden,' zeiden Nora en Gelsey in koor en ik voelde hoe ik me ontspande, enorm opgelucht dat mijn zus geen groep-acht-sletje bleek te zijn. Lucy beet op haar lip en ik kon zien dat ze haar lachen probeerde in te houden.

Nora had dit misschien door, want ze wierp een vernietigende blik op Lucy. 'Handje vasthouden is heel belangrijk hoor,' zei ze en Gelsey knikte. 'Het betekent echt iets. Dat doe je niet zomaar met iedereen. Je doet het alleen met iemand waar je echt om geeft.'

Nora en Gelsey gingen nog even door over de betekenis van handje vasthouden, maar ik hield op met luisteren toen ik het geluid van wielen op het grind hoorde. En inderdaad, een ogenblik later ging de deur open en dicht en hoorde ik mijn vader roepen: 'Hallo! We zijn thuis!'

Mijn moeder klopte twee keer snel achter elkaar en deed toen de deur open. Daar had ze patent op. Je had te weinig tijd om 'Kom binnen' of 'Niet binnenkomen' te zeggen en dat was waarschijnlijk precies de bedoeling. 'Hallo,' zei ze. Haar blik gleed door de kamer en haar ogen werden groot toen ze zag hoeveel make-up Gelsey op had. Maar toen zag ze Lucy. 'Wel heb je ooit!' zei ze. 'Ben jij dat, Lucy?'

'Hallo, mevrouw Edwards,' zei Lucy en ze krabbelde snel overeind. Terwijl mijn moeder en Lucy over koetjes en kalfjes begonnen te praten om de laatste vijf jaar in te halen, gaf Gelsey de inmiddels beduimelde *Seventeen* aan Nora, bogen ze zich er samen overheen en barstte Gelsey in lachen uit toen Nora haar iets aanwees. Ik keek toe en voelde dat ik glimlachte. Ons werk zat erop.

Nadat we de meisjes hadden achtergelaten met de rest van de snacks en instructies om om middernacht koekjes te bakken, pakte Lucy haar spullen bij elkaar en liepen we de gang op, mijn moeder en Lucy nog steeds diep in gesprek.

'Wat leuk om je weer te zien,' zei mijn moeder toen we bij de deur kwamen. 'Vergeet niet je moeder de groeten te doen.'

'Doe ik,' verzekerde Lucy haar en toen kwam mijn vader de woonkamer uit met, zoals gewoonlijk, de hond onder zijn arm.

'Kan dit juffrouw Marino zijn?' zei mijn vader met een brede glimlach. Hij deed net alsof hij geschokt was. 'Helemaal volwassen geworden?'

'Dag meneer Edwards,' zei Lucy maar ik kon zien dat haar glimlach een beetje haperde toen ze naar hem keek. Hij lachte wel en aaide de hond over zijn oren, maar ik kon zien hoe hij er door Lucy's ogen uit moest zien. Veel te mager voor zijn bouw, een magerte die op ziekte duidde en niet op een dieet. Zijn huid zo gelig. En hij zag er veel ouder uit dan zou moeten.

We liepen in stilte over de afgeschermde veranda, elk met een tas. Ik ging als eerste het trapje af en voelde het koele gras onder mijn voeten. Het was een heldere avond, de maan hing groot boven het meer en er waren meer sterren dan ik ooit had gezien. Maar daar had ik nauwelijks oog voor toen we naar de steiger begonnen te lopen. Ik had zo'n gevoel dat Lucy iets ging zeggen, dus sprak ik haar eerst aan, om de vraag te stellen die ik niet meer uit mijn hoofd kreeg. 'Hoe is dat gegaan met jou en Henry?'

Lucy stopte en sjorde aan de tas om haar schouder. 'Wat wil je dat ik zeg?' vroeg ze. 'We hebben verkering gehad, maar het werd niks dus we maakten het weer uit, en nu zijn we vrienden. Een soort van.'

'Wie had dat bedacht, van die verkering?' vroeg ik. 'Jij of hij?'

'Ik,' zei Lucy effen en ze keek me recht aan. 'Ik vond hem leuk, zoals je denk ik wel wist.'

Ik voelde mijn wangen rood worden, maar het was ook bevrijdend om zo rechtstreeks te praten over de dingen waar we kwaad om waren geweest en die we toch de hele zomer nog niet hadden uitgesproken. 'Ik weet het,' zei ik. 'Maar voor alle duidelijkheid: Henry en ik gingen al met elkaar voordat jij me vertelde dat je hem leuk vond. Ik heb het alleen niet tegen je gezegd omdat ik niet wou…'

'Wat?' vroeg Lucy.

Ik haalde mijn schouders op. Het leek nu zo stom, en zo lang geleden, en toch werkten de gevolgen ervan nog steeds door, zelfs nu. 'Ik wou niet dat het onze vriendschap zou verpesten,' mompelde ik uiteindelijk.

'Aha,' zei Lucy knikkend. En toen, met een stalen gezicht: 'Nou, dat is goed gelukt.' Ik ving haar blik en we barstten allebei in lachen uit. 'Heb je dit ook aan Henry verteld?' vroeg ze.

'Nee,' zei ik en ik keek haar aan.

Lucy haalde haar schouders op. 'Misschien helpt het,' zei ze luchtig. Ze wierp me een blik toe die zei dat ze kon zien wat ik dacht, zelfs na vijf jaar, zelfs in het halfdonker. 'Voor alle duidelijkheid, de meeste mensen raken niet zo van slag als ze ontdekken dat hun jeugdvriendje met iemand anders uit is geweest,' zei ze. 'Ik zeg het maar even.'

Omdat ik hier niet echt antwoord op wilde geven, liep ik verder naar de steiger. Lucy kwam naast me lopen. 'Dus,' zei ze even later. Haar weifeling gaf me het gevoel dat ze haar woorden met zorg koos. 'Gaat het wel goed met je vader?'

Ook al had ik die vraag zien aankomen, toch trok mijn hart samen, alsof iemand er zo hard in kneep dat ik moeite had met ademen. 'Hij is ziek,' zei ik en ik haatte het dat zelfs die simpele, overduidelijke bekentenis mijn stem deed trillen en me ervan bewust maakte dat ergens achter mijn ogen tranen op de loer lagen. En dat ze daar misschien al die tijd al hun kans lagen af te wachten, sinds we het wisten.

Lucy keek me aan en ik was ontzettend dankbaar dat ze niet zei: 'Wat heeft hij dan?' Dat ze op de een of andere manier wist dat ze dat niet moest vragen. 'Hij heeft kanker,' zei ik, voor het eerst hardop. Ik slikte en dwong mezelf verder te gaan, het woord te zeggen dat ik een paar maanden geleden nog niet kende maar dat ik nu erger haatte dan alle andere. 'Alvleesklier.'

'Wat erg voor je,' zei ze en ik hoorde aan haar stem dat ze het meende. 'Is hij…' begon ze en keek toen van me weg. Ik voelde hoe onzeker ze was. 'Ik bedoel… wordt hij…' Ze keek me weer aan en haalde diep adem. '…nog beter?'

Mijn gezicht vertrok een beetje en mijn kin trilde. Ik schudde mijn hoofd en voelde de tranen in mijn ogen komen. 'Nee,' fluisterde ik schor, en naast me kon ik Lucy's adem horen stokken. Ik bleef naar de steiger lopen, concentreerde me op het water in het maanlicht, hield mijn hoofd een beetje achterover en probeerde niet met mijn ogen te knipperen. Ik wist dat er geen houden meer aan zou zijn als ik met mijn ogen zou knipperen. Dan begon ik te huilen, en ik had zo'n idee dat ik daar dan heel, heel lang niet meer mee zou ophouden.

'O mijn god,' mompelde ze. 'O mijn god, Taylor, ik vind het zo erg voor je. Dat is echt…' Haar stem stierf weg, alsof er geen woorden voor waren.

We liepen door en ik probeerde mijn tranen tegen te houden, en toen voelde ik Lucy's vingers langs de mijne gaan terwijl ze mijn hand pakte en hem stevig vasthield.

Toen ze dat deed voelde ik de eerste traan over mijn wang rollen en begon mijn kin weer ongecontroleerd te bibberen. Ik keek uit over het water en besefte dat ik nergens naartoe kon, dat ik niet meer weg kon lopen. Ik moest hier gewoon blijven en deze verschrikkelijke waarheid onder ogen zien. Terwijl de tranen bleven komen voelde ik hoe ontzettend moe ik was, een vermoeidheid die niks te maken had met hoe laat het was. Ik hield het niet meer vol om hiervoor weg te rennen, het aan niemand te vertellen, ik hield het niet meer vol om er niet over te praten, om net te doen alsof alles oké was terwijl alles nog nooit zo ontzettend níét oké was geweest. Ik wilde mijn hand terugtrekken, maar Lucy hield hem gewoon vast en bleef er tot het eind van de steiger hard in knijpen. En iets in dat gebaar, misschien het feit dat ze me lijfelijk liet weten dat ze er voor me was, dat ze me niet alleen zou laten, gaf me het gevoel dat ik eindelijk mocht huilen.

Toen ik weer een beetje tot mezelf was gekomen, liep Lucy naar haar kajak en trok hem over de steiger naar het water. Ze pakte de peddel en de zaklamp eruit en legde de kajak aan het einde van de steiger. 'Kan ik iets doen?' vroeg ze.

Ik schudde mijn hoofd. 'Nee,' zei ik en ik wreef met mijn hand over mijn gezicht. 'Maar bedankt.'

Lucy maakte het zichzelf niet makkelijk, want ze bleef me strak aankijken. 'Zul je het zeggen als ik iets voor je kan doen?' vroeg ze. Toen ik knikte, drong ze nog eens aan: 'Beloofd?'

'Beloofd.'

Ze liet de kajak in het water glijden en klom erin en ik gaf haar de peddel en de zaklamp aan.

'Hé,' zei ze terwijl ze naar me opkeek in het maanlicht, dobberend naast de steiger. 'Kun jij je die codes nog herinneren die we vroeger hadden afgesproken?'

Ik moest glimlachen toen ik terugdacht aan al die boodschappen die we elkaar over het water heen hadden gezonden. 'Ik denk het wel,' zei ik.

'Goed zo,' zei Lucy, die zichzelf met de peddel afduwde en toen vooruit schoot met snelle, geoefende slagen terwijl de lichtstraal uit haar zaklamp over het water danste. 'Blijf hier nog even staan, oké?'

'Oké,' riep ik terug. Ze zwaaide met de peddel naar me en ik ging op de steiger zitten om haar na te kijken. Mijn blik dwaalde alleen even af naar de plek waar de namen van Henry en mij samen in het hout waren gekerfd.

Toen ik weer naar het meer keek kon ik Lucy niet meer zien en ik nam aan dat ze veilig thuis was gekomen. Net toen ik dat dacht, flitste het licht van een zaklamp over het water. Één flits, toen drie. Toen nog twee, en weer drie.

Een moment later wist ik het weer en ik glimlachte toen ik de boodschap die ze me stuurde ontcijferde.

Slaap lekker, Taylor. Tot morgen.

23

Vijf zomers eerder

'Taylor?' Ik keek op van mijn zonnebed en liet mijn donkere zonnebril zakken. Lucy stond voor me in een badpak dat ik nog nooit eerder had gezien en met een uitdrukking op haar gezicht die ergens tussen geluk en ergernis in zweefde.

'Hé, Luce.' Ik stond op en we omhelsden elkaar. Mijn blijdschap om haar weer te zien werd getemperd door alle halve waarheden die ik haar over Henry had verteld, om maar niet te spreken van de geheimen die ik voor had. Het was anderhalve week geleden dat ik de bandana had zien hangen, maar het was me gelukt om Lucy te ontlopen. Ik bracht bijna al mijn tijd met Henry door. We hadden de dag ervoor onze initialen in de steiger gekerfd. Een deel van mij vond dat het meest romantische wat me ooit was overkomen, maar een ander deel bleef over het water kijken, bang dat Lucy ons zou zien. Ze had elke dag gebeld en ik had Warren beloofd dat hij een maand lang mijn toetje mocht hebben als hij uitvluchten voor me zou verzinnen en geen vragen zou stellen.

Ik wist dat ik niet met haar zou kunnen praten zonder haar alles over Henry en mij te vertellen. En dat betekende dat ik moest uitleggen dat ik nooit met Henry over haar had gepraat, zelfs al had ze dat bijna een maand geleden al gevraagd.

Mijn moeder had me naar buiten gestuurd, want mijn vader had rust en stilte nodig om te kunnen werken. Ik wilde niet naar het meer, dus was ik naar het zwembad gegaan met een van mijn moeders zonnebrillen, en ik had een van de minst gewilde zonnebedden genomen in de hoop dat ik niet zou opvallen.

'Ik heb je overal gezocht!' zei Lucy terwijl ze me nog een keer omhelsde. En op dat moment voelde ik met een steek hoe ik haar had gemist en dat ze de enige was aan wie ik al die Henrydingen wilde vertellen. Zelfs mijn eerste kus leek niet compleet omdat ik er niet met haar over had kunnen praten. 'We hebben zoveel te bespreken.' Ze pakte mijn hand en trok me mee in de richting van de snackbar.

'Waar gaan we naartoe?' vroeg ik terwijl ik me mee liet voeren.

'Snacks,' zei Lucy met een grijns. Ze haalde een briefje van tien dollar uit haar zak en zwaaide ermee. 'Mijn ouders voelen zich blijkbaar schuldig. Ik krijg geld van allebei. Ik trakteer.'

Lucy kletste honderduit terwijl we in de rij stonden en kocht Cherry Cokes en een bevroren Snickers, om te delen. Ze leek pas door te krijgen hoe stil ik was toen ze had betaald en we op weg waren naar een van de houten tafels. 'En hoe gaat het met jou?' vroeg ze, eindelijk de tijd nemend voor een adempauze.

Ik zette mijn blikje neer en wreef met mijn vingers door de condensatiestrepen die zich al begonnen te vormen. 'Eigenlijk,' zei ik haperend, 'moet ik je iets vertellen.' Lucy glimlachte en leunde naar voren, maar toen keek ze over mijn schouder en haar glimlach bevroor om vervolgens in iets veel minder ontspannens te veranderen.

'O mijn god,' fluisterde ze en ze ging wat meer rechtop zitten terwijl er een zachte blos op haar wangen verscheen. 'Daar is-ie. Zie ik er goed uit?'

Ik draaide me om en mijn maag maakte een salto toen ik Henry glimlachend op me af zag komen. Voor ik iets kon zeggen of doen (al had ik geen idee wat ik gezegd zou hebben, zo verstijfd was ik) was hij al bij ons.

'Hoi,' zei Lucy met een giechelend hoog stemmetje dat ik nog nooit eerder had gehoord. Ze streek haar pony glad, deed haar haar achter haar oren en gaf hem een stralende glimlach. 'Hoe gaat-ie, Henry?'

'Prima,' zei hij met een blik en een glimlach naar mij. 'Wanneer ben je teruggekomen?' Ik zag dat hij mijn hand wilde pakken en verstijfde, deed toen snel allebei mijn handen om mijn blikje Cherry Coke.

'O, een week geleden of zo,' zei Lucy, nog steeds met dat hoge, giechelige stemmetje. 'Heb je me gemist?'

'Wat?' vroeg Henry, van zijn stuk gebracht. 'O, eh, vast wel.'

'Taylor,' zei Lucy toen tegen mij, nog steeds met die stralende glimlach die er een beetje star uit begon te zien. Met een rukje van haar hoofd in de richting van de snackbar ging ze verder: 'Waarom haal jij niet even een paar servetjes of zoiets?'

Ze probeerde me weg te sturen. Ze probeerde me weg te sturen zodat ze met Henry kon praten. Mijn Henry, die een seconde geleden nog mijn hand probeerde te pakken. Ik deed even mijn ogen dicht en wenste dat het allemaal zou ophouden, maar tegelijk wist ik heel goed dat het mijn eigen schuld was dat dit nu gebeurde.

'Taylor?' vroeg Lucy nog een keer, dit keer ietsje scherper.

'Ik ga met je mee,' zei Henry. Hij kwam een stap dichterbij en voor ik hem tegen kon houden nam hij mijn hand in de zijne.

'Wat doet Lucy ráár,' fluisterde hij in mijn oor.

Lucy staarde naar ons tweeën, en ze was opeens een stuk bleker. 'Taylor, wat is er aan de hand?' vroeg ze, en haar stem was niet giechelig meer.

Henry keek onbegrijpend van de een naar de ander. 'Heeft Taylor het niet verteld?' vroeg hij met een brede, gelukkige glimlach. Hij kneep in mijn hand en zwaaide onze verstrengelde handen een beetje heen en weer. Ik stond daar maar, aan de grond genageld, niet in staat om een woord uit te brengen of mijn ogen van de blik op Lucy's gezicht af te wenden.

'Ze heeft me helemaal níks verteld,' zei Lucy en er klonk nu woede in haar stem.

'O,' zei Henry en zijn glimlach werd iets minder breed. Hij keek me licht fronsend aan. 'Tay?'

Ik schraapte mijn keel, maar het leek toch alsof de woorden er bleven steken: 'Luister,' hakkelde ik. 'Lucy, ik wilde niet...'

Lucy kneep haar ogen tot spleetjes en zei toen tegen Henry: 'Het enige wat Taylor over jou gezegd heeft is dat ze je niet leuk vindt. Dat jij altijd in het bos wil rondhangen. Dat je een grote sukkel bent.' Ze keek weer naar mij, met een bittere uitdrukking op haar gezicht. 'Of niet soms, Taylor?'

Henry's gezicht betrok en hij keek me ook aan. Ik had

hem nog nooit zo gekwetst en in de war gezien. 'Taylor?' vroeg hij. Hij liet mijn hand los. 'Waar heeft ze het over?'

Ik keek van de een naar de ander en besefte hoe ontzettend ik ze had gekwetst, allebei. Ik wist niet hoe ik dat beter kon maken, laat staan hoe ik alles op kon lossen. En ik liep al achteruit, bij de tafel weg, voor ik wist dat ik een beslissing had genomen. En toen was het te laat. Ik ging er gewoon in mee. Ik draaide me om, rende naar de ingang en liet ze staan, de twee mensen van wie ik het meeste hield en die ik net allebei tegelijk zoveel pijn had gedaan.

Ik had al mijn spullen bij het zwembad achtergelaten, maar het kon me niks schelen. Niks leek meer belangrijk. Ik fietste op de automatische piloot naar huis, mijn blik wazig van tranen. Ik had geen idee wat ik ging doen, maar ik wist dat ik naar huis moest. Ik zou wel iets bedenken als ik daar eenmaal was.

Ik gooide mijn fiets op het grindpad en rende naar het huis. Toen ik de deur opentrok botste ik bijna tegen mijn vader op, die net met een weekendtas in zijn hand naar buiten stapte.

'Taylor?' vroeg hij en hij keek op me neer. 'Gaat het wel?'

'Ga je weg?' vroeg ik met een blik op zijn tas. Meestal kwam mijn vader alleen in de weekends, maar hij had deze week eigenlijk vrij gepland, nu het augustus was en het op kantoor meestal wat rustiger werd. 'Nu?' Ik kon de teleurstelling in mijn stem horen.

'Ik weet het,' zei mijn vader met een grimas. 'Het is een gekkenhuis op kantoor en ik moet ernaartoe. Sorry, meisje.'

Ik knikte, maar mijn gedachten gingen al met me op de

loop en zagen allerlei mogelijkheden waarvan ik wist dat ik ze niet eens moest overwegen. Maar zo gauw het idee zich had gevormd, kon ik nergens anders meer aan denken. Ik haalde diep adem en vroeg toen: 'Wat vind je ervan als ik mee terugga?'

'Hoe bedoel je?' vroeg hij. Hij zette zijn tas neer en fronste naar me. 'Mee terug naar Connecticut?'

'Ja,' zei ik zo achteloos mogelijk. Lucy's gezicht flitste even door mijn gedachten, maar dat probeerde ik weg te duwen, want ik wilde niet aan Lucy denken. En ik wilde al helemaal niet aan Henry denken en hoe die zich nu moest voelen. In plaats daarvan dwong ik mezelf om naar mijn vader te glimlachen en zei ik zo overtuigend dat ik het zelf bijna geloofde: 'Ja, ik heb het hier nu wel zo'n beetje gezien. Wanneer gaan we?'

Tien minuten later had ik mijn kleren in een tas gegooid en reden we het pad af. Ik had een lang moment naar de knuffelpinguïn gekeken, ik wilde hem zo graag meenemen om het gevoel van die ochtend na de kermis vast te houden. Maar ik had hem op mijn bed achtergelaten, want ik wist dat ik er niet tegen zou kunnen om hem in Connecticut elke dag te zien.

We waren aan het eind van de oprit toen mijn vader stopte. 'Is dat je vriend Henry niet?' vroeg hij.

Ik keek geschrokken op en zag Henry de straat in komen rijden, met zijn haar alle kanten op, buiten adem, op weg naar ons huis. 'Nee,' zei ik en ik keek van de naderende Henry naar mijn vader. 'We moeten gaan.'

'Weet je het zeker?' vroeg hij. 'We kunnen best even wachten, als je nog iets wilt zeggen.'

'Dat wil ik niet,' zei ik zo ferm mogelijk. 'Echt, we moeten gaan.'

'Oké,' zei mijn vader met zo'n 'als jij het zegt'-stem. Hij reed de straat op en onderweg kwamen we vlak langs Henry. Ik keek hem even recht aan (en zag hoe verward en ongelukkig hij eruitzag) en draaide toen mijn hoofd weg. Ik keek naar voren en deed alsof ik niks had gezien.

Het begin van een mooie
vriendschap

24

'Zakkenwasser.' Ik gooide mijn kaarten op de toon-bank.

'Zakkenwasser.' Lucy volgde onmiddellijk, zodat Elliot ons over zijn resterende kaarten aankeek en zuchtte.

'Echt?' vroeg hij.

Lucy knikte en ze spreidde haar kaarten voor hem uit. 'Kijk en huiver.'

'Het komt door de naam,' mopperde Elliot, die de kaarten oppakte en begon te schudden. 'Ik kan er niet aan wennen.'

Eigenlijk deden we een spelletje klootzak, maar nadat Elliot dat in zijn triomf iets te hard had uitgeroepen net toen er een moeder met haar peutertjes aan kwam wande-len, hadden we bedacht dat het misschien tijd was om een paar voorzorgsmaatregelen te nemen. Lucy zat in kleerma-kerszit op de toonbank, ik had er een barkruk bij getrokken en Elliot stond, zodat hij heen en weer kon lopen terwijl hij zijn strategie bepaalde.

'Nog een rondje?' vroeg hij, duidelijk in de hoop dat we de inzet van het spel waren vergeten.

'Geen schijn van kans,' zei Lucy lachend. 'De volgende drie klanten zijn voor jou.' Ze sprong van de toonbank, liep naar de zijdeur en hield hem voor me open.

'Maar als er nou een klant komt die iets ingewikkelds wil, of iets van de grill?' vroeg Elliot. 'Wat dan?'

'Dan roep je ons,' zei ik en ik liep naar de deur. 'We zitten vlakbij.'

Elliot ging mopperend door met kaarten schudden. Lucy liep naar buiten, het zonlicht in. Ik volgde haar en liet de deur achter me dichtvallen. Hij had er nooit iets over gezegd, maar ik had zo'n gevoel dat Elliot er niet heel blij mee was dat Lucy en ik weer vriendinnen waren. Niet dat hij gelukkiger was geweest in de tijd dat het drama en de spanning eraf dropen: hij had eerst zelf gezegd dat hij het zo fijner vond, dat hij soms het gevoel had gehad dat hij in een verschrikkelijke reality show was terechtgekomen waarin de twee hoofdpersonen elkaar haten maar toch met elkaar moeten omgaan. Maar al snel werd duidelijk dat Lucy en ik nu we elkaar weer hadden teruggevonden allebei veel minder tijd met Elliot doorbrachten.

Het was heus geen perfecte overgang geweest. Ten eerste was er een gat van vijf jaar te overbruggen en we hadden allebei een hoop meegemaakt in die tijd. Dus ook al was het nog zo leuk om bij te praten, er waren ook momenten waarop pijnlijk duidelijk werd hoeveel ik had gemist. Bijvoorbeeld toen Lucy het over ene Susannah had en ik niet begreep dat dat haar stiefmoeder was. En soms zei ze iets of begon ze over iets wat Elliot dan meteen doorhad terwijl ik volledig in het duister tastte. Het was een vreemde combinatie van een nieuwe vriendschap sluiten en tegelijk een oude vriendin weer leren kennen. Maar er was iets veranderd op die avond van het pyjamafeestje. We hadden het verleden achter ons gelaten, de redenen waarom onze vriendschap was geëindigd, en ik had weer gemerkt wat een goede vriendin Lucy eigenlijk was. En we hadden zo'n lol als we samen waren. Ik was vergeten dat je met Lucy in de buurt altijd het gevoel had dat er iets ging gebeuren. Ze kon zelfs van snacks kopen bij de PocoMart nog een avontuur maken. Maar we konden ook gewoon uren kletsen en roddelen, zonder dat het gesprek ooit stokte.

We hadden ontdekt dat we allebei het weidegedeelte met de houten tafels het fijnst vonden. Er was daar een mooi evenwicht tussen zon en schaduw en je keek er uit over het water, maar het belangrijkste was dat je vandaar ook een prachtig uitzicht op de parkeerplaats had, zodat we Freds wagen zagen aankomen als hij toevallig een keer kwam binnenvallen. Dat deed hij af en toe en dat betekende dan dat de vissen die dag niet wilden bijten. Dan was hij dus al humeurig en zou hij vast niet blij zijn bij de aanblik van twee werknemers die onder werktijd lagen te zonnen.

We liepen recht op de plek af die al snel onze favoriet was geworden. Het was aan het eind van de middag en vrij rustig, dus als Elliot de volgende drie klanten deed hadden we misschien wel een halfuur voor we weer naar de snackbar terug moesten. Lucy schopte de slippers uit die we eigenlijk niet mochten dragen in de keuken en liet zich met gekruiste benen op het gras zakken. Ik deed hetzelfde, leunde op mijn ellebogen en hief mijn gezicht op naar de zon.

'Dus,' zei Lucy en ze keek me aan. 'Hoe gaat het nou?' Omdat we de hele dag al samen hadden gewerkt, wist ik dat dit geen terloopse vraag was. Het was haar gecodeerde manier om naar mijn vader te vragen, zoals ze om de paar dagen deed, waarbij ze ervoor zorgde nooit door te vragen als ik niet wilde praten. Ik had me niet gerealiseerd hoe goed het zou voelen dat iemand anders het ook wist, van mijn vader. Het was zo fijn dat ik die vraag gewoon kon wegwuiven, terwijl ik wist dat ze naar me zou luisteren als ik wél wilde praten. Dat had ik trouwens nog niet echt gedaan. Maar de mogelijkheid was er. Het was vooral een opluchting dat ik niet meer hoefde te doen alsof alles goed was, wat ik bij de meeste andere mensen nog wel deed.

'Hetzelfde,' zei ik terwijl ik over het water tuurde. Dat was ook wel de waarheid. Mijn vader leek nog steeds hetzelfde. Hij werkte aan zijn zaak en aan het project, dat nog steeds geheim bleef ondanks Warrens pogingen om het raadsel op te lossen. Mijn vader leek nu wat rustiger op het bestelfront, want we werden niet meer overstroomd door pakjes van over de hele wereld, maar hij probeerde nog wel zo veel mogelijk te lezen en zo veel mogelijk films te kijken. Daar kwam het waarschijnlijk door dat hij nu 's middags een dutje deed. Hij was ook dunner dan ooit, ondanks alle Belgische chocolaatjes. We waren nog twee keer gaan ontbijten in de Diner, maar iedere keer leek hij weer iets minder te eten van wat hij had besteld. Mijn moeder probeerde dat tegenwoordig te compenseren door hem 's avonds twee keer zo veel op te scheppen als de rest en hem dan de hele maaltijd zo nauwlettend in de gaten te gaten te houden dat ze zelf bijna geen hap meer door haar keel kreeg. Twee avonden geleden had mijn vader alleen maar in zijn eten zitten prikken, en elke keer dat hij een hapje nam vertrok zijn gezicht. Uiteindelijk keek hij mijn moeder aan en zuchtte.

'Het spijt me, Katie,' zei hij en hij duwde zijn bord weg. 'Ik heb gewoon helemaal geen trek.'

Mijn moeder had me naar Jane's gestuurd voor een vanillemilkshake, maar tegen de tijd dat ik terugkwam lag hij al in bed. Uiteindelijk had ik hem zelf opgedronken, zittend op het achtertrappetje, kijkend naar het maanlicht op het water van het meer.

Ik schopte mijn eigen slippers uit en strekte mijn benen voor me uit op het gras, hopend dat Lucy zou begrijpen dat ik van onderwerp wilde veranderen. 'Hoe gaat het met Kevin?'

'Kyle,' corrigeerde Lucy me. 'Kevin was vorige week.' Ze wiebelde met haar wenkbrauwen naar me en ik schudde glimlachend mijn hoofd. Sinds het uit was met Stephen ging Lucy uit met iedere begerenswaardige (en minder begerens-waardige) vent die ze in Lake Phoenix tegenkwam. Ze had blijkbaar nog steeds niet door dat Elliot openlijk naar haar smachtte en daarom nogal een zootje maakte van de bestel-lingen in de snackbar. En de enige keer dat ik erop had gezinspeeld dat ze misschien een keer kon uitgaan met iemand die ze al kende, iemand met wie ze bevriend was, dacht ze dat ik haar aan Warren probeerde te koppelen. Dat was even heel ongemakkelijk geweest.

'Maar jij kan wel met Kevin gaan!' zei Lucy en haar gezicht lichtte op. 'Dan doen we een dubbele date. Perfect.'

'Luce,' zei ik hoofdschuddend en Lucy zuchtte. Vanaf het eerste moment dat ze weer zo fanatiek was gaan daten pro-beerde ze mij mee te krijgen. Maar ik had iedere uitnodi-ging afgeslagen, en ik wist heel goed waarom.

'Komt het door Henry?' vroeg ze en ze pinde me vast met die rechtstreekse blik van haar.

'Nee,' zei ik, zo snel dat het nooit de waarheid kon zijn. Want natuurlijk kwam het door Henry. Ik had hem niet meer gesproken na die keer op de steiger, maar als ik iets moest oppikken bij Borrowed Thyme was ik steeds heel teleurgesteld als er iemand anders achter de toonbank stond. Ik had hem een paar keer in de verte gezien, in zijn kajak op het meer, afgetekend tegen de zon.

'Je moet daar iets aan doen,' zei Lucy terwijl ze achterover ging liggen en haar ogen sloot. 'Of je wordt weer vrienden met hem, of je vertelt hem wat je voor hem voelt en dan heb je dat maar gehad.' Voor ik antwoord kon geven ging Lucy's mobiel af. Een sms. Ze grinnikte terwijl ze rechtop ging zitten. 'Ik wed dat het Kyle is,' zei ze, zijn naam zo lijzig mogelijk uitsprekend. Maar haar gezicht betrok toen ze de sms las. 'Het is Elliot maar.' Ze liet de telefoon weer in het gras vallen. 'Hij zegt dat je terug moet komen.' Sinds ik weer een soort sociaal leven had nam ik mijn mobiel overal mee naar toe, maar Elliot belde altijd naar Lucy, ook als de boodschap voor mij was.

'Oké.' Ik zuchtte, maar stond wel meteen op en gleed in mijn slippers. Ik was eigenlijk wel blij dat ik even de tijd kreeg om na te denken over wat Lucy had gezegd. Ik ging Henry natuurlijk niet mee uit vragen, want hij had een vriendinnetje met irritant perfect haar, maar misschien konden we weer vrienden worden. Ik had toch niks te verliezen?

'Laat je niet aanpraten dat je moet blijven,' zei Lucy toen ik in de richting van de snackbar begon te lopen. 'We moeten het nog over de Kyle-situatie hebben.'

Ik knikte en liep naar de dienstingang. Ik had zo'n gevoel dat Elliot mijn hulp echt nodig had, want als hij gewoon gezelschap wilde had hij wel om Lucy gevraagd. 'Wat is er?' vroeg ik toen ik binnenkwam, tijdelijk blind omdat mijn ogen na het heldere daglicht buiten nu aan het donker moesten wennen.

Elliot knikte naar het loket. 'Er werd specifiek naar jou gevraagd,' zei hij. Gelsey en Nora stonden voor het loket, mijn zus glimlachend, Nora ongeduldig.

'Hé daar,' zei ik terwijl ik naar de toonbank liep. 'Wat is er aan de hand?'

'Waar was je?' vroeg Nora terwijl ze haar armen over elkaar sloeg. Al was ze de laatste tijd wel wat minder humeurig geworden, je kon haar met de beste wil van de wereld geen zonnestraaltje noemen.

'Ik had even pauze,' zei ik, me tegelijk afvragend waarom ik rekenschap zou afleggen aan een twaalfjarige. 'Willen jullie iets hebben?'

'Sprite,' zeiden ze in koor. 'En barbecuechips,' ging Gelsey verder, 'en bevroren M&M's.'

Nora tuurde het duister van de snackbar in. 'Is Lucy er ook?'

'Ze zit op het gras,' zei ik en ik wees naar haar. Hun bewondering voor Lucy was in brons gegoten sinds de meisjes de dag na het pyjamafeestje naar het strand kwamen en Lucy ze had geleerd een arabier te maken.

Elliot vulde de frisbekers en greep de snacks bij elkaar terwijl ik ze op de kassa aansloeg. Ik gaf Gelsey het wisselgeld terug en na een ogenblik bedenktijd stopte ze edelmoedig een heel kwartje in de fooienpot.

'Bedankt,' zei ik. Nora nam een slokje van haar fris en Gelsey scheurde de zak chips open, maar ze maakten geen van beiden aanstalten om te vertrekken. 'Willen jullie nog iets anders?' vroeg ik. We werden niet bepaald belegerd door klanten, maar Fred vond het schijnbaar niet fijn als er klanten voor de snackbar bleven hangen omdat dat mensen afschrikte die niet in de rij wilden staan.

'Hm-hm,' zei Gelsey, kauwend op een chipje. Ze hield Nora de zak voor, die er met getuite lippen zorgvuldig eentje uitkoos. 'Je moet na je werk de hond ophalen bij de trimsalon.'

'Grapje zeker,' zuchtte ik. 'Alweer?'

Gelsey en Nora knikten allebei. 'Alweer,' bevestigde Nora. 'Jullie broer heeft een probleem.'

Vorige week had mijn moeder, geschokt door de hoeveelheid piepspeeltjes die Murphy in zo'n korte tijd had verzameld, ons allemaal verboden om nog iets voor hem te kopen. Vooral Warren natuurlijk, want hij was de enige die ze kocht. En dus had Warren allerlei redenen verzonnen, steeds doorzichtiger en hopelozer, om toch naar Doggone It! te kunnen en Wendy-de-dierenarts-in-opleiding te zien en misschien de moed op te brengen om iets meer dan alleen 'hallo' tegen haar te zeggen. De eerste keer dat hij iets over de hond heen had gegooid dachten we nog dat het een ongelukje was. Warren zei dat hij net een glas tomatensap stond te drinken toen de hond de keuken binnen stormde. Hij bracht de hond weg om hem te laten wassen en niemand dacht er verder over na, tot Warren het twee dagen later voor elkaar kreeg om druivensap op hem te knoeien. En daar ging Murphy weer naar de trimmer. Toen ik Warren betrapte terwijl hij de hond achternazat met een fles tomatenketchup – de hond was niet gek en rende er meteen vandoor als hij mijn broer zag aankomen – had ik hem rechtstreeks geconfronteerd.

'Hou 's op met die hond te treiteren.' Ik pakte de ketchup met geweld uit Warrens handen en zette hem weer in de koelkast. 'Hij krijgt nog huiduitslag of zoiets. Honden mogen vast niet zo vaak gewassen worden.'

'Wil je horen over de hond die drieduizend mijl gelopen heeft om zijn baasjes terug te vinden?' vroeg Warren, die duidelijk van onderwerp wilde veranderen zodat hij niet hoefde toe te geven dat hij net had geprobeerd de hond met ketchup te besproeien.

'Nee,' zei ik automatisch. 'Maar wil jij horen over die vent die zijn hond traumatiseerde omdat hij het eng vond om een meisje mee uit te vragen?' Normaal gesproken zou ik zoiets nooit tegen mijn broer hebben gezegd. Misschien kwam het doordat ik me nu veel meer dan in Stanwich bewust was van de gebeurtenissen in zijn sociale leven.

Warren werd knalrood. 'Ik weet niet waar je het over hebt,' zei hij terwijl hij zijn armen eerst over elkaar sloeg en toen weer niet.

'Vraag haar gewoon mee uit,' zei ik en ik knielde neer om onder de tafel te kijken. Daar lag Murphy plat op de grond te trillen, maar toen hij zag dat ik Warren niet was (en ook niks over hem heen dreigde te gooien) leek hij zich een beetje te ontspannen. Ik gebaarde dat hij tevoorschijn kon komen, maar de hond kwam niet van zijn plek, duidelijk onzeker of ik aan Warrens kant stond of niet. Ik kwam overeind en zag dat mijn broer er voor zijn doen beduusd bij stond.

'Enne...' Hij schraapte zijn keel en deed toen zonder enige reden de koelkast open en weer dicht. 'Hoe pak ik dat precies aan?'

'Hoe je haar mee uit vraagt?' herhaalde ik. 'Je weet wel. Gewoon…' Ik stopte abrupt toen ik de blik op mijn broers gezicht zag en besefte dat hij misschien werkelijk niet wist hoe hij dat aan moest pakken. 'Begin gewoon een praatje,' zei ik. 'En stuur het gesprek dan in de richting van het afspraakje.'

'Hm-hm,' zei mijn broer en hij keek de keuken rond, zijn hand op het notitieblok dat altijd bij de telefoon lag. Ik had het gevoel dat hij op het punt stond aantekeningen te maken. 'Kun je me daar een voorbeeld van geven?'

'Nou,' zei ik. Ik had nog nooit iemand rechtstreeks mee uit gevraagd, maar ik had vaak genoeg jongens in de juiste richting gestuurd. 'Als je haar mee uit eten wilt nemen kun je bijvoorbeeld zeggen dat je zo'n geweldige Italiaan weet, zoiets. En dan zegt ze hopelijk dat ze dol is op pizza, en dan vraag jij of ze dat een keer met jou wil eten.'

'Oké,' zei Warren knikkend. Hij wachtte even en vroeg toen: 'Maar als ze nou niet van pizza houdt?'

Ik slaakte een diepe zucht. Als ik niet al had geweten dat mijn broer zo'n beetje het IQ van een genie had, zou ik dat na dit gesprek zeker niet meer hebben geloofd. 'Dat was maar een voorbeeld,' zei ik. 'Kies maar wat je wilt. Een film, midgetgolf, wat dan ook.'

'Juist,' zei Warren in gedachten verzonken. 'Begrepen.' Hij ging de keuken uit, deed toen nog één stap terug en lachte een beetje beschaamd naar me. 'Bedankt, Taylor.'

'Graag gedaan,' zei ik en probeerde toen of ik de hond onder de tafel vandaan kon lokken.

Daarna was de hond een paar dagen met rust gelaten, dus ik nam aan dat Warren mijn raad had opgevolgd of in ieder geval deze strategie niet meer hanteerde. Maar nu leek het erop dat Murphy opnieuw moest lijden onder mijn broers absurde flirtpogingen.

Ik keek over de toonbank naar Gelsey en Nora, die elkaar nu de zak M&M's onder de neus duwden. 'Wat was het deze keer?' vroeg ik.

'Stroop,' zei Gelsey. 'Mam was echt woest.'

'Dat zal wel,' zei ik terwijl ik bedacht wat een plakkerige bedoening dat geweest moest zijn.

'Dus Warren mag hem niet ophalen. Ze wil dat jij het doet, en dat je ook nog maïs meeneemt voor het eten.'

'Begrepen,' zei ik en ik keek even naar de klok. Ik strekte mijn armen boven mijn hoofd, blij dat mijn dienst er over een halfuurtje op zat.

'Wat is er mis met jullie hond?' vroeg Elliot, die blijkbaar besloot om aan het gesprek mee te doen.

Nora fronste naar hem. 'Wie ben jij?'

'Elliot,' zei hij en hij wees naar zijn naamplaatje. 'Taylors baas.'

Ik rolde met mijn ogen. 'Nee, dat ben je niet.'

'Haar meerdere dan,' verbeterde hij, niet onder de indruk.

Ik wendde me weer tot de meisjes. 'Anders nog iets?'

'Nee,' zei Gelsey. Ze hield me de zak M&M's voor en ik schudde er drie in mijn hand. Anders dan bij Skittles kon het me niet schelen welke kleur mijn M&M's hadden. 'Tot straks!'

'Dag,' riep ik terwijl Nora en zij samen wegliepen, met hun hoofden dicht bij elkaar, alweer diep in gesprek.

'Je zusje?' vroeg Elliot en hij hees zichzelf op de toonbank.

Ik knikte. 'En het buurmeisje. Twee voor de prijs van één, tegenwoordig.' Ik hoorde een sms'je binnenkomen en trok mijn mobiel uit mijn achterzak. Hij was van Lucy, maar niet zoals verwacht met de vraag om terug te komen zodat we verder konden kletsen. Nee, er stond maar één woord: FRED!!!

'Fred is er,' siste ik tegen Elliot, alsof Fred me zou kunnen horen. Elliot sprong van de toonbank en ik zocht naar iets wat ik zogenaamd schoon kon maken toen de zijdeur openging en Fred naar binnen stapte, rood verbrand en humeurig, met zijn viskoffer en een grote kartonnen doos die hij met een bons op de grond liet vallen.

'Hallo, Fred,' zei Elliot met een veel opgewektere stem dan normaal. 'Lekker gevist?'

Fred schudde zijn hoofd en deed zijn hoed af. 'Nee. Ze willen al dagen niet bijten. Ik zweer het je, het lijkt wel alsof ze allemaal een memo hebben gekregen.' Ik knipperde met mijn ogen en keek snel de andere kant op. De bovenkant van zijn hoofd (die altijd bedekt was met zijn vishoedje) had een totaal andere kleur dan het rood eronder, en die twee werden door een kaarsrechte lijn van elkaar gescheiden. Ik vroeg me af of ik Fred moest wijzen op de magische uitvinding die sunblock heet. Hij keek om zich heen en fronste. 'Waar is Lucy?'

'Hier!' Lucy duwde de deur open. 'Ik was de voorraden aan het controleren,' zei ze zonder me aan te kijken. Ze liep de snackbar door met haar beste 'ik ben een verantwoordelijke werknemer'-uitdrukking op haar gezicht.

'Hm-hm,' zei Fred, die er duidelijk niet in trapte. Hij gebaarde naar de doos bij zijn voeten. 'Ik heb net de posters voor de filmavond opgehaald. Nu moeten jullie jullie deel doen en vragen of de plaatselijke winkeliers ze willen ophangen. Oké?'

'Tuurlijk,' zei ik en Elliot stak zijn duim op.

'Alles geregeld voor vrijdag?' vroeg hij, en dit keer vroeg hij het rechtstreeks aan mij.

'Absoluut!' zei ik, waarbij ik probeerde flink wat meer vertrouwen in mijn stem te leggen dan ik werkelijk voelde. Deze keer had ik meer moeten organiseren. Ik moest de film uitkiezen, het scherm en de projector huren, de posters bestellen. En alles was geregeld... behalve mijn inleiding. Ik probeerde er niet te veel aan te denken, en hoopte dat Elliot of Lucy het zou overnemen als ik weer net zo zenuwachtig was als de vorige keer.

Toen ging Fred weg en ik scheurde de kartonnen doos open en hield een poster omhoog om hem te bewonderen. Toen ik de collectie films van het strand had doorgekeken en de naam aan de zijkant van het blik had ontdekt, wist ik dat er maar één keus mogelijk was.

'Welke film is het?' vroeg Lucy, die over mijn schouder tuurde.

'Casablanca,' zei ik en ik scande de poster snel op spelfouten. Dat had ik natuurlijk moeten doen voor ik Jillian van kantoor de tekst gaf.

'Nooit gezien,' zei Lucy schouderophalend. Elliot lachte een beetje spottend.

'Ik ook niet,' zei ik. Ik glimlachte toen ik me herinnerde wat mijn vader had gezegd. 'Maar ik heb zo'n gevoel dat hij prachtig zal zijn op zo'n groot scherm.'

25

Ik ging wat eerder naar huis zodat ik de hond nog kon ophalen, die waarschijnlijk vond dat hij het beter had toen hij nog vrij door de buurt rondzwierf. Zijn leven was in die tijd in ieder geval een stuk rustiger. Ik had ook een paar posters bij me, met het idee dat Wendy er misschien een bij Doggone It! wilde ophangen, en bij Henson's kon ik het ook nog vragen. Ik was Main Street in gefietst en had net mijn fiets op slot gezet, klaar om de dierenwinkel in te gaan, toen ik naar de bakker keek. Zonder er goed over na te denken stak ik met bonzend hart de straat over, met de posters in mijn hand.

Ik duwde de deur open en stapte naar binnen, blij dat ik de enige klant was. Henry stond op de toonbank geleund een boek te lezen en keek op. 'Hé,' zei hij. Hij leek verbaasd, maar niet ontdaan of boos. En dat was voor mij het bewijs dat ik verder kon gaan.

'Ik vind dat we vrienden moeten zijn,' gooide ik er zonder nadenken uit.

'O,' zei Henry en hij trok zijn wenkbrauwen op. 'Eh...' Hij wist duidelijk niet wat hij moest zeggen, want daar bleef het bij.

'Ik denk,' zei ik en ik deed nog een stap naar voren, 'ik denk dat het goed zou zijn. De strijdbijl begraven, en zo.'

'Ik wist niks van een bijl,' zei hij met een flauw glimlachje.

'Je weet wel wat ik bedoel,' zei ik. Ook al vertelde mijn instinct me dat ik me moest omdraaien en wegrennen, gewoon de winkel uit gaan en niet stoppen, ik dwong mezelf om de winkel door te lopen tot ik voor hem bij de toonbank stond. Dat was misschien niet zo'n goed idee, want ik was nu heel dicht bij hem, dicht genoeg om de sproeten op zijn neus te zien en de veeg meel op zijn wang, en de verwarring in zijn groene ogen. Ik keek de andere kant op, haalde diep adem en ging verder. 'Het is vreselijk wat ik heb gedaan,' zei ik. 'Er zomaar vandoor gaan, zonder enige verklaring.'

'Taylor,' zei Henry langzaam, met een rimpel in zijn voorhoofd, 'waar komt dit opeens vandaan?'

Ik wilde hem niet vertellen dat ik met Lucy had gepraat, en ook niet wat ik op de avond van het pyjamafeestje had ontdekt. Maar ik moest de hele tijd aan hem denken. En eerlijk gezegd was ik nooit opgehouden met aan hem te denken. Hij was tot nu toe eigenlijk de enige jongen om wie ik echt had gegeven. Ik had het niet willen toegeven, maar hij was mijn eerste grote liefde, zelfs voor ik wist wat die woorden betekenden. 'Ik... ik mis je gewoon,' zei ik en ik huiverde toen ik het zei, want ik hoorde zelf hoe slap die woorden klonken. 'En ik wil echt graag vrienden zijn. Gewoon vrienden,' zei ik nog een keer, want ik herinnerde me het meisje bij de ijssalon en ik wilde niet dat hij dacht dat ik stond te flirten.

'Nou,' zei Henry en hij leek enigszins in shock. 'Anders nog iets?'

'Ik vroeg me af of je dit in de etalage wilt ophangen,' zei ik. Ik legde de stapel posters op de toonbank en schoof er één naar hem toe. Ik bleef hem aankijken, omdat ik probeerde te zien wat hij vond van wat ik had gezegd, hoe onsamenhangend het ook was geweest.

'Dát kan ik in ieder geval doen,' zei hij. Hij pakte de poster aan en keek ernaar. '*Casablanca*,' zei hij nadenkend. 'Goeie keus.'

'Mijn keus,' gooide ik er snel tussen.

Hij keek op en glimlachte verrast naar me. 'Vind je hem goed?' vroeg hij.

Ik voelde mijn gezicht rood worden, al was ik inmiddels bruin genoeg om het te verbergen. Ik wou maar dat ik niks had gezegd, want dit werd het zoveelste punt op de lijst van dingen die tijdens ons gesprek verkeerd gingen. 'Nee,' zei ik. 'Ik heb hem nog nooit gezien. Ik heb er alleen... goeie dingen over gehoord.'

Henry keek naar de poster alsof die het antwoord kon geven dat hij zocht. 'Ik weet het niet, Taylor,' zei hij uiteindelijk. 'Er is een boel gebeurd in de afgelopen vijf jaar.'

'Dat weet ik,' zei ik en ik voelde plotseling hoe beschaamd ik was, alsof de tijd even had stilgestaan en nu weer op gang kwam. 'Sorry,' zei ik. 'Ik had niet... Ik bedoel...' Ik kreeg er blijkbaar geen hele zinnen meer uit en voelde een bijna tastbare opluchting dat ik nu eindelijk mocht doen wat mijn instinct me al had toegeschreeuwd vanaf het moment dat ik de winkel binnen ging: wegwezen, en wel onmiddellijk. 'Sorry,' mompelde ik opnieuw, ik draaide me om en liep snel naar de deur.

Ik greep net de deurknop beet toen Henry iets zei. 'Taylor?'

Ik draaide me om met een klein sprankje hoop in mijn

hart. Maar hij hield mijn stapel posters omhoog. 'Je vergeet deze.'

Ik wist niet dat het mogelijk was om me nog dieper te schamen, maar blijkbaar werden er nog steeds nieuwe, onontgonnen lagen aangeboord. 'O,' mompelde ik. 'Juist.' Ik liep snel terug en greep de stapel terwijl ik probeerde om geen oogcontact te maken. Maar tot mijn verbazing liet Henry de posters niet meteen los, zodat ik wel op moest kijken, in die ogen die zo groen waren dat ik er iedere keer een schokje van kreeg. Hij haalde diep adem, alsof hij iets ging zeggen, en keek me aan. Maar een ogenblik later verbrak hij het oogcontact, keek hij weg en liet de posters los.

'Ik zie je wel weer,' zei hij en ergens registreerde ik dat dat precies was wat ik tegen hem had gezegd, op de steiger, de eerste keer dat we elkaar weer zagen.

'Dat lijkt me onvermijdelijk,' zei ik, net als hij toen. Ik glimlachte erbij, om de angel eruit te halen. Ik draaide me om en liep snel naar de deur. Deze keer riep hij me niet terug.

Mijn hart ging als een razende tekeer terwijl ik de straat overstak en naar de dierenwinkel liep. Ik rukte de deur open met meer kracht dan nodig was. Ik had zo'n idee dat ik nu beter even alleen kon zijn om dit nerveuze, roekeloze gevoel van me af te schudden. Maar dankzij het sociale onbenul van mijn broer moest ik nu de hond ophalen, daar kon ik niet omheen.

'Hé hallo!' zei Wendy met een glimlach, al had ik haar niet meer gezien sinds ik Murphy hier had gebracht om de microchip uit te lezen. Maar ze zag mijn hond waarschijnlijk zo vaak dat ze het gevoel had dat ze mij ook heel goed kende. 'Hier is je kleine mannetje.' Ze dook onder de toonbank en ik hoorde een metalen klik. Even later kwam ze weer omhoog met Murphy, die meteen begon te kwispelen toen hij me zag.

'Geweldig,' zei ik terwijl ik de posters op de toonbank liet vallen en de hond overnam. Ik zette hem op de grond en deed zijn riem om mijn pols. Dat was maar goed ook, want hij deed onmiddellijk een uitval naar de jonge poesjes. Ik keek naar de posters op de toonbank en opeens sloeg er een golf medegevoel voor mijn broer door me heen, nu ik zelf had meegemaakt hoe vernederend het was om op iemand af te stappen en dan afgeschoten te worden. 'Hé, Wendy,' zei ik en ze keek op van de computer, waar ze ongetwijfeld dit laatste klusje op onze rekening bijschreef. 'Heb jij een vriendje?'

Ze knipperde met haar ogen. 'Nee,' zei ze, misschien een beetje verontrust. 'Eh... hoezo?'

'Ik vroeg het me gewoon af,' zei ik en ik duwde een poster over de toonbank naar haar toe. 'Wil je een keer met mijn broer uit?'

Het was allemaal veel makkelijker gegaan dan ik had verwacht. Wendy had bijna meteen toegestemd en ze wist precies wie Warren was. Ze had niet eens een foto nodig en dat was maar goed ook, want ik had alleen een verschrikkelijke foto van hem op mijn telefoon, genomen toen hij me uitlegde hoe chips gemaakt worden. Ik had de foto genomen om hem te laten ophouden, met als gevolg dat Warren niet alleen onscherp was, maar ook geïrriteerd.

Toen ik met Murphy naar mijn fiets wandelde nadat ik

de maïs en een zak drop had gehaald, voelde ik me al een beetje beter. Zelfs al had ik de situatie met Henry niet kunnen oplossen, ik had mijn broer wel een date bezorgd en zo de hond hopelijk nog meer wasbeurten bespaard.

Pas toen ik voor de reële taak stond om met de hond naar huis te gaan, op de fiets, stuitte ik op moeilijkheden. Warren had hem waarschijnlijk met de auto gebracht. Nu bleek dat Murphy het idee van mijn fietsmandje maar niks vond: hij probeerde er steeds uit te klimmen, met krassende nagels op zoek naar houvast. Toen hij met één van zijn pootjes tussen de metalen spijlen vast bleef zitten begon hij zo te janken dat het me aan mijn hart ging, dus zette ik mijn fiets op de standaard en tilde de hond er onmiddellijk uit. 'Het is al goed,' zei ik en ik trok hem even tegen me aan. Ik voelde hem trillen. 'We hoeven niet in het mandje, het is al goed.' Ik aaide hem even over zijn ruige kop en voelde dat hij wat rustiger werd.

Ik had die zorgeloze belofte wel gedaan, maar ik wist eigenlijk helemaal niet hoe we nu thuis moesten komen. Ik probeerde te fietsen met de hond ernaast, maar de riem kwam steeds in het wiel en Murphy was geen snelle leerling als het erom ging dat te vermijden. Hetzelfde gebeurde toen ik probeerde met de hond én de fiets aan de hand te lopen. Uiteindelijk besloot ik dus maar te gaan lopen. Ik zette mijn fiets op slot bij de Diner, nam de posters onder mijn arm en begon met Murphy naar huis te lopen, waarbij ik waarschijnlijk zijn hele wasbeurt ongedaan maakte. Ik trok net mijn telefoon tevoorschijn om mijn moeder te laten weten dat de maïs (om het over mezelf en de hond maar niet te hebben) wat later zou komen, toen er een auto naast me stopte.

Het was een enigszins gehavende SUV met Henry achter het stuur. Hij liet het raampje aan de passagierskant zakken en boog zich over de stoel heen. 'Hoi,' zei hij.

'Hoi,' antwoordde ik. Misschien wilde hij ons eerdere gesprek voortzetten, maar dit leek daar wel een vreemde plaats voor.

'Heb je een lift nodig?' vroeg hij. De auto achter hem trapte op de rem en toeterde luid. Henry gebaarde dat hij hem in moest halen en ik besefte dat dit niet echt het moment was om over die vraag na te denken of me af te vragen waarom hij dat vroeg terwijl hij me nog geen uur geleden zo effectief had afgewezen.

'Graag.' Ik pakte de hond op en deed het portier open. Ik ging snel zitten en sloeg het portier weer dicht. Toen keek ik hem aan, terwijl hij de auto weer in de versnelling zette. 'Bedankt. De hond heeft het concept van een ritje in een fietsmand nog niet echt begrepen.'

'Geen probleem,' zei hij terwijl hij de weg weer op reed. 'We gaan tenslotte dezelfde kant op. Het was wel erg lomp geweest als ik door was gereden.'

Ik knikte, aaide de hond over zijn kop en keek naar de bomen langs de weg. Dus het was alleen uit beleefdheid. Dat had geen verrassing moeten zijn. Ik keek of Murphy's strikje (weer met roze stippen) recht zat en concentreerde me erop om niks te zeggen. Ik had mezelf daarnet al zo voor gek gezet dat ik er geen nut in zag om het nog erger te maken. Maar de stilte was drukkend, als een tastbaar krachtenveld dat me van alle kanten insloot.

Henry voelde dat misschien ook, want hij deed de radio aan, maar meteen weer uit toen een nasale countrystem over verloren liefde begon te zingen. We reden een poosje verder zonder iets te zeggen en toen keek hij even mijn kant op. 'Ik wist niet dat jullie een hond hadden,' zei hij.

'Ja.' Ik krabde de hond op het plekje tussen zijn oren waar zijn achterpoot altijd van ging trekken. 'We hebben hem nog maar net.' Henry knikte en het was weer stil. Ik wilde het daar al bij laten, maar toen bedacht ik dat dit een veilig onderwerp was waarmee ik mezelf niet voor schut kon zetten, dus vermande ik me en ging verder: 'Hij was van de mensen die vorige zomer ons huis hebben gehuurd.'

Henry keek even naar de hond en ik zag de herkenning op zijn gezicht verschijnen. 'Ja,' zei hij, 'daar ken ik hem dus van. Dat zat me al dwars vanaf het moment dat ik hem zag.' Hij stopte voor een stopbord en keek van de hond naar mij. 'Maar waarom hebben jullie hem dan?'

'Ze hebben hem achtergelaten,' zei ik. 'We konden ze niet meer te pakken krijgen, dus hebben wij hem maar in huis genomen.'

'Ze hebben hem achtergelaten,' zei Henry met vreemd vlakke stem.

Ik knikte. 'Aan het eind van de zomer.' Ik keek naar Henry, wachtend op een reactie. Tot nu toe waren alle reacties – zelfs die van mijn grootvader aan de telefoon – boos geweest, verontwaardigd, bezorgd. Maar Henry klemde alleen zijn handen wat steviger om het stuur, zijn gezicht gesloten.

We reden de rest van de weg in stilte en Henry reed ons pad voorbij en zijn eigen pad op, wat de hond in de war maakte. Die was rechtop gaan zitten toen we in de buurt van ons huis kwamen en kraste met zijn nagels over de ruit, zo blij was hij om weer thuis te zijn. Hij had duidelijk nog niet in zijn systeem zitten dat dit ook de plek was waar mensen stroop over hem heen gooiden. 'Bedankt voor de lift,' zei ik toen Henry de motor had uitgezet, ook al maakte hij geen aanstalten om uit te stappen.

'Oké,' zei hij en zijn stem klonk afwezig. 'Geen probleem.'

Ik keek naar hem en vroeg me af of ik iets fout gezegd had, of dat dit misschien nog een restje spanning was van daarnet. Het zag ernaar uit dat ik, in mijn poging het verleden achter ons te laten, alles alleen nog maar moeilijker had gemaakt. Ik wilde nog iets zeggen (wat dan ook) om ons weer op een iets vriendschappelijker spoor te krijgen, maar toen begon de hond voluit te janken. Hij stond nu op mijn schoot te rukken en trekken om maar naar huis te kunnen. Het moest ook wel extra frustrerend voor hem zijn dat hij er nu zo dicht bij was.

Ik duwde het portier open, glipte te auto uit en zette de hond op de grond, waar hij onmiddellijk als een bezetene aan zijn riem begon te trekken. Ik wilde nog iets tegen Henry zeggen, maar hij zat nog steeds in gedachten verzonken achter het stuur. Dus deed ik de deur zachtjes dicht en liep ik zijn pad af, voortgetrokken met veel meer kracht dan je van zo'n klein hondje zou verwachten, en vroeg me af wat er net was gebeurd.

Een uur later zat ik met een cola light met extra ijs op de veranda de maïs voor het avondeten af te halen. Mijn broer en zus waren er ook en werden eigenlijk geacht me te helpen. Maar Gelsey deed haar balletoefeningen met de balustrade van de veranda als barre en Warren liep heen en weer (waarbij hij steeds net niet in zijn gezicht werd geschopt bij Gelseys *grande battements*) en vuurde vragen over zijn aanstaande afspraakje op me af.

'En ze zei ja?' vroeg Warren terwijl ik het groene vlies van een maïskolf pelde en de geel-witte korrels eronder onthulde. Alleen al bij de aanblik begon mijn maag te rommelen. Verse maïs was een van de beste dingen van de zomer, en maïs van Henson's was altijd sensationeel. Ik liet het vlies in de papieren zak aan mijn voeten vallen en keek toen naar mijn broer.

'Ja,' zei ik voor de achtste keer. 'Ik vroeg of ze vrijdag naar de film wilde en ze zei ja. Toen nam ik de hond mee en ging weg.'

'En je weet zeker dat ze wist dat ik het was?' vroeg Warren. Ik ving Gelseys blik op vlak voor ze neerzonk in een *grand plié*. Ze wierp me een klein glimlachje toe voor ze weer wegkeek, met haar arm gestrekt boven haar hoofd.

'Ik weet het zeker,' zei ik resoluut. 'Je hebt een afspraakje. Graag gedaan.' Ik schudde mijn hoofd en vroeg me af of ik er goed aan had gedaan. 'Warren en Wendy' klonk per slot van rekening als een of ander vreselijk zangduo. En dan had ik het nog niet eens over het feit dat zij nu zou worden blootgesteld aan Warrens eindeloze stroom triviale weetjes.

'Juist,' zei Warren, alsof hij zich nu pas realiseerde dat ik er ook iets mee te maken had. 'Heel erg bedankt, Taylor. Als ik iets terug kan doen...'

'Dat kan je.' Ik gaf hem de half afgehaalde maïskolf en pakte mijn colaglas op om het bij te gaan vullen. 'Maak dit maar af.' Ik liep de keuken in. Mijn moeder was tomaten aan het snijden en ik herkende de benodigdheden voor gegrilde hamburgers op het aanrecht.

'Maïs klaar?' vroeg ze terwijl ik de cola light uit de koelkast haalde.

'Min of meer,' zei ik. Ik keek naar de veranda, waar Warren zo te zien met Gelsey aan het praten was, met een dromerige uitdrukking op zijn gezicht, maar niet echt iets uitvoerde.

'Min of meer wat?' vroeg mijn vader, die net de keuken in kwam. Hij had de hond op zijn arm en zag er een beetje verfomfaaid uit, zoals altijd als hij net wakker was uit zijn middagdutje. Hij kleedde zich ook niet meer alsof hij elk moment naar kantoor moest; vandaag droeg hij een T-shirt van de American Bar Association bij zijn kaki broek. Zonder dat ik het wilde keek ik over zijn schouder naar de kalender op de koelkast, en ik zag dat we op de een of andere manier al midden in juni waren beland. Zoals elk jaar ging de zomer veel te snel, maar nu wilde ik de tijd stilzetten om een veel betere reden dan 'ik wil nog niet naar school'.

'De maïs,' bracht mijn moeder me terug naar het heden terwijl ze één van de gaspitten lager draaide.

'Een *kolfje* naar mijn hand,' zei mijn vader terwijl zijn woordgrapjesuitdrukking over zijn smalle gezicht gleed. Ik glimlachte en het leek alsof mijn moeder probeerde om het niet te doen. 'O, sorry,' zei hij zogenaamd berouwvol. 'Was dat te *melig*? Neem me maar met een *korrel*tje zout dan.'

'Genoeg!' zei mijn moeder hoofdschuddend, al moest ze wel lachen. 'We moeten die burgers op de grill leggen.' Ze liep de keuken uit en toen ze langs mijn vader kwam streek ze even met haar vingers over zijn arm. Even later was ze op de veranda en hoorde ik haar tegen Warren zeggen dat hij moest opschieten.

'En hoe was jouw dag?' vroeg mijn vader aan mij. 'Heb je nog grootse daden verricht?'

Ik glimlachte. Ik wist wel zeker dat mensen voorzien van fris en friet niet meetelde. 'Dat weet ik niet,' zei ik. 'Maar deze zijn wel bezorgd.'

Ik liep naar de tafel en pakte een van de filmposters op. 'Wat vind je ervan?' vroeg ik, ongewoon nerveus, terwijl hij de poster bekeek.

'Heb jij de film uitgezocht?' vroeg mijn vader en zijn stem klonk een beetje hees.

'Ja,' zei ik en mijn vader knikte. Hij keek nog steeds alleen naar de poster en niet naar mij. 'Je zei dat het je lievelingsfilm was,' zei ik toen hij een minuut later nog steeds niks had gezegd. 'En dat je hem nog nooit op een groot scherm had gezien...'

Mijn vader schraapte zijn keel en keek me aan. 'Bedankt, meisje,' zei hij. 'Dit is geweldig. Ik kan gewoon niet geloven dat je dit voor me gedaan hebt.'

Ik knikte en staarde toen naar de tegels op de keukenvloer. Het lukte me niet om te zeggen waar ik wel de hele tijd aan dacht: dat ik het had gedaan omdat ik van hem hield en hem gelukkig wilde maken en dat ik had gewild dat hij zijn lievelingsfilm nog een keer kon zien. Maar daarin lag ook besloten wat me iedere keer trof als ik naar de kalender keek. Dat dit waarschijnlijk de laatste keer werd dat hij die film zou zien. Dat het waarschijnlijk een van de laatste films was die hij ooit nog zou zien. Ik moest me vermannen voor ik het gevoel had dat ik weer kon praten.

'En,' ze ik zo opgewekt mogelijk, 'Warren neemt iemand mee naar de film.'

'Weet hij dat zelf ook?' vroeg mijn vader. Hij gaf de hond op zijn arm een duwtje. 'Betekent dat dat hij dit arme beest nu met rust zal laten?'

'Laten we het hem gaan vragen,' zei ik en ik liep de keuken uit. Mijn vader kwam achter me aan naar de veranda, waar Gelsey nu aan het stretchen was, met haar voet op de balustrade en haar hoofd naar haar knie gebogen. Daar kreeg ik iedere keer de rillingen van als ik het zag.

'Schouders naar achteren,' zei mijn moeder en ik zag dat Gelsey zichzelf corrigeerde. Mijn vader ging naast Warren zitten, die zo te zien nog steeds dezelfde maïskolf vast had waar ik hem mee had achtergelaten. Ik merkte onwillekeurig op dat mijn vader een beetje buiten adem was na het tripje van de keuken naar de veranda: hij moest alweer even uitrusten. Hij legde de hond wat beter neer, die het blijkbaar heerlijk vond om overal mee naartoe gedragen te worden in het holletje van zijn arm, en glimlachte naar mijn broer.

'Ik begrijp dat je een afspraakje hebt,' zei hij. Warren schrok op, werd rood en begon eindelijk de maïs te pellen.

'Echt?' zei mijn moeder. Ze glimlachte naar Warren en ging bij mijn vader zitten, op de leuning van zijn stoel. 'Sinds wanneer?'

'Sinds Taylor haar voor hem gevraagd heeft,' zei Gelsey, die weer overeind kwam.

'Wat?' vroeg mijn moeder fronsend en ik lachte en liep naar mijn broer toe om hem met de maïs te helpen terwijl hij het hele verhaal vertelde. En terwijl ik daar zat te luisteren, met af en toe een opmerking ertussendoor als dat nodig was, bedacht ik opeens dat we dit thuis nooit hadden gedaan. Gewoon bij elkaar zijn en praten over wat er in onze levens gebeurde. Thuis was mijn vader nu op zijn werk geweest, en wij drieën hadden zonder twijfel allemaal onze eigen bezigheden gehad. En ondanks de omstandigheden die ons hier hadden gebracht, was ik blij met dit moment, een moment waarop we eindelijk als een echt gezin dingen met elkaar deelden.

26

Ik kon niet slapen. Dat leek wel het thema van deze zomer, want ik lag elke nacht uren wakker, ook al had ik de hele dag gewerkt en was ik uitgeput en zou ik dus eigenlijk in slaap moeten vallen zodra mijn hoofd het kussen raakte. Maar iedere keer hielden mijn gedachten me wakker en lag ik nog uren te woelen en te draaien. Het leek wel alsof ik sinds we in Lake Phoenix waren aangekomen voortdurend werd geconfronteerd met alles wat ik fout had gedaan en waar ik de laatste vijf jaar niet aan had willen denken. En 's nachts, als ik er niet meer aan kon ontsnappen, slopen die dingen mijn hoofd binnen en weigerden weg te gaan.

Gek genoeg was het deze nacht de hond die me wakker hield. Dat kwam door Henry's reactie toen hij hoorde dat de hond gewoon in de steek was gelaten. Want al wilde ik de huurders nog zo graag veroordelen omdat ze hun hond hadden achtergelaten, eigenlijk deed ik dat zelf ook al jaren: vluchten of eruit stappen als de situatie te moeilijk werd. Maar ik had de harde gevolgen nooit onder ogen hoeven zien. Ik had er zelfs alles aan gedaan om te voorkomen dat ik ooit op mijn daden kon worden aangesproken. En nu was Murphy er, het levende bewijs dat iets of iemand achterlaten nooit simpel kon zijn, zonder repercussies.

Toen ik het echt niet meer uithield stapte ik uit bed en

trok een sweater aan. Ik dacht dat frisse lucht misschien zou helpen, of in ieder geval mijn hoofd een beetje leeg zou maken. Ik liep op mijn tenen de gang door en ging over de veranda naar buiten. Ik nam niet de moeite om schoenen aan te trekken, maar stapte blootsvoets het gras op.

Het was een prachtige nacht, met een enorme maan aan de hemel en net zo'n enorme weerspiegeling in het water van het meer. Er zat een beetje kou in de lucht, een licht briesje dat de bladeren deed ritselen, en ik trok mijn sweater wat dichter om me heen terwijl ik naar de steiger liep. Pas toen ik het trapje al af was zag ik dat de steiger niet leeg was. Dat was niet zo heel ongewoon: op een avond had ik Kim en Jeff zelfs al brainstormend over de steiger heen en weer zien lopen, allebei met een stapel papieren in hun hand. Ik ging langzamer lopen en kneep mijn ogen tot spleetjes om te ontdekken wie daar op de rand van de steiger zat. Toen draaide de gestalte zich een beetje naar links en zag ik dat het Henry was.

Ik verstijfde, vroeg me af of ik nog weg kon lopen zonder dat hij het in de gaten had. Hij kon me niet zien, zijn hoofd was niet ver genoeg gedraaid, maar ik was bang dat een plotselinge beweging zijn aandacht zou trekken. Een seconde later dacht ik aan al die momenten waar ik net van wakker had gelegen, waarop ik was weggelopen toen ik had moeten blijven. Maar het leek erop dat ik met Lucy, en nu misschien ook met Henry, in ieder geval de mogelijkheid kreeg om het weer goed te maken. Dus haalde ik een keer diep adem en liep door, zette de ene voet voor de andere tot ik bij de steiger was. Pas toen Henry zich omdraaide bedacht ik dat hij misschien helemaal geen zin had in mij en mijn behoefte om mijn fouten onder ogen te zien. Hij was waarschijnlijk naar de steiger gekomen om alleen te zijn en hij had voor één dag waarschijnlijk wel genoeg van mij gezien. Ik bedacht ook dat ik mijn slaapkleren nog aan had: een kort badstof broekje en een topje zonder beha. Ik was plotseling heel dankbaar voor de sweater en dook er nog wat dieper in weg. Ik hield mijn armen om me heen geslagen en groette Henry met een knikje. 'Hoi,' zei ik.

'Hé,' zei hij verbaasd. Ik dwong mezelf om naar hem toe te blijven lopen. Ik mocht niet stoppen of aarzelen, want dan zou dat deel van mij waar ik meestal naar luisterde de touwtjes in handen nemen en ik wist wat dat betekende: ik zou me omdraaien en naar binnen rennen, om niet het gevaar te lopen dat ik mezelf vandaag voor de zoveelste keer bij hem voor gek zou zetten.

Ik ging ook op de rand van de steiger zitten, maar wel met zo veel ruimte tussen ons dat er nog zeker één persoon tussen zou passen. Ik strak mijn benen in het water. Het meer was koud, maar voelde goed tegen mijn voeten terwijl ik ze net onder het oppervlak kleine rondjes liet draaien. 'Ik kon niet slapen,' vertrouwde ik hem na een ogenblik stilte toe.

'Ik ook niet,' zei hij. Hij keek naar me en glimlachte flauwtjes. 'Koud?'

'Een beetje,' zei ik terwijl ik mijn armen om mijn sweater geslagen hield. Hij had blijkbaar geen last van de koele nachtlucht, ook al had hij alleen een kort sportbroekje aan met een grijs T-shirt dat er verwassen en lekker zacht uitzag. Ik vroeg me opeens af of dit ook zíjn slaapkleren waren, en bij die gedachte keek ik snel weer naar het meer en het maanlicht.

306

'Sorry voor vandaag,' zei hij terwijl hij ook over het meer uitkeek. 'In de auto. Het was niet de bedoeling om zo dicht te klappen.'

'O,' mompelde ik. Ik had niet geweten dat dat het was. 'Lag het...' begon ik, maar haperde toen omdat ik niet goed wist hoe ik dit moest zeggen. 'Heb ik iets verkeerds gezegd?' waagde ik uiteindelijk.

Henry schudde zijn hoofd en keek me aan. 'Niet echt,' zei hij. 'Het was gewoon...' Hij ademde uit en ging toen verder: 'Mijn moeder is weggegaan.' Hij bleef me aankijken terwijl hij dat zei. Ik wilde niet laten zien hoe geschokt ik was en dwong mezelf om zijn blik te beantwoorden en niet weg te kijken. 'Vijf jaar geleden,' zei hij. 'Aan het eind van de zomer.' Hij verbrak het oogcontact en keek weer naar het meer. Ik keek naar beneden en zag dat zijn vingers de rand van de steiger vastgrepen, zo stijf dat zijn knokkels wit werden.

'Hoe kwam dat?' vroeg ik zacht. Ik deed mijn best om de schok die ik voelde niet in mijn stem te laten doorklinken. Maar vanbinnen duizelde het me. Mevrouw Crosby was gewoon wéggegaan?

Henry haalde zijn schouders op en schopte met één voet in het water. De kringen breidden zich steeds verder uit, tot het water weer glad was. 'Ik wist wel dat ze het moeilijk had die zomer,' zei hij.

Ik probeerde het me te herinneren. Eerlijk gezegd had ik die zomer, die vooral werd overheerst door eerste afspraakjes en kermiskussen en drama's met Lucy, niet echt op mevrouw Crosby gelet. Ze had hetzelfde als altijd geleken: een beetje afstandelijk en niet erg vriendelijk.

'Ik dacht niet dat er echt iets mis was. Maar de week voor we terug moesten naar Maryland ging ze winkelen in Stroudsburg. En ze kwam niet meer terug.'

'O, mijn god,' mompelde ik. Ik probeerde me voor te stellen dat mijn moeder zoiets zou doen. Het lukte niet. Want hoe vaak we ook ruzie hadden of een meningsverschil, en hoe hard ik haar soms ook probeerde weg te duwen, het was nooit één seconde in me opgekomen dat ze weg kon gaan.

'Ja,' zei Henry met een kort, humorloos lachje. 'Later die avond belde ze op, waarschijnlijk om te zorgen dat mijn vader de politie niet zou bellen. Maar daarna liet ze helemaal niets meer van zich horen. Tot twee jaar geleden, omdat ze wilde scheiden.'

Dit werd steeds erger. 'Heb je je moeder al vijf jaar niet gezien?' vroeg ik zwakjes.

'Nee,' zei hij met een harde klank in zijn stem. 'En ik weet ook niet of dat ooit nog gaat gebeuren.' Hij keek me aan. 'Weet je wat nog het ergste was? Mijn vader en ik waren naar een honkbalwedstrijd. Ze liet Davy helemaal alleen achter.'

Ik rekende terug en realiseerde me dat Davy toen nog maar zeven was geweest. 'Was hij...' Ik haalde diep adem. 'Ik bedoel, is er iets...'

Henry schudde zijn hoofd zodat ik de zin gelukkig niet af hoefde te maken. 'Hij was oké. Maar ik denk wel dat hij daarom zo met dat survivalgebeuren bezig is. Ook al zegt hij zelf dat het door een programma op Discovery komt.'

Langzaam werd het plaatje compleet. 'Zijn jullie daarom hiernaartoe verhuisd?' vroeg ik. Dit was natuurlijk de reden dat geen van ons mevrouw Crosby had gezien in al die tijd dat we hier waren.

'Ja,' zei hij. 'Mijn vader moest iets anders gaan doen, werk waardoor hij meer thuis zou zijn, en hij vond het hier altijd al fijn. We moesten wel van huis wisselen, omdat Davy en ik in het vorige huis op één kamer sliepen. Niet dat hij een eigen kamer nodig blijkt te hebben,' voegde hij daaraan toe en er kwam een klein glimlachje om zijn mond toen hij naar zijn tuin keek, waar Davy's tent was opgezet. Henry haalde zijn schouders op en schopte nog een keer in het water. 'Mijn vader was er die eerste tijd wel slecht aan toe,' zei hij en zijn stem klonk zacht. Ik wachtte of hij nog meer zou zeggen, me meer details zou geven, maar hij ging al verder. 'Dus hiernaartoe verhuizen leek gewoon de beste oplossing.'

Ik knikte, maar ik kon het nog steeds niet allemaal bevatten. Plotseling kwam het besef binnen, met zo'n kracht dat ik het er koud van kreeg, dat ik precies twee weken voor zijn moeder hetzelfde had gedaan. Ik was zomaar, zonder enige verklaring, weggegaan. 'Henry,' zei ik zacht, en hij keek om. 'Het spijt me zo verschrikkelijk.' Ik hoopte dat hij voelde dat ik het meende en dat hij de woorden niet gewoon zou negeren zoals ik dat had gedaan bij iedereen die ze tegen mij had gezegd.

'Bedankt,' zei hij rustig. Maar hij keek me niet aan en ik kon niet zien of hij me geloofde. 'Ik wilde gewoon even uitleggen waarom ik zo flipte.'

'Het zag er niet uit als flippen,' zei ik.

'Ik flip meestal heel stilletjes,' zei Henry met een uitgestreken gezicht en ik glimlachte. 'Sorry voor dat hele verhaal,' zei hij en hij haalde zijn schouders op.

'Ik ben blij dat je het verteld hebt,' zei ik.

Hij keek me aan en glimlachte naar me.

Ik besefte dat ik hem op mijn beurt ook iets moest vertellen. Ik haalde diep adem, maar op de een of andere manier leek het hier in het donker minder moeilijk: 'Mijn vader is ziek.' Ik had het nog niet gezegd of ik voelde de tranen in mijn ogen prikken en mijn onderlip begon te trillen. Ik dwong mezelf om verder te gaan en Henry zo een vraag te besparen. 'Hij wordt niet meer beter. Dat is de echte reden...' Mijn stem bleef in mijn keel steken en ik keek naar mijn voeten in het water, dwong mezelf om door te zetten. 'De echte reden dat we hier zijn. Voor een laatste zomer samen.' Toen ik was uitgesproken voelde ik een traan omlaagrollen en ik veegde hem weg, hopend dat Henry het niet had gezien. Ik moest het nog even volhouden, mocht nog niet instorten.

'Wat rot voor je, Taylor,' zei Henry even later. Ik keek hem aan en zag op zijn gezicht iets wat ik nog bij niemand had gezien. Misschien een soort herkenning van wat ik doormaakte. Hier zat in ieder geval iemand die ook iets had meegemaakt wat de meeste mensen niet konden begrijpen.

'Ik had het natuurlijk meteen die eerste dag moeten vertellen,' zei ik. Ik streek met mijn hand over de gladde planken van de steiger en bedacht dat het misschien wel heel toepasselijk was dat we hier zaten, op de plek waar we elkaar voor het eerst weer hadden gezien. Dat we zo de cirkel sloten. 'Maar ik denk dat ik probeerde te doen alsof het niet waar was.'

'Dat begrijp ik best,' zei Henry. We zaten even stil naast elkaar. Het briesje stak weer op en blies Henry's haar over zijn voorhoofd. 'Wat je eerder zei,' zei hij, 'over vrienden zijn. Ik denk dat we het moeten doen.'

'Echt?' zei ik.

Henry knikte met een ernstig gezicht.

'Maar hoe moet het dan met wat je zei... dat er zoveel is gebeurd de afgelopen vijf jaar?'

Henry haalde zijn schouders op. 'Nou, dat moeten we dan inhalen.' Hij trok zijn voeten uit het water en keek me aan. 'Zullen we nu gelijk beginnen?'

Ik staarde hem aan in het maanlicht en kon bijna niet geloven dat ik dit zo gemakkelijk aangeboden kreeg. Ik schaamde me dat ik zo'n lage dunk van Henry had gehad, dat ik echt had gedacht dat hij me niet zou willen vergeven, alleen omdat ik zelf zo zou hebben gereageerd. Maar op dat ogenblik leek het alsof ik plotseling een nieuwe kans kreeg. Ik wist dat ik die niet verdiende, maar ik kreeg hem toch. Ik trok mijn voeten ook uit het water en draaide me naar hem toe. 'Ja,' zei ik en ik voelde een glimlachje op mijn gezicht verschijnen. 'Nu klinkt helemaal perfect.'

27

De dag nadat Henry en ik vrede hadden gesloten op de
steiger, verscheen zijn broer op onze veranda met een
voorstel.

Henry en ik waren tot vijf uur 's ochtends opgebleven. We
zaten op de steiger, lieten af en toe onze voeten in het water
glijden en vertelden elkaar verhalen. Maar niet gehaast, niet
met de bedoeling alles tegelijk te vertellen. Nee, we wisselden
ze heel ongedwongen uit, zoals we vroeger stripboeken ruil-
den (ik had een voorkeur voor Betty & Veronica, hij had een
ongezonde obsessie voor Batman, zoals hij nu zelf toegaf).
Henry zei eigenlijk niet veel meer over het vertrek van zijn
moeder en ik wilde niet praten over wat er met mijn vader
aan de hand was. En we vertelden allebei niets over eventuele andere romantische gebeurtenissen in de tussenliggende
jaren. Maar elk ander onderwerp was blijkbaar toegestaan.

Henry vertelde over de keer dat hij bijna een tattoo had
genomen en liet het enige merkteken zien dat hij aan die
ervaring over had gehouden: een stip op zijn bovenarm.
Het leek net een sproet en was het begin van een tribal tattoo die er nooit was gekomen omdat Henry bij de eerste
prik met de naald had beseft dat hij een fout maakte. 'En ik
moest toch voor de hele tattoo betalen, dat geloof je toch
niet?' had hij gevraagd terwijl ik in het maanlicht naar de
piepkleine bijna-tattoo tuurde.

Ik vertelde hem over mijn kortdurende wens om marien bioloog te worden, tot ik me realiseerde dat ik vissen echt walgelijk vond en dat ik op open zee altijd zeeziek werd. Het was misschien handig geweest als ik dat had geweten voor ik een zomer lang op oceanografiekamp was gegaan.

Hij vertelde dat hij twee keer voor zijn rijexamen was gezakt en de derde keer maar net was geslaagd, en ik vertelde hem over de bonnen voor te hard rijden waar ik me onderuit had gekletst. Hij vertelde over de eerste vakantie met zijn vader en Davy nadat mevrouw Crosby was weggegaan en dat hij wilde dat alles perfect was. Uiteindelijk kampeerden ze in een sneeuwstorm, iedereen totaal bevroren en ongelukkig, tot ze besloten dat het genoeg was geweest en de rest van de vakantie in een motelkamer tv keken en afhaalmaaltijden aten. Ik vertelde over afgelopen kerst, op Sint Maarten. Het regende elke dag, en Warren, die brieven van universiteiten verwachtte met het bericht of hij was aangenomen of niet, was daar zo door geobsedeerd dat hij onze postbode op zijn huisadres probeerde te bellen. Mam moest uiteindelijk zijn telefoon afpakken. We hadden het over muziek (hij was beledigd toen ik zijn voorliefde voor singer-songwriters met blote voeten 'hippie-achtig' noemde; hij dreef de spot met mij omdat ik de namen van alle drie de Bentley Boys kende, ondanks mijn protesten dat dat alleen maar door Gelsey kwam) en we deelden snackbarroddels. Blijkbaar wist Henry al weken dat Elliot verliefd was op Lucy en hij vond ook dat Elliot er iets aan moest doen, maar Elliot had hem bezworen dat hij daar allang mee bezig was, dat hij een plan had, compleet met stroomschema.

En terwijl we zaten te praten herinnerde ik me weer waarom we vroeger zulke goede vrienden waren geweest. Het kwam door de manier waarop hij naar je luisterde, en niet zat te wachten tot je klaar was om dan met zijn eigen verhaal te komen. Het kwam door de manier waarop hij zijn woorden afwoog, zodat ik altijd wist dat hij goed over zijn antwoord had nagedacht. Het kwam door zijn lach: áls hij lachte, en dat deed hij niet zomaar, voelde dat als een verovering en wilde je alles doen om het nog een keer te laten gebeuren. Het kwam door zijn enthousiasme, en door hoe ik werd meegesleept als hij over iets vertelde waar hij gepassioneerd over was, bijvoorbeeld hoe heerlijk hij het vond om in de bossen te zijn, dat hij het gevoel had dat alles daar klopte.

De uren gingen voorbij en de pauzes tussen de verhalen werden steeds langer, tot we alleen nog in een ongedwongen stilte naast elkaar naar het water zaten te kijken en de eerste reep daglicht aan de horizon verscheen.

Toen gingen we uiteen, ieder naar ons eigen huis. In de keuken zag ik tot mijn stomme verbazing dat het al vijf uur was en terwijl ik naar mijn kamer liep bedacht ik dat ik nu toch zeker geen moeite zou hebben om in slaap te vallen. Maar eenmaal in bed miste ik toch iets. Ik ging naar mijn kast, pakte de knuffelpinguïn en legde hem op mijn kussen. Ik vond het zelfs niet erg (misschien omdat ik nog niet de kans had gehad om echt in slaap te vallen) toen mijn vader om acht uur mijn voeten kietelde om me wakker te maken voor ons ontbijt. Ik had het idee dat hij nog minder at dan anders – zelfs Angela de serveerster zei er iets over – maar we werkten wel de hele nieuwe quiz op de placemat af. Hij bleek bang te zijn voor achtbanen en allergisch voor gember. Na het ontbijt pikten we mijn fiets op, die ik de avond ervoor bij de Diner had laten staan, en reed ik ons weer naar huis. Niemand had er iets over gezegd, maar mijn vader reed sinds een paar dagen geen auto meer. Hij was zonder commentaar naar de passagierskant van de Land Cruiser gelopen, zodat ik een beetje klungelig met de sleutels in mijn hand naar de bestuurderskant moest lopen en net doen alsof dat heel gewoon was.

Toen ik het pad op reed zag ik zoals verwacht Murphy achter de hordeur van de veranda staan springen van blijdschap omdat mijn vader weer thuis kwam. Wat me verbaasde was de aanblik van Davy Crosby op de trap naar de veranda. Zijn kleren waren een variatie op hetzelfde thema zoals steeds als ik hem zag: een T-shirt, cargoshorts en mocassins.

'Hallo daar,' zei mijn vader terwijl hij een beetje wankel uit te auto stapte. Ik zag dat hij meteen de balustrade vastpakte en daar zwaar op leunde terwijl hij glimlachend op Davy neerkeek.

'Hoi,' zei Davy. Hij stond op en stak zijn hand uit. Mijn vader schudde hem. 'Ik ben Davy Crosby. Ik woon hiernaast. Ik wil graag even met u praten.'

'Natuurlijk,' zei mijn vader. Hij keek naar Davy's voeten en glimlachte. Mooie mocassins, kerel.' Hij keek naar het huis. 'Was er niemand om je binnen te laten?' Davy schudde zijn hoofd en mijn vader keek mij vragend aan.

'Waarschijnlijk naar het recreatiecentrum,' zei ik. Het was Gelseys balletdag, dus ze waren vermoedelijk druk aan de slag. En toen we die ochtend weggingen had ik gezien dat Warren mompelend bezig was elk kledingstuk dat hij bezat op zijn bed uit te spreiden, dus ik had zo'n idee dat hij was meegegaan in de hoop dat ze vlak voor zijn afspraakje nog even met hem gingen winkelen.

'Aha,' zei mijn vader. 'Oké, zullen we dit binnen bespreken?'

'Klinkt goed,' zei Davy. Mijn vader deed de deur naar de veranda open en de hond ging helemaal uit zijn dak. Terwijl hij de hond oppakte ving mijn vader heel even mijn blik en ik zag dat hij een glimlach probeerde te verbergen. Tegen de tijd dat hij in zijn normale stoel zat en Davy tegenover hem ging zitten, was dat ook gelukt.

'Dus,' zei mijn vader serieus terwijl hij de hond achter zijn oren krabde, 'wat is je voorstel?'

'Ja,' zei Davy en hij ging rechtop zitten. 'Het viel me op dat jullie een hond hebben.' Mijn vader knikte ernstig en ik beet op mijn lip om niet te lachen. 'Ik zou willen voorstellen dat ik hem voor jullie uitlaat.' Davy keek mijn vader en mij om de beurt aan. 'Ik verwacht geen betaling,' maakte hij duidelijk. 'Ik hou gewoon van honden. En pap zegt dat wij er geen mogen,' voegde hij eraan toe en daarmee klonk hij voor het eerst in dit gesprek als een kind.

'Nou,' zei mijn vader en ik zag zijn mondhoeken hevig trekken. 'Dat klinkt goed. Kom maar wanneer je wilt, ik weet zeker dat de hond het altijd heerlijk vindt om uitgelaten te worden.'

Er brak een glimlach door op Davy's gezicht. 'Echt?' vroeg hij. 'Heel erg bedankt!'

Mijn vader glimlachte terug. 'Wil je meteen beginnen?' vroeg hij, want dat was wel duidelijk. Hij wilde overeind komen, maar zijn gezicht vertrok onmiddellijk en ik sprong op en liep naar de keuken en deed net alsof ik niks in de gaten had.

'Ik pak de riem wel!' riep ik. Ik trok hem van de haak bij de deur en toen ik weer op de veranda kwam had mijn vader Murphy op de grond gezet en klopte Davy de hond aarzelend op zijn kop. 'Hier,' zei ik en ik gaf hem de riem. Hij klikte hem zorgvuldig vast en Murphy begon gelijk te trekken. Die kon duidelijk niet wachten.

'Veel plezier,' zei mijn vader en hij leunde met een glimlach achterover terwijl Davy met de hond de deur uit liep.

'Bedankt,' zei Davy. In de deuropening bleef hij staan en draaide zich om. 'Ik heb gehoord dat u ziek bent,' zei hij. 'Dat spijt me.' Ik keek naar mijn vader en kreeg een knoop in mijn maag toen ik de blijdschap op zijn gezicht zag wegebben, alsof iemand aan een dimmer draaide.

'Dankjewel,' greep ik in toen duidelijk werd dat mijn vader hier geen antwoord op kon geven. Davy knikte en liep het pad af, met de hond zo ver voor hem uit als de riem toestond. Een ogenblik later keek ik naar mijn vader. Het was mijn schuld, want Davy wist dat alleen maar omdat ik het aan zijn broer had verteld. Maar ik wist niet of dit iets was waarvoor ik mijn excuses moest aanbieden, of iets waarvan we net gingen doen alsof het nooit gebeurd was.

'Was dat Henry's broertje?' vroeg mijn vader. Davy en Murphy verdwenen net uit het zicht; hij keek ze even na en toen weer naar mij.

'Ja,' zei ik. 'Hij is net zo oud als Gelsey.'

Mijn vader knikte en keek me toen aan met zo'n glimlachje waarvan ik uit ervaring wist dat het niks goeds bete-kende. 'Henry is een aardige jongen, toch?'

'Ik weet niet,' zei ik en ik voelde mijn wangen rood wor-den, al was daar geen enkele reden voor. 'Ik bedoel, vast wel.'

'Ik heb hem bij de bakker gezien,' ging mijn vader door terwijl hij langzaam zijn *Pocono Record* opensloeg, alsof hij er echt geen idee van had dat hij me zat te martelen. 'En hij was steeds heel beleefd.'

'Ja,' zei ik. Ik sloeg mijn benen over elkaar, haalde ze weer uit de knoop en vroeg me ondertussen af waarom mijn gezicht in vuur en vlam stond. Henry en ik waren nog maar net weer vrienden geworden, laat staan... iets anders, waar mijn vader met die alwetende ondertoon in zijn stem op leek te doelen. 'Pap, zal ik je laptop even halen?'

'Graag,' zei hij en hij concentreerde zich op de kruis-woordpuzzel. Ik slaakte een stille zucht van opluchting dat hij de zaak verder liet rusten. Ik stond op om het huis in te gaan, zodat mijn vader aan zijn geheime project kon werken. 'Weet je,' zei hij toen ik de deurkruk als vast had. Ik draaide me naar hem om en zag dat hij nog steeds glimlachte. 'Het raam in de gang boven kijkt uit op de stei-ger.'

Ik greep de kruk nog steviger vast. 'Is dat zo?' vroeg ik. Ik probeerde mijn stem luchtig te laten klinken, al had ik natuurlijk feitelijk gesproken helemaal niks verkeerds gedaan. Ik was wel om drie uur 's nachts het huis uit geslo-pen, maar gezien het feit dat ik niet verder was gekomen dan de achtertuin leek me dat niet zo heel erg.

'Hm,' zei mijn vader, schijnbaar verdiept in de krant.

Maar even later keek hij op en glimlachte naar me. 'Zoals ik al zei, het lijkt me een aardige jongen.'

Ik voelde mijn wangen weer knalrood worden. 'Laptop,' zei ik met mijn meest kordate stem en ik liep onder het geluid van mijn vaders gegrinnik naar binnen. Maar zelfs nadat ik zijn laptop had gehaald, die op zijn plek op de bank lag op te laden, kreeg ik de glimlach niet helemaal van mijn gezicht.

28

'Het komt allemaal goed,' zei Lucy geruststellend. Ze wendde zich tot Elliot, die zijn eeuwige kaartspel stond te schudden. Toen hij er niet mee instemde, sloeg ze hem hard op zijn arm. 'Of niet soms?'

'Au!' jammerde Elliot. 'Ik bedoel... eh, ja. Absoluut. Je doet het vast geweldig. Veel beter dan de vorige keer. Waar ik het... niet over mocht hebben,' zei hij toen hij zag dat Lucy hem een moordlustige blik toewierp. Hij glimlachte breed naar me en stak twee duimen omhoog, en ik voelde mijn maag samentrekken.

Films Onder de Sterren was weer aangebroken en geen van mijn beide collega's liet me onder mijn inleiding uit komen. Lucy had net een boek gelezen van een vroegere ster uit een reality show en die was helemaal vol van 'de confrontatie aangaan met je demonen'. Ik had de show met die vrouw gezien en het leek mij dat ze al heel goed wás in confrontaties, maar dat argument maakte geen indruk op Lucy. En als Lucy eenmaal een standpunt innam, zou Elliot haar nooit tegenspreken. Gelukkig had hij wel beloofd dat hij me zou redden als ik er echt weer niks van bakte.

De dagen voor de film waren als in een roes voorbijgegaan, volgens de routine die nu zo'n beetje standaard was geworden: ontbijt en vragen met mijn vader, werk met Lucy en Elliot, avondeten met mijn familie op de veranda. En dan was Henry er ook nog. We bleken dezelfde werktijden te hebben, en de dag na ons gesprek op de steiger had hij me ingehaald terwijl ik tegelijk probeerde te fietsen en koffie te drinken uit mijn reisbeker. We hadden tijdens dat ritje niet veel gepraat (ik moest nog in fietsvorm komen en had mijn adem nodig voor andere dingen, zoals de top van Devil's Dip halen), maar het was gewoon fijn geweest om samen te fietsen. De volgende ochtend haalde ik hem in en sindsdien fietsten we steeds samen naar ons werk. Er waren geen lange gesprekken op de steiger meer geweest, ook al merkte ik dat ik elke avond voor ik naar bed ging wel een paar keer keek of er iemand zat. En ook al wist ik dat ze het graag wilde weten, ik had nog niks tegen Lucy gezegd. Om te beginnen had hij een vriendinnetje. En ik wilde niet dat hij te horen zou krijgen dat ik geïnteresseerd was. Ik wist niet eens óf ik dat wel was, dus hoefde ik het er verder niet over te hebben.

En dan was er nog iets: iedere keer dat ik op het werk in de ruimte stond te staren, met mijn gedachten bij Henry, sprong er in mijn hoofd iets in de houding en herinnerde me eraan wat echt belangrijk was. Wat er met mijn vader gebeurde, daar ging het om. Dat mocht ik niet vergeten, zelfs al had mijn vader de ergerlijke gewoonte opgevat om me veel te veel gerichte vragen over Henry te stellen, altijd met een veelbetekenende glimlach. Hoe dan ook, op dit moment kon ik me met niets ander bezighouden dan het feit dat ik op het punt stond om mezelf voor minstens vijftig mensen voor gek te zetten. Voor de tweede keer.

'Weet je,' zei Elliot pseudo-achteloos, 'als we een van mijn films hadden genomen, had ik zonder problemen een praatje kunnen houden. Misschien moeten we dat voor de volgende keer in gedachten houden.'

'Nee,' zeiden Lucy en ik in koor. Zij keek me aan terwijl Elliot zijn kaarten weer begon te schudden, mopperend over mensen zonder enige cinematografische smaak. 'Het komt allemaal goed,' zei ze met een bemoedigende glimlach. 'En zo niet, dan zal ik vlak voor je een paar radslagen doen, oké?'

Daar moest ik wel om lachen. 'Luce, je hebt een rokje aan.'

Haar glimlach werd nog iets breder. 'Dan heeft het des te meer effect, toch?'

Elliot verloor de controle over het spel en de kaarten vlogen in het rond. Met een rooie kop begon hij ze op te rapen, terwijl Lucy met haar ogen rolde. Ik maakte van de gelegenheid gebruik om het publiek even te bekijken en misschien te gaan overgeven of flauw te vallen als dat nodig was. De zon ging al onder, ze stond groot en laag aan de hemel en werd rood en oranje weerspiegeld in het meer. Ik keek op de klok en zag dat het tegen halfnegen liep, de begintijd die Fred voor de film van vanavond had gepland.

'Taylor!' Bij het horen van die radeloze stem draaide ik me om en ik zag mijn broer, net als altijd in poloshirt en kaki broek. Hij had een boeket bloemen in een wurggreep en zag eruit alsof hij zelf elk moment flauw kon vallen.

'Hé,' zei ik. Ik speurde de dekens en handdoeken af: ik had mijn familie niet zien aankomen. 'Waar zijn pap en mam?'

'Daar,' wees Warren en inderdaad zag ik onze deken uitgespreid op het zand liggen. Mijn vader had zijn arm om mijn moeders schouders geslagen en ze zat te lachen. Om de een of andere reden stond er een strandstoel aan de rand van onze deken, maar die was leeg. De familie Gardner had hun deken naast die van ons gelegd en Nora en Gelsey hingen over de ruimte ertussen heen met elkaar te kletsen. 'Maar luister,' zei hij en ik richtte mijn aandacht weer op mijn broer, die er veel angstiger uitzag dan toen hij voor de tweede keer herexamen deed om de ongrijpbare 'perfecte score' te halen (wat hem ook lukte). 'Zie ik er goed uit zo? Of zie ik er stom uit? Gelsey zei dat ik er "prima" uitzag. Wat betekent dat?'

In mijn eigen paniek over het feit dat ik in het openbaar moest spreken, waren mijn broer en zijn romantische perikelen me helemaal ontschoten. En dat was niet goed, want ik had dit op mijn geweten en ik had zo'n idee dat ik tot in de eeuwigheid de schuld zou krijgen als alles helemaal fout ging. 'Je ziet erg geweldig uit,' stelde ik hem gerust. 'Je moet gewoon... eh... ademhalen. En als je je kunt inhouden, vertel haar dan niet hoe van alles is uitgevonden. Tijdens je eerste afspraakje.'

'Juist,' zei Warren en hij bleef veel langer knikken dan mensen meestal doen. 'Oké.'

Ik keek naar de ingang en zag Wendy staan. Haar lange haar zat dit keer niet in de gewone vlechten, maar hing los over haar witte zonnejurkje.

'Je afspraakje is er,' wees ik. Wendy zag me en zwaaide en ik zwaaide terug. Warren daarentegen keek alleen maar, waarbij zijn mond een paar keer open en dicht ging.

'Ga!' zei ik met een duwtje in zijn rug. 'Haal adem.'

'Juist,' zei Warren met een stem waaruit bleek dat hij dat

niet echt deed, maar hij liep wel naar de ingang. Omdat ik hem wat privacy wilde geven, speurde ik nog een keer het strand af.

Ik was niet speciaal naar Henry op zoek of zo. Maar hij was wel naar de vorige film gekomen en ik had hem de poster gegeven, dus hij wist dat er vanavond weer een film was. Het was dus niet vreemd dat ik hem verwachtte. Maar mijn blik gleed van deken naar deken en hij was nergens te bekennen.

Ik keek om naar de snackbar en zag Elliot op zijn horloge tikken en Lucy haar duimen opsteken. Het was zover. Ik gaf Leland een teken dat hij met een knikje beantwoordde, ging voor het scherm staan en vermande me. 'Goedenavond,' begon ik. Het was blijkbaar hard genoeg, want de meeste mensen keken naar me op. Ik voelde hoe zweterig mijn handpalmen waren en draaide mijn handen achter mijn rug in elkaar in de hoop dat het niemand zou opvallen. 'Welkom bij Films Onder de Sterren, waar we vanavond *Casablanca* zullen vertonen.' Om de een of andere reden gingen sommige mensen toen applaudisseren, en dat gaf me even de tijd om mezelf weer onder controle te krijgen. Wat deed ik normaal eigenlijk met mijn handen? Ik had geen idee, dus ik hield ze maar achter mijn rug tot ik het weer wist.

'De snackbar is de komende twintig minuten nog open. Dus... dat is de tijd.' Ik voelde wel dat ik stond te bazelen, maar het was in ieder geval beter dan die eindeloze stiltes van de vorige keer. Ik keek op en mijn blik gleed rechtstreeks naar de plek waar mijn familie zat. Mijn moeder glimlachte een beetje star en Gelsey fronste alsof ze niet helemaal wist wat ik aan het doen was. Maar toen ik mijn vader aankeek en zijn kalme, bemoedigende blik opving, slaakte ik een diepe zucht. Ik wist opeens precies wat ik moest zeggen. '*Casablanca* is door filmkenners wel de perfecte film genoemd, van het eerste shot tot het laatste,' zei ik en ik zag een blij verraste uitdrukking over mijn vaders gezicht glijden. 'Ik hoop dat jullie het ermee eens zijn. Geniet ervan!' Er klonk weer een mager applausje terwijl ik me van het scherm naar de veilige snackbar haastte en de film begon, met het ouderwetse zwart-witte logo van Warner Brothers op het scherm.

Twintig minuten later sloten we de snackbar zo zachtjes mogelijk af. Tussen het serveren van frisdrank, ijs en popcorn door had ik zo veel mogelijk van de film proberen op te vangen en ik dacht dat ik de hoofdlijn wel te pakken had.

'Blijf jij nog?' vroeg Lucy toen de snackbar was afgesloten.

Ik knikte, met een blik op mijn familie. 'Ik wel. Jij?'

Ze schudde haar hoofd en gaapte. 'Ik denk het niet,' zei ze. 'Ik sla een keertje over.'

'Ik ook,' kwam Elliot ertussen. 'Dus je gaat naar huis, Luce? Wil je een lift?'

'Nee, bedankt,' zei Lucy. 'Ik ben op de fiets.'

'Heel goed!' zei Elliot enthousiast. 'Wil je gezelschap terwijl je naar huis fietst?'

'Maar was jij niet met de auto?' vroeg ik. Elliots verliefdheid had duidelijk een verwoestende uitwerking op zijn gevoel voor logica.

Elliots gezicht betrok toen hij dat blijkbaar ook doorkreeg. 'Eigenlijk wel,' mompelde hij. 'Maar... eh...'

'Je bent gestoord,' zei Lucy met een joviale duw tegen zijn arm. 'Tot morgen!' riep ze nog en liep toen richting parkeerplaats. Ik zag Elliot letterlijk instorten toen ze uit het zicht verdwenen was.

'Ik denk dat je tegen haar moet zeggen wat je voor haar voelt,' zei ik. 'Ze vangt je signalen niet op.'

Elliot werd rood. 'Ik weet niet waar je het over hebt,' zei hij. Hij maakte ook aanstalten om te vertrekken, en dat leek me een goed idee. Uit wat ik tot zover van de film had gezien leek hij over een vent te gaan die naar een meisje smachtte, dus was het niet de beste film om naar te kijken in zijn huidige staat.

Ik pakte de cola light die ik voor mezelf had ingeschonken voor we de frisdrankmachine hadden uitgezet en liep op mijn tenen over het zand, bukkend tot ik bij onze deken was.

'Goed gedaan,' fluisterde mijn vader redelijk hard. Ik keek naar hem en zag dat hij geluidloos in zijn handen klapte.

'Bedankt,' fluisterde ik terug. 'Ik citeerde gewoon de kenners.' Ik zocht mijn broer en zag dat hij een paar rijen achter ons naast Wendy op zijn eigen deken zat. Ik merkte op dat hij om de paar seconden van het scherm naar haar keek en ik was blij dat ik een eerste afspraakje voor ze had uitgekozen waarop Warren haar niet met feiten kon intimideren als hij echt zenuwachtig werd.

Ik maakte het me gemakkelijk en probeerde op te letten. Het was schokkend om te merken hoeveel uitspraken ik herkende, ook al had ik de film nooit eerder gezien. Het waren regels die mijn vader had geciteerd, maar ook uitspraken die deel uitmaakten van de tijdgeest, verwijzingen die ik kende zonder dat ik het zelf wist. Ik ging helemaal op in de film, in het verhaal over de gedwarsboomde liefde, toen ik me bewust werd van iets aan mijn rechterkant. Ik wendde me af van Rick en Ilsa en zag Henry naast me zitten.

'Hoi,' fluisterde hij.

'Hoi,' fluisterde ik terug, verbaasd. Ik voelde een glimlach opkomen. 'Wat doe jij hier?'

Hij trok een wenkbrauw op en er speelde een glimlach om zijn mond waar ik maar gauw van wegkeek. 'Naar een film kijken,' zei hij alsof dat toch overduidelijk had moeten zijn.

Ik voelde mijn wangen rood worden en was blij dat het betrekkelijke donker dat een beetje verborg. 'Dat snapte ik al,' fluisterde ik terug, 'ik dacht alleen, omdat ik je aan het begin niet had gezien...'

'O, dus je keek naar me uit?' vroeg Henry terwijl hij naast me ontspannen achteroverleunde, steunend op zijn handen.

Ik schudde mijn hoofd en keek weer naar het scherm, waar Humphrey Bogart zo'n beetje zijn veertigste sigaret van de film opstak.

'Ik moest mijn vader helpen met de voorbereidingen voor morgen,' legde Henry even later uit.

Ik draaide mijn hoofd een beetje om naar hem te kunnen kijken. De schaduwen van het scherm speelden over zijn gezicht. Nu hij het zei: hij rook zoet, een mengsel van cakemeel en iets kaneelachtigs. Toen ik doorhad dat ik zat te staren keek ik snel de andere kant weer op, naar het scherm en de wereld van Rick's Café, waar ik tot een paar minuten geleden nog helemaal in was opgegaan. Mijn hart klopte snel en ik bedacht dat ik mijn hand maar een paar centimeter hoefde uit te strekken om de zijne te kunnen aanraken. Ik dwong mezelf om naar het scherm te kijken toen ik zo luchtig mogelijk vroeg: 'En waar is je vriendinnetje?'

'Vriendinnetje?' Henry klonk zo oprecht verbaasd dat ik hem toch weer aankeek.

'Ja,' zei ik. 'Het meisje met wie je bij Jane's was? En ik heb haar ook bij je thuis gezien...' Mijn stem stierf weg terwijl Henry zijn hoofd schudde.

'Dat is Davy's oppas,' zei hij. 'Die heeft hij helemaal niet nodig, maar mijn vader maakt zich anders zorgen.'

'Dus je gaat niet... met haar uit?' vroeg ik terwijl me herinnerde hoe ze naar hem keek bij de ijssalon en hoe hun vingers langs elkaar waren gegleden.

'Nee,' zei Henry rustig. 'Het leek er even op alsof dat wel zou gaan gebeuren, maar...' Zijn stem stierf weg. Hij liet zijn hand over het zand glijden, alsof hij het glad wilde strijken, en ik wachtte met ingehouden adem op wat hij ging zeggen. 'Maar ik heb me bedacht,' zei hij uiteindelijk en hij keek me recht aan.

'O,' mompelde ik. O. Ik wist niet precies wat het betekende, maar ik wist wel precies wat ik wílde dat het betekende. Plotseling kwam het binnen: het besef dat Henry, single Henry, naast me in het donker met mij naar een film zat te kijken. En toen kwamen ze zomaar terug, de vlinders die ik voor het eerst had gevoeld toen ik twaalf was.

'Wat heb ik gemist?' vroeg Henry een ogenblik later. Terwijl ik even naar hem keek besefte ik volkomen hoe dichtbij hij was. Er was ruimte genoeg op de deken, maar hij was heel dicht naast me komen zitten.

'Ik dacht dat je hem al gezien had,' fluisterde ik met mijn blik weer strak op het scherm gericht.

'Heb ik ook,' zei hij en ik hoorde de glimlach in zijn stem. 'Ik wilde gewoon even een update.'

'Nou,' zei ik en ik draaide mijn hoofd een klein beetje naar hem toe. 'Rick is heel boos omdat Ilsa net zonder enige uitleg is vertrokken.' Zo gauw ik het had gezegd, realiseerde ik me dat die uiteenzetting niet alleen op de film van toepassing was. Ik denk dat Henry dat ook besefte, want toen hij weer sprak klonk zijn stem iets serieuzer.

'Maar daar had ze waarschijnlijk een goede reden voor, toch?' Hij keek helemaal niet meer naar het scherm, maar recht naar mij.

'Ik weet het niet,' zei ik terwijl ik naar de deken keek, en naar onze gestrekte benen met maar een handbreedte ertussen. 'Ik denk dat ze gewoon bang was, en dat ze vluchtte toen het allemaal te moeilijk werd.' Dit ging helemaal niet meer over de film, want we waren net te weten gekomen dat Ilsa een echte reden had om Rick in de regen achter te laten, terwijl ik alleen mijn eigen lafheid maar de schuld kon geven.

'En wat gebeurt er dan?' vroeg hij. Ik keek naar hem en zag dat hij nog steeds naar mij keek.

'Ik weet het niet,' zei ik. Mijn hart begon weer sneller te slaan, in de zekerheid dat we het helemaal niet meer over de film hadden. 'Zeg jij het maar.'

Hij glimlachte en keek weer naar het scherm. 'Ik denk dat we het gewoon moeten afwachten.'

Ik keek ook weer naar het scherm. 'Dat denk ik ook.' Ik keek naar de film, deed mijn best om mijn aandacht op het verhaal te richten (nazi's, het Franse verzet, iedereen op zoek naar bepaalde reisdocumenten) maar na een paar minuten gaf ik mijn pogingen om de plot te volgen op. De film ontvouwde zich voor me, maar ik was me alleen bewust van Henry's aanwezigheid zo vlak bij, hoe dicht hij naast me zat, hoe ik het iedere keer merkte als hij zijn hoofd maar een heel klein beetje bewoog. Ik was me zo bewust van zijn aanwezigheid dat we, tegen de tijd dat de beroemde laatste zin werd uitgesproken (die ene over het begin van een mooie vriendschap), in precies hetzelfde ritme in- en uitademden.

29

'En toen?' vroeg Lucy met grote ogen.

Ik nam een slokje van mijn fris en schudde glimlachend mijn hoofd. 'En toen niks,' zei ik. 'Serieus.' Lucy kreunde en ik keek uit over het zo goed als verlaten strand terwijl ik me afvroeg of we op een bepaald moment gewoon konden toegeven dat er niemand meer naar de snackbar zou komen en vroeg naar huis konden gaan.

Ik vertelde haar de waarheid. Er was niks gebeurd tijdens de film. Tenminste, niet tussen mij en Henry. We hadden de film in stilte af gekeken en daarna was ik haastig voor het lege scherm gaan staan om iedereen voor hun komst te bedanken en te vertellen dat de volgende filmavond over een maand was. Het lukte me zonder wauwelen of veel te lange stiltes, dus dat leek me wel een vooruitgang. Toen ik bij onze plek terugkwam waren Gelsey en Nora druk met een of ander handjeklapgedoe en mijn moeder vouwde de deken op terwijl ze met de Gardners stond te praten, die maar door bleven zagen over de opbouw van het scenario: het scheen echt een van de meest perfecte scenario's in de filmgeschiedenis te zijn. Ondertussen kwam mijn vader met moeite overeind uit de strandstoel. Daar was hij de tweede helft van de film in gaan zitten, waardoor ik de draad van de plot een poosje helemaal kwijt was. Ik moest steeds even naar hem kijken – hij leek kleiner in die strandstoel, waarvan hij altijd had gezworen dat hij hem nooit zou gebruiken.

Henry liep al naar de parkeerplaats, maar hij ving mijn blik en stak zijn hand op. Ik zwaaide terug en bleef uit mijn ooghoeken naar hem kijken tot hij uit het zicht verdwenen was. Omdat ik met mijn gezicht naar de parkeerplaats stond, zag ik Warren en Wendy samen weggaan. Ze hielden elkaars hand niet vast, maar liepen wel heel dicht naast elkaar. Ik wisselde een blik met Warren en hij lachte breed en gelukkig naar me. Zo had ik mijn broer nog nooit gezien, tot nu toe leek de sardonische grijns meer zijn specialiteit.

Ik had de projector en het scherm opgeborgen en Leland bedankt, die zo enorm stond te gapen dat ik blij was dat hij niet in slaap was gevallen tijdens de film. Gelsey reed uiteindelijk mee terug met de Gardners, omdat mijn vader weer last van zijn rug had en op de achterbank moest liggen. Ik zat aan de passagierskant en had net mijn gordel omgedaan toen ik even naar hem omkeek. In het afnemende licht (het licht in mijn moeders auto flitste aan als je de deur opendeed en zwakte dan langzaam af om de overgang naar het donker te vergemakkelijken) zag ik hoe mager mijn vader was, hoe strak de huid over zijn jukbeenderen was gespannen.

'Vond je het een goeie film, meisje?' Ik schrok van zijn vraag. Zijn ogen waren dicht en ik had aangenomen dat hij in slaap was gevallen.

'Heel goed,' zei ik en ik draaide me helemaal naar hem om.

Hij deed zijn ogen open en lachte naar me. 'Ik ben blij dat ik hem op het grote scherm heb gezien,' zei hij. 'Dat is de manier waarop je Ingrid Bergman hoort te zien.' Ik lachte en op dat moment deed mijn moeder haar portier open. Mijn vader knipoogde naar me. 'Zeg maar niks tegen je moeder.'

'Wat mag je niet zeggen?' vroeg mijn moeder met een glimlach, terwijl ze de auto startte en het nu bijna verlaten parkeerterrein af reed.

'O, gewoon iets over Ingrid Bergman,' zei mijn vader met slaperige stem terwijl zijn ogen weer dichtvielen. Ik zag mijn moeder naar hem kijken in de achteruitkijkspiegel. Haar glimlach verflauwde.

'Kom, we gaan naar huis,' zei ze met een stem die klonk alsof ze hem met moeite opgewekt kon houden. 'We zijn allemaal moe.' Ze was de weg op gereden en toen we vijf minuten later thuiskwamen was mijn vader diep in slaap.

Eenmaal thuis had mijn moeder Gelsey nog opgehaald en toen waren mijn ouders meteen naar bed gegaan. Ik zag dat mijn moeder op weg naar boven een beetje achter mijn vader bleef lopen en hem goed in de gaten hield, alsof ze bang was dat hij achterover zou vallen. En misschien was dat inderdaad wel nodig. Ik merkte voor het eerst op hoe langzaam mijn vader elke trede nam en hoe zwaar hij op de trapleuning steunde.

Ik had me klaargemaakt voor de nacht, maar ik was veel te opgefokt om te gaan slapen. Toen ik een auto ons pad op hoorde rijden, was ik naar de veranda gelopen. Daar zat Warren voor zich uit te staren in de Land Cruiser, met de motor uit. Toen hij me zag stapte hij uit en kwam naar me toe. Feitelijk bezien liep hij. Maar er was iets aan hem waardoor het meer op zweven leek.

'Taylor,' zei Warren en hij glimlachte vriendelijk naar me alsof ik iemand was die hij vaag kende, van jaren geleden. 'Hoe gaat het?'

'Prima,' zei ik terwijl ik mijn armen over elkaar sloeg en probeerde niet te grijnzen. 'En met jou?'

'Goed,' zei Warren. Hij glimlachte weer, die brede, oprechte glimlach waar ik nog aan moest wennen. 'Heel erg bedankt dat je dit voor me hebt geregeld.'

'Geen probleem.' Ik bekeek hem eens goed. Ik wilde graag alle details weten, maar dit was zo ver buiten het domein van de dingen waar mijn broer en ik gewoonlijk over praatten dat ik geen idee had hoe ik het onderwerp zelfs maar ter sprake kon brengen. 'Moet ik nog een keer iets voor je regelen?'

De gezichtsuitdrukking van mijn broer werd enigszins laatdunkend en daarmee meteen veel vertrouwder. 'Dat lijkt me niet,' zei hij. 'We gaan morgenavond uit. Midget-golfen.'

'Klinkt leuk,' zei ik glimlachend. Ik was opeens erg onder de indruk van Wendy en haar vermogen om mijn broer iets te laten doen waar hij een paar dagen geleden nog enorm de spot mee zou hebben gedreven, dat wist ik zeker.

Warren begon naar de deur te lopen, bleef toen staan en keek om. 'Heb jij wel eens een avond meegemaakt die... alles leek te veranderen?' Hij klonk gelukkig en verward tegelijk. 'En dat alles daarna anders is?' Dat had ik niet, en Warren had dat vast op mijn gezicht gelezen, want hij schudde zijn hoofd terwijl hij de deur opendeed. 'Het doet er niet toe,' zei hij. 'Vergeet het maar. Welterusten, Taylor.'

'Welterusten,' riep ik hem achterna. En toen hij al naar

binnen was bleef ik nog een paar minuten op de veranda naar de sterren kijken terwijl ik over Warrens woorden nadacht.

Maar op dit moment was ik aan het werk. Het was een bewolkte, grijze, klamme dag. Zo'n dag waarop regen dreigde, maar niet kwam. Het was ook nog kil, wat betekende dat er de hele ochtend maar drie klanten waren geweest en die hadden allemaal om koffie of warme chocolademelk gevraagd en ook allemaal willen klagen over het feit dat dit geen zomerweer was.

Lucy bekeek me eens goed, duidelijk niet van plan om me hier zomaar mee weg te laten komen. 'Er is misschien niks gebeurd met Henry,' zei ze, 'maar dat wil niet zeggen dat je dat niet wílt.'

Ik voelde dat ik knalrood werd en ging om maar iets te doen te hebben een stapel kopjes rechtzetten. 'Ik weet het niet,' zei ik. En dat was echt zo, ook al had ik bijna de hele nacht wakker gelegen omdat ik steeds aan Henry moest denken. Ik had geen idee wat hij wilde en begon net te wennen aan het idee dat we vrienden konden zijn. Bij de gedachte aan meer kromp mijn maag samen, op een goede manier, maar ook op een echte, beangstigende manier.

'Wat weet je niet?' vroeg Lucy en ze duwde zichzelf omhoog om op de toonbank te gaan zitten. Ze keek me aan, wachtend op mijn antwoord.

Ik schoof de stapel kopjes opzij, die onmogelijk nog rechter kon worden. 'Er is nu zoveel tegelijk aan de hand,' zei ik. Ik keek haar recht aan en zag dat ze wist wat ik bedoelde. 'Dus ik weet niet of dit wel het juiste moment is...'

Lucy schudde haar hoofd. 'Het perfecte moment bestaat niet,' zei ze met groot gezag. 'Kijk maar naar Brett en mij.'

Brett was een nieuwe jongen met wie ze net uitging, al was hij maar één week in de Poconos. Ik hees mezelf omhoog en ging in kleermakerszit tegenover haar op de toonbank zitten. We overtraden al een hele lijst hygiëne-voorschriften, er kon er nog wel één bij. Ik was veel te blij dat we het niet meer over mij hadden. 'Misschien', zei ik en ik hoopte dat het een beetje achteloos klonk, 'is er iemand die jou al leuk vindt en die wél de hele zomer hier is. Iemand die van kaarttrucs houdt bijvoorbeeld?'

Ik lette goed op haar reactie, maar Lucy schudde alleen haar hoofd. 'Daar krijg ik met Elliot al genoeg van,' zei ze. 'Nee, bedankt.'

'Ik weet niet,' zei ik zo nonchalant mogelijk. 'Ik denk dat Elliot zo slecht nog niet is.'

Lucy schudde haar hoofd. 'Hij is geweldig,' zei ze achte-loos, 'maar niet bepaald iemand om mee uit te gaan.'

'Waarom niet?' vroeg ik en Lucy fronste even haar voor-hoofd, alsof ze erover nadacht. Maar voor ze kon antwoor-den ging haar telefoon en trok ze hem uit haar zak.

'Ik moet ervandoor,' zei ze terwijl ze glimlachend naar het scherm keek. 'Kun jij het hier alleen aan? Brett wil met me chillen.'

Ik knikte en gleed van de toonbank af. Lucy deed het-zelfde. Ze zwaaide haar tas over haar schouder en liep al naar de deur toen ze opeens stil bleef staan en zich omdraaide. 'Ik bel je nog,' zei ze. Ze keek om zich heen in de verlaten snackbar en voegde daaraan toe: 'Denk je dat je de drukte zonder mij aankunt?'

Daar moest ik om glimlachen. 'Ik denk het wel,' zei ik. 'Veel plezier.' Ze zwaaide en vertrok en ik probeerde de rest van de werktijd te vullen met het schoonmaken van de ijsmachine en nadenken over wat ik nou precies voor Henry voelde. Ik dacht niet dat ik me had verbeeld dat er gisteravond iets speelde tussen ons, maar in het nuchtere daglicht wist ik het toch niet zeker.

Zo gauw het vijf uur was sloot ik de snackbar af en ritste een hoody dicht boven mijn afgeknipte spijkerbroek. Ik had mijn lesje wel geleerd als het om sweatshirts en bewolkte dagen ging. Ik voelde dat ik huiverde. De wind was opgestoken en zwiepte de boomtakken heftig heen en weer. Het was echt rotweer vandaag en ik hoopte maar dat de open haard aan zou zijn als ik thuiskwam.

Ik fietste naar Henson's, waar ik op verzoek van mijn moeder tomaten en maïs zou halen. Bij de kassa twijfelde ik even bij de zakken drop. Ik had ze iedere keer dat ik in de winkel kwam meegenomen, ook al vroeg mijn vader er niet meer naar. Toen ik gisteravond op zoek was naar chips had ik er drie in de keukenkast ontdekt, weggestopt achter een doos zoutjes. Maar als ik nu geen zak voor mijn vader meenam leek het net alsof ik het opgaf.

'Die ook?' Dave Henson wees opgewekt naar de zak drop in mijn hand en hielp me zo een besluit te nemen.

'Graag,' zei ik. Ik betaalde en stopte de boodschappen in mijn tas. 'Bedankt.'

'Zorg dat je veilig thuiskomt,' zei Dave. Hij keek naar buiten. 'Ik denk dat er slecht weer aankomt.'

Ik zwaaide Dave gedag en terwijl ik naar buiten liep klonk de eerste donderslag in de verte. Ik kreunde en trok de capuchon over mijn hoofd op het moment dat de eerste druppels op het wegdek spatten. Het was rustig in Main Street (blijkbaar bleven mensen met dit weer liever binnen), maar de mensen die er waren doken onder zonneschermen of renden naar hun auto. Ik kende de tekenen en ik rende naar mijn fiets en gooide mijn tas in de mand. Ik probeerde te besluiten of het verstandiger was om onder een zonnescherm te schuilen en naar huis te bellen of iemand me kwam halen, of te zien hoever ik kwam voor het noodweer echt losbarstte. Ik had zo'n idee dat ik het nog jaren zou moeten horen als ik een lift vroeg omdat het regende. Maar aan de andere kant…

De donder klonk opnieuw, nu iets dichterbij, en dat gaf de doorslag. Dan werd ik maar nat. Ik zou het heus wel overleven. En het was beter dan de spot van Warren (om over die van mijn vader maar te zwijgen) de rest van de zomer. Ik stapte op mijn fiets en reed Main Street uit. De eerste plassen stonden al op het wegdek en toen ik erdoorheen reed spatte het water tegen mijn voeten en blote benen. Dit was echt geen dag voor een korte broek.

Ik fietste door en raakte doorweekt. De donder kwam steeds dichterbij en klonk zo hard dat ik iedere keer opschrok en het stuur extra stevig vastgreep. Toen ik even stopte om de regen van mijn gezicht te vegen en de tas in mijn mand beter neer te leggen, zag ik een bliksemflits in de verte.

'*Shoot,*' prevelde ik. Ik trok mijn capuchon wat meer naar voren en keek even naar mijn fiets, die toch vooral uit metaal bestond. Ik wist tamelijk zeker dat de rubberen banden elektrocutie zouden voorkomen, maar ik had niet echt de behoefte om dat proefondervindelijk vast te stellen. Ik was doornat en kon de druppels van mijn blote benen zien glijden. De regen kwam nu met bakken naar beneden, zo hard dat ik de weg voor me nauwelijks kon zien. Maar het leek wel alsof ik natter werd nu ik stilstond dan toen ik nog in beweging was. Ik veegde mijn handen af aan mijn nog nattere sweatshirt en zwaaide net mijn been over het zadel toen er iemand naast me afremde.

'Taylor?' Het was Henry op zijn eigen fiets en hij zag er bijna net zo doorweekt uit als ik, maar niet helemaal, want hij had een honkbalpet op die de regen een beetje uit zijn gezicht hield.

'Hoi,' zei ik en even was ik blij dat ik mijn capuchon op had, want ik kon me levendig voorstellen hoe verschrikkelijk mijn haar nu moest zitten. Maar een seconde later sloeg de realiteit toe. Ik had mijn capuchon op! Ik zag er waarschijnlijk uit als een half verdronken elf.

'Dit is intens.' Hij moest bijna schreeuwen om boven het geluid van de regen en de wind uit te komen.

'Ja nou,' riep ik terug. Ik glimlachte toen ik bedacht hoe idioot we eruit moesten zien: twee mensen die midden in een storm aan de kant van de weg stonden te praten.

'Klaar?' vroeg hij en ik knikte. Ik ging op mijn pedalen staan en begon tegen de regen en de wind in te trappen. De regen kwam nu van opzij en het waaide zo hard dat ik mijn fiets maar met moeite overeind hield. Hij bleef wiebelen en ik moest steeds een voet op de grond zetten om in evenwicht te blijven. Henry lag daarom een stukje voor, maar hij zou heus wel stoppen en wachten tot ik hem had ingehaald. Ik dacht dat hij daarmee bezig was toen ik hem inhaalde terwijl hij met één voet op de grond stilstond. Ik fietste door in de verwachting dat hij meteen mee zou rijden, maar na een paar seconden keek ik om en zag ik dat hij nog steeds stilstond.

'Alles goed?' riep ik en ik bedacht dat dit niet echt de dag was om fietspech te hebben.

'Ja,' riep hij terug. 'Maar dit is gekkenwerk. Ik denk dat we de storm moeten afwachten. Het blijft heus niet zo doorgaan.'

'Nee, maar...' Ik huiverde. Ik had niet eens meer behoefte aan een vuur, ik wilde alleen nog maar een hete douche, zo heet dat de badkamerspiegel binnen een paar seconden zou beslaan, en ik was van plan om er net zo lang onder te blijven staan tot onze kleine boiler leeg was. Ik keek om in de richting van Main Street, de enige plek waar we beschutting konden zoeken. Maar ik vond het geen aantrekkelijke gedachte om daar helemaal naar terug te fietsen en daarna alsnog naar huis te moeten.

'Kom op,' riep Henry. Hij keek naar links en naar rechts en fietste toen de straat over. Ik keek verward toe terwijl hij afstapte en met zijn fiets aan de hand een tuinpad op liep.

'Henry!' riep ik naar de andere kant van de straat. 'Wat doe je nou?' Ik wist niet of hij me hoorde, maar hij bleef zijn fiets voortduwen. Ik begreep niet wat er aan de hand was, maar het zag er in ieder geval uit alsof hij een plan had, dus keek ik of er geen verkeer aankwam en stak toen ook de straat over.

Toen ik eenmaal op het tuinpad was, hielden de bomen de regen enigszins tegen. Ik keek rond en zag Henry naar een huis lopen dat me erg bekend voorkwam. Ik tuurde door de regen naar het naambord en inderdaad, we waren bij Maryanne's Happy Hours, ook wel bekend als Henry's oude huis. Het tuinpad was leeg en het huis was donker, dus het zag ernaar uit dat Maryanne ons niet van haar terrein zou jagen. Ik liep met mijn fiets langs het huis en volgde Henry naar de achterkant. Toen ik daar aankwam stopte Henry net bij de rand van het bos en zette zijn fiets tegen een boom. Ik deed hetzelfde en merkte dat de bomen echt een beetje beschutting boden tegen de regen omdat ze zo dicht op elkaar stonden. Maar ik vroeg me af of het wel de moeite waard was om hiervoor te stoppen. Dat wilde ik net tegen Henry zeggen toen ik zag dat hij het bos in liep. En toen zag ik ook waar hij naartoe ging. Naar de boomhut.

'Gaat het?' vroeg hij terwijl ik grip probeerde te krijgen op de houten planken die bij wijze van ladder tegen de boomstam waren gespijkerd.

'Prima,' zei ik en ik reikte naar de volgende trede. Henry zat al in de boomhut en keek op me neer. Hij was zonder enig probleem omhooggeklommen. Het was niet zo'n boomhut die je wel eens in een catalogus tegenkwam, van die bouwpakketten-met-gebruiksaanwijzing die eruit moesten zien als een blokhut of een piratenschip, een en al rechte hoeken en glad hout. Deze hut was door Henry's vader gebouwd, zonder ingewikkelde tekeningen, gewoon zodat hij in de ruimte tussen drie ondersteunende bomen paste, wat hem driehoekig maakte. Hij had een dak, twee muren en een vloer, maar niet zoiets luxueus als een deur. De voorkant was gewoon open en stak een beetje uit over de stam die als ladder dienstdeed. Hoe toepasselijk dat we hier nu waren, want ik kon me herinneren dat we vroeger ook alleen in de boomhut kwamen als het regende. Ik wist niet eens of ik hem ooit vanbinnen had gezien als de zon scheen.

'Hulp nodig?' vroeg Henry en ik knikte. Ik strekte mijn arm uit en hij pakte mijn hand (de zijne voelde koel aan) en trok eraan zodat ik mijn been over de rand van de houten vloer kon gooien. Ik liet Henry's hand los, duwde mezelf overeind en ging staan. 'Voorzichtig,' zei hij. Hij wees naar boven. 'Het is hier nogal laag.'

Ik zag dat ik bijna met mijn hoofd tegen het dak was geklapt. 'Wow,' mompelde ik en ik hurkte neer. De laatste keer dat ik hier was kon ik nog zonder problemen helemaal rechtop staan. De boomhut leek niet veel veranderd. Er stond niks in, alleen een plastic teil in de hoek die strategisch onder een lekke plek in het dak was geplaatst. Om de paar seconden klonk er een gedempt *ping* als er weer een druppel in viel.

Henry zat voor in de boomhut met zijn voeten bungelend over de rand. Hij deed zijn honkbalpet af en haalde zijn hand door zijn haar, veegde die ene lok naar achteren die soms over zijn voorhoofd viel. Ik liep gebukt naar hem toe en ging naast hem zitten. Ik trok mijn knieën op en wreef met mijn handen over mijn benen in een poging ze een beetje op te warmen. Als mijn sweatshirt groter was geweest had ik ze er zeker onder gestopt en het had me geen bal kunnen schelen of ik er belachelijk eruitzag.

Nu we een beetje beschut zaten kon ik zien hoe geweldig de bossen waren in de storm. Alles leek groener dan normaal en het geluid van de regen werd gedempt, waardoor het veel vrediger leek dan de wolkbreuk waar we buiten op straat aan waren blootgesteld. Het waaide nog steeds hard en ik keek hoe de bomen om ons heen bogen en zwaaiden in de wind. De timmermanskunsten van meneer Crosby leken desondanks stand te houden: de boomhut bewoog niet en voelde niet eens wankel.

'Beter?' vroeg Henry.

'Veel beter,' zei ik. Ik boog me voorover om een blik op Maryannes huis te werpen. Ik kon het zien, tussen de bomen door, en al was het nog steeds donker, het was ook zorgelijk dichtbij. 'Zal Maryanne het niet vervelend vinden?'

Henry schudde zijn hoofd. 'Nee,' zei hij. 'Ik kom hier soms om na te denken en dat vindt ze prima.'

'Oké,' zei ik. We zaten even stil naast elkaar. Het enige geluid kwam van de regen die om ons heen naar beneden viel en van de wind die door de bomen joeg. Ik keek even achterom, de boomhut in, nog steeds verwonderd over het feit dat hij er precies hetzelfde uitzag, alleen een beetje gekrompen. 'Ik kan me niet meer herinneren wanneer ik hier voor het laatst geweest ben,' zei ik. 'Maar er is niet veel veranderd.'

'Dat moet in die laatste zomer geweest zijn, toch?' zei Henry en hij keek me aan. 'Toen we twaalf waren.'

Ik knikte en keek recht voor me uit naar de zwaaiende, zwiepende takken. 'Waarschijnlijk.' En misschien was ik gedesoriënteerd door de storm die ons had overvallen of misschien kwam het door mijn gesprek met Lucy, maar voor ik er goed over kon nadenken had ik het al gevraagd: 'Denk jij nog wel eens terug aan die zomer? Ik bedoel, toen we...' Ik zweeg even, aarzelend welk woord ik moest gebruiken.

'Toen we verkering hadden,' maakte Henry het voor me af. Ik keek naar hem en zag dat hij me nog steeds aankeek. 'Natuurlijk.'

'Ik ook,' zei ik. Ik was niet dapper genoeg om te zeggen wat ik me op Gelseys pyjamafeestje had gerealiseerd: hoeveel invloed het op mij had gehad, onze eerste poging tot iets als liefde. Ik bedacht dat het de enige keer was dat je ergens helemaal nieuw aan kon beginnen, zonder bagage, zonder dat je er ook maar een idee van had hoe erg je gekwetst kon worden en op jouw beurt anderen kon kwetsen.

'Ik bedoel,' zei Henry, 'je was tenslotte mijn eerste vriendinnetje.'

Daar moest ik om glimlachen. 'En er zijn in de tussentijd natuurlijk een heleboel andere geweest?'

'Massa's,' zei Henry met zo'n uitgestreken gezicht dat ik moest lachen. 'Tientallen.'

'Idem,' zei ik effen, hopend dat hij wist dat het een grap was. Want naast mijn ontrouwe ex Ethan en twee heel korte relaties in het eerste jaar was er niemand anders belangrijk genoeg geweest om hem over te vertellen.

'Weet je,' ging Henry even later verder, 'ik vond je echt leuk, toen.'

Ik haalde een keer diep adem. 'Ik had je dat niet aan mogen doen,' zei ik. 'Ik had niet zomaar weg moeten gaan. Het spijt me echt heel erg.'

Hij knikte. 'Ik wist gewoon niet wat er aan de hand was, ik wist niet of ik misschien iets fout gedaan had...'

344

Ik schudde mijn hoofd. 'Nee,' zei ik. 'Het kwam helemaal door mij. Ik... ik heb de neiging om weg te rennen als het me allemaal te veel wordt.' Ik haalde mijn schouders op. 'Ik probeer het te veranderen.'

'Ik kon mijn ogen niet geloven toen je opeens op die steiger stond,' zei hij lachend. 'Ik dacht even dat ik hallucineerde.'

'Ik ook,' bekende ik. 'Ik dacht dat je nooit meer een woord met me zou wisselen.'

'Dat heb ik ook geprobeerd,' hielp hij me met een glimlach herinneren. 'Maar echt,' zei hij wat serieuzer terwijl hij me recht aankeek, 'het lukt me niet om van jou af te kicken.'

Ik keek in zijn ogen en voelde mijn hart sneller kloppen. De lucht om ons heen leek geladen en ik had het gevoel dat we op een kruispunt stonden: we konden de ene of de andere kant op gaan, maar er moest nu een beslissing worden genomen.

Langzaam, centimeter voor centimeter, schoof Henry dichter naar me toe. Hij strekte zijn hand uit en raakte de mijne aan en ik huiverde, al had ik het niet koud meer. Hij pakte mijn hand en keek me in de ogen, alsof hij zeker wilde weten dat dat oké was. Het was meer dan oké en ik hoopte dat hij aan mijn gezicht kon zien. Hij boog zich een beetje naar voren en schoof mijn capuchon naar achteren en het kon me niet eens schelen hoe mijn haar zat. Hij legde een hand tegen mijn wang en streelde er met zijn duim over, zodat er weer een huivering door me heen ging. En toen boog hij zich naar me toe en mijn hart bonsde luid en hij was zo dichtbij, er zat maar een ademtocht tussen. Ik deed mijn ogen dicht en toen, met de striemende regen en wind overal om ons heen, kuste hij me.

Die eerste kus was heel teder, met zijn lippen even heel zacht tegen de mijne. Toen trok hij zijn hoofd terug, legde zijn hand om mijn gezicht en kuste me opnieuw.

Deze keer was het niet zo voorzichtig en ik kuste hem terug en de kus was tegelijk vertrouwd en gloednieuw, hij herinnerde me aan een kus van vijf jaar geleden en gaf me het gevoel alsof ik in mijn hele leven nog nooit eerder was gekust. En ik besefte dat Lucy het misschien wel mis had: misschien was er wél zoiets als het perfecte moment. Hij sloeg zijn armen om me heen en trok me naar zich toe en ik sloeg mijn armen om zijn nek en streek met mijn handen over zijn kaaklijn, ik kon opeens niet meer van hem afblijven. En terwijl we elkaar kusten, daar hoog tussen de bomen, ging de storm langzaam liggen en kwam de zon weer tevoorschijn.

De beste der tijden,
de slechtste der tijden

30

'Taylor!' Ik deed mijn ogen open en zag Lucy. Ze lag in bikini op mijn steiger en zwaaide naar me. 'Hallo?'

'Sorry,' zei ik terwijl ik rechtop ging zitten en me probeerde te herinneren wat Lucy had gezegd. Ik had totaal niet opgelet. 'Zeg dat nog 'ns?'

'Laat me raden,' zei Lucy hoofdschuddend. 'Je hebt niet gehoord wat ik zei.'

Ik glimlachte onwillekeurig en Lucy kreunde. 'Mijn god,' zei ze. 'Het is zo moeilijk om een gesprek met jou te voeren als je steeds terugglijdt in van die zoenflashbacks.'

Ik wilde het ontkennen, maar bedacht toen dat dat vrij zinloos was. Ik zette mijn zonnebril op om mijn ogen te verbergen, ging achterover liggen op mijn gestreepte handdoek en rekte me uit in het licht van de late middagzon.

Het was bijna juli, iets meer dan een week nadat Henry en ik hadden gezoend in de boomhut. En Lucy had niet helemaal ongelijk. In feite sloeg ze de spijker op zijn kop. Terwijl zij zat te praten, waren mijn gedachten afgedwaald naar gisteravond. Toen onze familieleden al lagen te slapen hadden Henry en ik hier op de steiger liggen zoenen, samen op een deken onder de sterren. Op een bepaald moment, toen we even op adem moesten komen, had ik naar de hemel gekeken, met mijn hoofd op zijn borst, die op en neer ging op zijn ademhaling. 'Weet jij iets van sterrenbeelden?' vroeg ik, en ik voelde zijn lach in zijn borstkas rommelen voor ik hem hoorde.

'Nee,' zei hij en zonder te kijken wist ik dat hij glimlachte. 'Moet ik er een paar leren?'

'Nee,' zei ik met mijn ogen nog steeds op de sterren boven ons gericht. 'Ik vroeg het me gewoon af.' Hij had met zijn hand over mijn haar gestreken en ik had heel even mijn ogen dichtgedaan, nog steeds verwonderd dat dit gebeurd was, dat we hier op de een of andere manier terecht waren gekomen.

In de korte tijd dat we samen waren had ik al ontdekt dat dit in niets leek op mijn andere verkeringen. En het was ook anders dan eerst, toen we nog zo jong en groen waren. Het leek alsof alle obstakels die mijn andere relaties zo ingewikkeld hadden gemaakt (roddel, drama's op school) uit de weg waren geruimd. Hij woonde naast me, mijn ouders vonden hem aardig en we hadden naast onze niet erg veeleisende baantjes geen overvolle roosters of zware verantwoordelijkheden. En anders dan Warren in zijn nieuwbakken relatie met Wendy had ik geen stress van mijn verkering met Henry.

Niet dat Warren ongelukkig was (hij had zelfs de irritante gewoonte ontwikkeld om te neuriën, hij deed het overal, zelfs onder de douche), maar hij was voor elke date nog steeds veel te lang bezig om het juiste overhemd uit te zoeken en daarna wilde hij alles wat ze had gezegd nog eens bespreken, alsof hij op zoek was naar verborgen aanwijzingen of bedoelingen. Warren en ik kwamen vaak op ongeveer dezelfde tijd thuis en dan zaten we buiten, meestal op de trap, en ik luisterde naar hem terwijl hij zijn avond voor me analyseerde. Maar ik merkte juist, in tegenstelling tot Warren, hoe verrassend ontspannend het was om weer met Henry samen te zijn. Als ik bij hem was, kon ik gewoon mezelf zijn. Hij kende mijn fouten al, vooral de allergrootste. En dat betekende dat ik op rustige momenten, als ik met mijn hoofd op zijn borst lag, mijn ogen dicht kon doen en gewoon ademhalen, genietend van dat enorme gevoel van vrede.

Maar het was niet alleen maar rustig en vredig. Er was een vonk tussen ons die ik nooit had gevoeld met een van die andere (vier) jongens die ik gezoend had. Als we zaten te zoenen kon ik mijn handen niet van hem af houden. Hem kussen kon de tijd stopzetten en me totaal laten vergeten waar ik was. Alleen al bij de gedachte aan zoenen met Henry maakte mijn maag een salto en ik had die week verschillende porties patat laten aanbranden omdat ik voor me uit starend de gebeurtenissen van de avond ervoor nog eens herbeleefde. Zijn vingers die langs mijn nek naar beneden gleden, het plekje onder mijn rechteroor waar ik voor hij het ontdekte nooit op had gelet, maar dat nu mijn knieën deed knikken. De manier waarop ik mijn handen door zijn haar haalde, altijd die ene verdwaalde lok gladstrijkend als we elkaar kusten, hoe zacht zijn wang voelde tegen de mijne, de warmte achter in zijn nek waar hij altijd een beetje verbrand was van de zon.

Maar nu probeerde ik me los te maken van al dat soort gedachten en me op Lucy te richten. 'Sorry,' zei ik schaapachtig. 'Echt. Wat is er aan de hand?'

Ze fronste even naar me en trok toen haar telefoon tevoorschijn. 'Oké,' zei ze. 'Voor de tweede keer.' Ze trok één wenkbrauw op en ik probeerde berouwvol genoeg te kijken. 'Het gaat om Brett. Hij blijft me sms'en dat hij contact wil houden, misschien lat-gedoe proberen, maar dat is gekkenwerk, we zijn maar iets van drie keer uit geweest.'

'Nou,' zei ik langzaam, 'misschien is het beter om je niet vast te leggen. Brett is niet eens hier. En misschien is er hier ergens nog wel iemand waar je helemaal niet aan had gedacht.'

'Als er hier nog iemand was, had ik dat heus wel opgemerkt,' mopperde Lucy. Ik deed mijn mond open om iets te zeggen en misschien nog een keer een goed woordje voor Elliot te doen, toen ze omkeek en hoofdschuddend glimlachte. 'Kijk eens wie we daar hebben.'

Ik draaide me om en zag Henry vanaf zijn eigen huis aan komen lopen in zijn Borrowed Thyme-T-shirt, met zijn hand groetend opgestoken. Ik voelde dat ik breed begon te glimlachen, alleen omdat ik hem zag.

'O, mijn god,' zei Lucy en ze rolde met haar ogen toen ze mijn gezicht zag. 'Ik zie dit als een teken om te gaan.'

'Nee, blijf,' zei ik, maar ik hoorde zelf hoe lauw het klonk, en Lucy lachte.

'Leuk geprobeerd,' zei ze. 'Je bent een waardeloze leugenaar.'

'Zie je morgen?' vroeg ik.

'Absoluut.' Ze stond op, trok een korte broek en een topje aan over haar bikini en propte net haar handdoek en de tijdschriften waar we doorheen hadden gebladerd in haar tas toen Henry bij de steiger aankwam. 'Hé,' zei ze terwijl ze langs hem heen liep en hem een goedmoedig duwtje gaf. Ik had me druk gemaakt over die twee, meer dan ik had willen toegeven, omdat ik wist dat ze verkering hadden gehad. Hoe zou het zijn om ze samen te zien? Maar al na een paar minuten had ik geweten dat er niks tussen hen speelde. Ze leken nu eerder broer en zus dan iets anders.

'O, ga je weg?' vroeg Henry en ook al probeerde hij duidelijk teleurgesteld te klinken, ik kon zien wat Lucy net bedoelde: Henry was ook een waardeloze leugenaar. Lucy schudde alleen haar hoofd en zwaaide gedag.

'Hé,' riep ik naar hem terwijl ik mijn hand boven mijn ogen hield tegen de zon.

'Hé jij daar,' zei hij toen hij bij me was en naast me op de steiger kwam zitten. Ik zag zijn ogen groter worden bij de aanblik van mijn bikini en ik lachte terwijl ik me naar hem toe boog en hem kuste. Hij smaakte zoet, naar roomboterglazuur, dus ik had zo'n idee dat hij vandaag glazuurdienst had gehad.

Toen we elkaar loslieten pakte hij zijn rugzak en ritste hem open. Hij haalde er een vierkante groene taartdoos uit, de kleinste die Borrowed Thyme had, en gaf hem aan mij. Ik had het gevoel dat ik moest protesteren, gewoon uit beleefdheid of uit respect voor zijn vaders omzet, maar ik wist dat ik het niet overtuigend zou kunnen. Ik glimlachte terwijl ik het doosje aanpakte. Ik had gemerkt dat er zeker voordelen zaten aan verkering met iemand die in een bakkerij werkte. 'Wat is het vandaag?' vroeg ik. Ik deed het deksel open en gluurde in de doos. Er zat een cupcake in, gele cake met wit glazuur. Op het glazuur was met minichocolaatjes een T gemaakt. 'Dat ziet er heerlijk uit,' zei ik en ik voelde mijn maag rommelen terwijl ik er alleen maar naar keek.

'Citroencupcake,' zei hij. 'En mijn vaders nieuwe glazuur: vanille-citroen. Hij wil horen wat je ervan vindt.'

'Graag,' zei ik en ik deed de doos zorgvuldig dicht. Ik had door schade en schande geleerd dat ik beter tot na het eten kon wachten en het lekkers dan met mijn familie delen, want als ik dat niet deed moest Henry het de volgende keer dat hij langskwam bezuren. 'Dankjewel.'

'En, eh...' Henry haalde nog een plastic zak met koekjes tevoorschijn. 'Deze zijn voor je vader. Dubbele chocolate chip, versgebakken.'

'Bedankt,' zei ik en ik legde het zakje naast mijn cupcakedoosje. Ik voelde de inmiddels vertrouwde brok in mijn keel opkomen. Sinds ik Henry had verteld dat mijn vader zo weinig at, probeerde hij dat te bestrijden (samen met zijn vader, ontdekte ik later) door dat ene taartje of broodje te vinden dat mijn vaders eetlust zou herstellen. Ondanks al hun moeite leek het nog niet te werken. Mijn vader maakte altijd een hele vertoning van de traktaties, met veel oh-la-la's, maar al na een hapje of twee beweerde hij dan dat ze te lekker waren om voor zichzelf te houden.

Het ging nog zo'n beetje hetzelfde met mijn vader, dat wil zeggen: elke dag een stukje slechter. Dat zag ik pas toen ik terugdacht en besefte dat hij vorige week nog niet de hele middag lag te slapen en dat hij toen nog de trap op kon lopen zonder Warrens hulp, al liep mijn moeder wel achter hem om hem op te vangen als hij achteroverviel. Hij las niet meer tot diep in de nacht en zijn stem, die stem die ik vroeger door het hele huis kon horen, was steeds zwakker geworden. Nu kon ik hem soms aan tafel niet eens verstaan.

We gingen nog steeds twee keer per week ontbijten, ook al bestelde hij nu alleen nog toast en at hij daar maar een paar hapjes van, hoe Angela hem ook op zijn kop gaf. Maar ook al at hij niet veel, we gingen wel verder met onze vragen. Ik kon me niet herinneren hoe het precies gebeurd was, maar we hadden de vragen van de placematquiz achter ons gelaten en zaten nu gewoon te praten. Ik had natuurlijk altijd van mijn vader gehouden, ook al had ik tot nu toe nog niet het juiste moment gevonden om hem dat te vertellen. Maar pas toen we telkens samen gingen ontbijten, leerde ik hem echt kennen.

Ik hoorde dat mijn vader bijna was ontslagen in zijn eerste juristenbaantje en over de reis door Europa die hij na zijn afstuderen had gemaakt en dat hij de eerste keer dat hij haar zag meteen verliefd was geworden op mijn moeder. Maar het meest verbazingwekkende van alles had hij me twee dagen geleden verteld. We zaten te praten over ons gezamenlijke verleden, al die jeugdherinneringen waar ik een tijdlang meer dan genoeg van had gehad. Pas nu, nu de dagen met mijn vader geteld waren, had ik me gerealiseerd hoe waardevol die momenten waren geweest. Duizend momenten die ik zo vanzelfsprekend had gevonden, vooral omdat ik ervan uitging dat er nog duizend zouden komen. Mijn vader had net het verhaal verteld dat ik al twintig keer had gehoord over die keer dat ik was meegegaan naar kantoor. Ik was zes, en het was neem-je-dochter-mee-naar-het-werkdag, en ik had een tekening gemaakt op een heel belangrijk bewijsstuk. Hij hield op met lachen en keek me aan over zijn koffiekop.

'Ik wed dat je deze nog niet kent,' zei hij en hij glimlachte naar me. Hij was dunner dan ooit, en zijn huid werd steeds donkerder, alsof hij een ongelukkige ervaring had gehad met een zonnebank. Zijn tanden staken er alarmerend wit tegen af.

Ik kon er nog steeds niet aan wennen hoe snel mijn vader in lichamelijk opzicht veranderde, het bewijs dat er vanbinnen iets heel erg slechts aan het werk was. Iets wat niet zou stoppen voor het hem gedood had.

Maar die veranderingen drongen pas echt tot me door wanneer ik het bewijs zag, zoals op een foto, of wanneer ik andere mensen naar hem zag kijken. Mijn vader trok nu de aandacht op een manier die tegenstrijdige gevoelens bij me opriep: ik schaamde me, ik was woedend, maar ik wilde hem ook beschermen. Allemaal tegelijkertijd. Andere mensen in de Diner zaten soms net iets te lang te staren, om dan snel weer naar hun eieren te kijken als ik hun blik opving.

'Welke?' vroeg ik terwijl ik mijn kopje naar de rand van de tafel schoof zodat Angela het kon bijvullen als ze weer voorbijkwam. Ik had niet echt behoefte aan nog meer koffie, maar hoe vaker mijn kop werd bijgevuld, hoe langer we hier zouden blijven. Ik probeerde deze ochtenden steeds langer te rekken, want het waren de enige momenten die we echt samen doorbrachten.

Mijn vader glimlachte, maar toen hij achteroverleunde kromp hij even ineen. 'Toen je net geboren was,' zei hij, 'ging ik steeds in je kamertje kijken als je lag te slapen. Ik was doodsbang dat je zou ophouden met ademhalen.'

'Echt?' vroeg ik. Deze kende ik nog niet, en als het middelste kind had ik niet zo veel verhalen over mij alleen dus ik wist bijna zeker dat ik ze allemaal wel gehoord had.

'O, ja,' zei mijn vader. 'Bij je broer hoefden we daar niet bang voor te zijn. Die huilde om de paar seconden. Ik denk niet dat je arme moeder dat eerste jaar meer dan vijf uur slaap per nacht heeft gekregen. Maar jij sliep meteen de hele nacht door. En dat vond ik zo eng.'

Angela kwam voorbij met haar koffiekan, vulde mijn kopje bij en schoof mijn vaders toast ietsje dichter naar hem toe, alsof hij er niks van had gegeten omdat hij niet had gezien dat hij op tafel stond.

'Dus', ging hij verder en hij nam een slok van zijn koffie, 'ging ik in de deuropening staan en luisterde naar je ademhaling. Om te controleren of je nog leefde. Ik telde je ademhalingen tot ik ervan overtuigd was dat je nog wel even bij ons bleef.'

En toen had Angela de rekening gebracht en waren we op andere onderwerpen overgestapt: hoe hij na de middelbare school het hele land door was gereden en de weg kwijt was geraakt in Missouri en hoe ik de waarheid over de Kerstman had ontdekt omdat hij dezelfde inpaktechniek had (slordig, met afplakband) als mijn vader. Maar het beeld van mijn vader die in mijn eerste levensweken staand in de deuropening over mijn ademhaling waakte, was me bijgebleven.

Maar nu zat ik in de zon op de steiger met Henry en leek dat allemaal ver weg. 'We zullen zien of deze gaan werken,' zei ik en ik legde de koekjes opzij. Toen die uit de weg waren boog ik naar hem toe om hem weer te kussen. Henry kussen was onder andere zo geweldig omdat het de rest van de wereld (zoals mijn vader, en wat er met hem aan de hand was) even op afstand hield. Het ging nooit helemaal weg, maar het was net als bij een tv die aanstond in een andere kamer: ik hoefde er niet zo bij stil te staan met Henry's lippen op de mijne en zijn armen om me heen.

'Dus,' zei Henry. Het was een poosje later en we namen even pauze. We lagen naast elkaar, en ik had me genesteld op het plekje dat ik al als het mijne was gaan beschouwen: ik paste er precies. Hij had zijn arm om mijn schouders, mijn hoofd lag op zijn borst, mijn ene been was over de zijne geslagen en onze voeten waren met elkaar verstrengeld. 'Heb je al plannen voor 4 juli?'

Die vraag had ik niet verwacht, en ik kwam half overeind om hem aan te kijken. 'Ik denk dat we naar het vuurwerk gaan kijken,' zei ik. 'Hier, waarschijnlijk.' Er werd altijd vuurwerk afgestoken boven het meer en we verzamelden ons meestal met het hele gezin op de steiger om ernaar te kijken.

'Mooi,' zei hij. 'Maak geen plannen voor daarna, oké? Ik heb een verrassing.'

Ik kwam nog verder overeind en keek hem in de ogen. 'Een verrassing?' vroeg ik en het lukte me niet om de opwinding in mijn stem te verbergen. 'Wat voor verrassing?'

'Je moet Warren eens vragen naar de definitie van het woord "verrassing",' zei hij en ik moest glimlachen. 'Het brengt met zich mee dat je niet verraadt wat het is.'

We bleven nog even liggen, kijkend naar de zon boven het meer die eindelijk begon te zakken, de schemering die inviel overal om ons heen, de vuurvliegjes die in het gras begonnen te knipperen. Toen ik de eerste mug voelde prikken sloeg ik hem weg. Ik ging rechtop zitten, keek hoe laat het was en bedacht dat ik maar eens naar binnen moest om te eten.

'Tijd om te gaan?' vroeg Henry en ik knikte terwijl ik opstond en een hand uitstak om hem overeind te helpen. Hij pakte hem wel, maar trok er niet erg hard aan toen hij opstond. Ik ritste een sweatvest dicht over mijn bikini, pakte mijn handdoek, mijn zonnebril en het lekkers en we liepen hand in hand de steiger af.

Toen we bij mijn huis waren kneep hij in mijn hand. 'Tot morgen,' zei hij.

'Tot dan,' zei ik en ik voelde hoe breed mijn glimlach was, maar ik kon er niks aan doen. Hij boog zich voorover en kuste me en ik ging op mijn tenen staan om hem terug te kussen.

'Bah.' We lieten elkaar los en ik zag Davy een meter bij ons vandaan staan met Murphy aan zijn voeten. Hij trok een gezicht. 'Dat is walgelijk.'

'Daar ga je nog wel anders over denken,' verzekerde Henry hem. 'Was je weer met de hond uit?'

Davy knikte en gaf de riem met tegenzin aan mij. Vanaf het moment dat mijn vader hem het groene licht had gegeven nam Davy zijn verantwoordelijkheden heel serieus en kwam hij elke dag een paar keer langs om de hond uit te laten. Murphy was tegenwoordig elke avond uitgeput en viel meteen na het eten bij mijn vader op schoot in slaap.

'Bedankt,' zei ik en ik nam de riem over. Davy knikte en ik glimlachte naar Henry. 'Doeg.'

'Dag,' zei hij en hij glimlachte terug. Davy kreunde. Henry liep naar zijn huis met Davy op zijn hielen, al druk aan het praten.

'En hoe was jouw dag?' vroeg ik en ik tilde de hond op, die eruitzag alsof hij bekaf was. Ik liep met Murphy, die het heerlijk leek te vinden dat hij even rust kreeg, onder mijn arm naar het huis en krabde hem achter zijn oren. 'Heb je nog grootse daden verricht?'

Toen ik de verandatrap op liep viel me als eerste op dat er muziek werd gedraaid. En niet een van mijn moeders balletten of andere klassieke muziek, maar ouderwetse rock. Ik zette de hond op de veranda, haakte zijn riem los en deed de hordeur open. Murphy wandelde naar binnen en nam de kortste weg naar zijn waterbak. Een seconde later kon ik hem horen slobberen.

Toen ik het huis binnen kwam werd de muziek nog harder. Het klonk ook enigszins bekend, alsof ik het al eens gehoord had op de radio, op zo'n gouwe ouwe zender, of misschien in een film. Ik legde de koekjes en de cupcake op het aanrecht en liep verder het huis in, dat een vrij lege indruk maakte. Onderweg deed ik een paar lampen aan. Ik vond de bron van de muziek tegelijk met mijn vader. Hij zat in de tv-kamer op de grond met een oude platenspeler voor zich en stapels platen om zich heen.

'Hoi,' zei ik terwijl ik de lamp aandeed. We knipperden allebei een beetje tegen het felle licht. Hij had een joggingbroek en een T-shirt aan, maar ik zag dat de scheiding in zijn haar net zo scherp was als altijd.

'Hé meisje,' zei hij en hij begon te hoesten. Toen het voorbij was schraapte hij zijn keel en ging verder. 'Nog nieuws?'

'Geen nieuws,' zei ik en ik glimlachte naar hem. Ik keek om me heen naar de stapels platen en naar de plaat die op de draaitafel lag. Ik moest toegeven, hier hield ik meer van dan van opera. Ik knielde neer en pakte een hoes van de grond. Het was er een van iemand die Charlie Rich heette. 'Wat is dit allemaal?'

Hij glimlachte naar me en zette het geluid van een nummer over Californië wat zachter. 'Ik was een beetje in de werkplaats aan het rommelen,' zei hij, 'en toen vond ik al mijn lp's en mijn platenspeler terug. Eerst wilde ik ze alleen bekijken, maar toen ging ik er ook naar luisteren...' Zijn stem stierf weg toen hij een van de lp's oppakte en bekeek.

'Wie is dit dan?' vroeg ik toen het nummer eindigde en het volgende begon, langzamer en zachter deze keer.

'Dit,' zei mijn vader terwijl hij met vertrokken gezicht achter zich reikte, de lp-hoes pakte en hem aan mij gaf, 'is Jackson Browne.'

'Luisterde je daar vroeger naar?' vroeg ik terwijl ik naar de foto op de hoes keek, van een auto onder een straatlantaarn.

'De hele tijd,' zei mijn vader met een flauw glimlachje, alsof hij eraan terugdacht. 'Mijn vader werd er gek van.'

'Zet hem wat harder, dan,' zei ik en ik ging naast hem zitten met mijn rug tegen de bank geleund.

Mijn vader schraapte zijn keel, haalde toen een zakdoek uit zijn zak en hoestte erin. Hij vouwde hem zorgvuldig weer op en stopte hem terug. 'Je hoeft hier niet naar te luisteren,' zei hij en hij glimlachte naar me. 'Ik weet dat het niet echt jouw smaak is.'

'Ik vind het mooi,' protesteerde ik. En dat was ook zo. De tekst leek wel poëzie, met verschillende betekenislagen erin, die bij de nummers van de Bentley Boys totaal ontbraken. 'Vertel eens iets over dit nummer.'

Mijn vader leunde ook tegen de bank en luisterde eerst even. 'Dit nummer vond ik altijd al goed, maar ik ging het nog veel beter vinden toen ik je moeder eenmaal had ontmoet,' zei hij en ik hoorde de glimlach in zijn stem. 'Het heet "For a Dancer".'

Daar moest ik ook van glimlachen en we zaten daar samen terwijl het buiten donkerder werd, mijn vader en ik, naar de muziek te luisteren waar hij van hield toen hij zo oud was als ik. Ik wist dat dit moment snel voorbij zou zijn, want mijn moeder en Warren en Gelsey zouden zo thuiskomen en een hoop drukte en lawaai meebrengen. Maar nu was dit er alleen, mijn vader en ik, en een moment dat ik niet probeerde vast te houden, maar dat ik er gewoon liet zijn, naast hem zittend, luisterend naar de song terwijl de platenspeler draaide en de muziek speelde.

31

4 juli was helder en zonnig en een zaterdag, dus het strand was overvol. Lucy, Elliot en ik renden ons de hele dag rot en om twaalf uur waren de driekleurige ijslollies al uitverkocht. Zelf Fred was er. Hij hing een beetje rond en stond eigenlijk vooral in de weg. Het was duidelijk dat hij liever terug wilde naar zijn vissen. Maar toen de ijsmachine tijdens een stormloop kapotging was ik toch wel blij dat hij er was, want hij was de enige die hem kon maken.

Mijn moeder had op het laatste moment besloten om de buren voor een barbecue uit te nodigen voor we allemaal op de steiger naar het vuurwerk gingen kijken en had mij opgedragen om nog wat boodschappen te doen. Het kon niet snel genoeg vijf uur zijn, al was het eerder tien voor half zes voor we de rij mensen die fris en patat en water en (schokkend genoeg voor het strand) burgers wilden allemaal hadden geholpen. Tijdens het afsluiten herinnerde ik Lucy aan de barbecue en toen Elliot hoorde dat Lucy misschien kwam nodigde hij zichzelf ook meteen uit. Uit het idee 'hoe meer zielen, hoe meer vreugd' nodigde ik Fred toen ook maar uit, die me wel bedankte maar niks toezegde. En Leland, die me vol spijt vertelde dat hij mijn feestje moest missen omdat hij op het water moest zijn, bij de mensen die het vuurwerk midden op het meer zouden afsteken.

'Ze hadden een strandwacht nodig,' legde hij uit terwijl ik bij de ingang naar het strand mijn fiets van het slot haalde. 'Je weet wel, voor als er iemand wordt geraakt door vuurwerk of verdrinkt terwijl hij een vuurpijl afsteekt of zoiets.'

Ik vond dat geen geruststellende gedachte, maar ik zei dat hij voorzichtig moest zijn, fietste naar Henson's en pakte de laatste maïskolven uit het rek in de hoop dat dat genoeg zou zijn voor alle mensen die zouden komen opdagen. Ik liep met mijn fiets langs de bakkerij en tuurde naar binnen. Ik wilde Henry graag zien, al was het maar een paar minuten. Maar Borrowed Thyme was afgeladen en al ving hij mijn blik op door het raam en zwaaide hij naar me, ik kon zien dat hij gestrest was, dus leek dit me niet zo'n geschikt moment om hem lastig te vallen.

Ik fietste alleen naar huis met de wind in mijn haar en de geur van barbecues in mijn neus. Ik had geen problemen meer met de Dip: ik zoefde eraf en aan de andere kant weer omhoog en pas toen ik op de top even omkeek besefte ik hoe ver ik was gekomen.

Ik zette mijn fiets tegen de veranda, liep het trapje op en verlangde hevig naar een hete douche zodat ik de geur van frituurvet en de kan limonade die ik over mezelf heen had gegooid van me af kon spoelen. Ik had geen idee wat voor verrassing Henry voor me in petto had, maar alleen bij de gedachte moest ik al glimlachen.

Dat was helaas snel voorbij toen ik de keuken binnen stapte. Mijn moeder beende er heen en weer, met kroezend haar dat uit haar normaal zo nette knot was ontsnapt. Ze klapte de potten en pannen veel harder neer dan nodig was en ik voelde dat ik instinctief terugdeinsde. Ik herinnerde me plotseling waarom ik het nooit fijn had gevonden als we hier gasten ontvingen: het gebrek aan ruimte in de keuken leek mijn moeders stress altijd exponentieel te vermeerderen. Murphy had dat blijkbaar ook aangevoeld, want hij sloop langs me heen met zijn oren plat in zijn nek en kroop achter mijn enkels. Ik bukte me om hem te aaien en op dat moment draaide mijn moeder zich om en zag ze me.

'Eindelijk!' snauwde ze en ze veegde een haarlok uit haar gezicht. Haar gezicht gloeide en haar ogen waren rood omrand. 'Heb je de maïs?'

'Alles wat ze nog hadden,' zei ik terwijl ik de zak van Henson's omhooghield maar geen aanstalten maakte om verder de keuken in te komen. 'Zal ik ze buiten maar pellen?'

'Je moet de borden en de sausjes klaarzetten,' zei mijn moeder, omdat ze het niet had gehoord of omdat ze ervoor koos om door me heen te praten. 'En als je dan de rotzooi van deze tafel af wilt halen, ben ik je eeuwig dankbaar. Ik weet niet eens hoeveel hamburgers ik moet maken. Warrens vriendinnetje zal ook wel komen, maar hij weet het niet zeker...'

'O,' zei ik zacht; ik had plotseling spijt van de uitnodigingen op mijn werk. Maar dit was toch gewoon een barbecue? Ik begreep niet waarom mijn moeder er zo gestrest van was. 'Nou, ik heb ook een paar mensen van mijn werk uitgenodigd. Dus misschien hebben we nog drie extra's.'

Mijn moeder zette de pan die ze net optilde met een klap neer en draaide zich om. Opeens wilde ik dat Warren en Gelsey hier ook waren zodat we mijn moeders boosheid een beetje konden verdelen. Ze werd niet vaak boos, dus áls ze het werd kwamen alle opgekropte frustraties er in één keer uit. En nu leek het erop dat die woede op mij gekoeld werd. 'God, Taylor,' snauwde ze. 'Heb je dat aan mij gevraagd? Heb je bedacht dat dat misschien wel helemaal niet uitkomt? Heb je eraan gedacht om mij eerst even te polsen?'

'Het spijt me,' zei ik en ik deed een klein stapje naar buiten. Ik voelde wat er altijd gebeurde als iemand me aanviel: mijn vluchtinstinct speelde op, vertelde me dat ik overal wilde zijn behalve hier. 'Ik dacht niet...'

'Nee,' onderbrak ze me terwijl ze een andere pan van het gas haalde en neerklapte. 'Je dacht niet na. Want dan had je aan iemand anders moeten denken, of niet soms? Iemand anders dan jezelf?'

Ik voelde de tranen in mijn ogen prikken en ik wilde opeens niks liever dan de klok vijf minuten terugdraaien, toen ik op mijn fiets zat en alles nog goed was. 'Sorry,' mompelde ik. Er zat een krop in mijn keel en ik wilde niet huilen met mijn moeder erbij. 'Ik ga pellen.' En ik pakte de zak maïs en liep zo snel mogelijk de veranda op. Daar keek ik een lang moment naar mijn fiets, maar ik wist dat ik alles alleen maar erger zou maken als ik er nu vandoor ging. Trouwens, waar moest ik heen?

Ik ging op de dichtstbijzijnde stoel zitten en pakte de eerste maïskolf met trillende handen uit de zak. Terwijl ik het vlies wegtrok voelde ik een traan op mijn wang vallen. Mijn hart klopte nog steeds heel snel en ik was nu om de een of andere reden meer van streek dan toen mijn moeder tegen me stond te schreeuwen. Ik veegde met een hand langs mijn ogen, haalde beverig adem en begon de maïs te pellen.

'Hoi.' Ik keek om en zag een paar voeten in eerste positie staan, toen omhoog naar mijn moeder die op haar lip beet. Ze ging op het kleine tafeltje zitten dat tussen de twee stoelen op de veranda stond en boog zich voorover. 'Het spijt me, lieverd. Dat had je niet verdiend.'

'Ik wou...' begon ik en toen moest ik een keer ademhalen voor ik verder kon gaan, omdat ik weer op het punt stond in tranen uit te barsten. Ik trok eens hard aan het maïsblad en liet het in de zak aan mijn voeten vallen. 'Het spijt me dat ik mensen heb uitgenodigd. Ik dacht niet dat het veel uit zou maken. Ik kan ze wel bellen en zeggen dat ze niet moeten komen.'

Mijn moeder schudde haar hoofd. 'Het is prima. Echt. Het is gewoon...' Ze zuchtte en keek even naar de straat. Er kwamen twee mensen met een golden retriever voorbij, die naar ons zwaaiden. Mijn moeder zwaaide terug en keek toen weer naar mij. 'Ik moest er steeds aan denken, de hele dag, dat dit de laatste vierde juli van je vader is,' zei ze zacht. Dat maakte het niet makkelijker om de tranen tegen te houden en ik perste mijn lippen op elkaar. 'Ik wilde gewoon dat alles perfect zou zijn,' zei ze. Ik keek naar haar en zag tot mijn schrik tranen in haar ogen staan, die elk moment naar beneden konden rollen.

Eerlijk gezegd was dit veel beangstigender dan het schreeuwen. Mijn moeder zo verdrietig, kwetsbaar en bang te zien... het was me te veel. Ik pakte een volgende kolf en vermeed zorgvuldig haar nog een keer aan te kijken.

'Er is gewoon niks ergers dan een verpeste feestdag,' ging

ze verder, maar het klonk al minder alsof ze ging huilen en ik voelde dat ik me een beetje ontspande.

'Klopt,' zei ik zonder erover na te denken. Toen mijn moeder niks zei, keek ik op. 'Mijn verjaardag?' herinnerde ik haar en ik wilde toen onmiddellijk dat ik niks had gezegd, want haar gezicht vertrok een beetje en ze zag er weer uit alsof ze moest huilen. 'Sorry,' zei ik snel, 'dat bedoelde ik niet zo, mam. Niet...'

Mijn moeder schudde haar hoofd en keek van me weg. Murphy kwam aarzelend de veranda op getrippeld. Hij dacht waarschijnlijk dat het nu wel veilig was, omdat er niet meer werd geschreeuwd. Tot mijn verbazing pakte mijn moeder de hond op en drukte even haar wang tegen zijn springerige vacht. 'Ik dacht dat je hem niet leuk vond,' zei ik.

Mijn moeder glimlachte en zette de hond op haar schoot. 'Ik denk dat ik aan hem gewend raak,' zei ze en ze aaide hem over zijn kop. We zaten stil naast elkaar en toen ik een kolf in de zak liet vallen en een andere pakte, schudde mijn moeder haar hoofd. 'Laat de rest maar zitten,' zei ze. 'Dat kunnen Warren en Gelsey wel doen als ze thuis zijn.' Verbaasd liet ik de kolf weer los terwijl mijn moeder zich naar me toe boog. 'En het spijt me van je verjaardag, liefje. Ik beloof dat ik het goed zal maken.'

'Dat hoeft niet,' zei ik en ik meende het echt. Ik had het eerst wel erg gevonden van mijn verjaardag, maar er was sindsdien zoveel gebeurd dat het nu echt niet zo belangrijk meer leek. 'En ik beloof je dat het vanavond prima zal gaan. We maken er een mooie avond van voor pap.' Ze keek me aan en ik glimlachte een beetje beverig naar haar terwijl ik besefte hoe vreemd het was dat ik degene was die haar troostte, haar probeerde op te beuren, terwijl het mijn hele leven andersom was geweest.

'Ik hoop het,' zei ze zacht. En toen leunde ze een beetje meer naar me toe, ze streek mijn haar glad en wreef toen in kleine kringetjes over mijn rug zoals ze deed toen ik nog heel klein was. De dingen waar we ruzie om hadden gemaakt deden er niet meer toe. Na een ogenblik leunde ik tot mijn eigen verbazing tegen haar aan en legde mij hoofd op haar schouder. Dat had ik niet meer gedaan sinds ik heel klein was en haar schouder veel breder had geleken, breed genoeg om niet alleen mij maar de hele wereld te steunen. En heel even, toen ik mijn ogen dichtdeed en ze met haar hand over mijn haar streek, leek het alsof het nog steeds zo was.

Ondanks alle stress kwam het helemaal goed met de barbecue. Gelsey en ik hadden in de hele achtertuin citronella-kaarsen neergezet (al wilde ze tussendoor per se *grand-jetés* doen) en mijn vader had zijn plek bij de barbecue ingenomen en stapelde de schalen vol met cheeseburgers en hotdogs in zijn gestreken kaki broek en een poloshirt dat hem inmiddels veel te groot was.

Henry en zijn vader moesten die avond nog wat voorbereidingen treffen in de bakkerij, dus mijn moeder had Davy ook uitgenodigd en meneer Crosby had zijn oppas de avond vrij gegeven. Alles bij elkaar was het een behoorlijk gemengde groep, maar iedereen leek met elkaar overweg te kunnen. Fred kwam opdagen, met zijn vriendin Jillian en twee zeebaarzen die mijn vader op de grill legde en die iedereen overdadig prees, zodat Fred nog roder werd dan normaal. Lucy was bij aankomst meteen in beslag genomen door Nora en Gelsey en gaf ze nu een geïmproviseerd lesje bruggetje achterover op het gras. Elliot was uit zijn dak gegaan toen hij hoorde dat Jeff een professionele scenarioschrijver was. Ze hadden ontdekt dat ze allebei sciencefictionfans waren en zo'n beetje de hele barbecue alleen maar met elkaar gepraat. Mijn moeder had een paar stoelen op het gras gezet en bleef dicht bij mijn vader in de buurt, die met Fred zat te praten en te lachen. Davy probeerde de hond te leren apporteren, tot nu toe zonder succes, maar hij bleef toegewijd met zijn taak bezig.

Ik zag dat Warren en Wendy hand in hand met Kim stonden te praten en liep naar hen toe. 'Het is gewoon zo'n fascinerend gebied!' zei Kim toen ik bij ze ging staan. Wendy zag er bijzonder patriottistisch uit, in een rood-wit gestreepte blouse op een blauwe korte broek en met een rode haarband in haar haar. 'We proberen echt een dierenverzorger of misschien zelfs een dierenarts in deze pilot te krijgen,' zei Kim.

'Wendy wordt dierenarts,' zei Warren en ik gaapte hem aan terwijl hij het meisje naast hem een stralende blik toewierp. Ik herkende hem nauwelijks meer.

'Nou, dat moeten we nog zien,' zei Wendy lachend en ze kleurde een beetje. 'Ik begin in de herfst pas met mijn studie.'

'Maar je zou haar in de winkel moeten zien,' dweepte Warren, alsof Wendy echt bij Kim solliciteerde en Kim dus moest weten hoe geweldig ze was. 'Ze is ontzettend goed met dieren.'

'Kun jij hem misschien helpen?' vroeg ik aan Wendy en ik wees naar Davy. Murphy draaide nu rondjes om hem heen terwijl hij de stok weggooide. De hond keek hoe de stok in een boog over het gras vloog en begon toen weer tegen Davy op te springen. Hij snapte er niks van.

Wendy schudde haar hoofd. 'Ik denk niet dat het veel effect zou hebben,' zei ze en ze glimlachte naar me. Het viel me op dat ze bijna voortdurend glimlachte, en Warren was er de hele avond nog niet mee opgehouden. Voor zij er was had ik echt niet geweten dat mijn broer zoveel tanden had.

'Ik vind het wel indrukwekkend,' zei Kim en ze nam een slokje van haar wijn. 'Als we deze serie van de grond krijgen, moeten we jou als adviseur inhuren.'

Wendy bloosde tot ze dezelfde kleur had als haar haarband. 'O, ik weet niet of ik veel zou kunnen betekenen...' mompelde ze.

'Ze is gewoon bescheiden,' zei Warren. Hij sloeg voorzichtig een arm om haar schouders, alsof hij er nog een beetje aan moest wennen. 'Ze weet alles over dieren. Vertel eens wat je mij gisteren vertelde. Over de olifanten?'

'O,' zei Wendy. 'Nou, Warren en ik hadden het over...' Ze stopte en vlocht haar vingers door die van mijn broer, op haar schouder, en ik zag dat ze hem een kneepje in zijn hand gaf voor ze verder ging. '...de dood,' zei ze met een blik op hem voor ze weer naar Kim keek. 'En ik vertelde hem dat dieren ook rouw- en begrafenisrituelen hebben. Niet alleen mensen doen dat.'

'Echt?' vroeg Kim en ze trok haar wenkbrauwen op. 'Kijk, dat zijn precies de dingen die we goed kunnen gebruiken in de serie. Wat voor soort rituelen?'

'Nou,' zei Wendy. En ze begon te vertellen over lama's die stierven aan een gebroken hart, olifanten die hun dode jongen probeerden op te tillen, gorilla's die in het nest van hun dode ouders sliepen en weigerden te eten. En terwijl een deel van mij meeluisterde, probeerde ik ondertussen een paar dingen te verwerken. Ten eerste het feit dat mijn broer op de een of andere manier iemand had gevonden die net zo dol was op feitjes (en ze met anderen delen) als hij-zelf. En ten tweede het feit dat hij met Wendy over de dood praatte, wat betekende dat hij over pap praatte en zijn gevoelens met haar deelde. Ik dacht terug aan al die keren dat Lucy me had gevraagd of ik wilde praten, al die keren dat Henry me suggestieve vragen had gesteld over hoe het thuis ging. Ik had ze steeds afgehouden. Bij Lucy door een ander onderwerp aan te snijden, meestal haar liefdesleven, en bij Henry door hem te kussen. Ik had gewoon aangeno-men dat Warren net zo was, en nu bleek dat dat niet klopte voelde ik me vreemd genoeg een beetje verraden, alsof hij een stilzwijgende afspraak niet was nagekomen.

Kim vroeg Wendy net of dierenartsen ook wel boven hun praktijk woonden (dat was blijkbaar een van de vooronder-stellingen van de serie, samen met een gestoorde receptio-niste) toen de eerste gesis van vuurwerk klonk. Ik keek naar het meer en inderdaad, daar flitsten de eerste pijlen als kometen langs de donker wordende hemel, ze explodeer-den met een enorme knal en vielen uiteen in rode, witte en blauwe lichtspetters. Iedereen op het grasveld applaudis-seerde en toen liepen we als één groep naar de steiger om de show beter te kunnen zien.

Veertien mensen (en een hond) waren er waarschijnlijk

een paar te veel voor onze steiger, maar we dromden er allemaal samen en hadden net zo'n beetje onze plek gevonden toen het volgende vuurwerk de lucht in ging, bijna recht boven ons hoofd.

Ik kwam aan het begin van de steiger terecht, vlak bij de stoel die mijn moeder voor mijn vader had meegesleept. Ik keek achterom of ik Henry al zag aankomen, maar tot nu toe was hij nergens te bekennen. Ik had geen flauw idee hoe lang het werk in de bakkerij zou duren en hij had me alleen maar verteld dat zijn verrassing na het vuurwerk zou komen. Maar nadat ik nog een paar keer had gecheckt of hij kwam ontspande ik en genoot gewoon van de show. Misschien kwam het doordat ik al een paar jaar geen vuurwerk meer had gezien op 4 juli (omdat ik in het buitenland was of probeerde een vreemde taal te leren), in ieder geval vond ik het behoorlijk indrukwekkend. Veel indrukwekkender dan ik me van de laatste keer in Lake Phoenix kon herinneren.

Ik liet mijn hoofd achterover hangen en keek naar de explosies van kleur en licht die de hele hemel vulden en in het water eronder weerspiegeld werden. Na een bijzonder spectaculaire serie begon de groep op de steiger te klappen en kwam de hond in volle vaart op me af gerend.

'Sorry,' zei Davy, die hem vast had gehouden en hij draaide zich naar me om.

Ik greep de hond beet voor hij in het water kon vallen (we wisten niet of Murphy de kunst van het zwemmen al onder de knie had) en tilde hem op. Terwijl ik dat deed viel me op hoe erg hij trilde.

'Ik denk dat hij dat lawaai niet fijn vindt.'

'Ik breng hem wel naar binnen,' zei ik en ik stond op.

'Bedankt, meisje,' zei mijn vader, die het bungelende pootje van de hond een kneepje gaf toen ik langskwam. 'Hij begrijpt er waarschijnlijk niks van. Het arme dier moet zich voelen alsof hij in een oorlogsgebied terecht is gekomen.'

'In feite,' hoorde ik Wendy iets verder op de steiger zeggen, 'zijn hondenoren verbazend gevoelig. Dus wat wij horen wordt bij hem nog tien tot twintig keer versterkt.'

Ik liep naar het huis en voelde de hond in mijn armen bij iedere vuurwerkexplosie ineenkrimpen. En ik besefte dat mij vader waarschijnlijk gelijk had. Als niemand je kon uitleggen dat dit gewoon een feestje was, kon je nu heel makkelijk denken dat de wereld verging. Ik zette hem binnen neer en hij vluchtte onmiddellijk naar mijn kamer. Misschien was dat omdat van mijn bed tot op de grond een soort stoffen gordijntje hing: ik had al opgemerkt dat de hond zich daar ook verstopte als het onweerde. Het was blijkbaar zijn vaste schuilplaats.

Toen ik de heuvel weer af liep, realiseerde ik me dat het lawaai van het vuurwerk was gestopt. Ik had de finale gemist. En inderdaad zag ik de groep op de steiger opstaan en de heuvel op komen. Ik liep ze tegemoet, want ik dacht dat ze mijn hulp wel konden gebruiken en wilde mijn moeders woede niet voor de tweede keer over me heen krijgen.

Een kwartier later had ik mijn moeder geholpen met opruimen, iedereen gedag gezegd en bedankt voor hun komst en Lucy beloofd dat ik nog zou bellen om te zeggen wat Henry's verrassing was geweest. Mijn vader was meteen naar bed gegaan, uitgeput. Warren had hem de trap op geholpen.

'Ik denk dat dit het wel is,' zei mijn moeder terwijl ze het laatste achtergebleven bord van het grasveld pakte en rondkeek om te controleren of alles in orde was. Gelsey was nog op het grasveld en snelde van de ene citronellakaars naar de andere om ze uit te blazen. 'Gels,' riep ze naar mijn zus, 'bedtijd!'

Bij het licht van de laatste kaars zag ik dat mijn zus zich naar voren boog in een lage arabesk, met haar been bijna parallel aan de grond uitgestrekt. 'Vijf minuten!' riep ze een beetje gesmoord terug.

Mijn moeder knikte en wendde zich weer tot mij. 'En jij ook niet te laat,' zei ze. Ik knikte ook en voelde dat ik glimlachte. Ik had tijdens het opruimen een sms'je van Henry gekregen waarin hij vroeg of ik over twintig minuten op de steiger kon zijn voor mijn verrassing. Ook al had ik geen idee wat we gingen doen of hoelang het zou duren, mijn ouders hadden met deze zomer wat meer vrij gelaten. Mijn moeder was al tevreden als ik op een redelijk tijdstip thuiskwam en zachtjes deed.

Toen ik iets te vroeg naar de steiger vertrok, zag ik dat Henry er ook al naartoe wandelde. Zijn witte overhemd stak helder af tegen het donker van de avond. 'Hé,' riep ik en Henry stopte, draaide zich om en glimlachte toen hij me zag.

'Hé daar,' zei hij. Gebruikmakend van het donker en van het feit dat zijn broertje er niet was om braakgeluiden te maken sloeg ik mijn armen om zijn nek en kuste hem. Hij kuste me terug, omhelsde me stevig en tilde me even op. Hij vond het leuk om dat af en toe te doen, al was het maar om me eraan te herinneren dat hij nu groter was dan ik.

'Je hebt het vuurwerk gemist,' zei ik toen we elkaar weer loslieten.

'O?' zei hij op vreemd neutrale toon. 'Jammer.'

'Dus?' vroeg ik om me heen kijkend. 'Mijn verrassing?'

Henry glimlachte en pakte me bij de hand. 'Bij de steiger,' zei hij. Terwijl we er samen naartoe liepen hoorde ik een geluid achter me en toen ik me omdraaide zag ik dat mijn zus nog steeds op het grasveld was. Ik wilde net zeggen dat ze naar binnen moest toen ik haar een sterretje uit de doos zag schudden. Terwijl ik toekeek brandde het opeens en Gelsey hield het omhoog terwijl ze naar het huis terug danste, met grote sprongen en een serie kleine pirouettes, terwijl het sterretje een lichtend spoor door de lucht trok. Toen verdween ze om de hoek van het huis, met haar helder brandende lichtje nog steeds achter zich aan.

Henry had gezegd dat mijn verrassing bij de steiger was en daar bleek een goede reden voor te zijn: het was een boot.

'Meer dan een boot,' zei hij. Hij had alles verzameld aan het eind van de steiger en de Coleman-lantaarn aangestoken, die hij nu omhooghield om ons bij te lichten. Aan de steiger, dobberend op het water, was een roeiboot aangemeerd. Er lagen slaapzakken in uitgespreid en het zag er verrassend knus uit – iets wat ik nog nooit met een boot in verband had gebracht.

'Waar heb je die vandaan?' vroeg ik terwijl ik de steigerladder af klom en voorzichtig in de boot stapte, die onmiddellijk begon te schommelen zodat ik één adembenemend moment dacht dat hij zou omslaan. Ik wist dat de Crosby's een paar kajaks hadden, maar ik wist zeker dat ik deze roeiboot bij onze steiger zou hebben opgemerkt.

'Geleend van een van paps beste klanten,' zei hij. 'Ik geef hem morgen een cake als bedankje. Maar we moeten gaan.'

'Oké,' zei ik. De haast verbaasde me nogal, maar ik ging op het voorste bankje zitten. Henry nam het achterste en begon ons met verrassend gemak het meer over te roeien. Ik draaide me om zodat ik naar hem kon kijken, trok mijn knieën tegen mijn borst en genoot gewoon van het tochtje, de snelheid waarmee we over het water scheerden tot we zo ver van de steiger af waren dat die piepklein leek.

Henry stopte met roeien en haalde de roeispanen in. Toen pakte hij zijn mobiel om te kijken hoe laat het was. Zijn scherm lichtte onverwacht fel op. 'Oké,' zei hij. 'Bijna tijd.'

Ik keek rond. We waren midden op het meer en ik kon niet zien waarvoor we dan bijna op tijd moesten zijn. 'Henry?' vroeg ik.

Hij glimlachte, deed de lantaarn uit, liet zich op de slaapzakken op de bodem van de roeiboot zakken en gebaarde dat ik hetzelfde moest doen. Dat deed ik en vervolgens kroop ik naar hem toe. Toen ik bij hem was, ging hij achterover liggen en nestelde ik me onder zijn arm door op mijn gewone plekje tegen hem aan. We lagen even te dobberen, het enige geluid dat van het water dat tegen de zijkanten klotste en het gebrom van de cicades overal om ons heen. Hij boog zijn hoofd en gaf me een snelle kus, streek toen met zijn vinger over mijn wang en glimlachte. 'Klaar voor je verrassing?' vroeg hij.

'Ja,' zei ik. Ik keek rond en vroeg me af wat ik over het hoofd zag. 'Maar…' Net toen ik dat zei, hoorde ik het gesis van nog een vuurpijl die werd afgeschoten. En toen ontplofte hij, precies boven ons, goudkleurig en zo groot dat hij de hele lucht leek te vullen. 'Wat is dit?' vroeg ik. Ik keek naar hem op, maar heel even, want er kwamen nog meer vuurpijlen, de ene na de andere.

'Een van de jongens die voor dat bedrijf werkt zit bij mij op school,' zei hij. 'En hij had beloofd dat hij er een paar wat later zou afsteken zodat we een goed plekje konden zoeken om ernaar te kijken.'

'Dit is ongelooflijk,' mompelde ik terwijl ik recht omhoogkeek en zag hoe explosies van kleur en licht de avondhemel vulden. Ik had nog nooit liggend in een boot naar vuurwerk gekeken, maar ik wist terwijl ik omhoog-keek dat het nu de enige manier was waarop ik ooit nog vuurwerk wilde zien. 'Dankjewel,' zei ik, nog steeds niet helemaal in staat om te geloven dat Henry dit had geregeld: een vuurwerkshow voor ons alleen. Ik rekte me uit en kuste hem en achter mijn gesloten oogleden zag ik de lichtflitsen terwijl de voorstelling boven ons werd voortgezet.

Toen de show na nog een paar vuurpijlen voorbij was, klapten Henry en ik in de boot, ook al wisten we dat nie-mand ons kon horen. En al was het vuurwerk de reden geweest om met de boot het meer op te gaan, het was zo heerlijk om daar gewoon wat rond te drijven dat we allebei geen behoefte hadden om meteen terug te gaan. We ritsten een van de slaapzakken open en kropen erin omdat het een beetje koud, om niet te zeggen klam, begon te worden op het water.

We kusten elkaar tot mijn lippen gevoelloos waren, mijn hart als een razende tekeerging en we allebei buiten adem waren. Toen werden onze kussen wat trager en zachter en toen, terwijl we een kleine pauze namen om op adem te komen, begonnen we te praten, drijvend op het meer, met de hemel weids en vol sterren boven ons.

Misschien kwam het doordat het donker was, of doordat we elkaar niet recht aankeken, of misschien gebeurt zoiets gewoon als je met iemand in een roeiboot ligt, maar we begonnen over veel serieuzere dingen te praten dan we tot nu toe hadden gedaan. Ik vertelde hem wat er met mijn moeder was gebeurd, en dat ik zo bang was geweest toen ik zag dat ze bijna begon te huilen. Hij vertelde me dat hij zich zo'n zorgen maakte om Davy, vooral omdat hij zelf over een jaar zou gaan studeren en dan was er niemand om voor hem te zorgen. En ik vertelde hem wat ik nog niet hardop had gezegd, maar de laatste weken wel steeds had gedacht: dat ik wist dat mijn vader achteruitging, en dat ik heel bang was voor wat er zou gaan gebeuren.

De stiltes werden steeds langer en uiteindelijk deed ik mijn ogen dicht en liet ik mijn hoofd op zijn borst rusten. Ik voelde me warm en veilig in zijn armen, omhuld door het zachte flanel van de slaapzak, terwijl de boot me zachtjes heen en weer liet schommelen. Ik gaapte en een seconde later deed Henry hetzelfde. En al had ik de hele zomer al problemen met slapen, nu voelde ik dat ik in slaap viel, daar in Henry's armen, onder de sterren.

Het begon al licht te worden toen we wakker werden en naar de steiger terug roeiden. Ik was wakker geworden met een rij muggenbeten in mijn nek (zo'n beetje het enige stukje van mij dat niet in de slaapzak had gezeten) en Henry had er vijf op zijn hand. Eerst schaamde ik me alleen ontzettend omdat ik in slaap was gevallen, ik veegde snel langs mijn mond, hopend dat ik niet per ongeluk op hem had gekwijld en dat mijn adem niet al te vies rook. Ik had nog nooit naast iemand anders geslapen (behalve naast Lucy op het logeerbed, maar ik had zo'n gevoel dat dat niet telde) en ik was bang dat ik hem had geschopt of in mijn slaap had gepraat of zoiets.

Maar als dat zo was, zei Henry er niks over en leek het hem niks te kunnen schelen. Hij roeide ons naar huis en ik zat naast hem met de slaapzak om me heen getrokken. Henry had een vage streep aan de zijkant van zijn gezicht, waar hij op de naad van de slaapzak had gelegen, en zijn haar stond in plukjes overeind. En om de een of andere reden zag hij er zo nog leuker uit dan normaal.

We meerden de boot aan en haalden vlug de spullen eruit. Meneer Crosby vertrok meestal even voor zessen naar de bakkerij en Henry wilde snel naar binnen zodat hij net kon doen alsof hij de hele tijd thuis had geslapen.

'Bedankt voor mijn verrassing,' zei ik terwijl ik uit alle macht probeerde om niet aan de muggenbulten in mijn nek te krabben.

'Gráág gedaan,' zei hij, hij boog zich voorover en gaf me een snelle kus. 'Ik bel je nog, oké?'

Ik voelde dat ik glimlachte en terwijl ik me uitrekte om hem nog een kus te geven merkte ik dat het me niet meer kon schelen of mijn adem vies rook.

Ik liep door de achtertuin en om het huis heen en neuriede het liedje dat dankzij Warren in mijn hoofd zat. Ik wilde net naar binnen gaan toen ik plotseling stokstijf stil bleef staan. Mijn vader zat aan de tafel op de veranda met een mok koffie voor zich.

Ik slikte en liep het trappetje op. Ik voelde dat ik rood werd. 'Hoi,' mompelde ik en ik probeerde mijn haar glad te strijken, terwijl ik precies wist wat dit voor indruk moest maken.

Mijn vader had zijn vertrouwde krijtstreeppyjama aan met een geruite ochtendjas eroverheen. Hij nam een slokje koffie en keek me hoofdschuddend aan, maar er was iets in zijn gezicht waardoor ik wist hoe hij hiervan genoot. 'Laat geworden?' vroeg hij.

'Zoiets,' zei ik en ik voelde dat ik roder werd dan ooit. 'Eh, Henry had me meegenomen in een roeiboot om naar vuurwerk te kijken, en toen vielen we een soort van in slaap.' Ik hoorde zelf hoe stom het klonk.

Mijn vader schudde zijn hoofd. 'Als ik een dubbeltje had voor elke keer dat ik die smoes heb gehoord...' Hij zei het zo ernstig dat ik ervan moest lachen. Hij trok één wenkbrauw op en ik herkende de uitdrukking die een woordgrap aankondigde, zelfs op zijn veel smallere gezicht. 'Ik wil niks op de spits *drijven*,' zei hij. Ik kreunde en ging op de stoel naast hem zitten. 'Maar van dit excuus laat ik geen *spaan* heel. Dat staat als een paal boven *water*...'

'Genoeg,' zei ik lachend. Ik keek naar hem terwijl hij de mok met twee handen vastpakte en nog een slokje nam. 'Waarom ben jij zo vroeg wakker?'

Hij zat met zijn gezicht naar de zijkant van de afgeschermde veranda, die uitkeek over het water. 'Ik wou de zon zien opkomen,' zei hij. Ik keek ook die kant op en we zaten even zonder iets te zeggen naast elkaar. 'Ik zou je waarschijnlijk een preek moeten geven...' zei hij en hij wierp me een blik toe. 'Maar...' Zijn stem stierf weg en hij glimlachte schouderophalend naar me. Hij wees naar buiten, waar de hemel heel lichtroze werd, de kleur van Gelseys spitzen. 'Is dat niet prachtig?' zei hij en zijn stem was niet meer dan een fluistering.

Ik moest mijn keel schrapen voor ik iets kon zeggen. 'Prachtig,' mompelde ik.

'Ik weet niet hoeveel ik er gemist heb, of gewoon voor vanzelfsprekend heb aangenomen,' zei hij met zijn ogen op het meer gericht. 'En ik heb tegen mezelf gezegd dat ik er elke ochtend voor op zou staan. Maar ik moet zeggen, meisje,' zei hij en hij keek even naar mij, 'ik ben zo ontzettend moe.'

En op het moment dat hij dat zei besefte ik dat hij er inderdaad uitgeput uitzag, op een manier die ik nog niet eerder had gezien. Er waren diepe lijnen in zijn gezicht die ik niet herkende en hij had wallen onder zijn ogen. Het zag eruit als een soort moeheid die niet met een nachtje slapen goedgemaakt kon worden, een moeheid tot op het bot.

Ik kon niets doen om dit op te lossen of het beter te maken. Dus knikte ik alleen en trok ik mijn stoel een beetje dichter naar die van mijn vader toe. En samen zagen we de lucht oplichten en van gedaante veranderen. Een nieuwe dag brak aan.

32

Ik begreep eindelijk wat Dickens bedoelde. Het was 'de beste der tijden en de slechtste der tijden', vermengd tot één geheel. Met Henry, met Lucy, op het werk en zelfs met mijn broer en zus ging het heel goed. Maar met mijn vader ging het elke dag een beetje slechter. De FedEx-wagen met documenten van mijn vaders werk kwam niet meer, en pas na drie dagen had ik door dat dat geen tijdelijke onderbreking was. Toen mijn vader op een middag lag te slapen vertelde mam dat zijn firma hem van de zaak had gehaald. Dat was een enorme klap voor mijn vader: hij kreeg zo'n inzinking dat ik hem bijna niet meer herkende. Hij kleedde zich niet meer aan, kamde nauwelijks zijn haar en snauwde tegen ons als we met hem probeerden te praten. Ik realiseerde me daardoor hoe ik erop gerekend had dat hij zou blijven wie hij was: de opgewekte vader met zijn woordgrapjes die ik zo vanzelfsprekend had gevonden.

Maar het gaf me ook een idee. Leland en Fred gingen allebei akkoord, en alles werd geregeld terwijl mijn vader zijn middagslaapje deed. Toen hij wakker werd hielp Warren hem naar buiten waar Films Onder de Sterren (editie familie Edwards) al klaarstond. Leland zou de projector bedienen en wij gingen allemaal op dekens op het gras zitten, vlak bij het water, om naar een film te kijken waarvan mijn vader altijd had gezegd dat hij het perfecte tegengif was voor een slechte dag.

We waren met een veel kleiner groepje dan normaal op het strand: alleen wij, Wendy, Leland, de Gardners en de Crosby's. Ik liet mijn vader de eer om de film in te leiden en we waren allemaal heel stil terwijl hij zijn best deed om zo hard mogelijk te praten zodat hij ons, in duidelijke taal, kon vertellen hoe we allemaal zouden genieten van *The Thin Man*. En onder het kijken kon ik mijn vaders lach overal bovenuit horen.

De film hielp hem de depressie af te schudden, maar het feit dat ik hem zo had gezien was beangstigend genoeg. De paar weken die volgden verliepen volgens een vast patroon, bijna als een slingeruurwerk, met een voortdurende afwisseling tussen goed en slecht. Ik kon nooit echt genieten van de opleving omdat ik wist dat er snel een inzinking zou volgen.

We gingen 's avonds niet meer weg, maar bleven na het eten samen om de tafel zitten. We haastten ons niet naar een afspraakje (Warren en ik) of naar buiten om vuurvliegjes te vangen met Nora (Gelsey). Na veel protest van mijn moeder hadden we ons oude gehavende Risk-spel opgegraven en in de woonkamer opgezet als een altaar gewijd aan strategische oorlogsvoering. Later op de avond, als het op de veranda te koud of te donker werd, gingen we allemaal naar binnen om het spel te spelen tot mijn vader begon te gapen en mijn moeder een staakt-het-vuren aankondigde voor de nacht en samen met Warren mijn vader naar boven bracht.

'Omdat', zei ik zo kwaad mogelijk tegen mijn moeder, 'ik je niet meer vertrouw sinds je me voor dood hebt achtergelaten in Paraguay. Daarom.'

'Wat je zegt, Charlie,' zei mijn broer monotoon terwijl mijn moeder fronsend een paar bladzijden omsloeg.

'Sorry,' zei ze een minuut later en Jeff en Kim kreunden allebei. 'Ik weet...'

'Bladzijde eenenzestig,' siste Nora. 'Onderaan.'

'O, oké,' zei mijn moeder en ze schraapte haar keel. 'Ik maak je kapot, Hernandez,' zei ze tegen mij. 'Ik richt jou en je hele familie te gronde tot je me om genade smeekt. Maar die krijg je niet.' Ze keek glimlachend naar Jeff en Kim. 'Dat is echt goed,' zei ze, zodat Nora haar handen in de lucht gooide en mijn vader voor haar spel applaudisseerde.

Omdat we niet meer weggingen, kwamen de mensen nu naar ons. Soms kwamen de Gardners langs, meestal om ons als geïmproviseerde acteurs te gebruiken zodat ze de huidige versie van hun script hardop konden horen. Nora maakte aantekeningen voor haar ouders en ze gaven mijn moeder altijd een rol, ook al hield ze steeds midden in een zin op om haar mening te geven.

Als we niet druk waren met Risken of het (dankzij onze rampzalige voordracht) verkrachten van het scenario van de Gardners, keken we films op de oude ribfluwelen bank. Al mijn vaders lievelingsfilms. En al overspoelde hij ons aan het begin nog met meer weetjes dan we ooit wilden horen over *The Americanization of Emily* of *Mr. Smith goes to Washington*, meestal viel hij halverwege in slaap.

Soms kwam Wendy of Henry langs om een film mee te kijken of partij te kiezen in de strijd om de wereldheerschappij (het was geheel aan Henry te danken dat ik eindelijk Rusland had veroverd) maar meestal waren we alleen met ons gezin, met z'n vijven. En ik merkte dat ik dat fijn vond. Ik dacht vaak terug aan al die avonden in Connecticut, toen ik na het avondeten onmiddellijk de deur uit vloog en onderweg naar mijn auto nog even over mijn schouder riep waar ik naartoe ging, klaar voor de echte gebeurtenissen van de avond. Toen was de tijd met mijn familie gewoon iets waar ik zo snel mogelijk doorheen moest komen. Maar nu ik wist dat onze tijd samen nog maar heel beperkt was, probeerde ik die juist vast te houden en zo lang mogelijk te rekken en wenste ik ondertussen voortdurend dat ik vroeger had gewaardeerd wat ik had.

Maar ik bleef niet de hele avond binnen. Meestal glipte ik later nog naar buiten, als iedereen al naar bed was. Soms peddelde ik in de kajak naar Lucy's steiger en zaten we uren met onze voeten in het water te praten. Ze was nog steeds blind voor Elliots verliefdheid, maar ze had Brett wel opgegeven toen hij haar per ongeluk een *booty call* had gestuurd die eigenlijk voor ene Lisa bedoeld was. Eén zaterdagavond hadden we allemaal om twaalf uur 's nachts op het strand afgesproken, Henry, Elliot, Leland, Lucy en ik. Rachel en Ivy, de andere strandwachten, hadden een paar sixpacks voor ons gekocht omdat Leland een paar keer hun dienst had overgenomen en we hadden een feestje gebouwd op het donkere, lege strand. We waren gaan nachtzwemmen, speelden 'Ik Heb Nooit' (wat bij Lucy, zo bleek, bij bijna alles neerkwam op 'Ik Heb Wel') en op de terugweg, toen het al licht werd, zat ik op Henry's stuur met mijn natte haar opgestoken en mijn ogen dicht en voelde ik de wind in mijn gezicht terwijl hij me weer eens naar huis bracht.

Maar strandfeestjes en avonden met Lucy waren een uitzondering. Als ik naar buiten glipte, ging ik meestal naar de buren. Ik wist inmiddels wat Henry's slaapkamer was en hij wist die van mij. Gelukkig zaten we allebei op de begane grond en ik werd er heel goed in om naar zijn huis te sluipen en zachtjes met mijn vingers op zijn raam te trommelen. Dan kwam Henry naar buiten en gingen we of naar de steiger, of naar zijn oude boomhut als hij wist dat Maryanne er niet was. Ik merkte dat ik eigenlijk altijd naar Henry ging als mijn vader een erg slechte dag had gehad. Het was zo verschrikkelijk wat er met mijn vader gebeurde, en ik was machteloos, kon er niets tegen doen, en dat maakte het nog erger. Naarmate hij achteruitging nam iedere nieuwe versie de plaats in van de vorige en ik vond het moeilijk om me te herinneren dat hij ooit níét de hele dag in pyjama en ochtendjas had gelopen, niet bij alle maaltijden had hoeven vechten om iets binnen te krijgen, niet met trillende handen zijn eten naar zijn mond probeerde te brengen, niet hoestte terwijl hij probeerde te slikken. De tijd dat hij geen hulp nodig had gehad om op te staan of te gaan zitten of de trap op te lopen, de tijd dat hij nog degene was die de zware dozen droeg en Gelsey als een zak aardappelen over zijn schouder gooide en mij als klein meisje naar binnen droeg als we een lange rit met de auto hadden gemaakt en ik net deed alsof ik in slaap was gevallen. Het werd al moeilijk om me te herinneren wie hij een week geleden was geweest, laat staan vier maanden geleden, toen alles nog helemaal in orde leek.

Hij sliep nu tot laat in de ochtend uit, al schrok ik nog steeds wakker om acht uur en verwachtte dat hij er was om mijn voeten te kietelen en te zeggen dat ik moest opschieten, dat we pannenkoeken gingen eten. Ik ging eerst nog wel naar de Diner op mijn vrije dagen, om ons eten af te halen en voor hem mee naar huis te nemen. Maar na drie van die tripjes waarbij zijn toast in de piepschuimverpakking onaangeroerd op het aanrecht bleef liggen, was ik daar ook mee gestopt.

Na de bijzonder slechte avonden, als hij bijvoorbeeld mijn moeder had afgesnauwd en daarna onmiddellijk zoveel spijt had dat hij er tranen van in zijn ogen kreeg, ging ik zo gauw het stil was in huis en iedereen sliep naar Henry. Ondanks ons gesprek in de roeiboot wilde ik meestal niet praten over wat er allemaal speelde, al gaf hij me daar wel altijd de kans toe. Ik wilde meestal gewoon zijn armen om me heen voelen, stevig en echt, terwijl ik de gevoelens probeerde buiten te sluiten die als duizend spelden in mijn hart prikten, wat op de een of andere manier nog erger was dan het in één klap te breken.

Als het thuis echt heel erg werd, wist ik dat het geluk om de hoek op me lag te wachten, meteen hiernaast. Maar als ik even een geluksmoment beleefde, lachend met Lucy, kussend met Henry of omdat ik Azië veroverde met een piepklein legertje, was dat ook zo weer verdwenen omdat ik wist dat er nog een heleboel verschrikkelijks aan kwam en trouwens, ik had helemaal geen recht om plezier te maken terwijl mijn vader dit allemaal moest doorstaan. En er was altijd de ongemakkelijke wetenschap dat er nu snel een breekpunt zou komen.

'En dit,' zei Henry terwijl hij zijn armen om mijn middel sloeg, 'is waar de magie zijn werk doet.'

'Is dat zo?' zei ik en ik rekte me uit om hem te kussen. We waren in Borrowed Thyme, in het gedeelte achter de toonbank, door de roestvrijstalen klapdeuren, waar de ovens en de werkbanken waren. Ik had een dagje vrij en was dus naar het dorp gegaan om een paar dingen voor mijn moeder te halen en Henry een bezoekje te brengen. En omdat het even rustig was in de winkel had hij me mee naar achteren genomen om te laten zien hoe het hier werkte.

'Ik stond op het punt om een paar cupcakes te glazuren,' zei hij en hij wees naar een beslagkom vol wit roomglazuur dat zelfs van deze afstand heerlijk rook. 'Zin om te helpen?'

'Misschien,' zei ik terwijl ik mijn handen om zijn middel liet glijden en hem opnieuw kuste. Ik was in een geweldig humeur. Mijn vader had een goede ochtend gehad: hij was op bij het ontbijt, alert, en had stomme woordgrapjes gemaakt. Ik hoefde niet te werken, ik was bij Henry en er stond een heleboel glazuur voor het grijpen. Lucy werd in beslag genomen door haar nieuwste vriendje. Ik had zo'n idee dat het niet lang zou gaan duren, dus noemde ik hem gewoon Pittsburg. Maar ik wist dus dat ze niet boos zou zijn als ik niet met haar afsprak en dat betekende dat ik de hele middag kon besteden aan zoenen met Henry. Het moment werd ruw onderbroken door mijn telefoon die in mijn tas op de werkbank begon te rinkelen. Ik luisterde even: het was de ringtone voor de vaste telefoon in ons huis. Ik wilde hem al opnemen, toen ik bedacht dat het waarschijnlijk Gelsey was.

'Moet je niet opnemen?' vroeg Henry.

'Nee,' zei ik. Ik liep naar mijn mobiel en zette het geluid uit zodat we niet gestoord zouden worden als ze, en dat was onvermijdelijk, nog een keer zou bellen. 'Het is mijn zusje maar, die wil dat ik haar met de voorbereidingen help.' Henry keek nog steeds verward, dus legde ik uit: 'Vanavond begint de kermis.' Gelsey was er de hele week al hysterisch over en had me uiteindelijk verteld dat ze verliefd was op een jongen uit haar tennisgroep, wat meteen verklaarde waarom ik haar de laatste tijd nooit meer hoorde klagen over haar lessen. Zij, tennisjongen, Nora en de jongen op wie Nora verliefd was hadden vanavond afgesproken voor wat volgens Gelsey absoluut géén dubbele date was. Toch had ze aangenomen, toen ze hoorde dat ik vandaag niet hoefde te werken, dat ik haar de hele middag zou helpen met optutten, waar ze mee bedoelde dat ik haar een make-over zou geven met mijn make-up. En al wilde ik Gelsey best helpen, ik was niet van plan om daar vier hele uren aan te besteden.

'Ah, de kermis,' zei Henry en hij streek met een glimlach een haarlok van mijn voorhoofd. 'Ik herinner me de kermis.' Ik glimlachte terug, vrij zeker dat we ons allebei hetzelfde herinnerden. Hij kuste me nog een keer voor we naar de werkbank met het glazuur liepen. 'Cupcakes.'

Henry deed me de goede glazuurtechniek voor en we boekten al snel vooruitgang, ook al stond ik erop om het glazuur om de paar minuten te proeven, gewoon om te controleren of het nog wel goed was. 'Niet echt moeilijk, toch?' vroeg hij.

Ik knikte en bewonderde mijn handwerk. Net toen we de hele lading klaar hadden rinkelde de winkelbel en ik realiseerde me dat het tijd werd om naar huis te gaan. Ik had Gelsey lang genoeg laten wachten. Ik nam een cupcake mee voor onderweg en kuste Henry gedag. Ik fietste naar huis terwijl ik zachtjes Warrens liedje neuriede en zwaaide naar iedereen die ik kende. Pas toen ik halverwege mijn telefoon pakte om het geluid weer in te schakelen, realiseerde ik me dat er iets mis was. Ik had zeven gemiste oproepen en twee voicemailberichten.

Ik begon sneller te fietsen, en hoopte maar dat het Gelsey was die wilde dat ik kwam helpen en irritant zat te doen. Maar zo gauw ik de veranda op liep kon ik het voelen, een soort knisperende spanning in de lucht waar de haartjes in mijn nek van overeind gingen staan. Mijn moeder zat aan de telefoon in de keuken, maar ze gooide hem erop toen ze mij binnen zag komen.

'Waar heb jij uitgehangen?' eiste ze. Haar gezicht was rood en ze keek boos en bang tegelijk.

Ik slikte en dacht aan alle telefoontjes die ik had genegeerd, omdat ik er gewoon van uit was gegaan dat ze van Gelsey waren. Een enorme vrees bekroop me. 'Eh,' zei ik en ik voelde dat mijn hart begon te bonken. Wat was er gebeurd? 'Ik was in het dorp. Mijn ringtone stond uit. Wat is er aan de hand?'

'Je vader...' begon mijn moeder, maar haar stem stokte in haar keel en ze draaide zich een beetje van me af terwijl ze met haar hand over haar gezicht veegde. 'Het gaat niet goed. Ik neem hem mee naar het ziekenhuis in Stroudsburg om te zien wat ze ervan vinden.'

'Wat is er mis?' Ik dwong mezelf om het te vragen, ook al was mijn stem niet meer dan een gefluister.

'Ik weet het niet!' snauwde mijn moeder en ze draaide zich weer naar me om. 'Sorry,' zei ze een ogenblik later een beetje rustiger. 'Ik ben gewoon...' Haar stem stierf weg en ze maakte een hulpeloos gebaar.

'Waar is Gelsey?' vroeg ik en ik keek rond alsof ik mijn broer en zus chillend op de bank verwachtte aan te treffen. 'En Warren?'

'Je zus is hiernaast, bij Nora,' zei mijn moeder. 'En Warren is ergens heen met Wendy, ik heb hem niet te pakken gekregen.'

'Oké,' zei ik en ik dwong mezelf om diep in en uit te ademen. 'Wat kan ik doen?'

'Je zusje helpen,' zei mijn moeder en ik schaamde me meteen, want ik had de hele middag geprobeerd om dat juist te vermijden. 'En vertel haar maar niet dat we naar het ziekenhuis zijn. Ze kijkt zo uit naar vanavond. Ik zeg het wel als ik terug ben.'

Ik voelde mijn adem stokken toen ik het enkelvoud hoorde. 'Maar pap komt ook weer naar huis, toch?' vroeg ik langzaam.

Mijn moeder haalde met bibberende kin haar schouders op en ik kreeg een steen in mijn maag. Ze drukte even een hand tegen haar ogen en haalde diep adem. Toen ze weer begon te praten was ze iets beheerster, meer haar efficiënte zelf. 'Ik heb je hulp nodig om je vader in de auto te krijgen,' zei ze. 'En zorg daarna alsjeblieft dat je hier blijft of je telefoon aan hebt, zodat ik het laatste nieuws kan doorgeven.' Ik knikte en voelde een tweede golf van schaamte door me heen gaan omdat ik mijn telefoon de hele middag expres had genegeerd. 'En...' Mijn moeder beet op haar lip. Ze leek iets in gedachten af te wegen. 'Je moet je grootvader bellen.'

'O.' Dit had ik niet verwacht. 'Oké. Maar waarom doe ik dat?' De vader van mijn vader was een ex-marineofficier die nu lesgaf aan West Point en die mij altijd deed denken aan kapitein Von Trapp uit *The Sound of Music*, maar dan zonder de relaxte persoonlijkheid en de voorliefde voor liedjes over bloemen. Ik was altijd doodsbenauwd voor hem geweest en de paar keer per jaar dat ik hem zag hadden we elkaar nooit veel te vertellen.

'Hij wilde het weten... als we op dit punt waren,' zei mijn moeder. 'Hij wilde afscheid komen nemen.'

Ik knikte, maar het voelde alsof de lucht uit mijn longen was geslagen. 'Welk punt?' vroeg ik, ook al wilde ik eigenlijk het antwoord niet horen, want ik was bang dat ik het al wist.

'Hij wilde komen,' zei mijn moeder langzaam, alsof ze over elk woord moest nadenken voor ze het uitsprak, 'wanneer je vader nog kon begrijpen wat er gebeurde. Wanneer hij nog... bij ons was.'

Ik knikte weer, vooral om iets te doen te hebben. Ik kon niet geloven dat ik twintig minuten geleden nog glazuur stond te eten en stond te zoenen met Henry. 'Ik zal hem bellen,' zei ik en ik probeerde capabel en competent te klinken en niet hoe ik me echt voelde, namelijk precies het tegenovergestelde.

'Goed zo,' zei mijn moeder. Ze legde even haar hand op mijn schouder en toen was ze weg, de trap op, roepend naar mijn vader.

Een kwartier later hadden mijn moeder en ik mijn vader

samen de trap af geholpen en op de achterbank van de auto geïnstalleerd. De verandering die mijn vader sinds die ochtend had ondergaan was schokkend. Zijn huid had een grijzige ondertoon, er stonden zweetdruppeltjes op zijn voorhoofd en zijn ogen waren bijna de hele tijd dichtgeknepen tegen de pijn die hij overduidelijk had. Ik kon me niet herinneren dat ik mijn vader ooit had horen klagen over zijn eigen ongemak, en ik had hem nog nooit zien huilen. Maar nu stonden er diepe rimpels in zijn voorhoofd en kwam er een laag kreunend geluid achter uit zijn keel dat me de stuipen op het lijf joeg.

Toen Murphy zag dat we mijn vader in de auto zetten, rende hij halsoverkop het pad af en klom op de achterbank. Ik probeerde hem te pakken, maar hij dook langs me heen en verschanste zich achter de bestuurdersstoel.

'Taylor, kun je de hond even pakken?' vroeg mijn moeder terwijl ze een grote weekendtas op de passagiersstoel zette. Ik wilde net vragen wat dat was, toen ik bedacht dat het waarschijnlijk kleren waren voor het geval zij, of mijn vader, in het ziekenhuis moest blijven.

Ik greep naar Murphy, die probeerde weg te duiken. Hij wilde duidelijk alleen maar zijn waar mijn vader was. 'Hou daarmee op,' zei ik scherper dan nodig was. Ik pakte hem op en deed het portier dicht.

'Ik bel als er nieuws is,' zei mijn moeder terwijl ze achter het stuur ging zitten.

'Oké,' zei ik. Ik klemde de hond stevig tegen me aan, want die leek elk moment klaar voor een nieuwe ontsnappingspoging. 'Ik blijf hier.' Ik dwong mezelf om te glimlachen en te zwaaien toen de auto achteruit het grindpad af reed, ook al concentreerde mijn moeder zich op het achteruitrijden en had mijn vader zijn ogen dicht.

Toen de auto uit het zicht verdween leek de hond in mijn armen te verslappen. Ik aaide zijn ruwe koppie en hoorde mezelf een lange, trillerige zucht slaken. Ik wist precies hoe hij zich voelde.

Gelukkig was Gelsey te opgewonden over de kermis om veel vragen te stellen. Toen ze thuiskwam zei ik gewoon dat pap een afspraak bij de dokter had, want dat klonk veel minder eng dan dat hij naar het ziekenhuis was, en ze accepteerde het zonder verdere vragen.

Ik streek haar haar steil terwijl ze met Nora aan de telefoon zat, die iedere keer belde als ze weer een andere outfit aan had. Ik stond achter mijn zus in de spiegel naar haar opgewonden gezichtje te kijken terwijl ze met haar beste vriendin zat te giechelen, en ik was tegelijk jaloers omdat ze nog zo zorgeloos kon zijn en bezorgd omdat ik wist dat ze al heel snel niet meer zo zou lachen. Wij allemaal niet.

Toen haar haar eenmaal steil was (en met haar dat zo krulde als dat van Gelsey duurde dat wel even) zette ik haar op het wastafelmeubel in de badkamer terwijl ik haar opmaakte, minder dan ze wilde, maar waarschijnlijk meer dan mijn moeder goed had gevonden. Toen ik klaar was, draaide ik de dop weer op de mascara en deed ik een stap naar achteren zodat ze haar spiegelbeeld in zich op kon nemen.

Ze leunde naar voren en bekeek haar nieuwe ik onderzoekend. 'Wat denk je?' vroeg ze. 'Lijk ik op jou?'

Ik staarde haar aan. Ze wilde op míj lijken? Ik knipperde

met mijn ogen en streek het haar op haar achterhoofd glad. Het verklaarde in ieder geval waarom ze het steil wilde hebben. 'Je bent veel mooier,' zei ik en ik glimlachte naar haar in de spiegel. Gelsey glimlachte even terug en toen ging haar telefoon weer en ze sprong van de wastafel af en begon tegen Nora te kletsen terwijl ze door de gang naar haar slaapkamer liep.

Kim en Jeff zouden de meisjes naar de kermis brengen, dus kwamen ze met Nora naar ons toe. 'Waar zijn Katie en Rob?' vroeg Kim terwijl Gelsey en Nora hun tasjes pakten en zichzelf nog één keer in de spiegel inspecteerden. 'Is alles in orde?'

'Ze moesten naar Stroudsburg,' zei ik, waarbij ik probeerde mijn stem zo neutraal mogelijk te laten klinken. Ik keek naar Kim en zag dat ze bezorgd stond te wachten op verdere uitleg. 'Naar het ziekenhuis,' zei ik, en bij dat laatste woord raakte ik de controle over mijn stem kwijt. Ik haalde diep adem, want ik moest het nog heel even volhouden om mijn zusjes avond niet te verpesten.

Kim knikte, en al kon ik zien dat ze het wel wilde, ze vroeg niks meer. Daar was ik haar dankbaar voor, want ik had haar vragen toch niet kunnen beantwoorden. 'Nou,' zei ze na een ogenblik, 'laat het ons alsjeblieft weten als we iets kunnen doen. We denken aan je vader.'

'Nu je het zegt,' zei ik, 'is het goed als Gelsey bij jullie blijft slapen?' Ik wist niet zeker wanneer (en of) mijn moeder vanavond terug zou komen en dit leek me een manier om tijd te winnen.

'Natuurlijk,' zei Kim. Ze glimlachte. 'Nora had het ook al gevraagd, dus ik zou het aan je moeder vragen. Gelsey!'

riep ze en ze liep naar Jeff, die vruchteloze pogingen deed om Murphy te laten apporteren. 'Wil je blijven logeren na de kermis?'

Het vooruitzicht van een logeerpartijtje én de date die geen date was, verhoogde het aantal decibellen in de woonkamer aanzienlijk. Murphy wist eindelijk te ontsnappen en vluchtte naar mijn kamer, waar hij zonder twijfel troost zocht onder mijn bed. Toen Gelsey en Nora eindelijk klaar waren propten ze zich allemaal in de Prius van de Gardners en daarna reden ze de straat op, met de meiden zwaaiend door het achterraampje.

Ik keek ze na, deed toen de deur dicht, liep naar binnen en ging op de dichtstbijzijnde bank zitten om na te denken. Ik kon hem maar niet uit mijn hoofd zetten, mijn moeders vraag naar waar ik had uitgehangen. En ik wist waarom ik het niet had verteld: omdat ik er zo dwaas en lichtzinnig door zou lijken. Ik was niet in de buurt om met mijn vader te helpen omdat ik druk was met giechelen (alsof ik net zo jong was als Gelsey) en Henry kussen. Ik was niet daar geweest waar ze me nodig hadden. Wat er met mijn vader gebeurde was belangrijker dan mijn zomerliefde, en dat had ik niet mogen vergeten.

Maar er was meer aan de hand, besefte ik toen ik opstond en naar de keuken liep om een cola light uit de koelkast te pakken waar ik eigenlijk niet echt zin in had. Het had ook te maken met hoe afhankelijk ik van Henry was geworden, hoe ik elke avond naar hem toe rende om getroost te worden. Wat zou er gebeuren als hij er niet meer was? Wat zou er gebeuren als de zomer voorbij was en ik terugging naar Stanwich en moest leren om het zonder hem te doen? Door wat de dokters hadden gezegd, hadden we allemaal verwacht dat we het eind van de zomer zouden halen. Maar niemand had nog hoop voor de tijd daarna. Als ik naast het verlies van mijn vader ook nog een verschrikkelijke relatiebreuk te verwerken kreeg... Ik durfde die gedachte niet eens af te maken. Uit een behoefte om in beweging te blijven, misschien in een poging aan alles te ontsnappen, ging ik naar buiten, ik deed de hordeur achter me dicht en liep naar de steiger.

En dan was er nog iets waar ik nu nog maar een glimp van kon opvangen, half verborgen in de schaduwen maar wel aanwezig: wat een ongelooflijke puinhoop ik zou zijn als het onvermijdelijke eenmaal was gebeurd. Vond ik echt dat ik het recht had om Henry dat aan te doen? Vooral omdat ik wist hoe hij voor Davy probeerde te zorgen. Voor iedereen, eigenlijk, zelfs voor mijn vader, die hij met koekjes probeerde te genezen. Hij probeerde altijd mensen te helpen. Dat wist ik al vanaf het moment dat ik hem had ontmoet, zeven jaar geleden, de eerste keer dat hij me had gered. Ik wist dat hij me ook hierna zou blijven steunen. Want hij zou het Goede doen. En ik wilde hem die verantwoordelijkheid niet opdringen. Henry had al genoeg meegemaakt.

Ik liep naar het einde van de steiger en ging zitten, met mijn benen over de rand. Het was schemerig, de lucht werd langzaam donker en de eerste sterren kwamen tevoorschijn, maar ik merkte ze nauwelijks op. Ik kon de feiten niet verloochenen. Ik moest het uitmaken met Henry voor hij werd meegetrokken in het onvermijdelijke. Ik moest het uitmaken voor het serieuzer werd tussen ons, voor hij het gevoel kreeg dat hij iets aan me verplicht was. Plotseling leek alleen al het feit dat ik überhaupt iets met hem was begonnen, monsterlijk egoïstisch. Er waren zoveel redenen waarom het een slecht idee was om bij elkaar te blijven. Die kon ik niet negeren. Ik zag het licht in Henry's slaapkamer aangaan en trok mijn mobiel uit mijn zak. Ik zou het snel doen, voor ik me kon bedenken, voor ik me herinnerde hoe we samen hadden gelachen en hoe ik smolt voor zijn kussen. Het zou net zoiets zijn als een pleister eraf trekken: eerst nog pijnlijk, maar uiteindelijk beter voor iedereen.

Ik haalde diep adem en sms'te hem of hij naar de steiger kon komen.

Henry liep glimlachend naar me toe, en ook al wilde ik de andere kant op kijken, ik dwong mezelf om terug te kijken en in mij hoofd te prenten hoe hij eruitzag wanneer hij blij was om me te zien. Ik had zo'n gevoel dat dit de laatste keer was dat ik dat zou zien.

'Hoi,' zei hij toen hij bij de steiger was en op me af liep, zijn handen reikend naar die van mij, duidelijk in de verwachting dat ik hem tegemoet zou komen. Maar ik deed mijn handen achter mijn rug en zette een klein stapje achteruit, terwijl ik in mijn hoofd de lijst van redenen waarom ik dit moest doen nog eens naliep. Henry's glimlach verflauwde en een van zijn wenkbrauwen ging omhoog. 'Is alles goed?'

'Ik denk dat we ermee moeten stoppen,' gooide ik eruit. Ik bedacht opeens dat ik hem ook op deze manier had gevraagd om vrienden te worden. Er was iets aan hem waardoor ik onmogelijk voorzichtig een onderwerp kon aansnijden. Henry keek verward en ik legde uit: 'Jij en ik. Wat we aan het doen waren. We moeten ermee stoppen.'

Henry keek me een lang moment aan, staarde toen uit over het meer en draaide zich daarna weer om naar mij. Ik zag de pijn op zijn gezicht, een pijn die er nog maar een paar seconden geleden niet geweest was. 'Waarom?' vroeg hij. Het was een voorzichtige vraag, geen vraag die een verklaring eiste, ook al had hij er wel recht op. 'Wat is er aan de hand, Tay?'

Ik wist dat hij het kon zien als ik tegen hem loog. En bovendien, hij verdiende beter. 'Ik moet nu gewoon...' begon ik en ik haalde diep adem, 'meer tijd met mijn vader doorbrengen. En het is niet eerlijk om van jou te vragen dat je op me blijft wachten terwijl ik hier doorheen ga.'

'Dus ik moet gewoon verdwijnen?' vroeg Henry, en hij klonk even verbijsterd als gekwetst. 'Is dat het plan?'

'Ik wil gewoon dat jij...' begon ik.

'Taylor,' zei Henry en hij deed een stap naar me toe. Plotseling was hij daar, zo dichtbij, zo dichtbij dat ik hem had kunnen kussen, vastpakken, al die dingen die ik zo graag wilde doen. 'Maak je geen zorgen om mij. Echt.'

Het was heel moeilijk, bijna onmogelijk, maar ik dwong mezelf om een stap achteruit te zetten. 'Ik kan nu gewoon geen verkering hebben met jou,' zei ik. 'Met niemand,' legde ik snel uit, voor hij kon denken dat ik opeens een bizarre verliefdheid voor Leland had opgevat. 'Ik denk gewoon dat dat het beste is.'

'Oké,' zei Henry. Hij keek me vast aan. 'Maar we kunnen wel vrienden blijven, toch?'

Ik slikte en dwong mezelf om mijn hoofd te schudden. Ik

wist dat ik hem niet meer in mijn leven kon toelaten omdat ik anders steeds troost bij hem zou zoeken, hem steeds zou willen kussen. 'Nee,' fluisterde ik.

Henry's gezicht veranderde, hij keek voor het eerst boos. 'Ga je Lucy ook op afstand houden?' vroeg hij. Ik keek neer op de planken van de steiger en gaf hem zo zijn antwoord. 'Ik begrijp gewoon niet', zei hij nu wat kalmer, 'waarom ik de enige ben die wordt buitengesloten.'

Ik had geen idee wat ik moest antwoorden, hoe ik hem de waarheid moest vertellen die hierachter lag: dat ik voelde dat ik steeds meer om hem ging geven en dat ik al op het punt stond om iemand te verliezen waar ik van hield. En hoe hechter wij werden, hoe moeilijker het zou zijn als ik hem ook nog kwijtraakte. 'Het spijt me,' fluisterde ik. 'Maar je begrijpt niet hoe dit is, en...'

'Dat doe ik wel,' zei hij, waardoor ik naar hem opkeek. 'Mijn moeder is weg, en...'

'Maar ze is niet dood,' zei ik en mijn stem klonk scherp. 'Jij kunt met haar praten als je dat wilt. Je zou haar kunnen opsporen. Ze hóéft niet weg te zijn. Dat is jouw keus.' Henry deed een stap achteruit. Het leek alsof ik hem een klap in zijn gezicht had gegeven. 'Het spijt me,' zei ik meteen, maar ik wist dat ik te ver was gegaan.

Henry slaakte een zucht en keek naar me. 'Ik wil er gewoon voor je zijn,' zei hij en zijn stem klonk zacht en bedroefd. 'Ik begrijp niet wat er veranderd is.'

Plotseling wilde ik hem alleen nog maar alles vertellen, over het ziekenhuis, over mijn grootvader, over alles. Ik wilde zijn armen om me heen voelen, want dat was het enige wat nog zin had terwijl alles om me heen in elkaar stortte. Maar ik had het gevoel dat ik hem (en mezelf) dan na de zomer nog veel meer pijn zou doen dan nu. 'Ik kan het niet uitleggen,' zei ik en ik liet mijn stem zo kil mogelijk klinken in een poging hem zo van me af te stoten dat hij weg zou gaan en ook weg zou blijven. 'Sorry.'

Henry keek me even aan en één seconde zag ik alle pijn – alle pijn die ik veroorzaakte – over zijn gezicht glijden. Toen knikte hij en van het ene op het andere moment was hij weer zoals hij aan het begin van de zomer was geweest: afstandelijk, koeltjes. 'Als dat is wat je wilt,' zei hij. Ik knikte en duwde mijn nagels hard in de palm van mijn hand om te voorkomen dat ik iets anders tegen hem zou zeggen. Hij keek me nog even aan, draaide zich toen om en liep met zijn handen in zijn zakken de steiger af.

Terwijl ik hem weg zag lopen voelde ik een traan op mijn wang vallen, en toen nog een, en ik nam niet eens de moeite om ze weg te vegen. Toen ik zeker wist dat hij naar binnen was gegaan liep ik zelf langzaam de steiger af en zorgde ervoor dat ik niet omkeek naar het symbool dat we lang geleden zelf hadden gekerfd en dat nu weer een leugen was geworden: het plusteken en het hart.

33

ZEVEN ZOMERS EERDER

Ik was nu officieel verdwaald.
Ik draaide om mijn as, maar ik zag alleen bomen om me heen, en dan ook nog bomen die er allemaal precies hetzelfde uitzagen. Er was geen spoor meer te bekennen van het pad waarover ik het bos in was gebeend. De bomen hielden het licht van boven tegen, en zo diep in het bos was het donkerder dan ik had gedacht. Ik voelde mijn hart sneller kloppen en dwong mezelf om even mijn ogen dicht te doen en diep adem te halen, zoals ik mijn vader had zien doen voor hij de rechtszaal in ging en ook een keer toen hij zijn auto zag nadat mam hem tegen een boom had geramd die uit het niets op haar af was gekomen.

Maar toen ik mijn ogen weer opendeed, was er niets veranderd. Ik was nog steeds verdwaald, het was hoogstens een beetje donkerder geworden. Ik was niet van plan geweest om het bos in te gaan. Maar ik was zo boos geweest op Warren omdat ik niet mee mocht doen met zijn stomme spelletje. En toen ik het tegen mijn moeder ging zeggen was die Gelsey net aan het helpen met haar nieuwe balletschoenen en zei ze dat ze nu even geen tijd voor me had. Dus was ik naar buiten gegaan met het plan om mijn fiets te pakken en naar het meer te rijden, of misschien te kijken of Lucy er was en een beetje wilde rondhangen. Maar hoe meer ik erover nadacht, over hoe oneerlijk het allemaal was, hoe kwader ik werd. En uiteindelijk had ik mezelf wijsgemaakt dat ik eigenlijk niks anders wilde dan alleen zijn.

Eerst was ik gewoon druk geweest met alles wat ik zag, zoals de enorme mierenhoop waar ik Warren over verteld zou hebben als we nog met elkaar spraken, en het springerige mos dat aan de voet van de bomen groeide, en de duizenden en nog eens duizenden varens. Maar toen stond ik stil en keek om me heen en besefte ik opeens dat ik geen idee had waar ik was.

Ik dacht dat ik nog niet erg ver kon zijn, dus liep ik in de richting waarvan ik zeker dacht te weten dat het huis er moest liggen, maar ik vond alleen maar bos en nog meer bos. Dus was ik een andere kant op gegaan, maar dat had ook niks geholpen, integendeel: ik was er nog meer door in de war geraakt. En nu begon het donker te worden en ik voelde dat ik in paniek raakte, ondanks al die diepe ademhalingen. Ik kreeg een heleboel vrijheid in Lake Phoenix en kon zo'n beetje alles doen met mijn dag, als ik maar voor het eten thuis was. En ook al klaagde mijn moeder wel als het gebeurde, ik ging soms bij Lucy eten en vergat dan te bellen. Dus het kon wel uren duren voor iemand doorhad dat ik weg was, dat er echt iets mis was. Dan zou het al helemaal donker zijn. En er zaten beren in de bossen. Ik voelde de eerste brandende tranen achter mijn ogen opkomen en knipperde ze weg. Ik kon heus de weg terug wel vinden. Ik moest gewoon logisch nadenken en niet in paniek raken.

Achter me kraakte een takje en ik schrok zo dat mijn hart bijna een slag oversloeg. Ik draaide me om en hoopte met elke vezel in mijn lichaam dat het maar een eekhoorntje was, of, nog beter, een vlinder, eigenlijk alles behalve een beer. Maar voor me stond een jongen van mijn eigen leeftijd. Hij was mager, met geschaafde knieën en wild bruin haar.

'Hoi.' Hij stak groetend zijn hand op.

'Hoi,' zei ik terwijl ik hem wat beter bekeek. Ik herkende hem niet, en ik kende alle kinderen van alle vakantiehuizen in Lake Phoenix. De meesten van ons kwamen hier al sinds we baby's waren.

'Ben je verdwaald?' vroeg hij. En ook al zei hij dat niet spottend en was ik het echt, ik voelde toch dat ik rood werd.

'Nee,' zei ik en ik sloeg mijn armen over elkaar. 'Ik maak gewoon een wandelingetje.'

'Je zag er verdwaald uit,' merkte hij op met diezelfde redelijke stem. 'Je bleef maar rondjes draaien.'

'Nou, ik ben het niet,' snauwde ik. Ik had de neiging om mijn haar minachtend achterover te gooien. In het boek dat ik aan het lezen was deed de heldin dat heel vaak, en ik had gewacht tot zich een mogelijkheid voordeed, al wist ik niet precies hoe het moest.

Hij haalde zijn schouders op. 'Oké,' zei hij. Hij draaide zich om en begon de andere kant op te lopen, maar toen hij een paar stappen had gezet piepte ik: 'Wacht!'

Ik rende hem achterna en hij wachtte tot ik bij hem was. 'Ik ben misschien een heel klein beetje verdwaald,' bekende ik toen. 'Ik zoek de weg naar Dockside. Of eigenlijk is elke straat goed. Dan kom ik wel weer thuis.'

Hij haalde zijn schouders op. 'Ik weet niet waar dat is,'

zei hij. 'Maar als je wilt kan je wel mee terug nemen naar mijn eigen straat. Die heet geloof ik Hollyhock.'

Ik wist precies waar dat was, maar het was wel tien minuten fietsen bij mijn eigen huis vandaan en ik realiseerde me opeens hoe ver ik was afgedwaald. 'Ben je net aangekomen?' vroeg ik terwijl ik naast hem ging lopen. Hij was iets kleiner dan ik en terwijl ik op hem neerkeek zag ik de explosie van sproeten op zijn neus en wangen.

Hij knikte: 'Vanmiddag.'

'Maar hoe weet je dan waar je naartoe moet?' vroeg ik en ik hoorde hoe mijn stem een beetje hoger werd toen de paniek weer opkwam. Waren we nu met z'n tweeën verdwaald in het bos? Gingen we de beren de keuze geven uit meerdere voorgerechten?

'Ik ken de bossen,' zei hij met diezelfde kalme stem. 'Die hebben we ook achter ons huis in Maryland. Je moet gewoon naar herkenningstekens zoeken. Je kunt altijd de weg terug vinden, hoe verdwaald je ook denkt te zijn.'

Dat leek mij heel onwaarschijnlijk. 'Echt.'

Hij moest daarom glimlachen en ik kon zien dat zijn voortanden een beetje scheef stonden, net als bij Warren voor hij een beugel kreeg. 'Echt,' zei hij. 'Zie je wel?' Hij wees naar een gat tussen de bomen en tot mijn verbazing zag ik de weg, en auto's die voorbijreden.

'O, wow,' zei ik en de opluchting stroomde door me heen. 'Ik dacht dat ik hier nooit meer uit zou komen. Ik dacht dat ik berenvoedsel was. Hartstikke bedankt!'

'Geen probleem,' zei hij schouderophalend. 'Het stelde niks voor.'

En toen hij dat zei, besefte ik dat hij niet opschepte, en

ook niet tegen me zei dat hij het toch had gezegd, of zich als een hork gedroeg omdat ik had gelogen en toen toch zijn hulp nodig had. En terwijl ik naar hem keek, met zijn rustige groene ogen, was ik opeens blij dat ik mijn haar niet achterover had gegooid.

'Trouwens, ik ben Taylor.'

'Leuk om je te ontmoeten,' zei hij met een glimlach. 'Ik ben Henry.'

34

Mijn vader mocht de volgende dag weer naar huis, maar het was duidelijk dat we niet meer terug konden naar wat we als 'normaal' waren gaan beschouwen. De dokters wilden hem per se onder toezicht houden en blijkbaar zou hij al snel hulp nodig hebben die wij niet langer konden bieden. Hij mocht alleen naar huis op voorwaarde dat er vierentwintig uur per dag professionele thuiszorg zou komen. Hij mocht ook niet meer traplopen, dus werd er een bed in de woonkamer neergezet, op de plek van de tafel die we nooit gebruikten. Het was zo'n ziekenhuisbed dat met een afstandsbediening omhoog en omlaag kon. In de hoek van de veranda stond nu een rolstoel, als een vreselijke voorbode van wat nog komen ging.

We hadden het gevoel dat de zomer zoals wij die gekend hadden ten einde was, en de aanwezigheid van mijn grootvader maakte dat gevoel nog sterker. Na mijn gesprek met Henry op de steiger was ik naar binnen gegaan en had ik een uur gehuild. Dat maakte Warren behoorlijk bang, die was thuisgekomen voor het eten met Wendy en een pizza bij zich en die echt werd overvallen door zowel het slechte nieuws over pap als het feit dat zijn zus een emotionele inzinking had.

Toen ik weer was gekalmeerd had ik mijn grootvader in New York opgebeld, met Warren in de buurt om emotionele steun te verlenen, en hem de situatie uitgelegd. Ik had de woorden nog niet uitgesproken of hij vertelde al met welke bus hij zou komen en hoe laat ik hem moest ophalen. Dus terwijl mijn moeder zich bezighield met de mensen van de thuiszorg en het bed installeerde en Warren met Gelsey een ijsje ging eten om haar te vertellen wat er aan de hand was (ook al was het pas tien uur 's ochtends), reed ik naar Mountainview om mijn grootvader op te halen.

Ik was vroeg en parkeerde vlak bij het busstation, maar pas toen ik uit de auto stapte realiseerde ik me dat ik me misschien een beetje had moeten opknappen. Ik had niet eens schoenen aan, en normaal gesproken was dat ook geen probleem in Lake Phoenix. Mijn voeten waren tegen deze tijd zo gehard dat ik makkelijk op blote voeten over het grindpad kon rennen en ik vond het fijner om met blote voeten auto te rijden, altijd met een paar eenzame zandkorrels aan mijn voeten en de pedalen gekleefd. Meestal dacht ik er dan nog wel aan om een paar slippers in de auto te gooien zodat ik geen totale boerentrien leek als ik uitstapte. Maar na een nacht wakker liggen, tobbend of ik het wel goed had gedaan met Henry, en een ochtend met nieuwe apparatuur en een huis vol mensen was ik niet echt in de beste gemoedstoestand.

De bus kwam precies op tijd aan en ik liep er over de hete stoep naartoe net toen de deuren openzwaaiden en de passagiers uitstapten. Mijn grootvader stapte als derde naar buiten. Ik stak mijn hand op toen hij naar me toe liep en hij reageerde met een kort knikje.

Ook al was het zaterdagochtend en al meer dan dertig graden, hij droeg een overhemd en een blauwe blazer, een kaki broek met een vouw en bootschoenen. Zijn witte haar zat in een messcherpe scheiding en hij droeg met gemak een kleine leren weekendtas en een grotere koffer, alsof ze niks wogen. Toen hij dichterbij kwam besefte ik met een schok dat mijn grootvader, die ik altijd zo oud had gevonden, nu in veel betere conditie was dan mijn vader.

'Taylor,' zei hij toen hij bij me was en me even kort tegen zich aan trok. Hij leek niet echt op mijn vader (die meer weg had van mijn grootmoeder, afgaand op de foto's die ik van haar had gezien) maar ik zag nu voor de eerste keer dat hij dezelfde blauwe ogen had als mijn vader. En ik.

'Hallo,' zei ik en ik voelde me meteen al ongemakkelijk in zijn gezelschap. Ik vroeg me af hoelang hij zou blijven. 'De auto staat hier.' Toen ik ernaartoe liep zag ik dat hij naar mijn voeten keek en zijn wenkbrauwen optrok, maar hij zei niets en daar was ik hem dankbaar voor. Ik wist niet goed hoe ik had kunnen uitleggen waarom ik vanochtend was vergeten mijn schoenen aan te doen.

'En,' zei hij toen we eenmaal naar Lake Phoenix reden. Ik zag dat zijn rug zoals altijd kaarsrecht was en merkte dat ik in reactie daarop zelf ook een beetje rechter ging zitten. 'Hoe gaat het met Robin?'

Ik had even nodig om dat naar mijn vader om te zetten. Ik wist wel dat zijn naam Robin was, maar hij werd altijd Rob genoemd. Mijn grootvader was eigenlijk de enige die hem ooit Robin noemde. 'Hij is weer thuis,' zei ik; ik vertrouwde mezelf te weinig om verder nog iets te zeggen. Mijn vader had bijna de hele ochtend geslapen, zelfs door het installeren van het ziekenhuisbed heen, en dat had zo veel lawaai gemaakt dat Murphy dekking had gezocht. Mijn grootvader knikte en keek naar buiten en ik probeerde me te herinneren wanneer hij mijn vader voor het laatst had gezien. Dat moest maanden geleden zijn geweest, toen hij er nog gezond uitzag, en sterk, en normaal. Ik wist niet hoe ik mijn grootvader kon voorbereiden op de verandering die hij had ondergaan. Ik wist amper hoe ik die zelf moest verwerken. 'Het gaat niet zo goed met hem,' zei ik terwijl ik recht voor me uit bleef kijken, geconcentreerd op het heldere rood van het stoplicht. 'Misschien overvalt het u een beetje, hoe hij er nu uitziet.'

Mijn grootvader knikte opnieuw en rechtte zijn schouders alsof hij zich tegen die aanblik moest wapenen. Nadat we een paar minuten in stilte verder waren gereden haalde mijn grootvader iets uit zijn tas. 'Dit is voor je zusje,' zei hij. 'Ik heb het in de bus afgemaakt.' Hij stak het precies naar me uit toen ik bij het volgende stoplicht kwam en moest remmen omdat het oranje was. 'Denk je dat ze het leuk zal vinden?'

Ik keek naar het voorwerp in zijn uitgestrekte hand. Het was een heel klein hondje, uit hout gesneden, buitengewoon gedetailleerd. 'Heeft u dit gemaakt?' vroeg ik verbluft. De auto achter me toeterde en ik zag dat het licht weer op groen stond. Ik reed door, en mijn grootvader draaide het hondje om en om in zijn handen.

'Uitsnijden,' zei hij. 'Dat heb ik geleerd op het allereerste schip waarop ik diende, tijdens de keukendienst. Ik kon een aardappel op íédereen laten lijken.' Ik voelde dat ik moest glimlachen, een beetje geschokt. Mijn grootvader bleek grappig te kunnen zijn. 'Je moeder vertelde dat jullie nu een hond hebben, maar ze zei niet wat voor soort. Dus het is een soort mengelmoes.'

'De hond ook,' verzekerde ik hem en ik wierp stiekem nog een blik op het kleine figuurtje. 'Ik denk dat Gelsey het prachtig zal vinden.' Terwijl ik voor me zag hoe hij dat hondje voor haar had uitgesneden schaamde ik me omdat ik me toen ik hem zag meteen had afgevraagd hoelang hij zou blijven. En toen ik bedacht hoe hij er in de bus aan had gewerkt, was ik blij dat hij niet met het vliegtuig was gekomen. Ik had zo'n idee dat het mes niet door de bagagecontrole zou zijn gekomen.

'Gelukkig,' zei mijn grootvader en hij stopte het hondje terug in zijn tas. 'Ik weet dat dit heel moeilijk voor haar moet zijn. Voor jullie allemaal.'

Ik knikte en kneep wat harder in het stuur. Ik moest het nog even volhouden. Ik wilde niet huilen, zeker niet met mijn grootvader erbij.

Toen ik het pad op reed was het busje van de thuiszorg verdwenen, maar er stond wel een vreemde auto naast die van mijn moeder, waarschijnlijk van de verpleegkundige die nu dienst had. 'We zijn er,' zei ik, al bleek dat overduidelijk uit het feit dat de auto in de parkeerstand stond en ik de motor net had uitgezet. Mijn grootvader wuifde me weg toen ik wilde helpen, pakte zijn spullen bij elkaar en liep achter me aan het huis in.

Mijn vader lag op de bank met een zwakke glimlach naar Gelsey te luisteren, die naast hem zat en hem blijkbaar alles over de kermis vertelde. Ze hield op met praten toen ze ons in de deuropening zag staan. Mijn vader draaide ook langzaam zijn hoofd om, maar ik keek naar het gezicht van mijn grootvader toen hij de eerste glimp van mijn vader opving.

Ik had mijn grootvader nooit zien huilen. Hij hield niet van uitingen van genegenheid en hij had mijn vader altijd begroet met een hand en een klopje op zijn rug. Ik had hem nooit ook maar enigszins emotioneel gezien. Maar toen hij mijn vader zag, stortte zijn gezicht in elkaar en leek hij voor mijn ogen vijf jaar ouder te worden. Toen rechtte hij zijn schouders weer en liep met alleen een knikje voor Gelsey naar de bank.

Maar terwijl ik verbaasd toekeek ging hij naast mijn vader zitten, omarmde hem voorzichtig en begon hem toen zachtjes heen en weer te wiegen terwijl mijn vader zijn handen vastgreep.

Ik gaf Gelsey een teken en ze stond op en kwam naar me toe. 'Gaat het wel goed met opa?' fluisterde ze toen ze achter me aan de voordeur uitging.

'Ik denk het wel,' zei ik. Ik keek nog even achterom, de woonkamer in, en het trof me hoe klein mijn vader leek in de armen van mijn grootvader. Waarschijnlijk bijna net zo klein als heel lang geleden, toen hij zelf nog maar een kleine jongen was, net zo oud als Gelsey of misschien nog jonger. Ik deed de deur zachtjes dicht om mijn grootvader een moment alleen met zijn zoon te geven.

Die nacht kon ik niet slapen. Dat was op zichzelf niet zo vreemd. Maar ik was niet de enige, en dat maakte het vreemd.

Normaal gesproken zou ik naar Henry zijn gegaan in een poging om alles een beetje te vergeten. En het feit dat ik dat nu níét kon doen (al was het ook mijn eigen keus geweest) maakte het ondraaglijk om daar maar te liggen.

De nieuwe slaapomstandigheden maakten het nog ingewikkelder. Mijn grootvader sliep nu in Gelseys kamer en Gelsey lag op dit moment te snurken in mijn logeerbed. We hadden afgesproken dat we om de beurt het logeerbed zouden nemen, maar terwijl ik haar in en uit hoorde ademen wenste ik maar dat ik had aangeboden om er de eerste nacht al in te slapen. Dan had ik niet over haar heen hoeven stappen en was het dus veel makkelijker geweest om de kamer uit te sluipen. Toen ik het niet langer meer volhield glipte ik toch uit bed. Ik hield mijn adem in toen ik over haar heen stapte. Ze werd niet wakker, ze zuchtte alleen een beetje in haar slaap en rolde toen op haar andere zij. Ik liet mijn adem ontsnappen, draaide zachtjes aan de deurkruk en stapte de gang op.

'Hoi.' Er kwam een piepend geluidje uit mijn keel en ik maakte letterlijk een luchtsprong, al was de begroeting heel zachtjes geweest. Maar ik was Paul totaal vergeten, die nachtdienst had bij mijn vader.

'Hoi,' fluisterde ik terug en ik probeerde mijn hartslag wat te laten kalmeren. Paul zat in een stoel bij het ziekenhuisbed waar mijn vader in lag te slapen, zijn mond open, zijn ademhaling moeilijk. Ik had die middag met Paul kennisgemaakt toen hij Melody kwam aflossen, de glimlachende verpleegster die de hele dag tegen niemand een woord had gezegd. Paul had in ieder geval wat vriendelijker geleken. 'Ik wou gewoon, eh, even een luchtje scheppen,' zei ik. Paul knikte en las weer verder in iets wat eruitzag als een graphic novel. Ik zag dat Murphy niet in zijn mand lag, maar opgekruld onder mijn vaders bed. Ik gebaarde naar de hond toen ik de deur opendeed, maar hij bewoog niet, hij bleef liggen waar hij lag met zijn kop op zijn voorpoten.

Ik stapte naar buiten en stond toen stokstijf stil. Dat was de tweede verrassing in een paar minuten. Mijn grootvader stond in zijn pyjama en ochtendjas en op leren sloffen op de veranda door een indrukwekkende telescoop te turen. 'Hallo,' zei ik, te geschokt om iets anders te kunnen zeggen.

'Goedenavond,' zei mijn grootvader en hij ging rechtop staan. 'Kon je niet slapen?'

Ik schudde mijn hoofd. 'Niet echt.'

Mijn grootvader zuchtte. 'Ik ook niet.'

Ik kon mijn ogen niet van de telescoop afhouden. Hij was groot, en prachtig, en ik was eerlijk gezegd nogal verbaasd dat mijn grootvader hem had meegenomen. 'Waar kijkt u naar?' vroeg ik.

Hij wierp me een klein glimlachje toe. 'Ken jij de sterrenbeelden?' vroeg hij. 'Ik geloof dat ik je daar jaren geleden zelfs een boek over heb gegeven.'

'Inderdaad,' zei ik en ik voelde mijn wangen rood worden. Ik wist niet hoe ik hem moest vertellen dat ik het niet had gelezen, alleen heel snel doorgebladerd. 'Nee, ik ken ze niet echt,' bekende ik terwijl ik een stap dichterbij deed. 'Maar ik wilde ze eigenlijk wel graag leren.'

Mijn grootvader knikte. 'Je kunt geen zeeman zijn als je de sterren niet kent,' zei hij. 'Ze wilden op de academie eigenlijk dat ik ermee zou stoppen. Die nieuwe officieren beweren dat het niet meer nodig is omdat we nu gps hebben. Maar als je je sterrenbeelden kent, kun je nooit verdwalen.'

Ik kwam nog een stap dichterbij en keek omhoog. Er waren hier zoveel meer sterren dan er thuis ooit leken te zijn: misschien was ik er daarom zo door geboeid geraakt deze zomer. 'Echt?' vroeg ik.

'O, ja,' zei mijn grootvader die enthousiast werd over zijn onderwerp. 'Wat er verder ook gebeurt, de sterrenbeelden veranderen niet. En als je ooit verdwaalt en je kostbare gps is kaduuk, dan zullen die je vertellen waar je bent. En dan wijzen ze je de weg naar huis.'

Ik keek weer naar de sterren boven me en toen even naar de telescoop. 'Wilt u het me laten zien?' vroeg ik, want opeens wilde ik ook de namen weten van de sterren waar ik de laatste maanden steeds naar had gekeken.

'Natuurlijk,' zei mijn grootvader een beetje verbaasd. 'Kom maar hier.'

Ik bracht mijn oog naar het oculair en plotseling, heel dichtbij en ongelooflijk helder, zag ik wat daar al die tijd boven me was geweest, op me neer had geschenen, de hele zomer lang.

Het was augustus. De dagen werden heet en drukkend, en mijn vader ging veel sneller achteruit dan ik had verwacht. Ik merkte dat ik dankbaar was voor de vier verpleegkundigen die elkaar elke acht uur aflosten, gewoon omdat wij zelf de verzorging van mijn vader niet meer aan zouden kunnen. Hij had hulp nodig om uit bed te komen, om te kunnen lopen, om naar de wc te gaan. We gebruikten de rolstoel om hem in huis rond te rijden, maar dat gebeurde niet veel want hij sliep het grootste deel van de tijd. Medicijnen en pijnstillers werden geïnjecteerd, dus we hadden nu een helderrode container voor medisch afval in de keuken die werd meegenomen door de verpleegkundigen en niet met de rest van het vuilnis in de berenkast werd geleegd.

Ik ging niet meer naar mijn werk. Ik had er met Fred over gesproken en hij zei dat hij het begreep. Hij had de situatie blijkbaar meegekregen tijdens de barbecue op 4 juli. Elliot stuurde me steeds gekke, grappige sms'jes en Lucy kwam elke dag na het werk even langs met een cola light uit de frisdrankmachine om te luisteren als ik wilde praten en te kletsen en te roddelen als ik afleiding nodig had.

De keuken en de koelkast waren al snel gevuld met stoofschotels en allerlei baksels. Fred bracht steeds koelboxen vol vis langs die hij die dag had gevangen en als Davy de hond kwam uitlaten had hij altijd een doos van Borrowed Thyme bij zich met muffins, koekjes of gebak. De verpleegsters waren altijd heel blij als Davy langskwam. Zelfs de Gardners, die nooit kookten, brachten om de paar dagen een pizza langs.

Ik dacht nog steeds veel meer aan Henry dan ik wilde, en ik kon nog steeds niet slapen. Maar mijn grootvader sliep ook niet en dus gingen we 's nachts verder met onze lessen. Hij zat hout te snijden en zei waar ik de telescoop op moest richten en vroeg me dan om te beschrijven wat ik zag en later ook om ze zelf te benoemen. Ik leerde hoe ik de sterrenbeelden kon vinden, zodat ik ze zonder telescoop kon zien. Ik was verbaasd dat ik sommige dingen, zoals andere planeten, met het blote oog kon zien. En ze waren er al die tijd al geweest, ik had alleen niet geweten wat ik zag.

We bleven allemaal dicht bij huis, we gingen alleen naar

het dorp of boodschappen doen als het echt niet anders kon. Mijn vader had elke dag nog een paar goede uren waarin hij niet sliep, en die wilden we geen van allen missen. Ik was dan ook verbaasd toen Lucy op een dinsdag langskwam en voorstelde om een wandeling te maken. En helemaal dat mijn moeder ermee instemde, er eigenlijk op stond dat ik meeging.

'Het hoeft echt niet,' zei ik en ik fronste naar mijn moeder, die plotseling bij ons op de veranda stond. Mijn vader was vier uur geleden in slaap gevallen: ik wist dat hij gauw wakker zou worden en dan wilde ik erbij zijn.

'Nee, je moet echt meekomen,' zei Lucy. 'Ik moet iets privés met je bespreken.'

Ik stond op het punt om te zeggen dat we toch ook op de steiger konden praten, of in mijn kamer, maar ze keek zo benauwd dat ik mijn schouders ophaalde. 'Prima,' zei ik. 'Een klein wandelingetje dan.'

'Goed zo,' zei mijn moeder snel, zodat ik haar even aankeek en me afvroeg waarom ze me zo graag het huis uit wilde hebben. Maar misschien was ze gewoon bezorgd omdat ik te veel thuis was. Warren zag Wendy nog steeds, ze gingen soms ook uit, en Gelsey ging nog steeds naar Nora. Misschien was mam bezorgd omdat ik niet genoeg naar buiten ging.

'Kom op,' zei ik en ik stond op. Lucy krabbelde ook overeind, ze keek nog even naar mijn moeder en ging er toen vandoor zodat ik me moest haasten om haar in te halen.

Eenmaal bij de weg aangekomen bleef Lucy even staan. Ze schudde haar hoofd. 'Niet te geloven dat jullie nog steeds geen naambord hebben,' zei ze en ze sloeg linksaf. Ik haalde mijn schouders op en volgde haar.

'We hebben nooit iets gevonden dat bij ons paste,' zei ik. 'En als het de bedoeling was geweest dat we een bordje zouden vinden, dat was het wel gebeurd denk ik.' Ik draaide me naar haar om. Lucy was blijkbaar nog steeds van plan om met energieke tred mijn straat uit te lopen, ook al was het de verkeerde kant op, niet naar het dorp, maar gewoon naar nog meer huizen. 'Waar wilde je over praten? Problemen met Pittsburg?'

'Wat?' vroeg Lucy een beetje gealarmeerd. 'O. Hij. Hmm... nee. Het is...'

Ze leek even zo slecht op haar gemak dat ik opeens dacht dat ik snapte waar dit over ging. 'Is het Elliot?' vroeg ik. Als hij eindelijk had gezegd dat hij haar leuk vond, en ze waren nu nog maar met z'n tweeën op het werk, dan snapte ik wel dat dat gênant kon zijn.

'Elliot?' herhaalde Lucy verbaasd. 'Nee. Wat is er met hem dan?'

Ik wist dat het mij niks aanging, maar besloot de sprong toch te wagen. 'Hij is verliefd op je,' zei ik. 'De hele zomer al.'

Lucy stond stil en keek me aan. 'Heeft hij dat tegen je gezegd?'

'Nee,' zei ik, 'maar het is overduidelijk. Ik denk dat zelfs Fred het weet.' Lucy keek even nadenkend voor zich uit, schudde toen haar hoofd en liep verder. 'Luce?' vroeg ik terwijl ik haar inhaalde.

'Het zou niet werken,' zei ze uiteindelijk.

'Waarom niet?' vroeg ik. Hij was mijn type niet, maar

Elliot was knap en ze konden goed met elkaar overweg. En hij was een veel betere kandidaat nu hij had geleerd om niet zoveel van zijn geurtje op te doen.

'Daarom,' zei Lucy. 'Hij is Elliot. Hij is...' Ze zweeg even, had duidelijk moeite om het juiste bijvoeglijk naamwoord te vinden. Ze wierp een blik op haar telefoon. 'Kom, we gaan terug!' zei ze opgewekt en ze draaide zich om.

Maar ik liet me niet zo makkelijk afleiden. 'Serieus,' zei ik. 'Het is een leuke vent. Jullie hebben lol samen. Hij maakt je aan het lachen. Waarom niet?'

'Daarom,' herhaalde Lucy. Maar ze leek al niet meer zo afwijzend als eerst en ik kon zien dat ze erover nadacht.

'Ik zeg alleen maar,' zei ik toen we de hoek naar mijn huis omsloegen, 'dat aardige jongens het waard zijn om mee uit te gaan.' Ik dacht aan Henry en al zijn kleine attenties en er ging een steek door mijn hart.

'Ik weet dat ik je nog niet echt heb uitgekafferd, al wilde ik het wel,' zei Lucy en ze keek me onderzoekend aan, 'maar ik begrijp nog steeds niet waarom je Henry hebt gedumpt.'

Ik kromp even in elkaar, ook al had ze formeel gelijk. 'Het zou te moeilijk zijn geworden,' zei ik uiteindelijk. 'Dat voelde ik aankomen. En ik wist dat we allebei gekwetst zouden worden.' Ik besefte dat we nu precies voor het huis van de Crosby's waren en ik keek de andere kant op terwijl Lucy en ik ons pad op liepen.

'Wil je iets weten over turnen?' vroeg Lucy, die weer naast me kwam lopen.

'Altijd,' zei ik met een uitgestreken gezicht en ze glimlachte naar me.

'Het punt is... mensen doen zichzelf pas pijn, echt pijn, als ze proberen op safe te spelen. Dan raken ze geblesseerd, als ze zich op het laatst moment terugtrekken omdat ze bang zijn. Dan doen ze anderen pijn, en zichzelf ook.'

Dit trof allemaal doel, behalve het laatste gedeelte. Ik fronste. 'Hoe doen ze anderen dan pijn?'

'Je weet wel,' zei Lucy, duidelijk een uitvlucht zoekend, 'als ze op een assistent landen of zo. Het punt is...'

'Ik begrijp het,' verzekerde ik haar. We waren bij het huis aangekomen en ik wilde de veranda op lopen toen Lucy mijn hand pakte en me naar de achterkant van het huis trok. 'Lucy, wat doe...'

'VERRASSING!' Ik knipperde met mijn ogen toen ik het tafereel voor me zag. Er stond een tafel met een taart erop en er waren ballonnen aan de stoelen gebonden. Gelsey was er, en mijn moeder, en Warren en Wendy. Kim, Jeff en Nora waren er ook, net als Davy, Elliot en Fred. Zelfs Leland was er en ik maakt me even zorgen over wie er nu op het strand werkte. Eindelijk zag ik ook mijn vader. Hij zat in zijn rolstoel met mijn grootvader achter zich en ze lachten me allebei toe.

'Gefeliciteerd met je verjaardag, lieverd,' zei mijn moeder en ze omhelsde me stevig. 'Ik vond dat we je een nieuwe kans op een feestje moesten geven,' fluisterde ze en ik voelde dat ik glimlachte, al wist ik ook bijna zeker dat ik zo zou gaan huilen.

'Bedankt,' fluisterde ik terug. Mijn moeder streek even met haar hand over mijn haar en keerde zich toen weer naar de tafel.

'Taart!' riep ze. 'Kom maar halen!'

Ik keek naar de groep mensen om me heen en mijn ogen zochten Henry, ook al wist ik dat hij er niet zou zijn. Maar ik wist pas hoe erg ik dat vond toen zijn afwezigheid onomstotelijk vaststond. Ik kwam een stap dichter bij de tafel en zag dat er *Gefeliciteerd, Taylor* op de taart stond, in zijn handschrift. Mijn moeder begon de taart aan te snijden en toen viel mijn blik op de twee kleine bakjes ijs van Jane's die ernaast stonden. Framboos en kokos, wist ik zonder te proeven. 'Mam,' zei ik en ik probeerde mijn stem zo achteloos mogelijk te laten klinken. 'Waar komt dat ijs vandaan?'

'Dat zat bij de taart,' zei ze. 'Henry stond erop. Hij zei dat het de smaak naar voren zou halen. Was dat niet aardig?'

'Ja,' zei ik en ik nam met een brok in mijn keel het stuk taart aan dat ze me gaf, met de T van mijn naam erop. 'Echt aardig.'

35

We hadden bijna geen tijd meer. Dat bleek niet alleen uit het feit dat iedere dag een beetje korter werd, maar ook uit wat er met mijn vader gebeurde. Hij was elke dag een beetje meer in de war en de periodes waarin hij wakker was en zich bewust was van zijn omgeving werden steeds korter. Hij kreeg moeite met praten en op de een of andere manier vond ik dat het moeilijkst. Ik had mijn vader hele rechtszalen zien bespelen met zijn diepe, galmende stem, en nu moest hij zwoegen om iets te kunnen zeggen en de woorden te vinden die hij wilde gebruiken.

We zaten nu om de beurt bij hem in zijn heldere periodes. Mijn zus praatte honderduit, alsof ze hem in één keer alles probeerde te zeggen wat ze ooit nog zou willen vertellen. Als mijn broer naast zijn bed zat hadden ze het, voor zover ik kon horen, over beroemde rechtszaken en wisselden ze hun favoriete weetjes uit. Mijn broer praatte meer dan mijn vader. Mijn grootvader zat naast zijn bed en las hardop voor uit de krant, meestal het human interest-katern. Zijn stem leek zo op die van mijn vader, zoals die vroeger was, en je kon hem door het hele huis horen als hij zei: 'Nou, dit zal je wel leuk vinden, Robin. Moet je horen wat er gisteren in Harrisburg is gebeurd.'

Mijn moeder zei niet veel als ze samen waren. Soms hoorde ik ze praten over financiële zaken, dingen die ze moesten regelen. Maar meestal hield ze zijn hand vast en keek ze naar zijn gezicht, ze bestudeerde het alsof ze wist dat ze het al snel niet meer zou kunnen zien.

Als het mijn beurt was, speelden we het vragenspel dat ons zoveel ontbijtjes had beziggehouden. Maar nu wilde hij het niet meer over zichzelf hebben. Nu wilde hij alles over mij te weten komen, zolang het nog kon. 'Vertel eens,' zei hij dan met een stem die kraste als een van zijn oude platen, 'mijn lieve Taylor. Wanneer ben je het allergelukkigst geweest?' En dan deed ik mijn best om te antwoorden, of ik probeerde hem af te leiden, maar hij had altijd weer een nieuwe vraag klaarstaan. Wat voor studierichting had ik in gedachten? Welke plaatsen wilde ik nog bezoeken? Wat wilde ik met mijn leven doen? Wat was de lekkerste maaltijd die ik ooit had gegeten?

Soms kon ik niet antwoorden en barstte ik in tranen uit. Dan luisterden we naar zijn oude lp's. Ik kende ze nu allemaal: Jackson Browne, Charlie Rich, Led Zeppelin, de Eagles. Een boel kerels met woeste haren waar mijn grootvader nog steeds een hekel aan had, als ik tenminste afging op zijn reactie als hij ze hoorde als hij de kamer in kwam. Zo ging het verder, met de vragen en de muziek, terwijl ik mijn vader probeerde te vertellen wie ik was en wie ik hoopte te worden. Nu we er nog tijd voor hadden.

En al die tijd weigerde de hond zijn plek onder mijn vaders bed te verlaten. Uiteindelijk moesten we zijn etens- en drinkbak daar ook neerzetten, ook al was Robert, de verpleger die alles het meest volgens de regels wilde doen, bang voor ziektekiemen. Davy kwam nog steeds twee keer per dag langs en dan liet de hond zich onder het bed uit trekken voor een snelle wandeling. Maar verder kwam hij niet van zijn plek.

Ik had het uiteindelijk opgegeven en het logeerbed geclaimd, want ik sliep toch amper. De nachtverplegers waren er inmiddels aan gewend en knikten alleen even als ik naar de veranda sloop. Soms was mijn grootvader wakker en dan zat hij naast me terwijl ik naar de sterren keek. Alles in mijn leven scheen uit elkaar te vallen en ik had er behoefte aan om iets onveranderlijks te zien, iets wat er altijd zou zijn. Als hij in bed lag, liet mijn grootvader de telescoop toch buiten staan. Voor mij. Aan het eind van de maand werd er een meteorenregen verwacht en volgens mijn grootvader gebeurde er vlak voor zo'n regen altijd allerlei bijzonders, qua sterrenkijken, dus ik hield het in de gaten.

De nachten dat mijn grootvader er niet was waren de nachten dat ik huilde. Ik probeerde me niet eens meer in te houden. Overdag hielden we ons zo veel mogelijk groot, voor mijn vader en voor elkaar. Maar 's nachts, in mijn eentje, als alles wat er die dag was gebeurd echt bij me binnendrong, liet ik het toe en zat ik te snikken op de veranda. En ook al wist ik dat het een stomme, zinloze reactie was, meer kon ik niet doen. Ik probeerde woordgrapjes te bedenken om mijn vader nog één keer aan het lachen te krijgen, en ik keek naar de sterren.

Ik was net binnengekomen na een nacht zonder mijn grootvader, een nacht waarin ik eindelijk zelf Sirius had ontdekt, toen ik Paul over mijn vader gebogen zag staan. Het leek alsof mijn hart een slag oversloeg voor het in paniek heel snel begon te kloppen. 'Gaat het wel met hem?' fluisterde ik en ik keek neer op mijn vader, plotseling zo bang als ik mijn hele leven nog niet was geweest.

'Het gaat,' zei Paul zachtjes en ik voelde mijn paniek afnemen. 'Hij heeft gewoon een zware nacht. Arme kerel.'

Ik keek neer op het ziekenhuisbed, waarvan het nu leek alsof het altijd al in de woonkamer had gestaan. Mijn vader lag te slapen, uitgemergeld, met een gelige en gelooide huid. Hij had zijn mond een beetje open en hij leek zo klein in dat enorme witte bed. Hij haalde moeizaam en raspend adem en ik merkte dat ik op elke ademhaling wachtte, en dan weer op de volgende.

Het leek op de een of andere manier verkeerd om gewoon naar mijn kamer te gaan en rustig te gaan slapen. Dus nestelde ik me op de bank die het dichtst bij het ziekenhuisbed stond om mijn vader te kijken die lag te slapen in het maanlicht dat door de ramen op zijn gezicht viel. Terwijl ik naar zijn ademhaling luisterde en mijn hart tekeerging bij elke pauze, elke onderbreking in het ritme, besefte ik dat dit was wat hij ook voor mij had gedaan, jaren geleden, toen ik een baby was.

Ik wilde dat ik iets kon doen om het beter te maken. Maar ik kon daar alleen maar liggen en naar zijn moeizame, raspende ademhaling luisteren, elke ademteug tellen. Ik besefte dat hij er niet zoveel meer te gaan had, en het leek te onverschillig voor woorden als ik niet iedere ademhaling de aandacht gaf die hij verdiende. En dus lag ik daar en ik luisterde, en voelde bij iedere in- en uitademing dat hij nu nog hier was, maar tegelijk een stapje in de richting van zijn definitieve einde had gezet.

426

Ik hoorde een deur kraken en toen ik opkeek zag ik Gelsey staan in een oud verwassen nachthemd dat ooit van mij was geweest. 'Je lag niet in bed,' fluisterde ze. 'Is alles goed?' Ik knikte, en toen, voor ik het zelf doorhad, wenkte ik haar dichterbij.

Ik verwachtte dat ze naar een van de andere banken zou gaan, maar ze kwam naar mij toe en nestelde zich tegen me aan. Ik sloeg mijn armen om mijn zusje heen, streek haar zachte krullende haar naar achteren en zo lagen we daar samen in het donker, zonder te praten, te luisteren naar de ademhaling van onze vader.

Ik dacht natuurlijk ook aan Henry. Tijdens een van onze gesprekken was mijn vader zelfs over hem begonnen. Ik had de vraag ontweken, maar ik merkte wel dat ik steeds bleef denken aan onze tijd samen. Meestal wist ik behoorlijk zeker dat ik de juiste beslissing had genomen. Maar soms (bijvoorbeeld als Wendy langskwam en met Warren op de veranda zat en ik zag hoe ze haar hoofd op zijn schouder legde en mijn broer zich door haar liet troosten) vroeg ik me af of ik er wel goed aan had gedaan om het uit te maken. Ergens was ik bang dat ik toch dezelfde fout had gemaakt als altijd, vermomd en met een nieuwe naam, maar toch dezelfde fout. Ik rende nog steeds weg als de dingen te intens werden: ik had alleen geleerd hoe dat moest terwijl je toch op dezelfde plek bleef.

Ook al wist ik dat de meteorenregen eraan kwam (in de *Pocono Record* van vanmorgen had zelfs een artikel gestaan met de beste tijd om ernaar te kijken), toch werd ik erdoor overvallen. De voorspelling was dat hij een uur voor zonsopgang zou beginnen, wanneer zelfs ik meestal wel in slaap was gevallen, dus had ik mijn wekker gezet. Toen die om halfvijf afging en mij wakker maakte maar Gelsey niet, deed ik hem uit en ik dacht erover om gewoon weer te gaan slapen. Maar mijn grootvader had gezegd dat het iets heel bijzonders zou zijn en ik had deze zomer al zoveel naar de sterren gekeken dat ik nu ook wel wilde zien of ze hun belofte zouden nakomen.

Ik trok mijn sweatshirt aan en liep op mijn tenen de kamer uit, ook al wist ik inmiddels wel dat mijn zus een van de diepste slapers ter wereld was. Ik liep de gang op en knikte naar Paul, die dienst had en even terug zwaaide. Mijn vader lag te slapen, zijn adem reutelend in zijn keel. Ik keek een lang moment naar hem en Paul ving mijn blik op en glimlachte even naar me voor hij weer in zijn boek keek. Het ging de laatste twee dagen veel slechter. We praatten niet meer over mijn vaders toestand, hoe het met hem ging. We probeerden gewoon elke dag door te komen. En al was mijn vader nog steeds bij ons, het laatste samenhangende gesprek dat hij had gevoerd was alweer een paar dagen geleden, en dat was maar een heel korte uitwisseling met mijn moeder geweest voor hij weer in de war raakte.

Ik liep de veranda op, keek naar de lucht en hapte naar adem. Overal in de nachthemel boven mij zag ik strepen licht. Ik had nog nooit één vallende ster gezien en nu zoefden ze langs het enorme firmament: een, nog een, twee tegelijk. De sterren straalden helderder dan ooit en het leek alsof ze me omringden, veel dichterbij dan ik ze ooit had gezien, en alsof er een paar in de lucht aan het joyrijden

428

waren. Ik zag hoe het schouwspel zich ontvouwde, en ik wist ik dat ik hier niet alleen naar wilde kijken.

Ik haastte me naar binnen, want ik wist niet hoelang meteorenregens duurden en ik wilde niet dat hij het grootste deel zou missen. 'Paul,' zei ik zachtjes, en hij keek op van zijn boek en trok zijn wenkbrauwen op.

'Alles goed?' vroeg hij.

'Er is een meteorenregen buiten,' zei ik. 'Nu, op dit moment.'

'O ja, zei Paul geeuwend en hij pakte zijn boek weer op. 'Daar heb ik geloof ik iets over gelezen in de krant.'

'Het punt is...' zei ik en ik verplaatste mijn gewicht van mijn ene voet op de andere. Ik voelde mijn verlangen toenemen. Ik kreeg het gevoel dat het bijna te laat was en dat ik mijn vader zo snel mogelijk naar buiten moest krijgen. 'Ik wil het aan mijn vader laten zien.' Paul keek weer naar me op en fronste zijn voorhoofd. 'Zou dat kunnen?'

'Taylor...' zei hij hoofdschuddend. 'Ik denk gewoon niet dat dat veel zin heeft.'

'Dat weet ik wel,' zei ik tot mijn eigen verbazing (en die van Paul, aan zijn gezicht te zien). 'Maar dat wil niet zeggen dat we het niet moeten doen. Gewoon heel even. Jij kunt hem naar buiten dragen, of ik kan Warren wakker maken. Ik wil gewoon...' Mijn stem stierf weg. Ik had geen idee waarom ik dit zo ontzettend belangrijk vond. Ik geloofde heus niet dat meteorenregens magische genezende krachten hadden. Ik wilde gewoon dat mijn vader zoiets ongelooflijks zou zien. Ik vond het vreselijk dat hij elke dag, de hele dag, niks anders zag dan de woonkamer. Ik wilde dat hij een beetje van die naar dennen geurende nachtlucht zou inademen, moeizaam of niet. Ik zocht naar woorden om dat uit te leggen toen Paul opstond.

'Vijf minuten,' zei hij. 'En er is geen garantie dat hij zelfs maar wakker wordt.'

'Dat weet ik,' zei ik. 'Dankjewel.'

Paul klapte de rolstoel open en ik liep naar het hoofdeinde van mijn vaders bed. Zijn ademhaling klonk nog steeds moeizaam. De laatste twee dagen was er een reutel in geslopen die me doodsbenauwd maakte. Het leek alsof elke ademhaling hem pijn deed en ik vond het vreselijk om dat te horen. 'Papa,' fluisterde ik en ik raakte door de deken heen zijn schouder aan. Het was schokkend hoe knokig die aanvoelde, hoe fragiel hij leek. 'Wakker worden. Uit je veren.'

Zijn adem stokte en ik raakte even in paniek. Toen gingen mijn vaders ogen open, die blauwe ogen die hij aan mij had doorgegeven. Hij keek naar me, maar hij keek de laatste tijd vaak zonder iets te zien, dus ik wist niet of dit iets betekende. En toen focusten zijn ogen zich op mijn gezicht en ging één mondhoek omhoog in een klein glimlachje.

'Tayl,' zei hij, zijn stem zwaar en slepend. Hij deed zijn mond een paar keer open en dicht en zei toen, terwijl zijn ogen weer dichtvielen: 'Hé meis. No-nieuws?'

Ik glimlachte en voelde de tranen in mijn ogen prikken. 'Wil je een paar sterren zien?' vroeg ik hem. Ik keek op en zag dat Paul klaarstond met de rolstoel. Ik knikte naar hem en ging opzij. Vakkundig tilde Paul mijn vader uit bed, alsof hij niks woog, en zette hem in de stoel. Ik pakte de deken van het bed en stopte hem in en toe duwde Paul hem naar de veranda. Ik kwam erachteraan en zag tot mijn blijdschap dat de sterren nog steeds vielen. Dat deze gebeurtenis, die maar een paar keer per jaar heel kort plaatsvond, niet aan ons voorbij was gegaan.

Paul zette mijn vaders stoel midden op de veranda op de rem en keek toen zelf omhoog. 'Wow,' mompelde hij. 'Ik zie wat je bedoelt.'

Ik ging naast mijn vaders stoel zitten en raakte zijn schouder aan. 'Kijk,' zei ik en ik wees naar boven. Zijn hoofd lag tegen de leuning van de stoel, maar hij deed zijn ogen open en keek omhoog.

Ik keek toe terwijl hij naar de sterren keek die als strepen licht voorbijvlogen. Zijn ogen waren gefocust en volgden één ster die een spoor trok over het enorme donkere schildersdoek van de hemel. 'Sterren,' zei hij met verwondering in zijn stem, die duidelijker was dan eerder die avond.

Ik knikte en schoof iets dichterbij. Hij haalde reutelend adem en ik voelde Paul dichtbij klaarstaan om mijn vader naar binnen te brengen. Maar ik pakte mijn vaders hand die langs het wiel naar beneden hing en nam hem in de mijne. Hij was te knokig, maar nog steeds heel groot. Mijn hand verdween er helemaal in. Het was de hand die me had geleerd hoe ik mijn veters moest strikken en hoe ik een pen moest vasthouden en die de mijne zorgzaam vasthield als we de straat overstaken, zodat ik veilig was.

Zijn hoofd rolde weer achterover tegen de leuning en zijn ogen vielen dicht. En ik wist niet of hij zou beseffen wat ik zei – of het zich zou herinneren, als hij ergens naartoe ging waar herinneringen bestonden – maar ik boog me naar hem toe en kuste hem op zijn veel te magere wang. 'Papa,' fluisterde ik en ik voelde mijn adem in mijn keel stokken. 'Ik hou van je.'

En net toen ik zeker wist dat hij sliep, ging één mond-hoek omhoog in een glimlach. 'Wist ik,' mompelde hij. 'Altijd al.'

Het kon me niet schelen of Paul me zag huilen. Dat was totaal niet belangrijk. Ik had mijn vader verteld wat ik hem moest vertellen. Ik kneep voorzichtig in zijn hand en ik voelde hem terug knijpen, heel zachtjes, voor hij weer weg-gleed in de slaap. En boven ons bleven de sterren vallen.

36

Toen ik de volgende morgen wakker werd wist ik meteen dat er iets mis was. Ik hoorde stemmen buiten, de telefoon die overging, en de zachte, verstikte stem van mijn moeder. Ik hoorde banden knerpen op het grind en stemmen in de woonkamer, stemmen op normale sterkte terwijl we normaal gesproken heel zachtjes praatten zodat mijn vader kon slapen.

Niemand liet hem nu slapen. Wat betekende...

Nee.

Ik dacht dit zo hard mogelijk. Ik had mijn ogen nog niet opengedaan en nu kneep ik ze extra hard dicht. Als ik ze niet opendeed kon ik overal zijn. Ik kon thuis in bed liggen, in Stanwich. En misschien was het dan vijf maanden geleden en was alles alleen maar een nachtmerrie geweest. Dan ging ik naar beneden en zat mijn vader een bagel te eten terwijl mijn moeder hem op zijn kop gaf omdat hij moest afvallen. En dan vertelde ik hem over mijn droom, terwijl de details al begonnen weg te zakken, godzijdank alleen maar een idiote droom...

'Taylor.' Het was Warren en zijn stem klonk schor en gebroken. Mijn gezicht vertrok, mijn kin bibberde en ook al had ik mijn ogen nog niet open, er gleden toch twee tranen uit de rechter.

'Nee,' zei ik en ik rolde op mijn zij, met mijn rug naar

hem toe, mijn armen om mijn knieën geslagen. Als ik mijn ogen opendeed werd dit echt. Als ik mijn ogen opendeed kon ik niet meer terug naar een moment waarop dit niet waar was. Als ik mijn ogen opendeed was mijn vader niet langer in leven.

'Je moet opstaan,' zei Warren en zijn stem klonk heel moe.

'Vertel me nog eens over Coca Cola,' zei ik. 'Wat wilden ze ook alweer maken?'

'Aspirine,' zei Warren na een ogenblik. 'Het was gewoon een vergissing.'

Ik deed mijn ogen open. Er stroomde zonlicht door de ramen naar binnen en daar werd ik ontzettend boos om. Het mocht niet zonnig zijn. Het moest donker zijn, stormachtig, midden in de nacht. Ik keek naar Warren, die een vlekkerig gezicht had en een papieren zakdoekje in zijn hand klemde. 'Het is pap,' zei ik en het was geen vraag.

Warren knikte, en ik kon zien dat hij zich vermande. 'Paul zei dat het rond zonsopgang was. Hij sliep. Het was heel vredig.'

Ik huilde nu; ik probeerde er niet eens mee op te houden. Ik had het gevoel dat ik er misschien nooit meer mee op zou houden. Zo lang dit de waarheid was, kon ik me niet voorstellen dat ik er ooit mee wílde ophouden.

'Je moet opstaan,' zei hij met zijn hand aan de deurknop. 'Dan kun je nog afscheid nemen.'

Ik knikte en volgde na een ogenblik mijn broer. Mijn kleren lagen nog op de vloer waar ik ze gisteravond had laten vallen. Mijn make-up stond nog op mijn ladekast. Hoe konden die dingen, die stomme onbelangrijke dingen, er

434

nog zijn terwijl de wereld was vergaan, zo rond zonsopgang? Hoe konden zij er nog zijn als mijn vader er niet meer was?

Ik ging de gang op en zag mijn familie. Mijn grootvader stond in de keuken. Mijn moeder stond bij het ziekenhuisbed met haar arm om mijn zus heen. Warren leunde tegen de achterkant van de bank. En in het ziekenhuisbed lag mijn vader, met zijn mond open, zijn ogen dicht.

Hij ademde niet.

Hij *was* er niet.

Het was zoiets primairs. Ik had het duizenden keren gezien, in politieseries en films. Maar ik stond daar maar naar mijn vader te staren, op het bed, helemaal stil. Het wilde maar niet tot me doordringen. Ik had hem nooit anders dan levend gekend, terwijl hij ademhaalde, lachte, slechte grapjes maakte, ons leerde hoe we een bal moesten gooien, met zijn stem de hele kamer vulde. Dat hij plotseling niet levend was, zo stil, wel hier maar niet hier op de manier die ertoe deed, dat was een waarheid waar ik niet bij kon. En toen keek ik naar zijn dichte ogen en ik besefte opeens dat ik zijn ogen nu nooit meer zou zien. Dat hij me nooit meer zou aankijken. Dat hij dood was.

Ik huilde nu voluit en ook al had ik mijn moeder niet zien bewegen, opeens stond ze naast me en trok me in haar armen. Ze zei niet dat het wel goed zou komen. En ik wist dat alles nu voor altijd anders zou zijn. Dat vandaag de dag was die mijn leven zou verdelen in voor en na.

Maar op dat moment huilde ik uit op haar schouder terwijl ze me stevig vasthield, alsof ze me wilde laten weten dat ik in ieder geval niet alleen was.

37

De rouwdienst was vier dagen later. Het was een heldere, zonnige dag en dat leek alweer verkeerd. Ik had gehoopt dat het zou regenen. De avond ervoor was het koud en bewolkt geweest, maar ik had toch met de hond op de trap van de veranda gezeten tot mijn voeten gevoelloos werden.

Ik kon er niet aan wennen hoe leeg het huis nu voelde en dat we geen van allen wisten wat we met onszelf aan moesten nu mijn vader er niet meer was. Warren kon niet lezen, en dat had ik nog nooit meegemaakt. In plaats daarvan ging hij naar de tennisclub, waar hij hele dagen zo hard mogelijk een bal tegen de muur sloeg, en als hij thuiskwam was hij moe en leeg. Mijn grootvader was aan het houtsnijden en maakte lange wandelingen met de hond. Hij kwam altijd terug met een rode neus, een schorre stem en een uitgeputte hond. Gelsey wilde sinds die ochtend niet meer alleen zijn en dus waren we veel samen. We praatten nog niet over wat er was gebeurd, maar het hielp op de een of andere manier wel als ik opkeek en mijn zus in dezelfde kamer zag, als bewijs dat ik niet de enige was die dit moest doormaken.

Mijn moeder vulde haar dagen met alles wat er geregeld moest worden: de dienst, de kist, de bloemen. Het leek alsof zij hier beter mee om kon gaan dan wij allemaal.

Maar eerder die dag had ik haar op de veranda aangetroffen, met haren nog nat van de douche, huilend. Er was nog steeds iets in mij wat zich wilde omdraaien en dit niet onder ogen wilde zien, maar ik dwong mezelf om door te lopen en naast haar op het trapje te gaan zitten. We zeiden niets, maar ik pakte de kam uit haar hand en kamde haar haar in het zonlicht. Toen ik klaar was en de losse haren aan de wind meegaf voor de vogels was mijn moeder opgehouden met huilen. En we zaten daar gewoon even in stilte en leunden met onze schouders tegen elkaar.

De kleine kapel van Lake Phoenix was helemaal gevuld met mensen. We zouden thuis in Connecticut nog een grotere herdenkingsdienst houden, dus ik had niet verwacht dat het hier al zo druk zou zijn. Maar staand bij de eerste bank in de zwarte jurk die ik van mijn moeder had geleend zag ik ze binnenstromen, al die mensen die voor mijn vader hierheen waren gekomen. Wendy was er, en Fred en Jillian, en Dave Henson die hem zoveel drop had verkocht. Lucy was er met haar moeder, en Angela van de Diner, en de Gardners, en iedereen van het strand. Leland had zelfs zijn haar gekamd.

De dominee was niet zo blij geweest met de zelf opgenomen cd die ik hem had gegeven. De muziek die we hadden uitgekozen was vast iets te onconventioneel: Jackson Browne en opera door elkaar. Maar ik had het gevoel dat mijn vader het zo gewild zou hebben. De dominee was ook niet al te blij met de hond, maar mijn grootvader had hem verteld dat Murphy zijn hulphond was en dus zat hij voor de eerste rij aan de voeten van mijn grootvader, volkomen stil.

Alleen de familie zat op de eerste rij: Gelsey in een oude zwarte jurk van mij, Warren in een pak dat hem op de een of andere manier jonger maakte. Mijn grootvader droeg zijn gala-uniform van de marine, en dat was misschien de reden dat de dominee niet met hem in discussie was gegaan. Mijn moeder zat naast mij met een van mijn vaders zakdoeken in haar hand geklemd. Ik merkte op dat we een plek vrij hadden gelaten in onze rij, alsof hij nog bij ons kwam zitten, alleen een beetje laat omdat hij de auto nog moest parkeren. Mijn verstand kon nog steeds niet bevatten dat hij die stille figuur was die in de kist lag, omringd door bloemen.

De dominee gaf mijn moeder een teken en de dienst begon. Ik liet de woorden over me heen komen, hoorde ze maar half, wilde ook niks horen over as en stof als het over mijn vader ging. Na de dominee sprak mijn grootvader. Hij vertelde hoe mijn vader was geweest toen hij jong was en hoe trots hij altijd op mijn vader was geweest. Mijn moeder sprak en ik gaf het op om niet te huilen. Warren zei ook kort iets, hij las een stukje voor uit een gedicht van T.S. Elliot waar mijn vader van had gehouden.

En ook al was ik niet van plan geweest om iets te zeggen en had ik dus ook niks voorbereid, ik merkte dat ik opstond toen Warren naar zijn plaats terugkeerde en recht op de katheder af liep.

Ik keek naar de mensenmassa en zag Henry achterin staan. Hij was met Davy en had een pak aan dat ik nog nooit had gezien, en zijn ogen waren strak op mij gericht, ondersteunend, bemoedigend, en gaven me op de een of andere manier het vertrouwen dat ik nodig had om te beginnen.

En toen ik daar zo stond merkte ik dat ik niet in paniek was. Mijn handen zweetten niet. En ik maakte me geen zorgen over wat ik moest zeggen: dat was simpel. Gewoon de waarheid.

'Ik heb altijd van mijn vader gehouden,' zei ik met een stem die krachtiger klonk dan ik had verwacht. 'Maar deze zomer heb ik hem echt leren kennen. En ik snapte opeens hoeveel hij me al die jaren geleerd heeft.' Ik haalde diep adem, niet van de zenuwen, maar omdat ik de tranen voelde opkomen en ik wilde proberen dit eerst af te maken. 'Bijvoorbeeld over het belang van slechte woordgrapjes.' De menigte lachte daarom en ik voelde dat ik me een beetje ontspande. 'En dat je altijd een ijsje moet eten als je de kans krijgt, ook al is dat vlak voor etenstijd.' Ik slikte. 'Maar deze zomer heeft hij me vooral geleerd wat moed is. Hij was zo dapper, als je bedenkt wat hem te wachten stond. Hij rende er niet voor weg. En hij was dapper genoeg om toe te geven dat hij bang was.' Ik veegde met een hand over mijn gezicht, haalde nog een keer beverig adem en probeerde het af te maken.

'Ik ben heel blij met de tijd die we samen hebben gehad, zelfs...' Mijn adem stokte in mijn keel en mijn blik op de menigte werd wazig. 'Zelfs al was het niet genoeg,' eindigde ik. 'Bij lange na niet genoeg.'

Ik struikelde half verblind door tranen terug naar mijn stoel. De dominee zei weer iets en toen begon Jackson Browne te zingen. En onverwacht was het Warren die zijn armen stevig om me heen sloeg en me tegen zijn schouder liet uithuilen.

Daarna werd de bijeenkomst afgerond met de aankondiging van een receptie bij ons thuis, en daarna liep iedereen langs de kist. Ik bleef tot het laatst zitten met Murphy op schoot, want ik voelde dat ik onder de sterren al afscheid van mijn vader had genomen. Maar ik zag wel dat mijn grootvader, zo kaarsrecht in zijn uniform, het figuurtje in de kist legde waar hij de hele week aan had gewerkt. Een piepklein uit hout gesneden roodborstje dat zijn vleugels uitsloeg.

38

Ik reed de auto het pad op, zette de motor uit en slaakte een diepe zucht. Ik had net mijn grootvader met zijn telescoop op het busstation afgezet, en het afscheid was veel moeilijker geweest dan ik had verwacht. En dat had ik de laatste tijd al veel te veel meegemaakt.

In de dagen na de begrafenis vielen we langzaam terug in het patroon van een paar weken eerder. Maar nu speelden we geen Risk en keken we geen films; we begonnen over mijn vader te praten. En met ieder verhaal vervaagden er een paar herinneringen aan de tijd dat hij ziek was en kon ik me hem weer herinneren zoals hij mijn hele leven was geweest, en niet alleen deze zomer.

Ik was nog wel een beetje wankel en kon om de kleinste dingen opeens in tranen uitbarsten, zoals die keer dat ik een van zijn schone zakdoeken in de was vond en plotseling begon te stressen omdat ik niet wist wat ik ermee moest doen.

Maar vandaag voelde ik me iets meer in de richting van oké toen ik terugkwam van het busstation en op blote voeten over het pad liep. Mijn moeder zat aan de tafel op de veranda met een A4-envelop naast zich.

'Hoi,' zei ik terwijl ik ging zitten en naar de envelop keek. 'Wat is dat?' Om de een of andere reden werd ik zenuwachtig van de aanblik. Mijn moeder draaide de envelop om en ik zag dat er *Taylor* op stond in mijn vaders handschrift. Mijn adem stokte in mijn keel en ik keek verward naar mijn moeder.

Ze schoof hem over de tafel naar me toe. 'Dit bleek je vaders geheime project te zijn. Ik heb ze boven in de kast gevonden. Er is er voor iedereen een.'

Ik pakte de envelop op en streek met mijn vingers over de plek waar hij mijn naam had geschreven. Ik wilde mijn moeder niet beledigen, maar ik had plotseling het gevoel dat ik mijn vaders laatste woorden aan mij liever alleen wilde lezen. 'Sorry,' zei ik en ik schoof mijn stoel achteruit, 'maar...'

'Ga maar,' zei mijn moeder zacht. 'En als je ergens over wilt praten ben ik hier, oké?'

Ik knikte en stond op. 'Bedankt, mam,' zei ik. Ik hield de envelop heel goed vast toen ik de veranda af liep. Hij zou voor iemand anders niks waard zijn, maar op dit moment was er voor mij op de hele wereld niets waardevollers te vinden. Voor ik het zelf doorhad liep ik al naar de steiger, die er verlaten bij lag in het late middaglicht dat op het water weerkaatste.

De houten planken voelden warm aan onder mijn blote voeten en ik realiseerde me maar al te goed dat het inmiddels half augustus was: de zomer liep ten einde, dus het zou al heel snel gedaan zijn met het blotevoetenweer.

Ik liep naar de rand van de steiger en ging in kleermakerszit zitten, met mijn tas naast me. Toen haalde ik een keer diep adem en maakte de envelop open.

Ik had losse vellen papier verwacht, maar niet, als Russische baboesjka's, een stapeltje andere enveloppen. Ik schudde ze eruit. Ze waren allemaal verzegeld, en op allemaal stond iets geschreven in mijn vaders keurige schuine handschrift: *Eindexamen. Bachelor. Op de dag van je rechtendiploma/promotie/Master in moderne dans. Op je trouwdag. Vandaag.*

Ik bekeek ze een voor een, pakte de envelop met *Vandaag* er tussenuit, deed de andere zorgvuldig terug in de grote envelop, sloot die met het kleine metalen pennetje en stopte hem onder in mijn tas met mijn portemonnee en mobieltje erbovenop.

Toen deed ik de envelop open. Ik haalde diep adem en begon te lezen.

39

Hé meisje! Nog nieuws?

Als je dit leest, heb ik iets vreselijks gedaan: dan heb ik een paar decennia te vroeg 'het aardse ongerief van mij afgeworpen'. Het spijt me echt, Taylor, dat ik je dit heb aangedaan. Als het aan mij had gelegen, als mij ook maar enige keus was gelaten, had ik me nooit van jullie laten afpakken. Ik hoop dat je dat weet. Ik zou iedereen die het probeerde tot het uiterste bevochten hebben.

Hopelijk heb je gezien dat ik mijn best ga doen om toch bij je te blijven, je advies te geven, de komende jaren. Ik hoop dat je er wat aan hebt. Ik vind het om heel veel redenen erg dat ik je zo vroeg achter moet laten. Maar het ergste vind ik dat ik niet de kans zal krijgen om te zien wie je zal worden. Want ik heb zo'n idee dat jij, mijn dochter, grootse daden gaat verrichten. Ja, je kan nu wel met je ogen rollen, maar ik weet het zeker. Jij bent het kind van mijn hart en ik weet dat je me trots zult maken. Dat heb je al gedaan, elke dag, gewoon door jezelf te zijn.

Ik maak me geen zorgen of je wel vrienden zult maken,

plezier zult hebben en dingen zult leren en ik weet zeker dat je van je zult doen spreken in de wereld. Het enige waar ik me een beetje zorgen om maak is je hart.

Ik heb gezien, mijn lieve dochter, dat je de neiging hebt om weg te rennen voor de dingen die in deze wereld het meest beangstigend zijn: liefde en vertrouwen. En ik zou het echt verschrikkelijk vinden als het feit dat ik je moest verlaten voor ik dat wilde, er op wat voor manier dan ook voor zou zorgen dat je je hart afsloot, dat je jezelf zou afsluiten voor de mogelijkheden van de liefde. (En geloof me, je wilt mij niet ongelukkig maken. Misschien ben ik op dit moment wel aan het uitzoeken hoe dat zit met dat spoken.)

Maar jouw hart is groot en sterk en prachtig en verdient het om met iemand gedeeld te worden die het waard is. Je kijk op de dingen verandert als je weet dat je het blaadje van de nieuwe maand op de kalender niet meer zult omslaan. En ik heb me gerealiseerd dat de Beatles het mis hadden. Liefde is niet alles wat we nodig hebben – liefde is alles wat er ís.

Natuurlijk is het eng. Maar ik weet dat je het kunt. Weet dat ik bij je zal zijn, als ik dat op wat voor manier ook voor elkaar kan krijgen. En weet dat ik van je houd. Dat heb ik altijd gedaan en dat blijf ik doen, voor eeuwig.

Pap

Ik legde de brief op mijn schoot en keek uit over het meer. De tranen liepen me over de wangen, maar ik veegde ze nog niet weg. Ik had zo'n idee dat ik toch weer ging huilen als ik hem nog een keer las. Ik legde hem zorgvuldig bij de andere brieven onder mijn portemonnee, nog steeds een beetje verwonderd dat mijn vader dit voor mij had gedaan. En het feit dat hij ervoor had gezorgd dat hij met me kon blijven praten, ons gesprek voort kon zetten bij de belangrijke mijlpalen in mijn leven, maakte de gedachte dat ik hem de rest van mijn leven moest missen net iets draaglijker.

Ik streek met mijn handen over de gladde houten planken van de steiger en dacht na over het gedeelte dat me het meest had geraakt: het stuk waarin hij mij op mijn gedrag had aangesproken. Ik wist niet wanneer hij de brief had geschreven, maar het was precies wat ik met Henry had gedaan. Ik had hem weggeduwd omdat hij te dichtbij kwam in plaats van zijn hulp te aanvaarden, zoals Warren met Wendy had gedaan. Dat maakte me niet sterker, of een beter mens, besefte ik nu. Het maakte me alleen zwak en bang.

Ik wist echt niet of ik zou kunnen wat mijn vader wilde, of ik mijn hart voor iemand zou kunnen openen. Dat was nog een grote, onbeantwoorde vraag. Maar ik wist dat ik het op een bepaald moment toch moest proberen. Dat was ik mijn vader schuldig.

Die nacht sliep ik beter en dieper dan ik de hele zomer had gedaan. Toen ik wakker werd stroomde het zonlicht mijn kamer binnen en waren de vogels al aan het fluiten. Het was weer een prachtige dag. Maar ik wist hoe snel de tijd voorbij kon gaan, ik besefte nu dat er ook aan mooie dagen een einde kwam. En opeens wist ik wat ik moest doen.

Ik probeerde mezelf niet mooier te maken toen ik uit bed stapte en de deur uit ging. Henry had me al in elke staat gezien deze zomer. Maar wat belangrijker was: hij had me gezien. Gezien wie ik was, zelfs toen ik dat voor hem probeerde te verbergen.

Het was vreemd om naar Henry te moeten zoeken, na een zomer waarin ik voortdurend tegen hem op was gebotst als ik het het minst verwachtte. Maar iets in mij voelde ook dat dit was zoals het moest zijn, dat ik na al die jaren waarin ik voor dingen wegliep, er nu juist op af ging.

Al ging dat niet zo snel, want het bos (ik had zo'n gevoel dat ik hem daar moest zoeken) was niet echt geschikt om in te rennen. Na twintig minuten lopen, waarbij ik mijn best deed om niet in verrotte boomstammen te trappen, kwam ik een bocht om en daar was hij.

Henry zat op de grond met zijn rug tegen een boom. Vlekjes zonlicht, gefilterd door het bladerdek, vielen op zijn gezicht. Hij keek naar me op, ook al had ik niets gezegd, en kwam overeind.

'Hoi,' zei ik. Ik keek naar hem, echt, zoals ik sinds het uit was niet meer had gedaan. Het was anders dan aan het begin van de zomer, toen ik vooral had gezien hoe knap hij was. Deze keer zag ik de zachtheid in zijn ogen. Ik zag hoe eenzaam zijn hand leek nu hij de mijne niet kon vasthouden.

'Hoi,' antwoordde hij. Het klonk vragend, en ik wist dat hij zich afvroeg wat ik hier kwam doen.

'Bedankt dat je gekomen bent,' zei ik en ik zag dat hij

begreep dat ik de rouwdienst bedoelde. 'Dat heb ik echt gewaardeerd.'

'Natuurlijk,' zei hij. Hij glimlachte triest naar me. 'Ik vond je vader echt, echt heel aardig.' Ik hoorde de verleden tijd en knikte, durfde nog niks terug te zeggen. 'En ik vond dat je een fantastische speech hebt gehouden. Ik was heel trots op je, Taylor.'

Ik keek naar hem, met die lok haar over zijn voorhoofd, en ik wilde mijn hand uitsteken en hem wegstrijken. Ik wilde hem kussen. Ik wilden hem vertellen wat ik al die tijd had gevoeld, ook al had ik mezelf dat tot nu toe niet toegestaan.

'Dus,' zei hij en hij stak zijn handen in zijn zakken. 'Wat doe je in het bos? Ben je verdwaald?'

'Nee,' zei ik en op hetzelfde moment besefte ik hoe waar dat was. 'Ik ben niet verdwaald.' Ik haalde een keer diep adem. Ik realiseerde me dat wat ik nu ging doen regelrecht indruiste tegen alles wat ik ooit had gedaan. Ik ging alles waar ik het allerbangst voor was nu onder ogen zien. En ik wist, diep vanbinnen, dat dit het juiste moment was. En dat dit de juiste plaats was, en Henry de juiste persoon. 'Ik werd bang,' zei ik. 'En ik had je nooit zo weg mogen duwen.'

Henry knikte en keek naar de grond. Er viel een lange stilte, alleen onderbroken door het geritsel van bladeren en af en toe een vogelroep, en ik wist dat ik door moest zetten.

'Ik vroeg me af,' zei ik, 'hoe jij denkt over tweede kansen.' Terwijl ik wachtte en me afvroeg wat hij dacht, voelde ik mijn hart als een razende tekeergaan. Hoe verschrikkelijk dit ook was, ik voelde dat het goed was om rechtstreeks de confrontatie aan te gaan. Niet vluchten en schuilen en wegduiken, maar in het volle licht mijn diepste gevoelens tonen en afwachten hoe die ontvangen zouden worden.

Hij keek me aan en begon te glimlachen. 'Het hangt denk ik wel af van de omstandigheden,' zei hij langzaam. 'Maar over het algemeen ben ik ervóór.' Ik glimlachte terug, voor het in eerst in dagen leek het wel. Ik wist dat we nog moesten praten, dingen moesten oplossen. Maar ik had het gevoel dat we dat wel konden, samen.

Terwijl ik een stap naar Henry toe zette en zo de afstand tussen ons overbrugde dacht ik terug aan de woorden die we lang geleden in de steiger hadden gekerfd. Onze namen. En *forever*. In het ogenblik voor ik op mijn tenen ging staan om hem te kussen, hoopte ik dat het misschien wel waar zou blijken te zijn.

40

Ik trok mijn trui wat dichter om mijn schouders en ging
op het vochtige gras zitten. Het was bijna september en
het begon al koel te worden. De bladeren die de hele zomer
zo heldergroen waren geweest begonnen al een heel klein
beetje naar oranje, rood en goud te verkleuren. En ook al
was ik hier vaak geweest sinds ze de steen hadden geplaatst,
ik glimlachte er weer om, en kreunde, en miste hem, allemaal tegelijkertijd.

We hadden de aanwijzingen in zijn testament gevonden.
Hij zou begraven worden in Stanwich, maar hij wilde graag
een gedenksteen hier in Lake Phoenix, waar hij een paar
van zijn mooiste dagen had doorgebracht. Warren kon
eerst niet geloven dat hij serieus was over de tekst die erop
moest, maar ik had hem uitgelegd dat mijn vader niets zo
serieus nam als woordgrapjes. Dus hier, op het kleine kerk-
hofje van Lake Phoenix, was zijn grafschrift alleen dit:
ROBIN EDWARDS, GELIEFDE MAN EN VADER... DE VERDE-
DIGING RUST.

Ik keek erop neer en kon zijn woorden bijna nog horen,
zag zijn glimlach nog voor me. 'Hé meisje! Nog nieuws?'
Dus had ik mijn best gedaan om het hem te vertellen, hem
van onze levens op de hoogte te houden. Dat Warren en
Wendy nog steeds samen waren en een gedetailleerd
bezoekschema hadden opgesteld, op een spreadsheet, voor

als hun studies begonnen. Dat mijn moeder weer ballet-lessen ging geven. Dat Gelsey al plannen had om in de voorjaarsvakantie naar Nora te gaan, in Los Angeles, en filmsterren te ontmoeten. Dat Murphy, tegen alle verwach-tingen in, had leren apporteren. En dat het met mij ook best goed ging.

Ik keek om en zag Henry's auto het kleine parkeerterrein op rijden, onder aan de heuvel waar het kerkhof op lag. Ik wist dat hij me alle tijd zou geven die ik nodig had, en soms was dat een hele tijd, want ik had gemerkt dat ik op deze plek gemakkelijk kon huilen. Het was ook te verwachten dat ik tijd nodig had, want het was heus niet allemaal goed, in de verste verte niet. Er waren momenten dat ik mijn vader zo miste dat het lichamelijk pijn deed, alsof iemand me een vuistslag had gegeven. Er waren momenten dat ik zo boos werd dat ik de neiging had om tegen de verkeerde persoon uit te vallen, zodat ik een stukje woede kon laten ontsnappen over de totale onrechtvaardigheid van alles. En er waren dagen dat ik wakker werd met rode gezwollen ogen van het huilen. Maar tegen alle verwachtingen in had-den wij, de vier overgebleven leden van de familie Edwards, geleerd om over onze gevoelens te praten. En op de dagen waarop het echt heel slecht ging wist ik dat er mensen waren bij wie ik terechtkon.

Ik kwam overeind en keek nog een poosje op de gedenk-steen neer. 'Dag papa,' fluisterde ik. 'Tot gauw.'

Ik draaide me om en liep de heuvel af, waar Henry tegen zijn auto leunde. 'Hé,' zei hij toen ik zo dichtbij was dat ik hem kon horen.

'Hé,' zei ik en mijn glimlach was maar een klein beetje

bibberig. Het was niet eenvoudig geweest om de weg terug te vinden naar hoe we waren, vooral omdat mijn verlies nog zo rauw was. Maar ik leerde nu wat er gebeurde als je bij iemand bleef: meestal was de ander dan bereid om ook bij jou te blijven. En zelfs al zouden wij al gauw teruggaan naar Connecticut en bleef hij hier, ik maakte me geen zorgen over de afstand. We hadden samen zoveel meegemaakt dat een afstand van een paar uur ons nu niet uit elkaar zou drijven. Hij boog zich voorover om me een kus te geven en ik kuste hem vol overtuiging terug. Ik had zo'n idee dat mijn vader het zou begrijpen.

'Ben je klaar om te vertrekken?' vroeg hij toen we elkaar loslieten.

Ik knikte. We zouden bij mij thuis eten, een afscheids-etentje voor iedereen wegging. Lucy en Elliot (die voortdu-rend hand in hand liepen, om het over zoenen maar niet te hebben, sinds Elliot de moed had opgevat om haar te zeg-gen wat hij voor haar voelde) zouden de borden meenemen, ongetwijfeld gejat uit de snackbar. Fred en Jillian brachten vis mee. Warren en Wendy waren verantwoordelijk voor de tafelschikking, en ik twijfelde er niet aan of mijn broer zou ons precies vertellen hoe de eerste ooit was uitgevonden. Kim en Jeff namen de definitieve versie van hun scenario mee voor wat entertainment na het eten, mét een voor-proefje van hun pilot, *Psychic Vet Tech*. En ik had het laat-ste onderdeel vanmiddag opgehaald bij Give Me A Sign.

Ik pakte het uit mijn tas en liet het aan Henry zien, die erom moest glimlachen. SOARING ROBIN stond erop, met een vliegende vogel eronder.

'Heel mooi,' zei hij. Hij keek even achterom naar de heuvel en toen weer naar mij. 'Ik denk dat hij dat fijn zou vinden.'

'Dat denk ik ook.' Ik keek omhoog en zag dat het snel donker werd: ik kon de eerste sterren al zien verschijnen. 'Kom,' zei ik. Ik glimlachte naar hem en vlocht mijn vingers door de zijne. 'We gaan naar huis.'

Dankwoord

Zonder de onvergelijkelijke Alexandra Cooper was dit boek er niet gekomen. Dank, dank, dank voor je geduld en vertrouwen en je briljante redactietalent.

Mijn dank gaat ook uit naar alle geweldige mensen bij Simon & Schuster: Justin Chanda, Amy Rosenbaum, Anna McKean, Venessa Williams. En enorm bedankt, Lucy Ruth Cummins, voor het prachtige omslag van de Amerikaanse uitgave.

Rosemary Stimola, dankjewel voor je superkrachten als agent en je vertrouwen in dit verhaal, vanaf het prille begin.

Voor de Engelse uitgave bedank ik Jane Griffiths, Kat McKenna, Mary-Anne Hampton, and Franca Bernatavicius.

Dankjewel Lauren Strasnick, mijn fantastische schrijfmaatje, voor je vriendschap en je onschatbare hulp bij dit boek.

Ik bedank mijn moeder, Jane Finn, voor veel meer dan ik hier kan opsommen... maar vooral voor al die magische zomers in Pennsylvania.

Ook al werd dit boek voornamelijk in Los Angeles geschreven, het werd in het hele land gereviseerd en ik ben iedereen die dat mogelijk maakte een heleboel dank verschuldigd.

Ik bedank Susan McTavish-Best voor het gebruik van

haar prachtige huis vol kunst in Mill Valley. Eric Berlow voor het gebruik van zijn hutten in de Sierra Nevada (ik heb nog nooit in zo'n schitterende omgeving mogen reviseren). En dank jullie wel, Nancy Quinn en Ginger Boyle, die het zo makkelijk maakten om een huis in de Poconos te huren.

Uiteindelijk, en boven alles, moet ik Alex McDonald de eer geven die hem toekomt. Mijn diepste dank voor alles: het vinden van herschrijfhutten, het maken van roerei, het toejuichen en het feit dat je altijd aanvoelde wanneer het tijd was voor een ijsje. Ik had dit nooit kunnen doen zonder al jouw steun en aanmoediging.